BRIGITTE RIEBE ist promovierte Historikerin und arbeitete zunächst als Verlagslektorin. Sie hat mit großem Erfolg zahlreiche Romane veröffentlicht, die in mehrere Sprachen übersetzt wurden. 2018 erschien der erste Teil ihrer Bestsellerreihe über die «Schwestern vom Ku'damm». Die Autorin lebt mit ihrem Mann in München. Seit den 70er-Jahren bereist sie die Eifel und ist fasziniert von den Menschen und ihren Geschichten. «Das Haus der Füchsin» ist der Auftakt einer neuen, zweibändigen Reihe um die «Eifelfrauen». 2024 folgte mit «Der Ruf der Nachtigall» Band zwei.

«Brigitte Riebes Romane fesseln bis zum letzten Satz.»
literaturmarkt.info

«Immer wieder gelingt es Brigitte Riebe, Geschichte lebendig werden zu lassen.»
Bayerischer Rundfunk, Podcast «Eins zu Eins»

BRIGITTE RIEBE

Eifelfrauen
DAS HAUS DER FÜCHSIN

Roman

Rowohlt Taschenbuch Verlag

3. Auflage April 2025
Veröffentlicht im Rowohlt Taschenbuch Verlag
Rowohlt Verlag GmbH, Kirchenallee 19, 20099 Hamburg
Zuerst veröffentlicht im Rowohlt Taschenbuch Verlag,
Hamburg, Juli 2024
Copyright © 2023 by Rowohlt Verlag GmbH, Hamburg
Redaktion Susann Rehlein
Die Nutzung unserer Werke für Text- und Data-Mining
im Sinne von §44b UrhG behalten wir uns explizit vor.
Covergestaltung Hafen Werbeagentur, Hamburg
Coverabbildung
Abigail Miles/Arcangel; Stefan Ziese/akg-images
Satz aus der Plantin bei CPI books GmbH, Leck
Druck und Bindung GGP Media GmbH, Pößneck
ISBN 978-3-499-00404-9

Kontaktadresse nach EU-Produktsicherheitsverordnung:
produktsicherheit@rowohlt.de

Für Marie

*Wenn alles bleiben soll, wie es ist,
muss sich alles ändern.*

GIUSEPPE TOMASI DI LAMPEDUSA
(1896–1957)

DIE WICHTIGSTEN FIGUREN

TRIER

FAMILIE FUCHS

Matthias Fuchs, Tabakfabrikant
Dorothea Fuchs, seine Frau

Martha, seine Schwester
Ottilie, seine Schwester
Gertrud, seine Schwester
Lisbeth, seine Schwester †

Severin, Sohn †
Heinrich ∞ Greta, Sohn, Nachfolger von Matthias Fuchs

Georg ∞ Meta, Sohn, Kriminaler

Christoph, Sohn, Georgs Zwillingsbruder, Journalist

Johanna, Tochter

Jupp Sünner, Braumeister, Gretas Onkel

WITTLICH

FAMILIE NUSSBAUM

Martha Nußbaum, geb. Fuchs

Paul Nußbaum, Arzt, ihr Ehemann

Sophie Nußbaum, Jura-Studentin, Tochter

Jakob Nußbaum, Arzt, Sohn

ALTENBURG

Kätt Schröder, Johannas Nachbarin

Gritt und Anton, ihre Kinder

Eva Berg, Hebamme, Kätts Schwester

Wellem Schröder, Bürgermeister und Wirt des «Eifelglücks», Kätts Schwiegervater

Angelika Schröder, genannt Lika, Tochter von Wellem Schröder

Marc Degré, Wildhüter

Bernhard Wimscheid, Lehrer

Karl Auler, Waldarbeiter

Peter Michael Streit, Schreiner

TRABEN-TRARBACH

FAMILIE LANNERS

Ottilie Lanners, geb. Fuchs

Jean Lanners, ihr Ehemann, Weinhändler

Pit, Sohn

Léini, Tochter

PROLOG

Die Füchsin war zurückgekehrt.
Sie hörte ihr gutturales Locken vor dem Fenster. Wahrscheinlich war sie gekommen, um ihr die neuen Welpen zu zeigen, wie auch schon die Jahre zuvor. Eine berührende Vertrauensgeste, die sie sehr zu schätzen wusste, denn wie scheu Füchse eigentlich waren, wusste sie nur zu genau. Doch schon die Mutter der Fähe war zu ihr gekommen und zuvor deren Mutter, ein unsichtbares Band zwischen Tier und Frau, das sich von Generation zu Generation weiterspann und schließlich ihrem Haus den Namen eingebracht hatte.

In anderen Zeiten wäre sie nun aufgestanden und zu ihr hinausgegangen, um ihr etwas Futter für die Kleinen anzubieten, doch dazu war sie schon viel zu schwach. Das Fieber, das seit drei Tagen und drei Nächten in ihr wütete, hatte sie fast aufgezehrt. Sie hatte sich angesteckt, als die anderen im Dorf schon genesen waren. Oder gestorben. Es fühlte sich an, als würde die Krankheit in ihr einem letzten lodernden Höhepunkt entgegenstürmen, bevor sie daran verbrannte.

Auch sie würde sterben.

Ihr Hund wusste es, versteckte sich in der Scheune, als wollte er dem letzten Abschied trotzen.

Sie wusste es auch, seitdem heute die erste Morgendämmerung ins Zimmer gekrochen war und ihr Atem so rasselnd wurde, aber sie hatte keine Angst davor, denn sie war dem Tod schon oft begegnet.

Die Dinge waren geregelt.

Wie sie das Erbe aufnehmen würde?

Sie hatte dafür gesorgt, dass sie nicht alles auf einmal verstand. Langsam sollte die Erkenntnis reifen, ihr zeigen, was die nächsten Schritte sein könnten.

Der Laut der roten Fähe draußen hatte sich verändert, klang quarrend nun und rau, so wie sie als hilfloser Welpe vielleicht nach ihrer Mutter gerufen hatte. Auch sie spürte schon den Tod, nahm wahr, wie ihre alte Freundin sich mehr und mehr von ihr entfernte.

Das Haus der Füchsin würde nicht lange verlassen bleiben, darauf hatte sie gesetzt, eine starke Hoffnung, die ihr diese letzten Stunden leichter machte. Die Tiere würden sich schnell an die Veränderung gewöhnen, ebenso wie ihr Garten, in dem sie so viele glückliche Stunden verbracht hatte. Altes verging, Neues war am Sprießen – der ewige Kreislauf des Lebens, in wie vielen verschiedenen Facetten war sie ihm in dieser verwunschenen Landschaft schon begegnet ...

Kein Hunger mehr, auch der entsetzliche Durst war verschwunden, doch dass die Freundin ihr die aufgesprungenen Lippen immer wieder mit einem Gemisch aus Honig und Butter benetzte, war tröstlich.

«Fahr und hol sie her», flüsterte sie schließlich mit letzter Kraft. «Zeig ihr, wer ich gewesen ...»

Noch ein Atemzug, dann fiel ihr Kopf zur Seite.

Vor dem Haus begann die Füchsin laut zu keckern.

1

TRIER,

APRIL 1920

Johannas Augen wurden groß, als sie die Herrlichkeiten erblickte, die auf ihrem Bett ausgebreitet waren.

«Für mich?», fragte sie überwältigt. «Das alles?»

Greta, ihre Schwägerin in spe, kicherte vergnügt.

«Mir wäre das Kleid doch viel zu eng. Und in den Girdle mit den Strapsen passt kaum meine Hand.»

«Aber das muss doch ein Vermögen gekostet haben – Greta, du hast eindeutig den Verstand verloren!»

«Papperlapapp! Onkel Jupp ist immer großzügig, weil er Mama und mich unterstützen will. Außerdem gab es in den letzten Kriegsjahren nichts Neues zum Anziehen, und du wirst schließlich nur einmal im Leben großjährig. Da sollst du deine Schönheit ruhig zeigen!»

«Und ich war schon unglücklich, dass Papa eure Verlobung und meine Geburtstagsfeier auf einen Abend zusammengelegt hat. Aber jetzt bin ich glücklich darüber, Greta, so, so glücklich!»

Johanna griff nach der hellen Stola, schlang sie sich um den Hals und tanzte ausgelassen durch ihr Zimmer.

«Da werden sie Augen machen, diese wohlhabenden Schnösel, die Papa eingeladen hat, damit sein Töchterchen bloß nicht als alte Jungfer endet.» Johanna wusste, dass einige der begehrtesten Junggesellen Triers unter den Gästen sein würden, dafür hatte ihr Vater Matthias Fuchs gesorgt: Justus Beck, der Apothekersohn, Olaf Feuerstein, dessen Vater die Maschinenfabrik gehörte, und Peter Resch, der Angeber mit der großen Ziegelei. Sie war stehen geblieben. «Staunen sollen sie, meinetwegen sogar geifern. Mir macht es nämlich Spaß, sie so richtig zappeln zu lassen. Denn soll ich dir ein Geheimnis verraten? Von denen will ich ohnehin keinen.»

«Weil du in einen anderen Mann verliebt bist?», fragte Greta schwärmerisch. «Oder vielleicht sogar schon heimlich versprochen?»

«Vergiss es. Das hieße doch nur, von der väterlichen Bevormundung in die eines Ehemanns überzugehen, und dazu habe ich wenig Lust ...»

«Nicht alle Männer sind so, Johanna.» Gretas Gesicht hatte sich leicht gerötet.

Wie ein Sahnebaiser sah sie aus, alles an ihr war hell und blond und weich, nichts Hartes, Sperriges gab es an diesem jungen Frauenkörper, der wie geschaffen für die Mutterschaft schien. Ein üppiger Busen, den das lichtblaue Musselinkleid umspielte, runde Hüften, wohlgeformte Waden, dazu überraschend zarte Hände und Füße – etwas zum Kuscheln, zum Anlehnen, zum Liebhaben. Kein Wunder, dass Johannas Bruder Heinrich der Brauerstochter Greta auf Anhieb verfallen war. Nach seiner Rückkehr aus Köln vor über einem Jahr hatte es für ihn kein anderes Thema mehr gegeben. Eigentlich war er ja im Auftrag der väterlichen Tabakfabrik dorthin gereist, um den Kontakt mit den wichtigsten Gasthäusern und Bierstuben zu intensivieren, doch das trat für ihn rasch in den Hintergrund, so hoffnungslos verliebt war er. Wann immer es ihm möglich war, hatte Heinrich seitdem die quirlige Stadt am Rhein besucht, bei Familie Sünner Kaffee und Likör getrunken und schließlich bei Gretas Onkel Jupp formvollendet um Gretas Hand angehalten.

Das Ja von Jupp Sünner, seit dem frühen Tod seines Bruders Ersatzvater für Greta, war prompt erfolgt, gepaart mit der Zusage einer stattlichen Mitgift, die die Trierer Fabrikantenfamilie Fuchs ihrerseits erfreut zur Kenntnis genommen hatte. Eine gute Partie, die ihren Sohn zudem glücklich machte – so etwas hatten sich Matthias und Dorothea für ihren schüchternen Zweitältesten immer gewünscht, der so lange im Schatten seines großen Bruders Severin gestanden hatte. Dass Greta mehr als einverstanden war, hatte Heinrich längst gewusst. Seine starke Kurzsichtigkeit, mit der er als Heranwachsender gehadert hatte, weil sie ihn anderen gegenüber scheu und unsicher machte, war ihm im Großen Krieg zugutegekommen. Ausgemustert, da ungeeignet für den Dienst an der Waffe, waren Heinrich die zermürbenden Grabenkämpfe an der Westfront erspart geblieben. Severin, den strahlenden Erstgeborenen der fünf Geschwister, hatten sie das Leben gekostet und die jüngeren Zwillinge Georg und Christoph körperlich wie auch seelisch schwer versehrt. Immerhin hatten die beiden überlebt – zwei Söhne von vieren, zusammen mit Heinrich, der nicht gekämpft hatte, sogar drei, das war mehr, als die meisten Trierer Familien für sich verbuchen konnten.

Aber hatte das Haus Fuchs nicht seit jeher zu den

Gewinnern gezählt? Schon vor dem Großen Krieg waren die Geschäfte gut gelaufen, weil Seniorchef Matthias Fuchs die Produktion von Zigarren und Pfeifentabak rechtzeitig auf die modernen Zigaretten umgestellt hatte. Dann wurden die jungen Männer reihenweise eingezogen, und es gab kaum einen deutschen Soldaten, der nicht die preiswerte Hausmarke Ponte geraucht hatte. Die Umsätze waren damit auch in den Kriegsjahren konstant geblieben, während andere Gebrauchsgüter schwere Einbußen verbuchen mussten. Rauchen beruhigte und entspannte und, was wohl am wichtigsten war, es vertrieb den Hunger, zumindest eine Zeit lang. Zigaretten waren damit als Tauschware ideal.

«Ich weiß, Greta», lenkte Johanna ein. «Du heiratest ja schließlich meinen sanften, gewissenhaften Bruder Heinrich, der dir sicherlich jeden Wunsch von den Augen ablesen wird – vorausgesetzt, er hat nicht wieder seine Brille verlegt, denn ohne die ist mein Bruder leider blind wie ein Maulwurf.»

«Habe ich schon selbst erlebt. Und dann finde ich meinen Henry immer ganz besonders süß.»

«So nennst du ihn – Henry?» Jetzt schmunzelte Johanna.

«Henry, so hieß ein schottischer Dudelsackspieler der britischen Besatzungssoldaten, der wohl ein Auge auf mich geworfen hatte. Heinrich hat mich vom ersten Moment an an ihn erinnert – aber das darfst du ihm natürlich niemals verraten.»

«Ich schweige wie ein Grab», versicherte Johanna. «Aber jetzt halte ich es kaum noch aus – darf ich endlich deine wunderbaren Mitbringsel anprobieren?»

«*Kumm, loss mer fiere*», sagte Greta. «Jetzt feiern wir – also nix wie runter mit deinen Plünnen!»

Johanna war prüde erzogen worden, Sittsamkeit sei wichtig für das einzige Mädchen unter einer stattlichen Brüderschar, wie ihre Mutter Dorothea stets betont hatte. Sich jetzt vor Heinrichs Zukünftiger auszuziehen, machte ihr jedoch nichts aus, denn bei deren freundlicher Natürlichkeit fühlte es sich ganz selbstverständlich an. Also legte Johanna zunächst ihr blaues Kleid mit dem weißen Matrosenkragen ab, dann die Baumwollstrümpfe, schließlich auch das Hemdhöschen, bis sie nackt vor ihr stand.

«Erst den Seidenslip», kommandierte Greta, und Johanna gehorchte. «Darüber kommt dann der Girdle – obwohl du den ja eigentlich gar nicht bräuchtest, so rank und schlank, wie du bist.»

«Und die Seidenstrümpfe halten wohl von selbst, ganz ohne Strapse?»

«Auch wieder wahr. Das edle Satin steht dir, ich muss schon sagen, oh, là, là! Richtig schade, dass es außer mir keiner zu sehen bekommt ...»

«Du bist mir ja vielleicht eine!» Johanna drohte ihr spielerisch. «Bislang dachte ich, Heinrichs Braut sei züchtig und sittsam.»

«Von wegen!», sagte Greta bedeutungsvoll.

«Soll das heißen, ihr habt bereits ...»

«Haben wir», flüsterte sie, und ihre Augen begannen zu funkeln.

Johanna hatte inzwischen auch den Büstenhalter angezogen, ein zartes Gebilde aus cremefarbener Spitze.

«Und – ist es wirklich so schön, wie sie in den Romanen schreiben?», fragte Johanna leise und wurde ein wenig rot dabei. «Mama ist mir die Antwort schuldig geblieben, als ich sie danach gefragt habe. Das hat Zeit bis zu meiner Hochzeit, hat sie gesagt – als ob wir noch im achtzehnten Jahrhundert leben würden!»

«Ja, wunderbar», erwiderte Greta mit Nachdruck. «Manchmal nahezu überwältigend. Aber es muss eben der Richtige sein. Achte darauf, wie ein Mann küsst, daran erkennst du schon eine ganze Menge. Es ist wie bei einer guten Bonbonniere: Du fängst ganz bescheiden mit einer Praline an, dann kommt die zweite, schließlich die dritte – und auf einmal würdest du am liebsten die ganze Schachtel leer essen.» Sie lächelte verschmitzt. «Pass bloß auf, Johanna: Liebe kann richtig süchtig machen ...»

«Und jetzt das Kleid?» Johannas Stimme bebte.

«Unbedingt!»

Cremefarbene Seide glitt über ihre Haut, fühlte sich kühl und leicht an. Ihre Hände tasteten über die goldenen Pailletten, die unter der Brust zu einer Art Mandala zusammenliefen. An den Knien spürte sie die weichen Fransen, die bei jeder Bewegung mitschwangen.

Der mannshohe Ankleidespiegel warf ein Bild zurück, das Johanna vollkommen unbekannt vorkam. Der großzügige V-Ausschnitt ließ ihren Hals länger wirken, zartes Lamégespinst umhüllte die Oberarme. Creme und Gold harmonierten perfekt mit ihrer hellen Haut und den rotblonden Haaren, ließen sie feminin und elegant zugleich aussehen. Das war nicht mehr das dürre Mädchen, das vor Kurzem mit Ach und Krach die private Wirtschaftsschule absolviert hatte – mit leicht provokantem Lächeln starrte ihr eine schlanke junge Frau entgegen, attraktiv und selbstbewusst, bereit, ins Leben zu tanzen ...

«Hinreißend!», kommentierte Greta, die lässig aus dem Sessel aufgestanden war, um alles aus der Nähe zu betrachten. «Und wie für dich gemacht. Onkel Jupp hat einfach Geschmack! Jetzt die hellen Mary-Jane-Schuhe, auf diesen Absätzen kannst du die ganze Nacht durchtanzen. Ich hätte da übrigens noch eine weitere Überraschung – sozusagen als Tüpfelchen auf dem i ...»

Sie ließ ein nachtblaues Samtetui aufschnappen.

«Was ist das denn?» Johanna keuchte auf.

«Vergoldete Skarabäen, zu Ohrgehängen verarbeitet. Hat Onkel Jupp von seiner letzten Ägyptenreise mitgebracht.»

«Ägypten!», sagte Johanna verträumt. «Das ist ja wie im Märchen. Meine Eltern haben es nicht weiter als zum Comer See gebracht ...»

«Mama wollte sie nicht tragen», fuhr Greta fort. «Zu auffällig für ihren Geschmack, da sind sie bei mir gelandet. Aber ich glaube, dir würden sie viel besser stehen. Ich darf doch mal?»

Greta löste die kleinen Perlen aus Johannas Ohrlöchern und fädelte stattdessen geschickt die Bügel durch. Dann trat sie einen Schritt zurück, um ihr Werk zu begutachten.

«Passt», sagte sie lächelnd. «Überzeug dich selbst, du aparte Schönheit! Der Skarabäus steht übrigens für Neubeginn, obwohl er ja eigentlich ein Mistkäfer ist. Aber die Alten Ägypter sahen in ihm den Ursprung allen Lebens und haben ihn sehr verehrt. Weiß ich alles von Onkel Jupp, dem wandelnden Lexikon, Professor hätte der werden sollen und nicht Bierbrauer! Ich könnte ihm stundenlang zuhören, wenn er von seinen Reisen erzählt.»

Verzückt starrte Johanna in den Spiegel.

«Ein Traum! Absolut einzigartig. Aber leider kommen sie mit diesen kindischen Flechtschnecken gar nicht richtig zur Geltung ...» Sie schaute zu Greta. «Du hast es gut mit deinem kurzen Bubikopf ...»

«Der ist auch ungeheuer praktisch. Nie mehr stundenlang warten, bis die Haare endlich trocken sind.»

«Das will ich auch», verkündete Johanna entschlossen. «Und zwar sofort!»

Sie löste die Haarklammern. Zwei dicke rotblonde Zöpfe fielen bis über die Brust.

«Jetzt noch zum Friseur?» Greta zog die Stupsnase kraus. «Das könnte knapp werden. Das Personal klappert unten schon mit dem Geschirr, hörst du? Das Büfett dürfte inzwischen fertig sein. Und der Blumenschmuck ist auch bereits angeliefert. Schließlich beginnt das Fest in wenigen Stunden ...»

«Wer redet denn vom Friseur?» Johanna ging zur Kommode, öffnete die oberste Schublade und holte eine Schere heraus. «Mamas Geschenk zum letzten Weihnachtsfest, weil sie die Hoffnung nicht aufgeben will, ich könnte irgendwann doch mit Handarbeiten anfangen. Wird wohl ein Traum bleiben. Abschneiden, Greta, runter mit der Wolle!»

«Aber ich bin doch gar nicht vom Fach ...»

«Egal! So genau sieht man das bei meinen Locken ohnehin nicht. Also bis zum Kinn und keinen Zentimeter länger!»

Vor dem Großen Krieg waren die Feste in der Villa Fuchs legendär gewesen. Während Firmenchef Matthias zunächst darauf bestanden hatte, nach außen hin Bescheidenheit zu demonstrieren, lag seiner Frau Dorothea, die aus Baden-Baden eingeheiratet hatte, das Opulente deutlich mehr. Eine attraktive Erscheinung mit ihrer dunklen Haarfülle, der milchweißen Haut und hellblauen Augen, war sie mit gerade zwanzig zum ersten Mal Mutter geworden. Doch trotz einer rasch wachsenden Kinderschar wollte Dorothea nicht nur weiterhin aktiv am gesellschaftlichen Leben der Stadt teilhaben, sondern diesem auch ihren ganz persönlichen Stempel aufdrücken. Was wäre dazu geeigneter gewesen als opulente Feierlichkeiten, bei denen die Damen ihre prunkvollen Abendgarderoben präsentieren konnten, während sich die Herren elegant in Frack und Zylinder zeigten?

Nach anfänglicher Zurückhaltung hatte Matthias Fuchs seine Einwände nach und nach aufgegeben. Er ließ seine fünfzehn Jahre jüngere Frau ganz nach ihrem Gusto walten, begriff er doch, wie eng sich Nachbarn und Geschäftsfreunde durch solche Veranstaltungen an die Firma binden ließen. Mehr als zwei Jahrzehnte lang hatte es im Karneval aufwändige Kostümfeste gegeben, sommerliche Soireen und später im Jahr herbstliche Erntedank-Banketts sowie spektakuläre Silvesterfeiern mit Feuerwerk. Alle Welt riss sich geradezu um eine Einladung. Wer in der Fabrikantenvilla Fuchs ein und aus ging, der gehörte in Trier dazu.

Das große Anwesen am Ende der belebten Saarstraße bot die besten Voraussetzungen. Zu Beginn des neunzehnten Jahrhunderts von einem namhaften Architekten erbaut und von Matthias Fuchs bald nach der Eheschließung erworben, besaß das Haupthaus zwei Stockwerke mit hohen, lichten Räumen sowie eine Mansarde mit Kammern für Dienstboten. Neu hinzugekommen war der zweigeschossige Wintergarten, der an den Grünen Saal im Erdgeschoss grenzte und mit seinen Orangen- und Zitronenbäumchen mediterranes Flair verströmte. Im Parterre lagen auch Wohnraum, Esszimmer und Bibliothek sowie die große Küche mit der Speisekammer, ausreichend für den täglichen Bedarf der Familie. Wurde jedoch wie heute eine Vielzahl an Gästen erwartet, wich man für die Vorbereitungen in den lang gezogenen Wirtschaftsbau im Nutzgarten aus, der tief unterkellert war und gute Kühlmöglichkeiten für leicht Verderbliches bot. Unweit davon stand das ehemalige Kutscherhäuschen, in dem Köchin Hilde Weyrand mit ihrem Mann Gustav wohnte, der im Garten mit anpackte, wenn eine tüchtige Hand gebraucht wurde, vor allem jedoch als Chauffeur für die beiden Automobile zuständig war, den Vorkriegs-Dixi aus Thüringen und den Mercedes 500, der erst jüngst angeschafft worden war.

Die Eheleute schliefen im ersten Stock mit direkt angrenzendem Bad; hier lag auch das häusliche Büro des Fabrikanten, in dem sich manches besprechen ließ, was nicht für fremde Ohren gedacht war, sowie Dorotheas Boudoir, das die Kinder nur nach Anklopfen betreten durften, ein kleiner Raum mit Seidentapete, Sekretär und einer gemütlichen Récamiere. Im Stockwerk darüber befand sich neben zwei Gästezimmern und einem weiteren Bad das «Reich der Jugend», wie Matthias Fuchs zu sagen pflegte, zwei große, nebeneinander liegende Zimmer, oft in heilloser Unordnung, als noch alle vier Söhne unter dem elterlichen Dach gelebt und ihrer kleinen Schwester mit ihren Streichen bisweilen das Leben schwer gemacht hatten. Allerdings war Johanna nicht wesentlich ordentlicher und hätte, was das betraf, ebenfalls spielend als Junge durchgehen können. In männlicher Gesellschaft egal welchen Alters fühlte sie sich wohl, während sie gleichaltrigen Mädchen gegenüber stets ein wenig misstrauisch war. Greta war eine Ausnahme. Bei anderen gingen ihr die typisch weiblichen Eifersüchteleien auf die Nerven, ebenso wie Getratsche hinter dem Rücken, während ins Gesicht freundlich getan wurde. Trotzdem gab es sie – die Sehnsucht nach der besten Freundin, mit der man alles teilen konnte.

Nach Severins Tod war nur Christoph hier wohnen geblieben, der Sensiblere der Zwillinge, der für den *Trierischen Volksfreund* schrieb, während sein Bruder Georg, gerade frischgebackener Kriminalassistent, eine kleine Bleibe in der Brückenstraße angemietet hatte. Heinrich stand als Juniorchef eine Firmenwohnung auf dem Fabrikgelände in Moselnähe zu, in die er seine Greta jedoch nicht holen wollte, er spekulierte vielmehr auf das gemütliche Haus mit kleinem Garten nahe den ehemaligen Barbarathermen, das einer Kriegerwitwe gehörte, die er zum Verkauf allerdings erst noch überreden musste.

Der Krieg mit seinen immer strikteren Notverordnungen und den fürchterlichen Bombenangriffen, die

Trier wie kaum eine andere Stadt im Deutschen Reich in Angst und Schrecken versetzt hatten, war ein jäher Einschnitt für die gesamte Stadt gewesen. Wer dachte noch an Feiern, wenn die jungen Männer reihenweise auf dem Schlachtfeld verbluteten oder als seelische Wracks aus den Schützengräben zurückkehrten und Brot mit Sägespänen versetzt werden musste? Dazu kam ab 1918 jene unheimliche Fieberseuche, die Jung wie Alt von heute auf morgen überfallen konnte und innerhalb weniger Tage dahinsiechen ließ. Spanische Grippe, so wurde sie genannt, und ob sie nach zwei großen Wellen und unzähligen Todesopfern für immer besiegt war, blieb weiterhin fraglich.

Entbehrungsreiche Zeiten lagen also hinter allen, und obwohl nun seit zwei Jahren endlich offiziell Frieden herrschte, wollte sich der ersehnte Aufschwung noch nicht einstellen. Schwer lasteten die Reparationsforderungen der Alliierten auf dem besiegten Deutschland; in vielen linksrheinischen Städten wie auch in Trier hatte man sich noch immer nicht an die Anwesenheit der verhassten französischen Besatzungsmacht gewöhnt. Umso wichtiger war es Johannas Mutter Dorothea Fuchs, mit dieser Doppelfeier, dem ersten Fest im Hause Fuchs seit dem Krieg, ein Zeichen zu setzen.

Im Vergleich zu früheren Festivitäten waren bedeutend weniger Gäste eingeladen worden, neben der Familie nur rund zwanzig der wichtigsten Honoratioren, selbstredend mit Gattin. Doch angesichts der umfangreichen Sippe, die aus Wittlich, Köln und Mainz angereist war, würde das Haus trotzdem voll werden. Zur Vorbereitung war es tagelang von den beiden Dienstmädchen Lina und Auguste von oben bis unten mit Soda und Natron geschrubbt worden. Jetzt glänzten die Parkettböden wie neu, und durch die gewienerten Fenster fiel die Frühlingssonne herein. In den makellos sauberen Scheiben würden sich schon bald auch die Lichter der zwei großen Kronleuchter spiegeln, die den Grünen Saal abends festlich illuminierten. Ein alter Geschäftspartner aus Holland, der sich nicht darum scherte, dass die Deutschen nach wie vor als Feinde von halb Europa galten, hatte für eine große Fuhre frischer Tulpen gesorgt, die nun alle verfügbaren Vasen und Pokale schmückten.

Das Büfett war längst nicht so üppig wie in Vorkriegszeiten, sündteure Raffinessen wie Austern, Kaviar oder Gänseleberpastete fehlten ganz, doch angesichts der reichlichen Auswahl an Fleisch, Fisch, Salaten und Käse würde trotzdem keiner hungrig bleiben. Da die Hausherrin sich Tanz gewünscht hatte, war das Trio Rösner engagiert worden, das mit Gitarre, Akkordeon und Kontrabass aufspielen sollte. Es hieß, sogar Oberbürgermeister Albert von Bruchhausen würde heute nebst Gattin der Einladung folgen, ein großer Moment für die Fabrikantenfamilie Fuchs.

Und dann war es endlich so weit ...

Aufgeregt hielt Johanna noch einmal kurz vor dem Ankleidespiegel inne, nachdem die Mutter sie von unten gerufen hatte, und zupfte die helle Stola zurecht. Den Nachmittag über hatte sie ihr Zimmer nicht verlassen, starkes Kopfweh vortäuschend, damit keiner ihre Verwandlung zu früh entdeckte. Nur Greta, die für den kessen Bubikopf verantwortlich war, und Köchin Hilde, die es sich nicht nehmen ließ, ihrem Liebling wenigstens ein Süppchen nach oben zu bringen, waren eingeweiht.

Hatte sie nicht doch einen Fehler gemacht? Ihre rotblonde Mähne, selbst mit Haarnadeln und Reifen kaum zu bändigen, war stets von allen bewundert worden. Sah sie mit den kurzen Locken nicht wie ein kecker Junge aus? Nein, alles war gut so, wie es war!

Und konnte sogar noch besser werden ...

Als Johanna den Kopf zurückwarf, klimperten die goldenen Skarabäen an ihren Ohren.

«Ein Neuanfang», flüsterte sie. «Der Mistkäfer, der Leben erschaffen kann. Also, nichts wie los, du aparte Schönheit ...»

Auf dem Weg zur Treppe überholte sie Christoph.

Seit dem Schulterdurchschuss vor Verdun hielt er sich immer ein wenig schief, was ihm etwas Verletzliches gab, dabei kannte er keine Wehleidigkeit und war in ihren Augen der Mutigste und Tapferste der Brüder. Johanna liebte an ihm, dass ihm Ungerechtigkeit von Herzen zuwider war, ganz egal, wem sie widerfuhr. Schon auf dem Schulhof war er für jene eingetreten, die schikaniert worden waren, auch wenn er dafür bisweilen von den Lehrern harte Strafen kassiert hatte.

«Schwesterchen?», sagte Christoph verblüfft, und in seiner Stimme schwangen gleichermaßen Verwunderung wie Anerkennung. «Du bist ja kaum wiederzuerkennen – wie frisch aus Berlin importiert!»

«Ich gefalle dir also?», fragte Johanna. «Die Sachen habe ich alle von Greta.»

«Und wie!» Er grinste spitzbübisch, sah trotz dunklem Abendanzug, weißem Hemd und Fliege plötzlich wieder aus wie früher, wenn er verbotenerweise vom Most genascht hatte. «Die werden vielleicht Augen machen ...»

«... oder gemeinschaftlich über mich herfallen.»

Er bot ihr seinen Arm. «Das wird niemand wagen, und falls doch, dann bekommt er es mit mir zu tun, dem heiligen Christopherus, der seine kleine Schwester sicher durch die Fluten trägt!»

Seite an Seite stiegen sie hinunter, und Johanna genoss jede Stufe auf dem Weg ins Erdgeschoss – wie die Seide ihre Haut streichelte, wie leicht der Kopf sich ohne das viele schwere Haar anfühlte, das sanfte Schwingen der Ohrgehänge. Der Grüne Saal musste schon gut gefüllt sein; Reden und Lachen vermischten sich mit Musikfetzen, die bis zu ihnen drangen.

«Bereit?», fragte Christoph, als sie schließlich vor dem Festsaal standen.

«Bereit!», bestätigte Johanna nach einem letzten tiefen Atemzug.

Wie erwartet starrten alle sie an, kaum dass Johanna den Saal betreten hatte – inmitten der Gäste die Eltern in festlicher Abendgarderobe, Georg, dessen neuer Smoking um die Schultern spannte, weil er seit einiger Zeit im Boxverein war. Heinrich und Greta, Ersterer mit vor Aufregung beschlagenen Brillengläsern, Letztere zum Anbeißen niedlich in himbeerfarbener Seide, ihre dünne, leicht verkniffene Mutter Ursula und Gretas berühmter Onkel Jupp, ganz entspannt im Cut, mit dicker Zigarre in der Hand.

«Du traust dich vielleicht was.» Georg fand als Erster

die Sprache wieder. «Jetzt siehst du aus wie eine dieser verruchten Halbweltdamen ...»

«Finde ich gar nicht», widersprach ihm Onkel Jupp, und Johannas Herz flog ihm auf der Stelle zu. «Das ist modern und absolut hinreißend. Steht Ihnen ebenso gut wie Greta, liebes Fräulein Fuchs.» Seine Zigarre landete im Aschenbecher. «Wenn ich um den ersten Tanz bitten dürfte?» Er verneigte sich vor ihr. «Ein Foxtrott, bitte sehr!» Das galt der Kapelle, die seinem Wunsch sofort nachkam.

Jupp Sünner tanzte gut, ein bisschen steif vielleicht, aber sehr taktsicher. Ein paar andere Paare schlossen sich ihnen an, und Johanna sah zwei ihrer Verehrer vorbeitanzen, die notgedrungen auf andere Partnerinnen hatten zurückgreifen müssen.

«Johanna bitte, nicht Fräulein Fuchs», bat sie ihn. «Schließlich haben Sie mich gerade gerettet. Danke noch einmal dafür!»

«Mit dem allergrößten Vergnügen, dann bin ich aber auch der Onkel Jupp.» Er grinste. «Steht dir wirklich gut, die neue Frisur.»

«Jetzt machst du mich ganz verlegen ...»

«Ein alter Kerl wie ich?» Jupp lachte herzhaft. «Schön, wenn das noch immer funktioniert! Jetzt bist du also großjährig, Johanna.»

Sein Blick glitt zu den Skarabäen, die an ihren Ohren baumelten. Ärgerte er sich, dass nun sie sein Geschenk trug?

«Greta hat darauf bestanden», sagte Johanna rasch. «Sie meinte ...»

«Meine Nichte kann mit den Ohrringen machen,

was sie mag», unterbrach er sie. «Apropos, was willst du denn nun mit deinem Leben anstellen – auch ganz schnell heiraten wie Greta und ihr Heinrich?»

«Bloß nicht», sagte sie.

«Was spricht dagegen?», fragte er.

«Dass ich danach zwar nicht mehr machen muss, was Papa mir aufträgt, aber sehr wohl, was mein Mann möchte. Dabei weiß ich doch noch gar nicht, was *ich* will. Ich glaube, ich brauche ein bisschen Zeit, um das herauszufinden.» Johanna wunderte sich selbst, dass sie so vertrauensselig war, aber Jupp zeigte ehrliches Interesse an dem, was sie bewegte, während ihre Eltern nur zu gerne jede Gefühlsregung unter den Teppich kehrten.

«Kommt auf den Partner an, den du dir aussuchst», erwiderte Jupp. «Aber im Großen und Ganzen muss ich dir wohl leider recht geben: Wir Männer beanspruchen die größere Hälfte vom Kuchen. Und weshalb? Weil es immer so war. Jedenfalls behaupten wir das. Ganz schön frech eigentlich, wenn man es sich richtig überlegt.» Seine große Hand auf ihrem Rücken, vollführte er mit Johanna eine schwungvolle Drehung. «Aber vielleicht ändert sich das ja. Ändert sich gerade ja so einiges ...»

«Wenn ich Ihnen die Dame kurz entführen dürfte?» Justus Beck klatschte ab, während Peter Resch, der zu langsam gewesen war, unverrichteter Dinge wieder abziehen musste.

«Ausgesprochen ungern, junger Mann», erwiderte Jupp. «Aber wenn Sie ausdrücklich darauf bestehen ...»

«Muss ich leider», kam als Antwort.

Johanna zuckte bedauernd die Achseln.

Justus, den sie aus Schulzeiten kannte, auch wenn

er drei Klassen über ihr gewesen war, galt als Angeber. Voller Stolz darauf, dass sein vermögender Apothekervater neuerdings auch noch Mitglied des Magistrats war, plusterte er sich auf, als sei das sein persönliches Verdienst. Natürlich war er auch im Krieg ein Held gewesen. Schade nur, dass sich kaum jemand so recht für seine Münchhausen-Geschichten interessierte, Johanna am allerwenigsten ...

«Endlich mal wieder ein Weib im Arm», sagte Justus und presste Johanna viel zu eng an sich. «Du glaubst ja gar nicht, wie sehr wir armen Soldaten in dieser Hinsicht darben mussten!»

Johanna allerdings brachte ihn mit ihren spitzen Nägeln schnell wieder auf Abstand.

«Welches Weib?», fragte sie. «Falls du mich damit meinen solltest – ich bin eine Frau.»

«Und was für eine!» Seine Augen glänzten. «Soll ich dir beweisen, was ich für ein Mann bin?»

«Keinerlei Bedarf, Justus. Was ich von dir weiß, genügt mir.»

«Was soll das heißen?» Er wirkte irritiert.

«Dass du regelmäßig bei einer gewissen Madame Florence in der Luxemburger Straße verkehrst.»

«Wer behauptet das?»

Justus' längliches Gesicht färbte sich rot. Er hätte als gut aussehend durchgehen können, wegen seines blasierten Ausdrucks jedoch wirkte er meist wie seine eigene Karikatur.

«Wenn man beste Beziehungen zur Presse hat ...»

«Also dein Bruder, dieser Schmierfink, hätte ich mir ja gleich denken können! Frag ihn doch mal, weshalb er als einfacher Gefreiter aus dem Feld zurückgekommen ist, während ich immerhin zum Unteroffizier befördert wurde ...»

Sie waren gerade an Christoph vorbeigetanzt.

«Sind eben nicht alle Männer zum Töten geschaffen, Beck», sagte Johannas Bruder leise und zog sie von ihm weg. «Genug getanzt für den Moment, Schwesterchen. Siehst du denn nicht? Alle halten schon ihr Glas in der Hand. Vater will endlich seine Rede halten, damit das Büfett eröffnet werden kann.»

Matthias Fuchs schlug mit einem Dessertlöffel an sein Sektglas.

«Was für ein wunderbarer Abend», begann er schließlich. «Sie alle wieder bei uns versammelt zu sehen, liebe Familie, verehrte Gäste, sehr verehrter Herr Bürgermeister von Bruchhausen und Gattin, welch besondere Ehre» – eine leichte Verbeugung – «erfüllt mein Herz mit großer Freude. Gleich zwei glückliche Anlässe haben uns heute hier zusammengeführt: zum einen die Verlobung unseres Sohns Heinrichs mit der bezaubernden Greta Sünner aus Köln, die in Begleitung ihrer geschätzten Familie nach Trier gekommen ist. Ich gratuliere euch herzlichst, meine lieben Kinder, werdet glücklich!»

Unter dem Beifall der Anwesenden traten Greta und Heinrich vor. Greta strahlte über das ganze Gesicht, als Heinrich ihr den funkelnden Ring ansteckte, ein stattlicher Brillant, in Platin gefasst, gekauft beim Juwelier Lürenbaum in der Brotstraße, der heute ebenfalls unter den Gästen gewesen wäre, hätte ihn nicht eine böse Magenverstimmung daran gehindert.

«Ich liebe dich, mein Henry», sagte Greta mit klarer,

lauter Stimme. «Und ja, ich werde dir eine gute Frau sein – das verspreche ich!»

Heinrich, zu gerührt, um antworten zu können, nahm sie in die Arme und küsste sie so ausgiebig, dass seine Mutter dezent zu hüsteln begann.

Die beiden lösten sich voneinander, blieben jedoch weiterhin ganz nah beisammen stehen.

Matthias Fuchs wandte sich wieder den Gästen zu und fuhr fort: «Der zweite Anlass für dieses Fest ist ebenfalls erfreulich. Johanna, unsere Jüngste, ist einundzwanzig Jahre alt geworden – und wird, wie meine Frau und ich inständig hoffen, nun endlich erwachsen. Nach all den Jungen ein Mädchen in unserem Haus aufwachsen zu sehen, war für uns beide etwas ganz Besonderes. Wir haben versucht, ihr Schutz und Geborgenheit zu schenken, ohne sie allzu sehr einzuschränken. Denn Temperament, das besitzt unsere einzige Tochter unbestritten.»

Ein paar Lacher.

«So ist nun aus einem stürmischen, manchmal auch launischen Raupenkind ein schöner, liebenswürdiger Schmetterling geworden», fuhr er sichtlich gerührt fort. «Wir, deine Eltern, sind sehr stolz auf dich, Johanna – auch wenn du uns mit deiner Eigenwilligkeit nach wie vor zu überraschen weißt.»

«Aber mein Bubikopf ist doch einsame Spitze, Papa, oder?», rief Johanna übermütig und brachte damit die Gäste zum Schmunzeln. «Das musst du zugeben!»

«Wo die Haare nun einmal ab sind», sagte er leicht resigniert, «ja, die neue Frisur steht dir. Jedoch bitte keine weiteren Experimente, versprochen?»

«Versprochen!» Johanna hob ihr Glas und prostete ihm zu.

Alle anderen taten es ihr nach.

«Lassen Sie uns also anstoßen auf einen Abend der leiblichen, geistigen und akustischen Genüsse», sagte der Gastgeber jovial. «Herzlich willkommen in der Villa Fuchs.»

Binnen Kurzem war das große Büfett belagert. Unter den Gästen war keiner, der am Hungertuch nagen musste. Aber man hätte beinahe auf diese Idee kommen können, so eifrig beluden sie ihre Teller, um sich dann zum Essen an einen der kleinen Tische zurückzuziehen, die man eigens im Saal aufgestellt hatte.

Johanna hatte sich den Platz neben Christoph gesichert, in dessen Nähe sie sich am wohlsten fühlte, und ließ sich Waldorfsalat, Käsestangen und pochierte Lachshäppchen schmecken. Ihr Teller war im Nu leer; als sie aufstand, um ihn nochmals zu füllen, vernahm sie die tadelnde mütterliche Stimme hinter sich.

«Neben deinem Bruder kannst du doch jeden Tag sitzen. Warum zerstreust du dich nicht mit den jungen Männern, die wir eigens deinetwegen eingeladen haben?»

«Weil ich sie nicht leiden kann», erwiderte Johanna leise, aber in spitzem Tonfall. «Keinen von ihnen!»

«Aber ihre Väter ...»

«Die soll ich ja schließlich nicht heiraten, oder? Die Söhne jedenfalls taugen in meinen Augen nicht viel. Justus Beck ist ein Angeber, Olaf Feuerstein ein ungehobelter Klotz und Peter Resch ein ausgemachter Langweiler. In mir sehen sie doch lediglich die gute

Partie. Wer ich wirklich bin, interessiert sie nicht die Bohne. Soll ich es ihnen ins Gesicht sagen, möchtest du das?»

«Das wirst du schön bleiben lassen, Johanna! Man könnte fast glauben, wir hätten dir keinerlei Benehmen beigebracht ...» Ein tiefer Seufzer. «Als Gastgeber bedient man sich selbst übrigens niemals unmäßig vom Büfett, erst recht nicht, wenn man eine junge Dame ist.»

«Aber ich habe doch den ganzen Tag kaum etwas gegessen ...»

«Das kommt davon, wenn man solche Sperenzchen macht wie du und sich dann im Zimmer verstecken muss. Mich kannst du nicht so einfach um den Finger wickeln wie deinen Vater. Dein Haar war dein schönstes Attribut, liebes Kind. Äußerst unklug, dich dessen zu entledigen – zumal in einem Alter, wo es nun gilt, die richtige Wahl für deine Zukunft zu treffen!»

«Ach, mit kurzen Haaren bin ich deiner Ansicht nach auf dem Heiratsmarkt also weniger wert?», fauchte Johanna zurück. «Weißt du was, liebe Mutter? Wer mich so nicht will, der soll es eben bleiben lassen!»

Sie lud sich extra viel auf den Teller und kehrte zu Christoph zurück, zu dem sich in der Zwischenzeit Tante Gertrud gesetzt hatte, die älteste Schwester von Matthias Fuchs. Sechs Personen fanden an den extra aufgestellten Tischen Platz, die ideale Anzahl von Gästen, um sich trotz der Musik noch angeregt unterhalten zu können.

«Tut mir ja so leid mit deiner Schulter», sagte Gertrud gerade anteilnehmend. «Schmerzt es denn immer noch sehr?»

«Ach was.» Christoph zuckte die Achseln.

Nur Johanna wusste von den Nächten, in denen ihr Bruder trotz seiner Morphintabletten keinen Schlaf fand. Natürlich würde sie darüber kein Wort verlieren, erst recht nicht an diesem geselligen Abend.

«Lästige Angelegenheit, aber ich habe mich daran gewöhnt», erwiderte er und schaffte es, beiläufig zu klingen. «Nur an der Schreibmaschine wäre ich vermutlicher fixer ...»

«Als Polizist wäre er nicht zu gebrauchen», schaltete sich ungefragt Georg vom Nebentisch ein, der kaum eine Gelegenheit ausließ, seinen Bruder schlechtzumachen. Er setzte sich zu ihnen an den Tisch und stellte ein Bierglas neben Johannas Teller. «Bei uns in der Truppe muss jeder Mann über volle Körperkraft verfügen!», sagte er großspurig, und Tante Gertrud klopfte ihm tadelnd auf den Arm, was ihm aber entging.

Bestimmt hatten die Zwillinge schon im Mutterleib erste Kämpfe ausgetragen. Georg, der Zweitgeborene, mehr als ein Kilo leichter als sein Bruder, war zunächst ein schwächlicher Säugling gewesen, um den die Eltern bangen mussten. Doch sein Lebenshunger war so enorm, dass schon bald eine zweite Amme angestellt werden musste, um beide Brüder satt zu bekommen. Inzwischen war Georg größer und schwerer als sein Bruder, was ihn mit Genugtuung erfüllte. Denn von klein auf waren die Zwillinge als Konkurrenten aufgetreten, verstrickt in Dauerwettkämpfe, vom lässigen Christoph eher verbal ausgetragen, wogegen der aufbrausende Georg oft und gern die Fäuste eingesetzt hatte.

«Aber Köpfchen braucht man schon auch», fügte

Christoph hinzu. «Gilt das bei euch Kriminalern nicht als besonders wichtig?»

«Soll das heißen, dass ich nicht gut denken kann?», fuhr Georg auf. Die bläuliche Ader an seiner rechten Schläfe schwoll an.

«Das soll heißen, dass ihr Kraft *und* Verstand braucht, Brüderchen, nichts anderes hab ich gerade geäußert.»

«Ich mag es eben, wenn Männer echte Männer sind», wandte Georg sich nun direkt an Tante Gertrud, und sie lächelte ihn ein wenig amüsiert an. «Und wäre gern Berufssoldat geworden, doch das hat dieser schändliche Friedensvertrag von Versailles mit seiner lächerlichen Truppenbegrenzung verhindert.» Er verzog das Gesicht. «Eine Regierung mit einem Proleten an der Spitze, die sich etwas Derartiges aufdrücken lässt, hat für mich von vornherein verloren!»

«Ich dagegen finde, Reichskanzler Ebert macht seine Sache ganz gut, auch wenn so manch einer noch nicht wahrhaben möchte, dass der Kaiser für alle Zeiten ausgedient hat und wir nun in einer Demokratie leben», erwiderte Christoph mit süffisantem Lächeln. «Stell dir vor, liebe Tante, die Freikorps im Ruhrgebiet mussten den Märzaufstand der roten Arbeiter ganz ohne meinen übereifrigen Bruder niederschlagen. Dabei findet Georg die weißen Hakenkreuze auf deren Helmen so überaus anziehend. Aber als Beamtenanwärter muss er sich in diesem von ihm verhassten Staat trotzdem an gewisse Regeln halten – so schwer ihm das auch manchmal fallen mag.»

«Ich geb dir gleich Anwärter ...» Georg erhob sich leicht vom Stuhl, wie um sich über den Tisch und auf seinen Bruder zu stürzen, aber eine zarte Hand hielt ihn zurück.

«Kriegt ihr euch etwa schon wieder in die Wolle, ihr ollen Raufbolde?», fragte Sophie, die nun hinter Georgs Stuhl stand, lächelnd. «Dabei dachte ich, meine großen Cousins würden heute ausnahmsweise den Kavalier für mich spielen.»

Seit sie denken konnte, hatte Johanna die zwei Jahre jüngere Cousine um ihr Aussehen beneidet. Schwarze Locken, das Gesicht ein makelloses Oval, die grauen Augen groß und geheimnisvoll, dazu die edle Nase, die ihr einen Schuss Kühnheit verlieh – so und nicht anders hatte sie sich immer Schneewittchen vorgestellt. Jetzt, unmittelbar vor dem Abitur, war Sophie Nußbaum anziehender denn je, wobei keiner in ihrer Familie viel Aufhebens davon machte. Alle Nußbaums traten bescheiden auf und waren stets schlicht und praktisch gekleidet. Mutter und Tochter trugen wie so oft auch heute einen Zweiteiler mit Plisseerock, die Mutter in Dunkelblau, Sophie in Cremeweiß. Großer Wert dagegen wurde auf Kunst, Literatur und Musik gelegt, alle Familienmitglieder spielten zwei Instrumente, das ganze Haus war bis unters Dach vollgestopft mit Büchern, und ihre Musikabende waren in Wittlich eine Institution.

«Dann tanz doch jetzt mit mir, meine Schöne!» Georg packte die Gelegenheit beim Schopf. Er wirbelte mit Sophie davon.

«Sie will ab Herbst in Bonn Jura studieren», kommentierte Sophies Bruder Jakob und ließ sich bei ihnen nieder. «Dabei hätte ich jede Wette abgeschlossen, dass auch sie einmal in Vaters Fußstapfen tritt. Aber zwei Ärzte in einer Familie sind mehr als genug, findet Sophie. Und wahrscheinlich hat sie damit auch recht.»

Dass die beiden eng verwandt waren, war unübersehbar, auch wenn bei Jakob alles kantiger ausgefallen war als bei seiner anmutigen Schwester. Wie Heinrich trug er neuerdings eine Brille, die ihn älter aussehen ließ als seine siebenundzwanzig Jahre, was die beginnenden Geheimratsecken verstärkten.

Jakob stand auf. «Und jetzt lasst uns tanzen! Darf ich bitten, liebste Tante?»

«Ich? Eine so alte Fregatte ...» Gertruds Verlegenheit war nicht gespielt. Es musste ewig her sein, dass sie zuletzt getanzt hatte.

«Das will ich jetzt aber überhört haben», sagte Jakob streng. «Also? Gibst du deinem Neffen die Ehre?»

«Wie glücklich sie aussieht», sagte Johanna zu ihrer Mutter, die neben sie getreten war und zusah, wie sich die beiden Tanzenden im Walzertakt wiegten. «Mit uns zusammen zu sein, macht sie gleich viel jünger. Ich glaube, in ihrem hochgeschätzten Mainz fühlt sich Tante Gertrud manchmal ganz schön einsam ...»

«Das kommt davon, wenn man allzu wählerisch ist und alle Bewerber abblitzen lässt, bis man dann schließlich zu alt zum Heiraten und Kinderkriegen geworden ist», entgegnete ihre Mutter. «In jungen Jahren muss Gertrud bildhübsch gewesen sein, das weiß ich von eurem Vater, aber eben sehr eigen, und jetzt will sie natürlich keiner mehr. Mach bloß nicht den gleichen Fehler, Johanna, sonst wirst du es später einmal bitter bereuen.»

«Diese eigenwilligen Frauen der Familie Fuchs», spöttelte Johanna. «Scheint ja fast so etwas wie eine Tradition zu sein.»

Ihre Mutter lächelte gequält. «Ich muss mich jetzt um das Servieren der siebenstöckigen Eistorte kümmern», sagte sie. «Auguste hat sich die Finger verbrannt, die fällt aus. Und unser Linchen kann manchmal zwei linke Hände haben. Nicht, dass das kostbare Gebilde noch auf dem Parkett landet ...»

Dorothea Fuchs verließ den Saal in Richtung Küche.

«Amüsierst du dich?», fragte Onkel Jupp, der an Johannas Tisch gekommen war, wo gerade das Geschirr abgetragen wurde. Er ließ sich schwer auf einen Stuhl sinken und tätschelte Johannas Hand.

«Jetzt – ja», erwiderte sie wahrheitsgemäß. «Du könntest mich in den Wintergarten entführen, um mir dort zu erzählen, warum du so gern reist und dann auch noch so weit, was hältst du davon?»

«Und dir so die unreifen jungen Gecken vom Hals halten?»

Johanna lachte schallend.

«Ich hätte es nicht besser formulieren können», sagte sie und wedelte mit ihrer Stola. «Lass uns gehen.»

Zartes Orangen- und Zitronenaroma drang in ihre Nase, nachdem sie den Saal durchquert hatten und im Glashaus angelangt waren, wie Johanna den Wintergarten genannt hatte, als sie noch klein gewesen war. Voller Faszination darüber, dass am gleichen Baum Blüten stehen und Früchte wachsen konnten, war sie oft mit ihren Stofftieren hierher geflitzt, um Dschungel zu spielen. Auch ein Zufluchtsort war ihr der Wintergarten gewesen, wenn die Neckereien der großen Brüder allzu unerträglich geworden waren. Ein Ort der Ruhe, den sie noch heute liebte.

«Wo soll ich anfangen?», sagte Jupp, der sich auf einem der hölzernen Deckchairs niedergelassen hatte.

«Ägypten!», sagte Johanna mit leuchtenden Augen.

«Du wolltest wissen, was mich antreibt. Ich muss einfach immer wieder mal raus aus Köln, um nicht nur Tag für Tag Malzgeschmack auf der Zunge zu haben. Und Ägypten war seit jeher das Land meiner Träume. Denk nur an den Nil, die Wiege des Lebens! Wie ein grünes Band durchschneidet er die Wüste. Am schönsten kannst du ihn in Assuan erleben, wenn die Sonne sinkt und seine Wasser erst golden, dann silbern und schließlich platingrau färbt, ein unvergesslicher Moment, in dem die Natur den Atem anzuhalten scheint ...»

Er hielt inne, lauschte nach nebenan.

«Was schreien sie denn dort drüben auf einmal so?»

«Das ist bestimmt die Eistorte», sagte Johanna. «Mama lässt sie immer mit großem Tamtam servieren ...»

«Nein, da ruft jemand etwas», widersprach er. «Deinen Namen!»

Jetzt hörte sie es auch. «Tatsächlich. Jemand ruft nach mir», sagte sie. Aber wer ihren Namen rief, konnte sie auf die Entfernung nicht ausmachen.

Sie sprang auf und eilte, gefolgt von Jupp, der sich allerdings deutlich mehr Zeit ließ, hatte er sich doch auf eine kleine Auszeit von der Feierei gefreut, zurück in den Saal.

Inmitten der verdutzten Festgesellschaft stand eine Frau. In ihrer einfachen schwarzen Tracht wirkte sie neben den festlich gekleideten Gästen fehl am Platz. «Sie sind Johanna?», fragte die Frau mit dem sonnengegerbten Gesicht und den Lachfalten. In den dunklen, nachlässig hochgesteckten Haaren blitzten erste Silberfäden.

«Ja, die bin ich», erwiderte Johanna. «Und wer sind Sie?»

«Die Kätt», sagte sie und reckte das Kinn. «Ich bin den ganzen Weg von Altenburg nach Trier gekommen. Lisbeth ist tot. Das Haus Nummer achtzehn wartet auf Sie, soll ich ausrichten. Alles Weitere bei Notar Kern hier in Trier.»

Lisbeth? Diesen Namen hatte Johanna noch nie in ihrem Leben gehört.

«Wer soll das sein?», fragte sie. «Und von welchem Haus reden Sie?»

Plötzlich stand ihr Vater neben ihr.

«Meine jüngste Schwester Elisabeth», sagte er und musterte Kätt, die sich ihrerseits mäßig beeindruckt in dem prächtigen Saal umsah, angewidert. «Das schwarze Schaf der Familie Fuchs. Diese vermaledeite Person! Schon zu Lebzeiten hat sie uns nichts als Ärger bereitet. Und wie es aussieht, hört sie nicht einmal nach ihrem Tod damit auf.»

2
ALTENBURG/TRIER,
APRIL 1920

Die lederne Rückbank der neuen Mercedeslimousine war so bequem, dass Johanna während der Fahrt immer wieder die Augen zufielen. Kein Wunder – hatte sie doch in den vergangenen Nächten kaum geschlafen. Zu aufregend war, was der Auftritt der Landfrau in ihr ausgelöst hatte, die nach ihrer geheimnisvollen Verkündung ebenso schnell wieder verschwunden war, wie sie aufgetaucht war. Natürlich hatte Johanna ihre Eltern anschließend gelöchert, um mehr über diese ihr gänzlich unbekannte Tante zu erfahren. Bei ihrer Mutter jedoch war sie auf eine Mauer des Schweigens gestoßen, und auch ihr Vater gab sich schmallippig.

«Lisbeth war das letzte Kind unserer Mutter», hatte er gesagt. «Verhätschelt, verwöhnt, ohne feste Regeln großgezogen – mit den entsprechenden Ergebnissen.»

«Aber wieso soll ausgerechnet ich sie beerben und nicht einer meiner Brüder?», hatte Johanna gefragt. «Sie kennt mich doch gar nicht.»

«Sicherlich nur eine weitere List, um erneut Zwist innerhalb der Familie zu säen, darauf verstand sich Lisbeth nämlich von jeher am allerbesten. Was solltest du schon mit einem heruntergekommenen Haus im Nirgendwo anfangen? Du siehst ja, mit welchen Leuten sie sich umgeben hat – mit primitivem Volk! Wenn du klug bist, Johanna, dann lässt du die Sache auf sich beruhen und kümmerst dich lieber um wichtigere Dinge ...»

Natürlich hatte sie diesen Rat nach einer durchgrübelten Nacht des schlaflosen Herumwälzens in den Wind geschlagen. Woher wollte ihr Vater eigentlich wissen, dass Lisbeths Haus heruntergekommen war? Und diese Kätt, über die er sich abfällig geäußert hatte, war Johanna kein bisschen primitiv vorgekommen. Speziell, das ja, aber trotz ihrer einfachen Aufmachung stolz und selbstbewusst.

Kannte er sie besser, als er zugab?

Viele Fragen, auf die sie keine Antwort hatte.

«Ich gehe auf jeden Fall zu diesem Notar Kern», hatte sie am Morgen nach dem Fest am Frühstückstisch verkündet. «Mal sehen, was der mir zu sagen hat.»

Christoph hatte ihr angeboten, sie zu begleiten; dass die Eltern ebenfalls mitkamen, lehnte sie kategorisch ab, obwohl beide versuchten, sie vom Gegenteil zu überzeugen.

«Ich bin großjährig. Und damit durchaus in der Lage, meine eigenen Entscheidungen zu treffen.»

«Das allerdings sehe ich anders, liebes Kind. Du bindest dir möglicherweise Verantwortlichkeiten ans Bein, die du jetzt noch gar nicht überblicken kannst. Was, wenn sie dir einen Berg Schulden aufhalst?» Ein letzter Versuch ihres Vaters. «Deine Mutter und ich wollen doch nur das Beste für dich.»

«Das weiß ich, Papa, aber mein Entschluss steht fest: Christoph und ich gehen zu diesem Notar.»

Was der hagere Herr im grauen Anzug ihnen dann in gemessenem Tonfall vorgetragen hatte, war in der Tat erstaunlich.

All mein Hab und Gut, insbesondere das Haus in Altenburg mit Garten, Scheune, Ställen und meinen Tieren geht an Johanna Fuchs. Das gilt auch für das Gelddepot bei der Volksbank Trier, angelegt auf ihren Namen, über das sie ab ihrer Volljährigkeit verfügen kann. Allerdings ist dieses Erbe mit der Auflage verbunden, dass Johanna nach meinem Ableben sechs Monate lang das Haus in Altenburg bewohnt und dort für meine Tiere sorgt. Ist diese Frist vorüber, steht es ihr frei, damit nach ihrem Gutdünken zu verfahren ...

«Du – als Landei?», hatte Christoph auf ihrem Nachhauseweg durch die Altstadt gesagt. «Das kann ich mir irgendwie nicht vorstellen.»

«Ich ehrlich gesagt auch nicht», erwiderte Johanna nachdenklich. «Was sie sich wohl dabei gedacht hat? Irgendwie hört sich das alles ziemlich geheimnisvoll an. Ansehen werde ich mir den Hof auf jeden Fall.»

Am liebsten wäre sie allein nach Altenburg aufgebrochen, obwohl das Dorf, wie sie inzwischen herausgefunden hatte, zwar nur zwei Stunden entfernt von der elterlichen Villa war, aber recht abgelegen lag. Von der Bahnstation Sehlem aus war noch ein stattlicher Fußmarsch erforderlich, um es zu erreichen.

Dagegen jedoch legte ihr Vater dann doch sein Veto ein. «Wozu bezahle ich einen Chauffeur? Außerdem muss der neue Wagen eingefahren werden. Ich gehe ohnehin davon aus, dass du dieses Erbe ausschlagen wirst und wir gleich wieder zurückfahren können. Sonst müsste ich mich doch sehr über meine kluge Tochter wundern.»

Sie hatte das Fenster ein Stück heruntergekurbelt, und laue Frühlingsluft flutete in das Automobil. Gerade waren sie an einer gelben Wiese vorbeigekommen, auf der in verschwenderischer Fülle wilde Märzenbecher blühten. Am liebsten wäre Johanna ausgestiegen und hätte sich auf diesem Märchenteppich ausgestreckt. Sie war entsetzlich müde von der ganzen Aufregung der letzten Tage.

«Jetzt wäre ein Cabrio ganz angenehm, nicht wahr, Herr Direktor?», sagte Gustav, der den großen Wagen ruhig und sicher lenkte. «So ein bisschen Wind um die Nase könnte nicht schaden.»

«Richtig, Gustav. Meine Frau hat diesbezüglich schon bei mir vorgefühlt. Aber wir müssen erst einmal abwarten, wie sich die Konjunktur entwickelt. Läuft es gut, dann lässt sich darüber durchaus reden …»

«Die Leute werden garantiert nicht aufhören zu rauchen, Herr Direktor. Im Krieg nicht, im Frieden nicht und auch nicht, wenn sie traurig sind oder feiern, bei Taufen, Begräbnissen und Hochzeiten. Inzwischen sind auch immer mehr Damen im Spiel mit diesen dünnen, langen Zigaretten. Hilde hat mir neulich eine Anzeige in der Zeitung gezeigt. Von Reemtsma war die, glaube ich.»

«Ja, darin sind die uns ein Stück voraus. Und in manch anderem leider auch. Was nicht heißt, dass wir uns auf Dauer abhängen lassen. Auch das Haus Fuchs wird eine spezielle Damenzigarette produzieren, mit Menthol, damit der Atem schön frisch bleibt. Was halten Sie vom Namen Donna, Gustav? Das ist italienisch und bedeutet ‹Frau›. Also ich finde, Ponte und Donna, das hat durchaus etwas, und Heinrich ist ebenfalls meiner Ansicht.»

«Da fragen Sie den Richtigen!» Gustav lachte. «Ich bin doch Abstinenzler, wie Sie wissen. Kein Tabak, kein Alkohol.»

Johannas Vater wandte sich seiner Tochter zu. «Und du, Johanna? Wie findest du den Namen?»

«Affig, ehrlich gesagt. Wer kann denn hierzulande schon Italienisch?»

Matthias Fuchs schwieg gekränkt.

Jetzt tat es ihr leid, dass sie so heftig reagiert hatte. «Donna, Donna, Donna ...», wiederholte sie halblaut, um einzulenken. «Wenn man es öfter hintereinander sagt, hört es sich doch nicht übel an. Es ist kurz, prägnant, und vielleicht trägt gerade die leicht fremdländische Note dazu bei, dass die Damen es sich gut merken können.»

«Siehst du», sagte er erfreut. «Der Name *ist* gut. Ich prophezeie dir – das wird ein großer Erfolg, Johanna!» Er wandte sich an seinen Fahrer. «Das muss dieses Heckenmünster sein, Gustav.»

«Ist es, Herr Direktor. Winzige Ortschaft. Sehen Sie dort vorn die Ortstafel? Wenn man die durchgelesen hat, ist man fast schon wieder raus.»

«Aber die Kirche ist erstaunlich stattlich und, wie es aussieht, in recht gutem Zustand.»

«Ist vielleicht für mehrere Dörfer zuständig, Herr Direktor. Nicht jede Gemeinde hier auf dem Land besitzt ein eigenes Gotteshaus. Die kleinen Ortschaften haben oft nicht einmal eine Schule. Hier führt die Straße allerdings nicht weiter, wie ich gerade feststellen muss. Ich werde wenden und die andere Route nehmen, aber keine Angst, es handelt sich nur um einen kleinen Umweg. Wir werden Altenburg sehr bald erreichen. Geht es danach gleich weiter nach Wittlich?»

«Recht zügig auf jeden Fall. Ich habe noch etwas zu besorgen und möchte anschließend ein paar Takte mit meiner Schwester Martha reden. Tanken werden wir dort auf jeden Fall müssen. Wird Zeit, dass es unterwegs endlich mehr Benzinzapfstellen gibt.»

Altenburg.

Unwillkürlich bekam Johanna Gänsehaut, als schließlich die ersten Häuser auftauchten.

Was würde sie hier erwarten?

Auf der schmalen Dorfstraße spielte ein Grüppchen zerzauster Kinder in ärmlicher Kleidung, die begeistert zu kreischen anfingen, als sie den großen, schweren Wagen erblickten. Für die allermeisten war dies sicherlich das erste Automobil ihres Lebens. Gustav fuhr nur noch Schritttempo, und die Schar rannte ihnen hinterher.

Ein paar Hunde kläfften. Eine Glückskatze stolzierte mit hocherhobenem Schwanz am Straßenrand entlang.

«Wohnhaus, Stall und Scheune in einer Linie», sagte Johannas Vater missbilligend. «Wie vor hundert Jahren. Und alles so primitiv. Man wohnt hier Wand an Wand mit den Tieren. Besonders hygienisch ist das in meinen Augen nicht.»

«Aber vielleicht warm, Herr Direktor», wandte Gustav ein. «Kann hier ja im Winter ziemlich frostig werden.»

Links versperrte eine hohe Mauer die Sicht, doch dann erkannte Johanna, was sich dahinter verbarg.

«Ein Schloss», sagte sie überrascht. «Die haben hier ein richtiges Schloss!»

«Mit einem großen Park», erwiderte der Chauffeur. «Und ausgedehnten Wäldern sowie Weinbergen an der Mosel. Soll früher eine Wasserburg gewesen sein, die irgendwann zum Jagdschloss umgebaut wurde. Gehört einem vermögenden Adelsgeschlecht, dem auch Reichsgrafen entstammen.»

«Woher wissen Sie das alles, Gustav?», wollte Johanna wissen.

«Das weiß doch ganz Trier», erwiderte an seiner statt ihr Vater leicht gereizt. «Die von Kunstätts haben große Besitzungen in der Stadt. Hättest du in der Schule besser aufgepasst, Johanna, wüsstest du das auch.»

Gustav räusperte sich. «Das dort vorn muss übrigens das Haus sein. Jedenfalls sehe ich eine große aufgemalte blaue Achtzehn neben der Haustür.»

Sie passierten eine Wirtschaft. *Eifelglück* stand auf dem Schild über der Tür. Doch bevor sie ihr Ziel erreicht hatten, trat ihnen eine in ein buntes Tuch gehüllte Frauengestalt in den Weg.

Gustav musste scharf bremsen, um sie nicht umzufahren.

«Da sind Sie ja endlich», sagte Kätt, die die beiden Männer im Wagen gar nicht zur Kenntnis zu nehmen schien. «Bitte aussteigen.»

Sie öffnete die hintere Autotür. Johanna folgte ihrer Aufforderung.

«Moment mal, Frau ...» Ihr Vater, der ebenfalls den Wagen verlassen hatte, zögerte.

«Schröder Kätt», soufflierte sie. «Noch immer, obwohl mein Mann im Großen Krieg gefallen ist. Aber hier im Dorf genügt Kätt.»

«Ich werde meine Tochter natürlich begleiten.» Er wandte sich an den Chauffeur. «Bitte warten Sie hier, Gustav. Schätze, wir sind recht schnell mit allem durch.»

Johanna blieb einen Moment vor dem zweistöckigen Haus stehen. Es war weiß getüncht, mit breiten Sandsteinrahmen um die Fenster und einer blauen Haustür. Schmuck sah es aus, um einiges gepflegter als die anderen Bauernhäuser im Dorf, die sie soeben passiert hatten. Links davon schlossen sich Stall und Scheune an, ebenfalls mit blauen Türen.

Kätt stieg die fünf Stufen bis zur Haustür hinauf, zog einen großen Schlüssel aus ihrer Rocktasche und sperrte auf. Wie der Blitz schoss ein brauner, kniehoher Hund die Treppe hoch und neben Kätt hinein.

Johanna und ihr Vater waren Kätt gefolgt.

Nach der Helligkeit des sonnigen Frühlingstages war es drinnen finster, was vermutlich auch an der niedrigen Decke im Eingangsbereich lag, an der sich der hochgewachsene Fabrikant sofort den Kopf anstieß, was ihn leise fluchen ließ.

«Rechts ist die Küche, dahinter die Speisekammer. So ein schönes Haus! Lisbeth hat einiges umbauen lassen, damit es ganz so wurde, wie sie es haben wollte», sagte Kätt. «Sonst wohnt so keiner in Altenburg.»

Alles war einfach, aber blitzsauber, schwarz-weißer Fliesenboden, Spüle aus Stein, eine bemalte Kredenz, ein altmodischer Herd, auf den Borden an der Wand rauchblaues Geschirr.

Johanna nahm eine der Tassen herunter. Glatt fühlte sich der Ton an, war erstaunlich dünnwandig für Töpferware.

«Hat sie alles selbst getöpfert.» Kätt lächelte. «Mir hat sie auch beigebracht, wie man die Scheibe dreht. Erst dachte ich, ich lern das nie, aber Lisbeth meinte nur: ‹Deine Hände wissen es bereits. Du musst sie nur wieder daran erinnern.› Jetzt verkaufe ich mein Geschirr manchmal auf dem Wittlicher Wochenmarkt.»

«Meine Schwester als Töpferin? Einfach lächerlich! Lisbeth hatte zwei linke Hände ...», murmelte Johannas Vater.

«Ja, sie hat mit links geschrieben und auch gemalt», sagte Kätt. «Lisbeth konnte es auch mit rechts, aber ihre linke Hand war klüger. Das hat sie immer gesagt.»

Der Hund mit dem lockigen, braunen Fell begann zu bellen, als wollte er zustimmen.

«Brav, Flitz.» Kätt tätschelte liebevoll seinen Kopf. «Alles in Ordnung.»

Er verstummte und setzte sich, schaute ergeben zu ihr hoch. Mit Tieren konnte Kätt umgehen, das gefiel Johanna. Ihr Kleid unter dem großen Tuch war alles andere als neu, aus blauem, schon verblichenem Leinen und vermutlich selbst genäht, aber hier, wohin sie ganz deutlich gehörte, wirkte sie jünger und frischer als bei ihrem Hereinplatzen in die Trierer Festgesellschaft.

«Gebrannt wird der Ton übrigens in den großen Öfen der Niersbacher Töpfer», erklärte Kätt weiter. «Das ist ein Dorf in der Nähe. Um die anzufachen und für das Brennen in Gang zu halten, braucht man viel Holz – und starke Männer.»

«Lass uns weitergehen, Johanna.» Ihr Vater klang ungehalten. «Ich will schließlich nicht den ganzen Tag hier vertrödeln.»

«Links ist die Stube», setzte Kätt, die ihn gar nicht gehört zu haben schien, seelenruhig ihre Führung fort. «Den Kachelofen gibt es erst seit Kriegsende. Lisbeth hatte keine Lust mehr, winters zu frieren.»

«Und die Tür geradeaus?», wollte Johanna wissen. «Wohin führt die?»

«Zum Abort. Früher musste man über die Straße, zu einem schiefen Holzschuppen neben dem Misthaufen. Jetzt gibt es hier Wasserspülung, hat ein Heidengeld gekostet, aber ein wenig Moderne muss bei aller Sparsamkeit sein. Das sagt auch mein Schwiegervater, besonders, wenn man eine Wirtschaft hat.»

«Das Gasthaus *Eifelglück* gehört Ihrem Schwiegervater?» Für einen Moment blitzte eine Spur von Interesse in den Augen von Johannas Vater auf.

«Schröder Wellem. Unser Bürgermeister. Mein Mann war sein einziger Sohn. Jetzt helfe ich manchmal beim Bedienen.» Kätt suchte Johannas Blick. «Nach oben?», fragte sie.

Johanna nickte.

Die Treppe war schmal und steil. Der Geruch, den sie schon beim Eintreten wahrgenommen hatte, verstärkte sich, je höher sie kamen. Es roch süßlich und leicht holzig. Sie kannte den Geruch, konnte ihn nur nicht einordnen. Das war der Geruch von ...

«Tabak», fiel es Johanna schließlich ein.

«Lisbeth hat über Jahre die Blätter auf dem Dachboden getrocknet, wie viele hier in der Gegend. Zum Verkauf in kleinen Mengen, aber auch zum Eigenverbrauch. Sie wusste einfach alles über diese Pflanze. Kein Wunder, wenn man bedenkt, woher sie stammt ...»

Kätt verstummte.

«Ja, daran hätte Lisbeth sich besser zur rechten Zeit erinnern sollen», polterte Johannas Vater los.

Johanna hatte unterdes die nur angelehnte Tür weiter geöffnet.

Was für ein Zimmer!

Mittig im Raum und auf Hüfthöhe die Liegefläche mit Blickrichtung zum Fenster, das nach Osten ging. Wenn man hier aufwachte, sah man jeden Morgen die Sonne aufgehen. Das Bettgestell bildeten eine Vielzahl von Schubladen und Fächern aus dunklem Holz, mit schlichten Metallgriffen versehen. An der linken Wand hing die gerahmte Rötelzeichnung eines Kinderkopfes. Daneben eine Reihe von Fotografien, wie ein Band von oben nach unten laufend. Rechts standen ein Holzschrank, an dem außen eine graue Jacke hing, als hätte Lisbeth nur eben mal schnell den Raum verlassen, und ein Regal, prall gefüllt mit Büchern.

«Eine Frage.» Johanna zögerte, sprach dann aber doch weiter. «Ist sie hier gestorben? In diesem Raum?»

Kätt nickte.

«Und woran?», fragte Johanna weiter. «Ich meine, woran ist sie gestorben, besonders alt war sie ja noch nicht.»

«Am Spanischen Fieber. Zwei aus dem Dorf haben es aus Bitburg eingeschleppt, wo es in den ersten Frühlingstagen nochmals ausgebrochen war. Lisbeth hat eine der Kranken gepflegt, eine junge Bäuerin mit drei Kindern. Die hat überlebt – sie leider nicht.»

Johanna schluckte. «Die Ärmste», sagte sie und hörte selbst, wie dünn ihre Stimme war.

«Lisbeth musste nicht lange leiden, es ging sehr schnell. Ich habe danach alles sauber gemacht», sagte Kätt, «und das Zimmer mit Beifuß und Mariengras ausgeräuchert. Die Matratze stammt von meinem Schwiegervater, der hatte vor dem Krieg ein paar Fremdenzimmer. Damals kamen häufiger Sommerfrischler vorbei. Jetzt haben die Leute anderes zu tun, als durch die Eifel zu wandern ...»

«Was ist nebenan?», fragte Johanna.

«Schauen Sie es sich selbst an.»

Ein weiteres Zimmer mit einem Bett, bedeckt von einer farbenfrohen gewebten Decke, sonst war es leer bis auf drei große alte Holzkisten.

An der Wand lehnte eine Zinkwanne.

«Wo ist eigentlich das Badezimmer?», erkundigte sich Johanna.

«Da.» Kätt deutete auf die Wanne. «Gegenüber ist ein kleiner Abstellraum, in dem hat Lisbeth sie zum Baden immer aufgestellt.»

«Ich glaube, das reicht jetzt», sagte Johannas Vater. «Du hast alles gesehen ...»

«Moment!», sagte Kätt. «Hier drinnen ja. Aber da sind ja noch der Stall, die Scheune und der Garten. Gehört alles dazu.»

... für meine Tiere sorgen ... stimmt, das verlangte ja Lisbeths Testament.

«Du gehörst wohl auch dazu», sagte Johanna zu Flitz, der die ganze Zeit über nicht mehr von ihrer Seite gewichen war. «Jetzt sehen wir uns mal die anderen Tiere an!»

Sie stiegen wieder hinunter, Johannas Vater mit äußerst missmutiger Miene, und verließen das Haus.

Kätt führte sie über die Straße und öffnete das Gartentor.

«Ich habe wirklich keine Lust, jetzt auch noch den Misthaufen zu bestaunen», sagte er. «Geht das alles nicht schneller?»

«Liebster Papa.» Johanna drehte sich mit ihrem gewinnendsten Lächeln zu ihm um. «Wollen wir es nicht folgendermaßen handhaben: Gustav bringt dich nach Wittlich, dort erledigst du deine Besorgungen, schaust bei Tante Martha vorbei, genießt ihren sagenhaften Käse-Kartoffel-Strudel und lässt den Tank füllen. Anschließend kommt ihr mich abholen. Einverstanden?»

«Meinethalben. Du wusstest schon immer, wie du mich um den Finger wickeln kannst, Tochter.» Wenigstens lächelte er wieder. «Drei Stunden maximal. Dann geht es zurück nach Hause.»

Johanna winkte dem Mercedes nach, als er sich, gefolgt von einem Kinderschwarm, entfernte.

«Ich bin bereit», sagte sie zu Kätt. «Und wo sind nun die Tiere?»

Sie hatte das Wort kaum ausgesprochen, als eine rundliche Gans auf sie zugewatschelt kam. Eine zweite folgte ihr.

«Das sind Martin und Akka», sagte Kätt.

«Die Gänse haben Namen?», fragte Johanna erstaunt.

«Lisbeth hat all ihren Tieren Namen gegeben», sagte Kätt. «Das macht sonst keiner im Dorf. Die meisten haben sie deshalb auch ausgelacht, und nicht nur deshalb, aber ihr war das ganz egal. Sie sind doch atmende Wesen mit Gefühlen und einer Seele, hat sie gesagt. Das gilt auch für die Kaninchen hinten in den Ställen. Und was einen Namen hat, gehört niemals in den Kochtopf.»

«Nicht einmal die Kaninchen?», fragte Johanna, die unwillkürlich an Hildes köstlichen Kaninchenschmorbraten denken musste.

«Auch die nicht. Nur einmal 1917 im Steckrübenwinter, als es so gut wie gar nichts mehr zu essen gab, hat sie zum Weihnachtsfest eine Ausnahme gemacht. Das Fleisch ging komplett an mich und meine Familie. Sie selbst hat keinen Bissen davon angerührt.»

Sie waren an den Ställen im hinteren Gartenteil angelangt.

«Lümmel und Lumpi», sagte Kätt. «Und die helleren auf der rechten Seite heißen Papageno und Tamino.»

«Nach Figuren einer Mozartoper?», sagte Johanna verblüfft.

Kätt zuckte die Achseln. «Keine Ahnung. Ich war noch nie in der Oper.»

Etwas Seidiges strich um Johannas Beine.

«Das ist Murr, Lisbeths Kater. Der Bauer, auf dessen Hof er geboren wurde, wollte ihn ertränken, weil schwarze Katzen angeblich Unglück bringen sollen, da hätten Sie Lisbeth mal erleben sollen! Aus den Händen gerissen hat sie ihm den Kleinen. Seitdem treibt er hier sein Unwesen und wird nach Strich und Faden verwöhnt.»

«Wollen wir nicht Du sagen?», schlug Johanna vor, weil ihr Kätt immer sympathischer wurde.

«Gern.» Kätt lächelte erfreut zurück. «Ist einfacher so.»

«Also ein Hund, Gänse, Kaninchen und ein Kater», zählte Johanna auf. «Das ist alles?»

«Nein. Dort drüben ist der Hühnerstall.»

«Voll von Hühnern, ebenfalls mit Namen.» Das war keine Frage, sondern eine Feststellung.

«Sie legen besser, wenn man mit ihnen spricht, davon war Lisbeth überzeugt. Ich hoffe, ich kriege sie noch alle zusammen: Betti, Netti, Anni, Vroni und Jorinde. Und der Hahn hört auf Jockel, soweit ein Hahn eben hört.»

«Und das wäre es dann endgültig?», fragte Johanna hoffnungsvoll.

«Leider nein. Da sind noch die Ziegen ...»

«Lisbeth hat Ziegen gehalten?»

«Und Käse gemacht. Ich hab ihr oft dabei geholfen. Ist gar nicht so schwer.»

«Wo sind diese Ziegen?»

«Im Moment noch drüben im Stall. Später bringe ich sie auf die Wiese hinter dem Garten. Sie gehört zum Haus dazu.»

Sie überquerten abermals die Straße, gingen zum Stall, der sich an das Haus anschloss. Lautes Gemecker drang ihnen entgegen. Es waren sechs Ziegen, dazu zwei winzige Zicklein, die gerade an den Eutern ihrer Mütter hingen und tranken.

«Trixi, Helli, Maxi, Flori, Gundi, Purgi», zählte Kätt auf. «Die kann ich mir leichter merken. Und die Kleinen sind Kobi und Schneewittchen. Ich habe mich um sie gekümmert, nachdem Lisbeth gestorben war, wie ich es ihr versprochen hatte. Habe sie gefüttert, getränkt, gemolken und ihren Stall ausgemistet. Doch damit muss nun Schluss sein. Wir haben eigene Tiere, ich muss meinem Schwiegervater in der Wirtschaft helfen – von meinen Kindern ganz zu schweigen, die ihre Mutter brauchen, wo sie doch keinen Vater mehr haben. Hans ist 1917 gefallen. Da kam Toni gerade auf die Welt. Seitdem leben wir hier.» Sie sah Johanna direkt an. «Jetzt bist du an der Reihe. Fang am besten so bald wie möglich an. Denn wenn nicht, müssen sie wohl alle geschlachtet werden ...»

«Moment, Moment», wehrte sich Johanna. «Ich bin heute nur hier, um mich umzusehen. Ich weiß ja noch nicht einmal, ob ich Lisbeths Erbe überhaupt antreten werde.»

«So ein wunderbares Erbe ausschlagen?», sagte Kätt ungläubig. «Wer würde so etwas tun? Außerdem wäre Lisbeth sicherlich sehr traurig darüber.»

«Aber ich bin doch ein Stadtkind, das keine Ahnung von Tieren und Ställen und Bäumen hat ...»

«... kann man alles lernen.» Kätt winkte ab. «Die Natur zeigt es dir, wenn du nur richtig hinsiehst. Und ich bin ja auch noch da, hab nur eben wenig Zeit. Komm mit! Du hast noch lange nicht alles gesehen.»

«Noch mehr Tiere?», fragte Johanna, der bei dem Gedanken leicht schwindelig wurde.

«Komm rein und schau es dir an.»

Kätt öffnete das Scheunentor.

Zögerlich trat Johanna ein – und staunte angesichts

der sakralen Atmosphäre in diesem hohen, schlichten Raum.

Eine Werkbank mit Tonklumpen gab es, in Stoff eingehüllt, damit sie nicht austrockneten. Verschiedene Gefäße, Vasen, Töpfe, Schalen, manche fertig, andere im Entstehen. Rechter Hand verdeckten Tücher große Quadrate und Rechtecke, die an der Wand lehnten.

«Lisbeths Leinwände», sagte Kätt, und sie hörte sich stolz dabei an. «Mit dem Malen hat sie erst so richtig im letzten Sommer angefangen. Und sieh doch nur, wie gut sie schon war!»

Zwei Kinder auf einem Heuwagen, wie hingetupft, und dennoch meinte man die Sommerluft zu spüren, die über ihnen flirrte.

«Meine beiden Schätze, Gritt und Anton», sagte Kätt. «Sie wollten gar nicht mehr zu weinen aufhören, als wir Lisbeth zu Grabe getragen haben.»

«Sie liegt hier auf dem Friedhof?», fragte Johanna.

Kätt schüttelte den Kopf. «Altenburg hat die Schule, Heckenmünster den Friedhof», sagte sie. «Die Alten im Dorf sagen, so sei es schon immer gewesen.» Sie hielt inne und blickte zu Boden.

«Und was ist das hier?»

Im Regal lagerten verschiedene Kinder- und Frauenköpfe aus Ton, andere Köpfe, die eher männlich wirkten, aber auch diverse Tierschädel. Ein Reh, ein Wolf, eine Katze – und etwas Seltsames, das Johannas Aufmerksamkeit auf sich lenkte.

Von vorn sah es aus wie ein Frauenkopf, drehte man es jedoch zur Seite, wirkte es plötzlich wie der eines Fuchses.

Kätt zuckte abermals die Achseln. «Eine neue Arbeit», sagte sie. «Lisbeth hat nicht viel darüber gesprochen, tat sie nie, bevor alles abgeschlossen war. Es geht um Schutzgeister. Ich meine mich zu erinnern, dass sie so etwas gesagt hat. Siehst du die Äste und Stämme, die hier aufgeschichtet sind? Das gehört wohl auch dazu. Ich weiß nur nicht, wie. Aber Lisbeth hat mit einem Herrn aus Köln darüber geredet, der dort eine Galerie betreibt. Der ist eigens deswegen hergekommen und wirkte sehr interessiert. Das hat sie mir erzählt.»

«Aber wieso ausgerechnet ein Fuchs? Ich dachte, Bauern jagen Füchse als dreiste Hühnerdiebe. Und als gefährliche Überträger von Tollwut gelten sie zudem.»

«Lisbeth und die Füchsin waren sehr vertraut. Fast wie Freundinnen.»

«Mit einem scheuen Wildtier, das sie auch noch krank machen konnte?» Johanna schüttelte den Kopf. «Kann ich mir kaum vorstellen.»

Kätt schien plötzlich durch sie hindurchzusehen, als ob hinter Johanna noch jemand stünde.

«Lisbeth konnte das», sagte sie voller Bewunderung. «Wenn jemand diese Gabe hatte, dann sie! Lisbeth war anders als alle anderen ...»

*

Das Fuchsgesicht kommt immer näher. Augen wie dunkler Honig, rötliches Fell, die Schnauze weiß abgesetzt.

Scharfe Zähne, als sie das Maul verzieht. Würde sie im nächsten Moment zubeißen?

Johanna ist ganz starr, unfähig ein Glied zu rühren.

Doch plötzlich sieht es aus, als würde die Fähe grinsen. Können Füchse grinsen ...

Johanna fuhr im Bett hoch. Der Traum war so lebendig gewesen, dass sie ein paar Augenblicke brauchte, um zu wissen, wo sie war. In Trier natürlich, in ihrem hellen, liebevoll eingerichteten Zimmer, das auf sie jetzt allerdings so kindlich wirkte, als würde es einem sehr viel jüngeren Mädchen gehören.

Drei Tage lang hatte sie mit ihren Eltern und Brüdern geredet, diskutiert, ja sogar gestritten – nur Christoph hatte sich auf ihre Seite geschlagen. Ihr Vater war rastlos im Zimmer herumgelaufen und hatte immer neue Argumente vorgebracht, die gegen die Annahme des Erbes sprachen. Ihre Mutter war ganz still und bleich geworden, wie erloschen, dabei war das doch gar keine große Sache. Johanna starb ja nicht, sondern sie wollte lediglich eine Zeit lang auf dem Land leben. Je mehr Steine man ihr in den Weg legte, desto sicherer war sie sich.

Das Haus wartete auf sie.

Die Tiere brauchten sie.

Sie würde nach Altenburg ziehen, für sechs Monate zunächst, so wie es Lisbeths Testament verlangte.

Der Traum von eben untermauerte ihre Entscheidung nur noch weiter.

Ihr Blick fiel auf die goldenen Skarabäen, die im Morgenlicht auf dem Nachttisch glänzten, nicht gerade die richtige Ausstattung für das einfache Landleben, doch Gretas großzügiges Geschenk würde definitiv in ihrer kleinen ledernen Schmuckschatulle mitreisen.

Ein Abenteuer?

Nein, Johanna spürte, dass es um sehr viel mehr ging.

Der Skarabäus steht übrigens für Neubeginn, obwohl er ja eigentlich ein Mistkäfer ist. Aber die Alten Ägypter sahen in ihm den Ursprung allen Lebens und haben ihn sehr verehrt ...

Johanna hatte die Stimme von Heinrichs Braut im Ohr, als wäre der Tag ihrer Volljährigkeit erst gestern gewesen.

Würde sie das neue Leben meistern?

Oder müsste sie nach wenigen Monaten, im schlechtesten Fall vielleicht sogar nur Wochen, aufgeben und reumütig ins Elternhaus zurückkehren? Aber was hatte sie schon zu verlieren. Fuhr sie nicht, mussten die Tiere auf jeden Fall geschlachtet werden.

«Unsere Tür steht dir immer offen», hatte ihr Vater schließlich gesagt, was sie beruhigt hatte. «Allerdings erwarten wir von dir, dass du dich auch in Altenburg an die Werte und Regeln unserer Familie hältst. Du bist eine ledige junge Frau aus bestem Hause, daran solltest du dich stets erinnern. Denn ein Dorf sieht alles – mehr noch als eine Stadt. Eine zweite Lisbeth können und werden wir in der Familie nicht dulden.»

Johanna schüttelte sich unwillkürlich. Was war zwischen den Geschwistern vorgefallen, dass ihr Vater nur Schlechtes über seine Schwester zu sagen wusste? Und warum wollte er nicht über den Grund sprechen, der zum Bruch zwischen Lisbeth und der Familie geführt hatte?

Wie leid sie seine Vorhaltungen und Ermahnungen war! In wenigen Stunden würde der Kastenwagen eintreffen, den Christoph über einen Journalistenfreund organisiert hatte, und ihre Habe und sie nach Altenburg bringen. Das meiste war bereits gepackt. Sie konnte ohnehin nicht viel in ihr neues Zuhause mitnehmen, denn der Großteil von dem, was sie besaß, eignete sich nicht dafür.

Ihr neues Zuhause.

So hatte sie es gerade in Gedanken zum ersten Mal genannt, was für ein schönes Gefühl.

Johanna schwang die Beine aus dem Bett und stand auf.

Unter der Brause im Badezimmer wusch sie sich die Haare, ein bislang selbstverständlicher Luxus in der modern ausgestatteten Fuchsvilla. Künftig musste sie sich mit kaltem Wasser begnügen oder es erst umständlich auf dem Herd erhitzen.

Überhaupt dieser Herd!

Johanna hatte bislang noch nie einen Ofen mit Holz angeschürt – und wo um Himmels willen sollte sie überhaupt welches herbekommen? Konnte sie einfach in den Wald gehen, um es zu sammeln? Aber hatte Gustav nicht gesagt, dass der Wald dem Grafen gehörte?

Bisher hatte ihr das zum Erbe gehörende Gelddepot ein gewisses Gefühl von Sicherheit gegeben. Was aber, wenn sie in Altenburg Dinge brauchen würde, die sich gar nicht so einfach mit Geld bezahlen ließen?

Sie müsste Kätt fragen.

Kätt, Kätt und immer wieder Kätt, die Lisbeth so gut gekannt hatte. Allerdings hatte sie mehrmals betont, wie sehr sie in ihre verschiedensten Pflichten eingebunden sei und wie nötig ihre Kinder sie brauchten.

Anton und Gritt – Johanna hatte die beiden noch kurz kennengelernt, ein scheuer kleiner Junge, der sie an Heinrich erinnerte, und ein munteres, keckes Mädchen, das sofort unbefangen mit ihr geplaudert hatte.

«Ziehst du jetzt in das Haus der Füchsin?», hatte Gritt sie neugierig gefragt.

«Mal sehen», hatte da noch Johannas Antwort gelautet. «Wieso nennst du es so?»

«Alle tun das. Nicht nur hier im Ort, auch die Leute aus den umliegenden Dörfern.»

«Und weshalb?»

«Weißt du das denn nicht?»

Johanna musste den Kopf schütteln.

Gritt kam ganz nah und stellte sich auf die Zehenspitzen. «Weil es verwunschen ist», flüsterte sie.

«Verwunschen?»

«Verwunschen, ganz genau. Nachts kommt die Füchsin – und dann tanzen sie.»

«Für mich hört sich das ein bisschen nach Aberglaube an, Gritt. Füchse tanzen doch nicht! Höchstens in der Fabel oder im Märchen.»

«Wirst schon sehen – vielleicht kommt sie ja irgendwann auch zu dir ...»

Johanna rubbelte ihre Haare trocken. Praktisch, dass sie jetzt so kurz waren, die Pflege der langen Lockenmähne wäre für das Landleben zu kompliziert gewesen.

Sie zog einen Faltenrock an und einen dünnen Pullover darüber. Gestern hatte sie sich in der Stadt noch bequeme Schnürschuhe und flache Sandalen besorgt, da sie mit eleganten Pumps in Altenburg nicht weit kommen würde.

Dann ging sie zu den anderen hinunter.

Am Frühstückstisch empfing sie bedrückendes Schweigen. Ihre Mutter rührte blicklos in der Teetasse, der Vater versteckte sich hinter der Zeitung. Die Eltern waren also noch ärgerlicher auf sie, als Johanna bislang vermutet hatte.

Nur Christoph lächelte ihr entgegen.

«Iss schnell, Johanna», sagte er. «Hermann kommt doch schon früher. Sein Onkel braucht den Wagen heute Nachmittag wieder.»

Sie schlang ihr Brot herunter, verbrannte sich am Kaffee fast die Zunge, so heiß war er noch. In der Tischmitte lockte auf einem Servierteller Hildes unvergleichliches Rührei mit Schnittlauch. Jetzt tat es Johanna auf einmal leid, dass sie so wenig Zeit in der Küche verbracht hatte, um sich einiges von Hildes Künsten abzuschauen.

Man kann auch von Brot und Käse leben, sprach sie sich selbst Mut zu. Zumindest eine Zeit lang. Im Garten gibt es Apfel- und Kirschbäume. Radieschen wachsen dort, Kresse, Kartoffeln, Möhren, Kopfsalat. Was ich brauche, werde ich eben anbauen. Ich habe Eier und Ziegenmilch, alles andere kann ich im kleinen Krämerladen am Ortsende einkaufen.

Ich werde schon zurechtkommen.

Ich *muss* zurechtkommen!

«Willst du es dir nicht doch noch einmal überlegen, Johanna?», fragte ihre Mutter mit zitternder Unterlippe. «Ich fühle mich sterbenselend bei dem Gedanken, dass du gleich dein Elternhaus verlässt. Du bist noch so jung, so unerfahren in vielen Dingen ...»

«Volljährig, Mama. Da wird es langsam Zeit, dass ich mich im Leben zurechtfinde, meinst du nicht auch?»

«Aber doch nicht in solch einem Leben. Wie viele andere Mädchen würden auf der Stelle liebend gern mit dir tauschen ...»

«Damit hast du sicherlich recht, Mama.»

«Und ganz schutzlos dort, ohne väterliche oder brüderliche Unterstützung! Schlechte Menschen könnten deine Unerfahrenheit ausnützen ...»

«Das hatten wir doch bereits. Ich habe nicht vor, mich dem erstbesten Bauern an den Hals zu werfen, falls du das befürchtest. Ich will mich spüren, herausfinden, was mir liegt, was ich möchte. Lisbeths Haus birgt so viele Geheimnisse. Die will ich am liebsten alle ergründen.»

Ihre Mutter war noch blasser geworden.

Johanna stand auf und wollte sie umarmen, ihre Mutter jedoch machte sich los.

«Ich muss mich hinlegen», murmelte sie. «Diese Migräne bringt mich noch um ...»

Mit langsamen Schritten ging sie hinaus.

«Du tust ihr sehr weh, Johanna», sagte ihr Vater. «Ich hoffe, das weißt du.»

Er stand auf.

«Papa, ich ...»

«Schon gut. Geh, wenn du glaubst, unbedingt gehen zu müssen.»

Auch er verließ das Esszimmer.

«Was für eine Szene», kommentierte Christoph, der bislang still geblieben war. «Der Auszug der gefallenen Tochter, wobei du ja meines Wissens noch gar nicht gefallen bist ...»

«Jetzt fang du nicht auch noch damit an», sagte Johanna. «Ich bin ohnehin schon nah am Heulen. Glaubst du auch, dass ich in mein Unglück renne?»

«Kommt ganz auf dich an, Johanna», sagte er liebevoll. «Aber wie ich meine kleine Schwester kenne, kriegt sie das hin. Ein paar Kratzer und Blessuren wirst du dir beim einfachen Leben auf dem Land sicherlich zuziehen. Aber wir sind ja nicht aus der Welt. Dein dich liebender Bruder Christoph steht bereit für den Fall, dass du Hilfe brauchst.»

«Georg hält mich für eine Idiotin, und Heinrich ist bitter enttäuscht von mir ...»

«Das gibt sich wieder. Georg soll gefälligst Verbrecher jagen und Heinrich die Hochzeitsfeierlichkeiten mit Greta vorbereiten. Spätestens auf der Hochzeit sehen wir uns alle wieder.»

Johanna nickte. Ihn so vernünftig reden zu hören, tat gut.

«Und wenn sie dann sehen, dass du noch am Leben bist und unversehrt und mit sauberen Fingernägeln dazu, legt sich der Sturm gewiss auch wieder.»

Sie lehnte sich kurz an ihn, ließ zu, dass er sie fest umarmte.

«Was würde ich nur ohne dich machen?», murmelte sie.

«Vermutlich noch mehr Unsinn.» Christoph ließ sie wieder los und gab ihr einen zärtlichen Nasenstüber. «Und jetzt hurtig! Deine Sachen müssen ja schließlich noch von oben runter ...»

Auf der Fahrt saß sie vorn neben Christophs Freund Hermann. Der Kastenwagen ruckelte und holperte und war bei Weitem nicht so bequem wie die väterliche Limousine, die nur so über die Landstraße geschnurrt war, aber Johannas Laune hob sich trotzdem mit jedem Kilometer, den sie zurücklegten.

Sie hatte es gewagt!

Sie war tatsächlich auf dem Weg nach Altenburg ...

«Ganz schön mutig», sagte Hermann neben ihr, der schon vor dem Krieg beim *Trierischen Volksfreund* gearbeitet hatte. Christoph und er hatten sich im Lazarett kennengelernt, der Erstere mit Schulterdurchschuss, der sich später als kompliziert erwies, Hermann mit einem Blinddarmdurchbruch, der ihn fast das Leben gekostet hätte, weil die Feldärzte ihn zunächst für einen Simulanten gehalten hatten, der sich vor dem Kampf drücken wollte. Dort hatten die beiden Männer Freundschaft geschlossen. Nach Kriegsende hatte Hermann sich dann dafür eingesetzt, dass Christoph als Volontär bei der Zeitung anfangen konnte.

Johanna zuckte die Achseln. «Mutig? Vielleicht. Neu und ganz anders als bisher wird es auf jeden Fall», sagte sie. «Ich lasse mich überraschen.»

«Du willst nicht heiraten und Kinder bekommen?» Er warf ihr einen Seitenblick zu. «So ein hübsches Mädchen wie du ...»

«Danke für die Blumen!» Johanna lächelte. «Eines Tages vielleicht ... aber bestimmt noch nicht jetzt.»

«Was dann? Ziegen melken und Wiesen mähen?», neckte er sie.

«Sicherlich auch. Aber nicht nur», erwiderte sie.

«Jetzt machst du mich aber neugierig ...»

Um ein Haar wäre sie damit herausgeplatzt, wie besonders das Haus sei, zu dem sie nun fuhren. *Verwunschen*. Besucht von einer geheimnisvollen Fähe, die sich nachts zeigte. Mit einer Scheune, in der halb fertige Schutzgeister lagerten, für die sich ein Kölner Galerist interessierte ...

Zum Glück kam kein Wort davon über ihre Lippen. Der grundsolide Hermann, glücklich verheiratet und Vater von zwei kleinen Söhnen, hätte sie vermutlich für verrückt gehalten.

«Ich weiß es noch nicht genau. Im Sommer auf dem Moselfest werde ich berichten. Danke dir übrigens, dass du den Umweg über Heckenmünster machst.»

Die gelb-weiße Barockkirche von Heckenmünster tauchte auf der rechten Straßenseite auf.

Altenburg hat die Schule, Heckenmünster den Friedhof ...

«Könntest du hier kurz anhalten?», bat Johanna.

«Ist dir übel? Du bist ja auf einmal ganz bleich um die Nase.»

«Bin nur ein bisschen zittrig. Ich möchte kurz zum Grab meiner Tante und ein paar Blumen darauf ablegen. Ich denke, das bin ich ihr schuldig.»

Der Friedhof lag hinter dem Gotteshaus, rund dreißig Gräber, die meisten mit einem Grabstein geschmückt, auf dem die Namen der Verstorbenen und ihre Lebensbeziehungsweise Sterbedaten eingemeißelt waren.

Schnell hatte Johanna Lisbeths Grab gefunden, das ein schlichtes Holzkreuz zierte.

LISBETH FUCHS
1880–1920

Jemand hatte eine Vase mit Narzissen auf das Grab gestellt. Quer auf dem Erdreich lagen zwei rötliche Blumen, die Johanna noch nie gesehen hatte.

«Das sind wilde Orchideen», sagte Hermann, der ausgestiegen und ihr nachgegangen war. «Hier gibt es ganze Täler, die voll davon sind. Bevor die Kinder da waren, sind Barbara und ich oft durch die Eifel gewandert, manchmal auch tagelang, da haben wir hin und wieder welche entdeckt. Ich hab sie fotografiert, aber auf den Bildern fehlen natürlich die fantastischen Farben.»

«Vierzig Jahre ist sie nur geworden», sagte Johanna versonnen. «Sie war noch so jung ...»

Sie trat zu dem Kreuz und legte ihre Blumen davor ab, als ihr ein starker Geruch in die Nase fuhr, so stechend, dass sie unwillkürlich zurückzuckte.

«Da hat wohl jemand seine Markierung hinterlassen», sagte Herrmann. «Mein Onkel ist Jäger, mit ihm unterwegs im Wald bin ich schon öfters mit ähnlichen Duftproben konfrontiert worden. Wollen wir dann weiter, Johanna? Nach Altenburg kommen wir von hier aus nicht, dorthin führt nur ein Fußweg. Ich muss umdrehen und eine andere Strecke nehmen.»

Sie gingen zurück zum Auto, stiegen ein und fuhren los.

Inzwischen konnte Johanna kaum mehr still sitzen und hatte am ganzen Körper Gänsehaut, so aufgeregt war sie auf einmal.

Ich komme an, dachte sie. Ich komme an!

Sie war erleichtert, als sie Altenburg erreichten und sie schließlich Kätt vor dem Gasthaus stehen sah, zusammen mit der kleinen Gritt, die eine zerschlissene Stoffpuppe in der Faust hatte.

Mutter und Tochter winkten ihr zu.

«Lass mich bitte aussteigen», bat Johanna und zeigte ihm, wo er mit dem Wagen hinmusste. «Die letzten Schritte zum Haus gehe ich zu Fuß.»

Flitz stürmte ihr entgegen, wedelte, sprang sie an, bellte wie verrückt.

«Er hat auf dich gewartet», sagte Kätt, die Johanna gefolgt war. «Kaum gefressen hat er. Und drei Tage und vier Nächte das Haus bewacht, damit er deine Ankunft ja nicht verpasst.»

«Jetzt bin ich ja da», sagte Johanna, obwohl ihr unwahrscheinlich schien, dass ein Tier, das sie kaum kannte, auf sie gewartet haben sollte. Sie bückte sich zu Flitz und streichelte ihn.

«Ja, zum Glück», erwiderte Kätt. «Willkommen in Altenburg!»

3

ALTENBURG, MAI 1920

Mit den Menschen in Altenburg war es schwieriger als mit den Tieren, das bekam Johanna bereits in den ersten Tagen zu spüren. Noch bevor Hermann die Kisten ausgeladen hatte, wusste bereits das ganze Dorf, dass sie in Lisbeths Haus einzog. Schnell waren die ersten Schaulustigen aufgetaucht, die üblichen Kinder, die den Kastenwagen mit seiner Umzugslast staunend umringten, dazu einige Frauen, die jenseits der kopfsteingepflasterten Dorfstraße stehen blieben, beobachteten, was ausgeladen wurde, und tuschelten. Kätt und ihre Kinder Gritt und Anton halfen tatkräftig mit, damit der Wagen schneller leer wurde, und brachten Kleider, eine Hutschachtel mit Johannas liebsten Dingen und eine Bücherkiste hinein. Währenddessen gesellte sich Bernhard Wimscheid dazu, der hiesige Lehrer, wie er mit einer linkischen Verbeugung mitteilte. Ein schmaler, blonder Mann mit Geheimratsecken, der das rechte Bein nachzog. Scharfe Magenfalten verliehen seinem Gesicht einen Anflug von Strenge. Die braunen Augen hinter der runden Brille jedoch wirkten gütig und warm.

«Die Verstorbene habe ich sehr geschätzt», sagte er. «Ab und zu haben wir uns gegenseitig Bücher ausgeliehen. Erstaunlich, was sie alles gelesen hatte! Aber Ihre Tante war ja in vielerlei Hinsicht eine besondere Frau.»

Als er Johannas Blick auf sein Bein bemerkte, sagte er knapp «Kinderlähmung» und errötete leicht. «Wenigstens musste so der Unterricht für zwei Dörfer in den Kriegsjahren nicht ausfallen», fügte er hinzu. «Es gibt eben nichts Schlechtes, das nicht auch ein Gran Gutes enthielte.»

«Ich wollte Sie nicht unhöflich angaffen», sagte Johanna, nun ihrerseits verlegen. «Verzeihen Sie bitte.»

«Ach, wissen Sie, an die Blicke der Menschen bin ich seit Kindertagen gewöhnt», erwiderte er. «Mit den Gleichaltrigen nicht beim Laufen und Springen mithalten zu können, hat manchmal ganz schön wehgetan. Aber nachdem mir meine Eltern den ersten Karl-May-Band in die Hände gedrückt hatten, war *ich* Old Shatterhand, konnte rennen, reiten und sogar schießen – zumindest in meinen Träumen.» Er lächelte. «Zum Kistenschleppen bin ich also weniger geeignet. Falls Sie jedoch anderweitig Hilfe brauchen sollten: Sie finden mich schräg gegenüber im Haus neben der Schule.»

Als ein paar vorwitzige Jungen energisch die Hupe des Kastenwagens betätigt hatten, war nebenan ein stämmiger Mann mit eisgrauen, dichten Haaren aus der Wirtschaft *Eifelglück* getreten.

«Mein Schwiegervater, der Bürgermeister», sagte Kätt halblaut.

Johanna nickte und ging forsch auf ihn zu.

«Johanna Fuchs, sehr angenehm, Herr Bürgermeister. Auf gute Nachbarschaft!» Sie streckte ihm die Hand entgegen, die er allerdings geflissentlich übersah.

«Was sich noch zeigen wird. Ihre Vorgängerin hat meiner Schwiegertochter nichts als Flausen in den Kopf gesetzt. Ich will hoffen, dass es damit nun ein Ende hat.»

«Lass ihn reden», sagte Kätt, als er wieder in der Wirtschaft verschwunden war. «Er trauert um meinen Hans, seinen einzigen Sohn, das hat ihn bitter werden lassen. Dabei vergisst er allerdings, dass er auch noch eine Tochter hat. Von seinen beiden Enkelkindern ganz zu schweigen.»

Ebenjene Tochter Angelika, von allen Lika genannt, betrieb das kleine Lädchen am Dorfende, in dem auch die örtliche Poststation untergebracht war. Klein, flachsblond und stabil gebaut wie ihr Vater, war sie im Gegensatz zu ihm ausgesprochen freundlich und mit Ausnahme von Kätt und Lehrer Wimscheid die Einzige im Dorf, in deren Gegenwart Johanna sich auf Anhieb wohlfühlte. Sie zu duzen, fühlte sich ebenfalls selbstverständlich an, und sie freute sich jedes Mal, wenn Lika ihr hinter dem hölzernen Verkaufstresen entgegenlächelte.

Die restlichen Bewohner von Altenburg jedoch betrachteten Johanna mit unverhohlenem Misstrauen, vor allem, wenn sie sich auf ihr mitgebrachtes Fahrrad schwang, um im nahe gelegenen Niersbach das einzukaufen, was es hier im Dorf nicht gab. So sehr sie sich mit dem einfachen Landleben arrangieren wollte, nicht klagte, wenn sie den Hühnerstall auszumisten hatte oder eine Spinne über dem Bett an der Decke saß und sie kein Hausmädchen rufen konnte, so dringend brauchte sie an den einsamen, dunklen Abenden im Haus zum Trost ein paar Pralinen oder ein Scheibchen Wurst, das sie stets mit dem braunen Hund teilte. Ein

Fahrrad waren die Leute hier sonst nur von der Hebamme gewohnt, die damit zu den Geburten kam. Doch auch wenn Johanna zu Fuß unterwegs war, änderte sich wenig am Argwohn der Menschen.

Nicht nur, dass ein junges Ding wie sie nun das Haus bewohnte, das auch zuvor schon einer Außenseiterin gehört hatte! Allein vom Aussehen her war Johanna ein Fremdkörper im Dorf. Keine Einzige der Bäuerinnen hätte sich getraut, einen Bubikopf zu tragen wie sie; alle hatten traditionelle Frisuren wie Dutt oder aufgesteckte Flechten. Beim Arbeiten kam ohnehin ein Kopftuch darüber, so wie die Frauen auch Tag für Tag ihre Kittelschürzen trugen. In dieser Einheitsaufmachung war das Alter der Frauen schwer zu schätzen; Johanna kam es zunächst so vor, als seien die jüngeren Frauen im Dorf in der Minderzahl.

«Täusch dich bloß nicht, bei der harten Arbeit wird man schneller alt», korrigierte Kätt diesen Eindruck. «Putz und Tand gelten vielen hier als sündige Verschwendung. Kirchgang am Sonn- oder Feiertag im guten Gewand, mehr ist für die meisten Frauen nicht drin, von der alljährlichen Kirmes abgesehen, bei der sich allerdings hauptsächlich die Männer besaufen. Ich könnte sogar wetten, dass manche der Bauern ihren Angetrauten nur bei absoluter Dunkelheit beiwohnen. Beim Resultat kommt dann meine Schwester Eva ins Spiel, die in Niersbach wohnt und als Hebamme für die Weiler ringsumher zuständig ist.»

Johanna sahen die Männer sehr wohl an. Sie merkte es, wenn sie auf dem Fahrrad an ihnen vorbeifuhr, sie spürte es, wenn sich das Schritttempo der Fuhrwerke verlangsamte und neugierige Blicke zu ihr über den Zaun flogen. Hatte sie bei der Gartenarbeit anfangs ganz ungeniert Weste und Bluse abgelegt, sobald ihr zu heiß wurde, und im Leibchen weitergewerkelt, so achtete sie inzwischen darauf, nicht zu viel Haut zu entblößen, selbst wenn die Sonne immer mehr an Kraft gewann. Die körperliche Anstrengung war ungewohnt für sie; der Rücken tat abends weh, und die Hände wurden rau. Zudem war Johanna oft ziemlich ratlos, konnte nur ahnen, was als Nächstes zu tun war. Dennoch scheute sie sich, Kätt vor jedem Handgriff um Rat zu fragen.

Lisbeths Garten befand sich in gutem Zustand, die Rosen waren zurückgeschnitten, die Beete in Reih und Glied angelegt. Selbst der Komposthaufen wirkte durchdacht. Auf einer Heuschicht lagerten Blätter, Gräser und feine Pflanzen, darüber dann Hühnermist und Küchenabfälle, schichtweise mit Erde und Sand bedeckt. Die Knospen der Obstbäume waren bereits zu weißen und rosafarbenen Blüten aufgebrochen, das gab ihr Hoffnung.

Aber könnte Johanna durch ihre Ahnungslosigkeit das alles hier nicht auch schnell in Unordnung bringen?

Dass man die Beete von Unkraut befreien und abgestorbene Triebe zurückschneiden musste, bevor man düngen konnte, kannte sie von Hildes Kräutergarten im heimatlichen Trier. Manchmal war sie mit dabei gewesen, wenn die Köchin Petersilie, Dill, Kerbel, Schnittlauch und Salbei gesät und dabei über ihre Kräuterlieblinge gesprochen hatte. Allerdings war dabei zuzusehen etwas ganz anderes, als es eigenhändig zu tun. Christoph hatte auf ihre schriftliche Bitte hin in Trier diverse Samensorten besorgt und per Post nach Altenburg geschickt. Die kleinen bunten Tütchen hatten zunächst Freude in Johanna ausgelöst. Doch schon bald kamen neue Zweifel auf.

Wie tief säen?

Wie nah nebeneinander? Welches Kraut vertrug sich mit welchem – und welches eben nicht?

Die Fragen nahmen kein Ende ...

Zum Glück hatte sie zum Abschied hilfreiche Lektüre geschenkt bekommen, von Christoph wahrscheinlich eher als Scherz gedacht denn als überlebenswichtiges Instrumentarium: Ein elegant eingebundenes und mit zarten Blüten bedrucktes Gartenbuch für Damen und ein bescheidener gestaltetes Gartenbuch für Anfänger, aus dem sie von Terminen für die Aussaat bis zu Düngemethoden viel lernte.

Außerdem hatte sie eine Art Pakt mit der kleinen Gritt geschlossen. Das Mädchen half ihr zweimal die Woche mit den Tieren, auch wenn es Johanna peinlich war, dass eine Siebenjährige besser Bescheid wusste als sie, und im Gegenzug gab sie ihr Hilfestellungen beim Schreiben, weil Gritts Buchstaben auf der Schiefertafel noch ziemlich holprig ausfielen. Kätt sagte nichts zu dem Arrangement, aber Johanna konnte sehen, dass sie sich für die Kleine freute, die es im Unterricht nun einfacher hatte.

Beim Hantieren mit Spaten, Hacke und Gartenschere schwitzte Johanna oft so stark, dass Kleidung wie Unterwäsche regelrecht an ihr klebten. Zwar hatte sie inzwischen den Wasserhahn entdeckt, an den sich der Schlauch zum Bewässern des Gartens anschließen ließ, aber sie konnte sich selbst ja schlecht in aller Öffentlichkeit ausziehen und säubern. So blieb ihr nur, sich nach getaner Arbeit in der Küche von Kopf bis Fuß mit kaltem Wasser zu waschen, denn auf den Luxus einer warmen Badewanne hatte sie bislang verzichtet.

Der Grund dafür war der Küchenofen, der ihr noch immer Respekt einflößte, wenngleich sie inzwischen gelernt hatte, wie man ihn bedienen musste. Anfängliche Anstrengungen, ihn in Gang zu setzen, waren kläglich gescheitert. Beim nächsten Versuch begannen die eingelegten Scheite zwar zu brennen, doch schon bald erfüllte dicker grauer Qualm die Küche und trieb den neugierigen Flitz, der ständig um ihre Füße wuselte, in die Flucht. Erschrocken rettete sich auch Johanna ins Freie, vor dem Haus so heftig hustend, dass der Lehrer von gegenüber angehinkt kam. Unter Wimscheids Anleitung lernte sie, dass Späne von Fichte oder Kiefer ideal zum Anzünden waren, Laubholz dagegen zum anschließenden Auffüllen länger und besser brannte und sie vor allem niemals vergessen durfte, die Lüftungsklappe erst zu öffnen und später wieder zu schließen.

«Sie schaffen das», versuchte er Johanna zu trösten, die sich so unbeholfen vorkam. «Und irgendwann geht es dann wie im Schlaf ...»

Davon konnte leider bislang noch keine Rede sein. Den Herd in Gang zu setzen, blieb nach wie vor eine heikle Angelegenheit, und so verzichtete Johanna morgens öfters freiwillig auf ihren heiß geliebten Kaffee und begnügte sich mit einem Becher frischer Ziegenmilch – was allerdings erst möglich wurde, nachdem ihr auch das Melken glückte.

Mit dem Gänsepaar war sie schnell zurechtgekommen, vermutlich, weil die beiden schon betagter und daher friedlich waren. Inzwischen freute sie sich, wenn sie ihr schnatternd entgegenwatschelten. Der Umgang mit den Hühnern machte Spaß, vor allem der allmorgendliche Eierfund, der Johannas Speiseplan bereicherte. Die Kaninchen ließen sich von ihr zum Ausmisten ohne Weiteres aus den Ställen nehmen und wieder zurücksetzen. Flitz war zu ihrem Schatten geworden, und selbst Kater Murr hatte seine anfängliche Zurückhaltung aufgegeben und schlief seit ein paar Tagen am Fußende des Betts.

Aber diese störrischen Ziegen!

Nach zahlreichen Fehlversuchen war Johanna kurz vor dem Aufgeben gewesen. Mal drückte sie beim Melken die Zitzen zu zaghaft, sodass kaum Milch herausfloss, dann offenbar wieder zu fest, und die Ziege machte einen Satz, um zu entkommen. Aber die Tiere mussten ihre Milch unbedingt loswerden, sonst würden sie krank, das hatte Kätt ihr eingeschärft, die Johanna schließlich doch wieder zu Hilfe geholt hatte, obwohl es ihr mittlerweile peinlich war.

«Hast du sie mit Namen angesprochen?», fragte Kätt, während unter ihren Händen die Milch wie selbstverständlich in den Melkeimer floss. «Daran sind sie nämlich gewöhnt.»

«Natürlich», versicherte Johanna unglücklich. «Und gegurrt wie ein Täubchen habe ich dabei. Aber ich glaube mittlerweile, sie mögen mich einfach nicht!»

«Unsinn. Du bist ihnen fremd, sie müssen sich erst an dich gewöhnen. Fang das nächste Mal bei Purgi an, die ist die Chefin hier im Stall. Wenn es bei der klappt, klappt es auch bei den Jüngeren. Immer erst schön anrüsten, und dann erst melken.»

«Anrüsten – was soll das nun wieder sein?»

«Mit der flachen Hand zwischen den Zitzen gegen den Euterboden klopfen, so wie die Lämmlein beim Saugen stoßen. Das regt den Milchfluss an.»

Purgi jedoch blieb auch beim nächsten Versuch stur, egal wie zärtlich Johanna ihren Namen flötete, sie bockte vielmehr und versetzte ihr mit dem Huf einen harten Tritt gegen das Schienbein, der sie aufschreien ließ.

Im Melkeimer war nicht einmal der Boden mit Milch bedeckt.

Resigniert ging Johanna zurück ins Haus. Schon wieder Kätt um Hilfe anbetteln? Inzwischen kam sie sich dabei nur noch lächerlich vor.

In solchen Momenten fühlte Johanna sich nicht nur ratlos, auch massive Zweifel stiegen in ihr auf.

Hatte sie sich nicht doch zu viel vorgenommen?

Ein paar Gartenbücher und die lieb gemeinten Ratschläge eines kleinen Mädchens reichten vermutlich doch nicht aus, um ein Leben zu bewältigen, das so ganz anders war als jenes, das sie bislang geführt hatte. Auf der anderen Seite liebte sie trotz aller Mühsal schon jetzt alles hier – das Haus, den Garten, vor allem aber Lisbeths Tiere.

Sie wollte nicht aufgeben. Sie *durfte* nicht aufgeben!

Lisbeth sollte eine würdige Erbin haben ...

Auf einem der Stühle lag Lisbeths dicke graue Strickjacke, in die sie sich nur zu gern kuschelte, weil die Nächte im Haus trotz der ansonsten fast schon sommerlichen Temperaturen noch immer ziemlich frisch waren – und plötzlich hatte Johanna eine Idee.

Sie nahm die Jacke hoch und hielt sie gegen ihre Nase. Ein zarter, leicht holziger Duft entströmte ihr. So ähnlich rochen alle Kleidungsstücke, die noch in Lisbeths Schrank hingen. Johanna zog die Jacke an und kehrte in den Stall zurück.

«Purgi, Purgi, Purgilein, komm her zu mir», lockte sie die Ziege. «Jetzt wird fein gemolken.»

Die Ziege näherte sich, bis ihre Nüstern Johannas Hüfte und damit Lisbeths Jacke berührten. Geräuschvoll begann sie zu schnüffeln.

«Du riechst sie? Brav gemacht.» Johanna klopfte gegen den Euterboden wie von Kätt empfohlen, und jetzt schien Purgi erstaunlicherweise nichts mehr gegen das Melken zu haben. Johanna umfasste die eine Zitze mit der linken Hand, die andere mit der rechten, bildete jeweils eine Faust und begann zu drücken, wie Kätt es ihr gezeigt hatte.

Sie hatte es geschafft!

Milch floss, und die Ziege hielt still, bis das Euter ganz leer war.

Vor Erleichterung hatte Johanna Tränen in den Augen.

«Und jetzt kommt ihr an die Reihe, Maxi und Flori», lockte sie weiter. «Die Milch von Trixi und Helli gehört ihren Kleinen, und Gundi muss ihr Zicklein ja erst noch werfen ...»

Als es ihr zwei Tage darauf auch noch gelungen war, den ersten Trog mit dem heißen Wasser zu füllen, das sie zuvor auf dem Herd erhitzt hatte, die Schmutzwäsche auf dem Waschbrett zu bearbeiten und anschließend zu spülen, fühlte sie sich endlich einmal richtig stolz. In Trier war das Waschen alle vierzehn Tage die Arbeit von Lina und Auguste gewesen, denen ab und zu noch eine Waschfrau zur Seite stand, wenn der Berg der Schmutzwäsche besonders umfangreich war. Jetzt hatte Johanna zum ersten Mal diese Aufgabe ganz allein bewältigt. Sie spannte ein paar Leinen im Garten zwischen den Obstbäumen und hängte die Wäsche auf. In der Maisonne würde sie schnell trocknen.

Murr schien der frische Wäscheduft ebenfalls anzuziehen. Maunzend strich er Johanna um die Beine, die es sich für ein paar Minuten in einem alten Gartenstuhl bequem gemacht hatte, und sprang schließlich auf ihren Schoß.

«Du hast es gut und kannst dein schönes schwarzes Fell selbst putzen», sagte sie, während sie liebevoll seinen Kopf streichelte. «Wir Menschen müssen dafür ziemlichen Aufwand betreiben ...»

Kätt ging am Zaun vorbei, sah die Wäsche flattern und blieb stehen. Johanna fiel die strenge Falte zwischen ihren Brauen auf.

«Ist etwas nicht in Ordnung?», sagte sie, stand auf und ging zu ihr an den Zaun.

«In Altenburg wird niemals am Samstag gewaschen», klärte Kätt sie auf. «Dafür ist der Montag da. Und das Waschhaus.»

«Und daran muss ich mich halten?»

«Lisbeth hat es nicht getan. Liegt an dir, ob du ihr darin nachfolgen willst.»

«Wo soll dieses Waschhaus denn sein?», wollte Johanna wissen. «Im Dorf hab ich nämlich keins gesehen.»

«Unten am Miesterbach, wo auch die Bleichwiesen liegen. Dort kommen die Frauen zum Waschen zusammen, einmal im Monat. Gibt dabei immer viel zu erzählen. Nach getaner Arbeit wird dann gemeinsam gegessen.»

Also eine Art dörfliche Nachrichtenbörse, dachte Johanna. Wer sich da ausschloss, wurde sicherlich auch von manch anderem ausgeschlossen.

«Und weshalb wollte Lisbeth nicht mitmachen?», fragte sie nach.

«Weil sie es nicht leiden konnte, wenn andere in ihrer Unterwäsche wühlen.» Kätt grinste kurz. «Genauso hat sie es mir gesagt. Lisbeth war eben besonders. Und was die Leute reden, hat sie nicht weiter gekümmert.»

Diese unbekannte Tante Lisbeth gefiel Johanna immer besser, je mehr sie von ihr erfuhr. Ein Jammer, dass sie ihr zu Lebzeiten nie begegnet war! Sie mochte ihre Tanten und Onkel, doch so ein Paradiesvogel wie Lisbeth war leider kein zweites Mal darunter.

Bis auf Gretas Onkel Jupp. Der hatte ihr jüngst zwei bunte Karten aus Rom geschickt, wohin er gerade gereist war, um sich, wie er schrieb, *Papst Benedikt XV. anzusehen. Mein Eindruck: sehr adelig. Pass auf Dich auf, Johanna. Offiziell herrscht jetzt Frieden, aber in vielen Herzen geht der Krieg weiter*, stand auf der ersten in schwungvoller Handschrift.

Kolosseum – einfach kolossal! Gruß Jupp, so lautete der Text der zweiten.

«Du kennst Leute!», hatte Lika gesagt, als sie ihr die Post lächelnd überreicht hatte. «Von uns Altenburgern war noch kein Einziger in Rom ...»

Sie stritt nicht einmal ab, Jupps Karten gelesen zu haben. Auch daran musste Johanna sich erst gewöhnen. Wer es geheim will, der soll eben Briefe schreiben, so Lika, die kommen dann auch garantiert verschlossen beim Empfänger an. In Trier war Johanna als einzige Tochter des angesehenen Tabakfabrikanten Fuchs unter der Aufsicht vieler gewesen. Hier in Altenburg aber beobachtete sie *jeder*. Schließlich bewohnte sie nun das Haus der Füchsin.

Das allein hob sie von allen anderen im Dorf ab.

Allerdings hatte sich ihr das scheue Wildtier, dem das Haus seinen Namen verdankte, bislang noch kein einziges Mal gezeigt. Dabei hatte sie im Garten Kotspuren entdeckt, die nur von einem Fuchs stammen konnten, wie Kätt ihr versichert hatte: dunkel, fast schwarz, trocken, mit spitzen Enden, durchsetzt von kleinen Knochenresten. Mäusefang, so tippten sie, denn im Hühnerstall, den Johanna aus Versehen neulich nachts unverschlossen gelassen hatte, fehlte keine Henne.

Schlich die Fähe nachts um das Haus, um sich an dessen neue Besitzerin zu gewöhnen? Aber war es überhaupt klug, tierische Instinkte so vermenschlichen zu wollen? Und warum wünschte sie sich, die Füchsin möge Kontakt zu ihr suchen?

Zwischen Lisbeth und der Füchsin musste es auf jeden Fall ein enges Band gegeben haben, das verrieten die zahlreichen Aquarelle, die Johanna in einer der Schubladen entdeckt hatte, die als Bettgestell dienten. Ohne große Nähe zwischen Mensch und Tier hätten sie so nicht entstehen können, und es kam Johanna bei genauerer Betrachtung so vor, als wären nicht nur eine Fähe, sondern verschiedene Füchsinnen mit unterschiedlichen Fellzeichnungen porträtiert worden. Das meiste waren kleinformartige Arbeiten, mit wenigen Strichen und Farben wie hingeworfen, die die Wildtiere in unterschiedlichen Positionen festhielten: im Sprung begriffen, das Maul weit geöffnet wie kurz vor dem Biss oder entspannt gähnend. Mal putzte sie ihre Kleinen, dunkle Fellknäuel, die nur aus Augen und Bäuchen zu bestehen schienen, dann wieder saß sie aufmerksam vor einem Bau, die Ohren wachsam gespitzt. Am meisten beeindruckten Johanna jene größeren Blätter, die nur den Fuchskopf zeigten: ein schön gezeichnetes Tiergesicht mit dunkel umrandeten Augen, die den Betrachter wachsam ansahen.

Vielleicht begann sie deshalb wieder von der Füchsin zu träumen, um ihr wenigstens im Schlaf nah zu sein, wenn diese im Wachzustand Johannas Nähe schon beharrlich mied. Doch im Gegensatz zum Trierer Fuchstraum, den sie in allen Einzelheiten im Gedächtnis behalten hatte, waren die neuen Traumbilder zumeist verflogen, sobald sie die Augen öffnete.

Dabei meinte sie die Füchsin manchmal sogar zu riechen, wenn sie morgens die Küche betrat – eine strenge, sehr eigenwillige Ausdünstung, die weder von Flitz noch von Murr stammen konnte. Manchmal fehlte unerklärlicherweise aus der eher karg bestückten Speisekammer etwas, ein Stück Käse zum Beispiel, ein paar erste Karotten, einige Eier – aber fraßen Füchse so etwas überhaupt?

«Die nehmen, was sie kriegen können», erklärte Lehrer Wimscheid, dem sie sich anvertraute. «Füchse sind da nicht sonderlich wählerisch. Früchte, Gemüse, Eier und natürlich alles Fleischige. Bei uns im Schulgarten schrecken sie zum Glück die Bienenstöcke ab, denn so einen Stich in die empfindliche Schnauze merken sie sich. Das Haus der Füchsin jedoch stand ihnen jahrelang offen.»

«Soll das etwa heißen, meine Tante hat sie regelrecht eingeladen?»

«Eine Fähe auf jeden Fall. Die war am Ende verblüffend zutraulich. Das habe ich mehr als einmal mit eigenen Augen gesehen», lautete seine Antwort. «Vielleicht, weil auch in Lisbeth ein Stück Fuchsnatur steckte ...»

«Ihr Nachname lautete Fuchs, so wie meiner auch.»

«Das meine ich nicht. Mir geht es um die Wildheit, die in ihr wohnte», sagte er versonnen.

Das hörte sich an, als sei er ihr ziemlich nahgekommen. War er in Lisbeth verliebt gewesen?

Hatten die beiden womöglich sogar eine Liebschaft gehabt?

Schwer vorstellbar für Johanna. Ihre schillernde Tante und dieser biedere Lehrer mit seinen Indianerfantasien, wie passte das zusammen? Auf der anderen Seite hatten sich die beiden über Bücher ausgetauscht, so etwas verband. Und vermutlich hatte Lisbeth sich in dem abgelegenen Bauerndorf hin und wieder ziemlich einsam gefühlt ...

Sie setzte ihre Suche im Haus fort.

Vielleicht gab es ja irgendwo ein Tagebuch, das ihr mehr über Lisbeth enthüllen würde. Einen Packen Briefe hatte sie in einer der Laden bereits entdeckt, mit einem blauen Band zusammengehalten. Leider waren sie alle auf Französisch verfasst, ausgerechnet jener Sprache, die ihr in der Schule trotz der Nähe zum Nachbarland stets die größten Schwierigkeiten bereitet hatte. Beim Reden ging es ja noch halbwegs, weil man die Wortenden irgendwie vernuscheln konnte, im Schriftlichen jedoch offenbarte sich rasch, wie kompliziert diese Sprache war. Hinzu kam, dass die Schrift der Briefe winzig und nicht sonderlich leserlich war, ein übermütiger Tanz von Buchstaben auf und unter den Zeilen, der sie ermüdete, ehe sie auch nur ein Wort hatte entziffern können.

Sie beschloss, den geheimnisvollen Stapel Christoph zu zeigen, der zu Schulzeiten im Französischen stets geglänzt hatte, im Gegensatz zum bequemen Georg, der das Klassenziel mehr als einmal gerade noch mit Ach und Krach erreicht hatte. Leider hatte Christoph seinen angekündigten Besuch bei ihr in Altenburg bereits zweimal verschieben müssen, da er für einen erkrankten Kollegen einspringen musste.

Er fehlte ihr, aber nicht nur er.

Sie vermisste auch die Eltern, mit denen sie, wenn auch nicht im Streit, so doch im Unfrieden auseinandergegangen war. Papa hatte ihr vor der Abfahrt im letzten Moment noch einen Umschlag mit Geldscheinen in die Hand gedrückt, «damit du nicht unter die Räder kommst», so sein Kommentar.

Johanna bediente sich nur ungern daraus, weil es ihr irgendwie nicht richtig erschien, doch manchmal musste sie es trotzdem tun, um die Dinge des täglichen Lebens bezahlen zu können.

Es tat ihr weh, dass ihre Mutter zu sehr geweint hatte, um sich von ihr zu verabschieden. Schon einige Male hatte sie ihr seitdem geschrieben, lange, herzliche Briefe, in denen sie von ihrem Leben in Altenburg berichtet hatte, jedoch ohne bislang eine Antwort erhalten zu haben.

Sie musste also weiterhin Geduld aufbringen ...

Ebenso vermisste Johanna ihren Bruder Heinrich und seine liebenswürdige Braut Greta, sogar den frechen Georg, selbst wenn die Brüder sich ständig kabbelten, außerdem Köchin Hilde, ihren fantastischen rheinischen Sauerbraten mit Klößen und die Herrencreme, ihren Mann Gustav, den zuverlässigen Chauffeur, sowie die Hausmädchen Lina und Auguste – eigentlich vermisste sie alle Bewohner der Villa. Und ja, sie hatte Sehnsucht nach dem Stadtleben, dem lauten, lebendigen Trier mit seinem bunten Hauptmarkt, den vielen Geschäften und belebten Straßen.

War es wirklich klug gewesen, sich Hals über Kopf in dieses einfache Leben zu stürzen, mit dem sie nun so zu kämpfen hatte?

Johanna versuchte, solche Gedanken rasch wieder zu vertreiben, sobald sie sie überfielen. Lisbeth hatte sie zu ihrer Erbin gemacht, weil sie ihr zutraute, dass sie sich in Altenburg zurechtfand.

Sie würde beweisen, dass sie dieses Vertrauens würdig war, und wenn das hieß, dass sie sich mit kaltem Wasser wusch und Blasen an den Händen hatte, dann war das eben so ...

Am nächsten Morgen war das Dorf wie ausgestorben, weil Groß und Klein unterwegs zum Gottesdienst nach Heckenmünster waren. Sicherlich wäre es hilfreich für Johannas Ansehen im Dorf gewesen, hätte auch sie sich in die Schar der Gläubigen eingereiht, doch sie hatte sich für den heutigen Vormittag anderes vorgenommen. Ihr in der Scheune gestapeltes Feuerholz ging allmählich zur Neige, zudem wollte sie herausfinden, was das für rätselhafte Stämme in der Scheune waren, für die sie bislang keine Erklärung hatte. In Niersbach hatte einer der Töpfer ihr einen ausgedienten Anhänger günstig verkauft, den sie mit wenigen Handgriffen hinten am Fahrrad befestigen konnte. Für kleinere Fundstücke unterwegs hängte sie sich die Leinentasche um, die sie in der Speisekammer gefunden hatte.

So ausgerüstet, brach Johanna in den Wald auf, der kurz hinter Altenburg begann, nicht ohne zuvor nach Gundi zu schauen, der trächtigen Ziege. Seit dem Morgen wollte sie nichts mehr fressen, ein Zeichen, so Kätt, dass die Geburt des Kitzes bevorstand. Natürlich hatte auch Flitz mitgewollt in den Wald, doch das war Johanna im ihr noch unbekannten Gelände zu riskant, weil er sich losreißen und im ärgsten Fall sogar wildern könnte, also ließ sie ihn zu Hause.

Schon am Waldrand stieg sie wegen des unebenen Untergrunds ab und schob das Rad. Je tiefer sie in den Wald gelangte, desto mehr fühlte sie sich wie in einer unbekannten, magischen Welt, die so gar nichts mit dem säuberlich gestutzten Grün des Trierer Schlossparks zu tun hatte, den sie von diversen Sonntagsspaziergängen mit der Familie her kannte. Hier gab es weder Rosenrabatten noch exakt gemähte Rasenstücke. Was sie umschloss, war ursprünglicher Wald, der abgesehen von wenigen Eichen und ein paar Fichten vorwiegend aus hochgewachsenen Buchen bestand. Deren frische Blätter bildeten ein nahezu geschlossenes Dach, das die Sonne nur an wenigen Stellen durchließ und alles in ein milchiges, grünliches Licht tauchte. Letzte Woche hatte in der Region ein heftiger Frühlingssturm gewütet; zahlreiche dünnere und dickere Äste, die auf dem Boden lagen, zeugten davon und luden zum Aufsammeln ein.

Aber durfte Johanna das ohne Weiteres?

Andererseits: Wen sollte sie fragen?

Den schwarzen Specht vielleicht, der gerade über ihr gegen den Stamm einer Kiefer hämmerte? Die beiden Eichhörnchen, die sich hoch über ihrem Kopf eine waghalsige Verfolgungsjagd von Baum zu Baum lieferten?

Als Johanna sich nach dem ersten Ast bückte, fiel ihr der Pflanzenteppich auf, der mit weißlichen Blüten üppig wucherte. Waldmeister – dieser Geruch war ihr vertraut, weil ihr Vater jeden Frühling auf seiner geliebten Waldmeisterbowle bestand.

Sie nahm das kleine Messer heraus, das sie für alle Fälle eingesteckt hatte, schnitt reichlich davon ab und verstaute ihren Fund in der Tasche. Die anderen Pflanzen ringsherum waren ihr allesamt unbekannt, und so ließ sie sie notgedrungen stehen.

Essbar? Oder giftig?

Sie erfreute sich an dem frischen Gelb einiger kleiner Blüten und ihrem süßlichen Duft, wusste jedoch nicht, wozu sie verwendet werden konnten.

Nicht viel besser wusste Johanna über die Vögel Bescheid, die dieses Waldstück bewohnten. Das Rotkehlchen hatte sie wie den Specht vorhin am Gesang gerade noch erkannt, aber wie hießen all die anderen, die sie hier hörte und zu sehen bekam?

Beim Weitergehen sammelte sie immer neue Äste und Zweige auf und füllte damit ihren Anhänger. Für den Moment mochte das als Heizmaterial genügen, aber wie würde es im Winter aussehen?

Falls sie im Winter überhaupt noch in Altenburg lebte ...

Rad und Anhänger ließen sich inzwischen schon deutlich schwerer schieben, zumal es leicht bergauf ging. Sie kam an ein paar Baumstümpfen vorbei, von Moos überwuchert. Links von ihr befand sich ein stattlicher Erdhaufen mit mehreren Löchern.

Ein Dachsbau?

Zwei spitze rötliche Ohren, die daraus hervorlugten, belehrten sie eines Besseren. Der Kopf folgte, schließlich der ganze Rumpf, aber nicht nur einer.

Nach und nach kletterten vier Junge ins Freie.

Johanna war stehen geblieben, wagte kaum zu atmen.

Der Bau der Füchsin!

Was, wenn die Fähe auch in der Nähe war?

Würde sie dann aggressiv werden, um ihre Welpen zu beschützen?

Die Jungtiere nahmen keinerlei Notiz von Johanna, so vertieft waren sie in ihr Spiel mit einem Grasbüschel, das sie wie einen Ball vor sich hertrieben und sich gegenseitig abzujagen versuchten. Zwei von ihnen waren dunkel, eines rot mit dunklen Beinen, das vierte hellrot. Sie erinnerten Johanna an einen Wurf Hundewelpen, erschienen ihr allerdings weniger tapsig.

Plötzlich fuhren alle Köpfe in eine Richtung.

Und da kam sie herbei, die Mutter!

Die Fähe war tiefrot mit dunkleren Beinen, sofort

umringt von ihren Kleinen, die ihr an die Zitzen gingen und zu saugen begannen. Ihr Körper war schlank, fast mager. An Kopf und Brust zeigte sie eine ausgeprägte Blesse.

Das musste sie sein, die Fähe, die sie von Lisbeths Aquarellen her kannte!

Unwillkürlich hatte Johanna eine winzige Bewegung gemacht.

Die Füchsin fuhr auf, zeigte das Gebiss und gab ein lautes Keckern von sich. In diesem Moment ertönte ein Schuss ganz aus der Nähe und gleich darauf ein zweiter. Blitzschnell verschwanden Füchsin und Welpen im Bau, während ein brauner Hund auf Johanna zugestürmt kam.

Ein Pfiff, der ihn jedoch nicht aufhielt.

«Fleur!», ertönte eine Männerstimme. «Bei Fuß!»

Der junge Hund blieb zunächst nur stehen, gehorchte aber schließlich und lief zurück zu dem schlanken, mittelgroßen Mann, der sich jetzt Johanna näherte, von Statur und Aussehen her ganz anders als die Bauern der Region.

«Sie haben gerade geschossen?», fragte sie. «Die Füchsin und ihren Wurf haben Sie damit ganz schön erschreckt – und mich dazu. Schade, ich war zutiefst berührt von dem Schauspiel, noch nie habe ich wilde Tiere aus der Nähe gesehen.» Enttäuscht blickte sie zu ihm auf.

«Tut mir leid.» Er tippte leicht an seinen braunen Hut. «Von Fuchsjagden halte ich nichts, und in der Regel ängstige ich auch keine Frauen. Aber diese beiden Schüsse mussten sein. Ein kranker Eber, sehr aggressiv und damit nicht ungefährlich. Endlich konnte ich ihn erlegen.»

Sein Deutsch war perfekt, doch die Sprachmelodie verriet, dass er von der anderen Rheinseite stammen musste. Obwohl er mit Hemd, brauner Hose und einer ärmellosen Jacke aus Wildleder leger gekleidet war, besaß sein Auftritt etwas Offizielles. An einem breiten Riemen hing ein Gewehr an seiner Schulter, mit der Mündung nach oben.

Ein Jäger?

Wie der klassische Förster sah er eher nicht aus.

Johanna vollführte eine halbe Drehung zu ihrem Fahrrad.

«Ich habe Zweige und Äste gesammelt und hoffe, damit verstoße ich gegen keine Regeln ...»

«Sie wohnen in Altenburg?», wollte er wissen.

«Vor Kurzem zugezogen.»

«Solange Sie keine Bäume fällen, und danach sehen Sie mir nicht aus, ist es in Ordnung.»

Unter seinen abschätzigen Blicken kribbelte ihre Haut, als liefen Ameisen darüber.

«Graf Kunstätt hat nichts dagegen, wenn die Dorfbewohner sich an Bruchholz aus seinem Wald bedienen», fuhr er fort. «Das Rotwild allerdings gehört ihm allein. Da ist er ausgesprochen eigen.»

«Sie arbeiten für ihn? Dann sind Sie so eine Art Wildhüter?»

Ein kurzes Lächeln, das sein Kinngrübchen tiefer werden ließ. Er hatte weiße, nicht ganz ebenmäßige Zähne. Und eine ungewöhnliche Augenfarbe, das fiel ihr auf, fast so dunkelblau wie sommerliche Vergissmeinnicht.

«Ich bin Aufseher für die gräflichen Wälder und den dazugehörigen Tierbestand. Und Sie? Was führt Sie nach Altenburg?»

Sein Blick war so intensiv, dass Johanna bedauerte, nur eines ihrer Arbeitskleider zu tragen. Zudem war sie verschwitzt und garantiert nicht mehr ganz sauber.

Wofür er sie wohl halten mochte?

Garantiert für keine Fabrikantentochter!

Er räusperte sich, und ihr fiel auf, dass sie ihm eine Antwort schuldig geblieben war. Aber auf welche Frage?

«Was führt Sie nach Altenburg?», wiederholte er und hatte dabei ein amüsiertes Funkeln in den Augen. Wahrscheinlich hielt er sie für minderbemittelt.

«Ich habe das Erbe meiner Tante angetreten», gab sie nun Auskunft wie eine eifrige Schülerin, «und bewohne das Haus Nummer achtzehn.»

Ein Schatten ging über sein Gesicht.

Er hatte Lisbeth also gekannt. Aber wie gut?

«Mein Beileid», sagte er. «Sie werden länger in Altenburg bleiben?»

«Mal sehen.» Johanna gab sich einen Ruck. «Ich denke, ja», korrigierte sie sich. «Ist alles noch ziemlich neu für mich.»

«Dann willkommen. Die Waldarbeiter müssen rasch benachrichtigt werden, damit sie sich um den Kadaver kümmern.» Er wandte sich zum Gehen, und Fleur begann erwartungsvoll zu wedeln. *A plus tard!*

Johanna sah ihm mit gemischten Gefühlen hinterher.

Ganz schön selbstbewusst im Auftreten! Für ein paar Momente hatte er sie regelrecht aus der Fassung gebracht.

Wie alt mochte er sein? Dreißig? Fünfunddreißig?
Ein Mann, der seinen Jagdhund Fleur nannte.
Seinen eigenen Namen hatte er für sich behalten. Doch den zu erfahren, dürfte nicht weiter schwierig sein ...

Mit einem gut gefüllten Anhänger fuhr Johanna zurück ins Dorf. Jetzt noch das Holz unterbringen und dann endlich von dem frischen Ziegenkäse kosten, den Kätt gestern vorbeigebracht hatte!

Sie hatte versprochen, ihr nächste Woche zu zeigen, wie man ihn herstellte, und versichert, dass es alles andere als schwierig sei. Sobald das geschafft war, hatte Johanna vor, sich auch ans Brotbacken zu wagen. Bislang hatte sie das vor sich hergeschoben, wenngleich Likas Lächeln, die ihr bislang ihr selbst gebackenes Brot verkaufte, inzwischen schon ziemlich mitleidig wirkte. Selbstverständlichkeiten für die Bäuerinnen hier, von klein auf erlernte Fertigkeiten, die bereits ihre heranwachsenden Töchter beherrschten. Aber Johanna war eben eine echte Städterin, die zudem bislang im Leben niemals körperlich gearbeitet hatte.

Nach dem Holzaufschichten prustete und schnaufte sie, und sauberer war sie dabei garantiert auch nicht geworden. Als sie die Scheune verließ, sah sie eine vertraute Frauengestalt auf der Treppe zum Haus sitzen, zu ihren Füßen Flitz, der treue Hüter der Schwelle.

«Martha!» Beseelt von aufrichtiger Wiedersehensfreude flog sie ihrer Tante entgegen.

Martha Nußbaum umarmte ihre Nichte fest, während der Hund sie aufgeregt bellend umtänzelte.

«Musste doch mal nachschauen kommen, wenn du es

schon nicht bis zu uns nach Wittlich schaffst», sagte sie lächelnd, nachdem sie sich voneinander gelöst hatten. «Lass dich ansehen! Ein echtes Landmädchen ist aus dir geworden, braun gebrannt, mit jeder Menge neuer Sommersprossen auf der Nase und schlicht gekleidet. Nur der kesse Bubikopf erinnert noch an die Johanna von früher ...»

«Ich war beim Holzsammeln im Wald, darum sehe ich so aus. Außerdem kann ich inzwischen melken, alle Tiere hier versorgen, Wäsche waschen, und im Garten kenne ich mich allmählich auch ganz gut aus. Ja, mein Bubikopf bräuchte längst eine Auffrischung, ich weiß. Aber das erledige ich vor Heinrichs und Gretas großer Hochzeitsfeier im nächsten Monat ...»

«Und damit du uns bei all der harten Arbeit nicht vom Fleisch fällst, habe ich dir ein paar Leckerbissen mitgebracht», fiel Martha ihr ins Wort. Ebenfalls auf den Stufen stand ein großer Henkelkorb, aus dem es köstlich duftete. «Wollen wir im Garten essen? Das gute Wetter sollten wir ausnützen.»

«Gerne, lass mich zuvor nur noch kurz nach meiner trächtigen Ziege schauen.»

Bei Gundi war alles unverändert, als Einzige war sie freiwillig im Stall zurückgeblieben, während die andern auf der Wiese grasten. Sie meckerte leise, als Johanna sie beruhigend streichelte. Jetzt konnte es vermutlich nicht mehr lange dauern, bis die Zicklein geboren würden ...

Zurück zu Martha also.

Als Tisch diente eine ausrangierte Kiste, über die Johanna ein Küchentuch gebreitet hatte. Die alten Stühle knarzten, als sie sich darauf niederließen, aber sie hielten immerhin stand. Eine Köstlichkeit nach der anderen holte Martha aus ihrem Korb, zu denen Johanna mit Wasser verdünnten Viez servierte, den hiesigen Apfelwein, von dem einige Krüge in der Speisekammer standen. Dazu gab es Birrebunnes, Hefekuchen mit getrockneten Birnen und Zuckerrübensirup, sowie zwei Spezialitäten aus der jüdischen Küche, frische Rugelach mit Dattel-Walnuss-Füllung, ein Hefegebäck, sowie das Zopfbrot Challah, bestreut mit Mohn, nach dem Johanna bereits in Kindertagen gegiert hatte.

«Ich habe immer schon bewundert, wie ihr jüdisches und christliches Brauchtum kombiniert», sagte Johanna, mit vollen Backen kauend. «Aus beiden Religionen das Beste, so hat es mir Onkel Paul einmal erklärt.»

Martha sah plötzlich nachdenklich aus.

«Unser Vater war zunächst strikt dagegen, dass ich einen Juden heirate, aber unsere Liebe hat schließlich gesiegt. Und für Paul war es in der Tat niemals ein Problem», sagte sie. «Denn mein lieber Mann ist nicht fromm, und so hatte er auch nichts dagegen, dass unsere Kinder auf meinen Wunsch hin getauft wurden. Gleiches gilt für Sophie, die kümmert sich nicht groß darum und geht schon jetzt ganz auf in ihrer Rechtswissenschaft. Unser Jakob dagegen ...»

Sie hielt inne.

«Was ist mit Jakob?», fragte Johanna.

«Jakob hadert – mit sich, mit uns, mit der gesamten Situation. Im Krieg war er als Sanitäter gefragt, doch zurück an der Uni macht ihm sein Doktorvater das Leben schwer. In dessen Augen ist er Jude, nach jüdischem Gesetz jedoch ist er es nicht, da ich, seine

Mutter, Christin bin. Jakob selbst fühlt sich hin- und hergerissen, weder im Christentum zu Hause noch im Judentum. Er ist ganz anders als seine heitere Schwester, grüblerisch, in sich gekehrt, oft melancholisch. Ich weiß, er ist schon jetzt ein guter Mediziner und wird noch besser, wenn er mehr Erfahrung hat. Aber unser Sohn nimmt alles immer so schwer. Manchmal habe ich Angst um ihn.» Sie seufzte, bemühte sich wieder um ein Lächeln. «Dass Geschwister so unterschiedlich sein können ...»

«Das sind meine Brüder und ich doch auch, ebenso wie ihr: Tante Gertrud, die Bedenkenträgerin; Papa, der Entscheider; du, die Umsorgerin, Tante Ottilie, der Sonnenschein – und eben Lisbeth, eure Jüngste.» Johanna entschloss sich zur Attacke. Vielleicht würde sie ja endlich von Martha erfahren, was sie seit Wochen beschäftigte. «Was ist eigentlich damals vorgefallen, dass ihr euch alle derart mit ihr entzweit habt?»

Martha saß plötzlich viel aufrechter auf ihrem Stuhl.

«Wir sollten uns diesen schönen Tag nicht von alten Geschichten verderben lassen», wiegelte sie ab. «Was geschehen ist, ist geschehen. Rückgängig machen kann es keiner mehr.»

Da war etwas in ihrer Stimme, das Johanna stutzig machte.

«Papa hat dir verboten, es mir zu erzählen», hakte sie nach. «So ist es doch, oder? Aber ich bin erwachsen genug, um die Wahrheit zu erfahren. Außerdem war Lisbeth dir vom Alter her am nächsten ...»

«Ich war schon dreizehn, als sie zur Welt kam», fuhr Martha auf. «Fast ein Backfisch – und Lisbeth hing die ersten Jahre stets an Mamas Rockzipfel. Unsere Mutter hat ihre Jüngste nach Strich und Faden verzogen. Wir Älteren haben da nicht mehr viel gezählt.»

«Ähnliches würden meine Brüder vermutlich auch behaupten», erwiderte Johanna. «Mamas einziges Mädchen nach vier Buben – und derart verwöhnt! Bekommen die Letztgeborenen nicht immer ein gewisses Übermaß an Zuneigung?»

«Lass gut sein, Liebes. Bislang hast du das doch ziemlich genossen, oder täusche ich mich da etwa?»

Ihre Tante hatte recht. Johanna verfiel ins Grübeln. Ja, es war irgendwie selbstverständlich gewesen, dass immer alles da war – die Villa, die Kleider, das reichhaltige Essen. Nicht einmal im Großen Krieg hatten sie so sehr wie andere hungern müssen.

War sie undankbar, weil sie das alles erst jetzt so richtig zu schätzen lernte?

Martha stand auf. «Ich kann mich getrost wieder auf den Heimweg machen, denn du bist wohlauf und voller Tatendrang, mehr wollte ich gar nicht wissen. Wenn du dein Abenteuer auf dem Land über hast, werden deine Eltern dich mit offenen Armen aufnehmen, das haben sie mir erst neulich versichert. Vielleicht entscheidest du dich ja schon anlässlich Heinrichs Hochzeit dazu. Wird sicherlich eine Festlichkeit, von der die ganze Stadt reden wird! Mir steht jetzt erst einmal der stramme Fußmarsch bergab nach Sehlem zur Bahnstation bevor ...»

«Flitz und ich begleiten dich. Aber zuvor möchte ich dir noch etwas zeigen.»

Johanna führte ihre Tante in die Scheune zu den Tonköpfen.

«Wusstest du davon», fragte sie, «dass eure Schwester eine Künstlerin war? Sogar ein Kölner Galerist soll Interesse bekundet haben, wie man mir berichtet hat.»

«Lisbeth mit den zwei linken Händen?» Ungläubig schüttelte Martha den Kopf. «Das kann nicht sein.»

«Offenbar eben doch. Sie muss auch an der Töpferscheibe sehr geschickt gewesen sein, hat sogar andere Frauen darin angeleitet. Gemalt und gezeichnet hat sie, und das nicht zu knapp. Das Haus ist voll mit ihren Arbeiten. Du hast sie niemals hier in Altenburg besucht, obwohl ihr nicht einmal zwanzig Kilometer entfernt wohnt?»

Erneutes Kopfschütteln, aber es fiel deutlich verhaltener aus.

Das war nicht die Wahrheit, jedenfalls nicht die ganze, doch Marthas Gesicht wirkte plötzlich so verschlossen, dass Johanna begriff, sie würde im Moment nicht weiterkommen. Sie musste ein anderes Mal versuchen, mehr über diesen seltsamen Zwist mit Lisbeth herauszufinden. Vielleicht bot sich ja an Heinrichs und Gretas Hochzeit Gelegenheit dazu, wenn die ganze Familie wieder in der Villa versammelt war ...

«Ich möchte demnächst auch zu töpfern beginnen», sagte sie stattdessen und hoffte, möglichst beiläufig zu klingen. «Aber dazu muss man einiges wissen. Kätt, meine Stütze hier in allem, will mir zeigen, wie man an der Töpferscheibe arbeitet, so wie es ihr Lisbeth gezeigt hat. Wäre doch schön, wenn diese Tradition weiterleben würde ...»

In den letzten Wochen hatte Johanna sich viele Stunden lang in Lisbeths Scheune aufgehalten, die bemalten

Leinwände und die geheimnisvollen Tier- und Frauenköpfe aus Ton betrachtet. *Schutzgeister*. Das Material faszinierte Johanna. Es selbst zu formen, welch wunderbare Vorstellung! Einmal hatte sie es schon versucht, allerdings ohne Erfolg. Doch so schnell würde sie nicht aufgeben ...

«Streb Lisbeth bloß nicht nach, in gar nichts!» Marthas Tonfall klang plötzlich drohend. «Die Familie musste so viel aufbieten, um wieder ins Lot zu rücken, was sie angerichtet hatte. Nimm dir lieber deine Mutter zum Vorbild, damit kommst du im Leben weiter.»

Martha verabschiedete sich und ließ eine sehr nachdenkliche Johanna zurück. Die Tante war so schnell aufgebrochen, hatte auch keine Begleitung gewollt, dass sie ihr nicht einmal ein paar Stängel für die Waldmeisterbowle hatte mitgeben können. Sie holte das Kraut aus der Leinentasche; richtig welk war es in der Wärme schon geworden.

Das mussten die Stängel auch sein, wenn die Bowle gelingen sollte.

Im Keller waren ihr ein halbes Dutzend Rieslingflaschen aufgefallen. Eine davon holte Johanna nun herauf. Sekt oder Schaumwein zum späteren Aufgießen, wie es das klassische Bowlenrezept eigentlich verlangte, ließ sich allerdings nirgendwo finden. Dann würde eben ein Gemisch aus Wasser und Wein genügen müssen.

Es gab tatsächlich einen Korkenzieher im Besteckkasten; Lisbeth schien also Wein getrunken zu haben, zumindest ab und zu. Sie goss ein großes Glas voll, tauchte eine Handvoll Stängel darin ein.

Als sie das Haus wieder verließ, kam Kätt ihr entgegen, feierlich in Schwarz gekleidet, ein buntes Schultertuch als Farbtupfer. Nur ein paar der vorwitzigen dunklen Strähnen hatten sich aus der strengen Flechtfrisur gelöst und umschmeichelten ihr Gesicht.

Die Frau, die neben ihr ging, war kleiner, rundlicher und einige Jahre jünger, in einem blau-weiß karierten Arbeitskleid, das dunkle Flecken verunzierten. Sie hatte dunkelblonde, zum Zopf geflochtene Haare, exakt die gleiche Nase wie Kätt und trug eine längliche Ledertasche in der Hand.

Das musste ihre Schwester sein, die Hebamme.

Evas Lächeln war strahlend.

«Altenburg hat Grund zur Freude», verkündete sie, nachdem Kätt sie vorgestellt hatte. «Der kleine Simon, geboren von Hack Christl, drei Häuser weiter, ist ein echtes Sonntagskind. Es hat ordentlich gedauert, bis er endlich zur Welt kommen wollte. Was leider auch für die Nachgeburt galt.» Sie deutete auf ihr beschmutztes Kleid. «Aber was sind schon ein paar Flecken, wenn Mutter und Kind gesund sind?»

«Eva ist eine gute Hebamme», sagte Kätt voller Stolz. «Sie kommt Tag und Nacht, wann immer die Frauen sie brauchen. Und sie kennt alle Kräuter ...»

«Jetzt übertreibst du aber», wehrte Eva ab. «Immer schön bescheiden bleiben! Jede Geburt ist eine Angelegenheit auf Leben und Tod, daran hat sich bis heute nichts geändert. Glück gehört dazu und die Hilfe der Muttergottes, die ich jedes Mal anrufe, sobald es ernst wird.»

«Unsere kleine Heilige», neckte Kätt sie. «Als Kind wollte sie unbedingt ins Kloster.»

«Lang ist's her. Seitdem bin ich ziemlich weltlich geworden, aber Beten hat noch nie geschadet», sagte Eva. «Ohne Glauben wäre manches noch schwerer zu ertragen ...» Sie fuhr über ihren Rock. «Jetzt fahre ich heim, zieh mir was Sauberes an und ruhe mich aus. Waren viele, viele Stunden ohne Schlaf ...»

«Sie ist so tapfer», sagte Kätt, nachdem sie Eva verabschiedet hatten. «Bert, den Verlobten, hat der Krieg ihr genommen, und dann hat sie vor lauter Kummer auch noch das Kind verloren, das sie von ihm erwartete. Sie, die allen Frauen hilft, konnte sich selbst nicht helfen! Seitdem lebt Eva im Haus ihrer Beinahe-Schwiegereltern, einem verbitterten Töpferpaar, das den alten Zeiten nachweint, ist dort mehr geduldet als wirklich willkommen ...»

«Und ein neuer Mann? So eine wunderbare Frau findet doch sicher jemanden.»

Kätt runzelte die Stirn. «Siehst du hier vielleicht einen, für den es sich lohnen würde?», sagte sie leise. «Ich nicht. Und in den anderen Dörfern ist es nicht viel besser ...»

Sollte sie den ansehnlichen Forstverwalter ins Spiel bringen? Aber was würde Kätt dann von ihr denken?

Johannas Neugierde überwog schließlich.

«Mir ist heute im Wald jemand begegnet», sagte sie. «Braunes Haar, blaue Augen, in Diensten des Grafen, wie er sagte.»

«Unser Franzose ist also zurück! Von dem lass besser die Finger, Johanna. Marc Degrés Ruf ist fast schon legendär.»

«Ein Frauenheld?»

«Er kommt und geht, taucht auf und verschwindet wieder, schäkert auf der Kirmes mit der einen, dann wieder mit einer anderen, alles ziemlich undurchsichtig. Manche im Dorf behaupten, Degré sei ein gräflicher Bastard. Genaueres jedoch weiß niemand. Seine Arbeit im Wald macht er allerdings nicht schlecht. Und er scheint ein großer Tierfreund zu sein. Hinter seinem Haus hat er ein Gehege für verletzte Wildtiere eingerichtet, die er versorgt und wieder freilässt, sobald sie gesund sind. Das hat Anton mir erzählt. Den hat er neulich erst bei der Geburt eines Kitzes zuschauen lassen.»

Also ein Wildhüter, der den Frauen schöne Augen machte. Johanna beschloss, ihm aus dem Weg zu gehen.

«Ich will noch einmal nach Gundi sehen», sagte sie. «Schade eigentlich, dass deine Schwester schon fort ist. Sonst hätte sie Gundis Zicklein auf die Welt helfen können.»

«So weit kommt's noch!» Kätt grinste. «Das schafft eine Ziege doch ganz allein. Ich muss jetzt in die Wirtschaft. Die Waldarbeiter haben Durst, und mein Schwiegervater wartet sicherlich bereits ungeduldig auf mich.»

Zurück in den Stall.

Gundis Flanken waren eingefallen, und sie legte sich immer wieder kurz ins Stroh. Dabei leckte sie ausgiebig ihr Euter und meckerte.

Was konnte Johanna tun?

Sie versuchte ruhig zu bleiben, setzte sich ein wenig abseits ins Stroh und flüsterte immer wieder aufmunternd Gundis Namen. Da es langsam dunkel wurde, hatte Johanna zwei Petroleumlampen angezündet, die Licht spendeten. Ebenso zur Hand war eine Flasche Speiseöl, das sie hoffentlich nicht brauchen würde.

Irgendwann setzten die Wehen ein, und die äußere Fruchthülle platzte. Vorderklauen, Vorderbeine und der Kopf schoben sich heraus. Der restliche Körper folgte. Kippelig richtete sich Gundi auf und brachte damit die Nabelschnur zum Reißen.

Das neugeborene Zicklein ruhte im Stroh, und die Ziegenmutter begann es trocken zu lecken.

«Gut gemacht, Gundi. Was für ein schönes Kind du bekommen hast!», sagte Johanna zu Tränen gerührt, während sie dabei zusah, wie das Kleine mühsam aufstand und am Euter zu trinken begann, während die Ziege das Hinterteil ihres Kitzes leckte.

Kam als Nächstes die Nachgeburt?

Gundi wurde erneut unruhig und legte sich zurück ins Stroh.

Wieder setzten Wehen ein.

Noch ein Zicklein?

Doch dieses Mal ging es nicht so problemlos wie beim ersten. Die Fruchtblase riss zwar, doch kein Kopf war zu sehen, sondern nur ein Bein.

Es lag verkehrt!

Was sollte Johanna tun? Nach nebenan zu Kätt rennen und sie um Hilfe bitten?

Die musste doch beim Schwiegervater im *Eifelglück* bedienen. Außerdem hatte Johanna sie diese Woche schon dreimal um Hilfe gebeten. Das Maß war wahrscheinlich mehr als voll.

Inzwischen meckerte die Ziege nicht mehr; was sie

nun von sich gab, war lautes, schmerzerfülltes Schreien, das von ihrer Not kündete.

Johanna schwitzte am ganzen Körper, so große Angst hatte sie um Gundi und das Kitz, das festzustecken schien und nicht vorankam. Jetzt begannen auch die anderen Ziegen loszumeckern, der ganze Stall war von ihren klagenden Lauten erfüllt.

Weil sie es nicht mehr aushielt, riss Johanna die Stalltür auf. Frische Nachtluft strömte herein, was ihr kurz Erleichterung verschaffte. Die Geburt jedoch ging trotzdem keinen Millimeter weiter, und ihr Wehgeschrei wurde immer durchdringender.

Verendete sie jetzt vor ihren Augen und das ungeborene Zicklein mit ihr?

So hilflos hatte Johanna sich noch nie zuvor gefühlt.

Sie stieß einen verzweifelten Schrei aus.

«Ist etwas passiert?»

Wie aus dem Nichts stand der Wildhüter neben ihr. Sie schluchzte erschrocken auf. «Sind Sie verletzt?», fragte er.

«Nein, ich nicht, aber meine Ziege. Ihr zweites Kitz steckt leider fest ...»

Er trat in die Scheune und beugte sich über Gundi.

«Wie lange geht das schon so?»

«Ich weiß nicht genau, vielleicht eine halbe Stunde ...»

«Dann müssen wir eingreifen.» Sein Blick fiel auf die Flasche. «Ist das Öl?»

Als Johanna nickte, krempelte er die Hemdsärmel auf und benetzte seine Hände damit.

«Beim Kalben war ich bereits mehrfach tatkräftig dabei», sagte er. «Einem Geißlein auf die Welt zu helfen, ist auch für mich neu.»

Er schob seine Hand in die Scheide.

«Ich kann den Kopf tasten», sagte er. «Es scheint auf dem Rücken zu liegen. Ein kleiner Sternengucker ...»

«Muss es sterben?», flüsterte Johanna.

«Das wollen wir doch nicht hoffen!» Degré fasste tiefer in den Tierleib. «Ein Ohr hab ich schon», murmelte er. «Jetzt drück ich den Kopf nach oben ... Komm schon, Kleines, dreh dich, du hast es gleich geschafft! Ja, da ist es ja, das zweite Beinchen ...»

Gundi stieß ein lautes Meckern aus. Dann flutschte auch das zweite Kitz heraus, weiß, mit einem schwarzen Fleck am Hinterteil.

Erst jetzt merkte Johanna, dass sie vor lauter Anspannung am ganzen Körper zitterte.

«Ganz langsam hinsetzen», sagte der Franzose und musterte sie eindringlich. «Wenn Sie umfallen, ist keinem gedient.» Er wischte sich die Hände am Heu mehrfach ab. Danach zog er mit spitzen Fingern einen Flachmann aus seiner Jacke und hielt ihn ihr hin. «Trinken Sie. Das haben Sie sich jetzt verdient.»

«Aber das ist ja Branntwein ...», sagte sie nach dem ersten Schluck. «Und wo kommen Sie überhaupt so plötzlich her?»

«Cognac», verbesserte er. «*Sept ans et pas mal*. Stammt übrigens garantiert nicht aus der Gaststätte *Eifelglück*, in die ich meine Waldarbeiter auf ein paar Bier eingeladen hatte. War gerade auf dem Weg nach Hause, als ich Ihren Schrei hörte. Hat sie nicht ein bildhübsches Kitz geboren? Sehen Sie doch nur, wie gierig die Kleine trinkt, während *maman* sie zärtlich sauber leckt! Die wollte unbedingt leben ...»

«Ich werde sie Sternchen nennen», beschloss Johanna, «und ihre Schwester soll Lucie heißen.» Sie wandte sich Degré zu. «Wie soll ich Ihnen nur danken, Herr Degré? Ohne Sie wären die Tiere vielleicht schon tot!»

«Ce n'est pas grand-chose.» Er schien nicht überrascht, dass sie seinen Namen kannte. «Tieren in Not helfe ich gerne. Auch wenn man hinterher wie aus dem Schlachthaus aussieht.» Er schaute auf seine noch immer fleckigen Hände und grinste. «Aber wenn Sie vielleicht ein wenig Wasser für mich hätten ...»

«Natürlich. Verzeihung, dass ich nicht selbst darauf gekommen bin. Kommen Sie.»

Johanna verschloss den Stall und ging voraus zum Haus. Ein bisschen schämte sie sich, weil es in der Küche so unordentlich aussah, aber das schien er gar nicht zu bemerken. Er säuberte seine Hände gründlich mit Kernseife und Bürste. Als er damit fertig war, fiel sein Blick auf den eingeweichten Waldmeister.

«Sie haben heute noch Großes vor?» Degré schmunzelte.

«Den habe ich in der Aufregung total vergessen: Am besten werfe ich alles weg. Zum Vollenden der Bowle fehlt mir ohnehin das Wichtigste ...»

«Pas si vite, Mademoiselle. Ich glaube, ich hätte da etwas für Sie ...»

Er verabschiedete sich, ließ Johanna allein.

Zum Schlafen war sie viel zu aufgeregt, also zog sie sich mit Flitz und Murr in ihr Zimmer zurück und zog eine weitere von Lisbeths geheimnisvollen Schubladen auf. Mehrere Zeitungsausschnitte lagen darin, bereits vergilbt, und leider wieder alle auf Französisch. Nach wenigen Zeilen legte sie sie resigniert zurück. Inzwischen tat es ihr leid, dass ihre Kenntnisse dieser schönen Sprache derart lückenhaft waren.

Aber gab es da jetzt nicht jemanden in ihrer Nähe, der ihr weiterhelfen könnte?

Johanna schob den Gedanken schnell beiseite.

Einen Fremden wollte sie nicht in Lisbeths geheimnisvolles Universum vordringen lassen. Sie würde auf Christoph warten müssen, ebenso wie mit den Briefen.

Ein schwarzes Samtsäckchen erregte ihre Neugierde. Als sie die Schnur, mit der es verschlossen war, aufzog, schimmerte darin ein Strang weißer Perlen, wie in Hast oder großer Wut in zwei Teile gerissen.

Perlen bedeuten Tränen ...

«Um wen musstest du weinen, Lisbeth?», flüsterte sie – und fuhr zusammen, als jemand laut an die Haustür pochte.

War Degré noch einmal zurückgekommen?

Johanna rannte die Treppe nach unten, öffnete schwungvoll die Tür. Im Mondlicht stand eine bauchige Champagnerflasche, an der ein Zettel angebracht war.

«Bonne nuit et à votre santé», las sie.

Dafür reichte ihr Französisch aus: Gute Nacht und zum Wohl.

4

ALTENBURG/TRIER,
SOMMER 1920

Das ungeduldige Hupen des Chauffeurs war vermutlich in ganz Altenburg zu hören.

«Bin gleich so weit, lieber Gustav», rief Johanna von oben aus ihrem Schlafzimmerfenster. «Muss nur noch meinen Koffer zumachen!»

Hatte sie wirklich nichts vergessen? Ihr Gepäck kam ihr auf einmal so spärlich vor. Aber was brauchte man schon für die paar Tage in Trier, selbst wenn der große Bruder Hochzeit feierte?

Für die Naschkatze Greta hatte sie frischen Ziegenkäse hergestellt und in zwei kleine Tontöpfchen abgefüllt. Sie hoffte, dass sie damit auch Heinrichs Geschmack treffen würde, der eigentlich immer zur Stelle war, wenn es etwas Neues zum Probieren gab.

Johanna raffte Koffer und Tasche und stieg nach unten. Flitz, der zu wittern schien, was sie vorhatte, wuselte ihr derart emsig um die Beine, dass sie beinahe gestürzt wäre, während Kater Murr sich bereits beleidigt verzogen hatte, als sie zu packen begonnen hatte.

«Tut mir leid», entschuldigte sie sich, während Gustav Weyrand den Kofferraum belud. «Aber ich muss noch einmal schnell nach meinen Zicklein sehen.»

Sternchen und Lucie hatten sich prächtig entwickelt, die eine weiß, die andere dunkelbraun, und tranken gerade am mütterlichen Euter.

«Und bloß keinen Unsinn anstellen, solange ich weg bin!» Johanna kraulte Gundi zwischen den Ohren, was diese besonders liebte, wie sie inzwischen herausgefunden hatte. «Sonst nimmt Kätt euch niemals wieder in ihre Obhut ...»

Sie musste sich richtiggehend von dem idyllischen Anblick losreißen. All ihre Tiere lagen ihr am Herzen, dieses Trio jedoch ganz besonders.

Vor dem Stall wartete bereits Flitz auf sie, der sie aufgeregt zurück zum Auto begleitete.

«Ich bin doch bald wieder zurück, du kleiner Flaabes!», versuchte sie ihn zu trösten, weil er gar nicht mehr von ihr ab ablassen wollte.

«Das will ich doch schwer hoffen», kam es von Kätt, die auch zum Verabschieden gekommen war. «Du hast versprochen, bei der Heuernte zu helfen. Aber falls du dir einfallen lassen solltest, dass du doch in die Stadt gehörst, dann wirst du ...»

«Niemals!» Johanna drückte ihr fest die Hand. «Natürlich helfe ich euch. Und ich danke dir dafür, dass du dich in der Zwischenzeit um alles hier kümmerst.»

«Drei Tage, versprochen?», fragte Kätt eindringlich.

«Drei Tage höchstens», versicherte Johanna. «Am liebsten würde ich ja gar nicht fahren, aber ich kann meinen Bruder und seine Greta doch nicht vor den Kopf stoßen.»

«Fräulein Fuchs, ich muss Sie leider drängen. Sie wollen doch auch noch zum Friseur, wie ich gehört habe, und der Herr Direktor braucht den Wagen später wieder ...»

Er hielt ihr die Tür auf, und Johanna ließ sich ausnahmsweise auf den Beifahrersitz fallen. Herrlich, in diesem Leder zu versinken! So weich hatte sie die Autopolster gar nicht in Erinnerung gehabt.

Inzwischen saß auch der Chauffeur am Steuer.

«Können wir dann?», fragte er.

«Wir können, Gustav!», sagte Johanna, die sich auf einmal ziemlich erschöpft fühlte.

Um alles vor ihrer Abreise zu bewerkstelligen, war sie heute noch früher aufgestanden als sonst. Doch das war nicht der eigentliche Grund für ihre Mattigkeit. Mitten in der Nacht hatte Flitz angeschlagen und sie mit seinem Kläffen aus dem Tiefschlaf gerissen. Als er sich gar nicht wieder beruhigen wollte, hatte sie ihr Bett verlassen, um nachzusehen. Im Haus war alles in Ordnung, doch der Hund bellte weiter, also ging sie hinaus.

Es war Vollmond, *Heumond*, wie die Eifler sagten, und hell genug, um sich draußen auch ohne Kerze oder Lampe zu orientieren. Barfuß und im Nachthemd überquerte Johanna die Straße – da sah sie sie neben dem steinernen Torpfosten, die Fähe aus dem Wald.

Die Füchsin blieb stehen, sah sie unverwandt an, als wolle sie sich jede Einzelheit einprägen.

Johanna rührte sich ebenfalls nicht von der Stelle.

«Ich bin nicht Lisbeth», flüsterte sie, «aber das weißt du ja längst. Jetzt ist ihr Haus mein Haus. Vor mir brauchst du dich nicht zu fürchten, ebenso wenig müssen das deine Jungen. Meine Hühner lasst ihr in Ruhe. Über anderes Futter können wir gerne verhandeln.»

Die steil aufgerichteten Ohren, die sich leicht in ihre Richtung bewegten, schienen jedes Wort zu verstehen. Träumte oder wachte Johanna, mitten in der Nacht mit einem Wildtier sprechend?

Die Fähe senkte den Kopf wie zum Einverständnis, dann drehte sie ab und lief die Straße entlang in Richtung Wald.

Ihr prachtvoller Schwanz war selbst im blassen Mondlicht rot.

Johannas Herz schlug so hart gegen die Rippen, als sie ins Haus zurückkehrte, dass sie lange nicht wieder einschlafen konnte. Das Haus der Füchsin – ab heute hatte der Name für sie eine ganz besondere Bedeutung. Wie eine Auszeichnung kam es ihr vor, in diesem Haus wohnen zu dürfen.

«Sie scheinen sich in Altenburg gut eingelebt zu haben», hörte sie Gustav neben sich sagen. «Und gesund sehen Sie aus ...»

Johanna starrte auf ihre Hände, die Nägel kurz geschnitten wie bei einem Mann, beide Handrücken übersät von Schrammen und Kratzern. Die letzten Tonspuren hatte sie nur mit kräftigem Schrubben wieder abbekommen, was die Haut noch rauer gemacht hatte, doch was war es für eine Freude gewesen, als ihr auf der Töpferscheibe erstmals eine Schüssel gelungen war!

«Mama wird vermutlich außer sich sein, wenn sie meine Hände zu Gesicht bekommt», sagte sie. «‹Die Hände einer Frau sind ihr Aushängeschild›, seit Kindertagen hat sie mir das eingetrichtert.» Sie zuckte die Achseln. «Tja, ich fürchte, mit einer guten Partie wird es bei mir nun definitiv nichts mehr!»

«Fühlt es sich denn manchmal nicht ein wenig einsam an, so ganz ohne Familie?», fragte er weiter.

«Manchmal schon, aber ich habe jeden Tag so viel zu tun, dass ich abends todmüde ins Bett falle. Außerdem gibt es da Kätt und ihre Tochter, die mich in allem unterstützen, die freundliche Lika, die den Dorfladen führt, und Kätts Schwester Eva ...»

Lauter weibliche Namen, wie ihr beim Aufzählen selbst auffiel. Und das von ihr, die bislang noch nie wirklich gut mit Frauen zurechtgekommen war!

Den letzten Namen jedoch behielt Johanna wohlweislich für sich: Marc Degré, der Mann, der ihr so viele Rätsel aufgab. Er war nicht gekommen, um mit ihr Maibowle zu trinken, wie sie insgeheim gehofft hatte. Stattdessen hatte sie die Bowle ein paar Tage später mit Kätt geleert, was sie beide zunächst in ausgelassene Stimmung versetzt und Johanna dann am nächsten Morgen mit pochendem Schädel hatte erwachen lassen.

Erst gute zwei Wochen nach der aufregenden Geburtsnacht war er plötzlich wieder im abendlichen Stall aufgetaucht, stand mit einem Mal so dicht neben Johanna, dass sie ganz zittrig wurde. Wald und Harz roch sie, dazu Tabak, eine Spur Leder und etwas Dunkles, Animalisches, das ungeheuer anziehend war. Sie verwünschte, dass sie so wenig über Männer wusste, und beschloss außerdem, Altenburg hin oder her, künftig wieder mehr auf ein gepflegtes Erscheinungsbild zu achten. Schließlich konnte sie nie wissen, wann dieser Mann das nächste Mal aufkreuzte.

«*Tout va bien? Est-ce que le petit boit?*»

Trinkt das Kleine, hatte er gefragt. Johanna gefiel, dass er weiter Anteil an dem Zicklein nahm.

Diesmal trug er keinen Hut. Seine Haare hatten die Farbe von Muskatnüssen, waren länger als die der meisten Männer, und leicht wellig. Eine vorwitzige Strähne fiel ihm in die Stirn, und er strich sie mit maskuliner Gelassenheit zurück.

«Ja, alle sind wohlauf», hatte sie versichert. «Sternchen trinkt – und wie!»

«Wirklich ein schöner Name.» Seine Stimme wurde weich. «Ein wenig fühle ich mich wie ihr Patenonkel ...» Er lächelte. «Dann kann ich ja getrost abreisen.»

«Sie verlassen uns?» Johanna biss sich auf die Lippe, weil der Satz so enttäuscht geklungen hatte.

«Nur das Dorf», erwiderte er in einem Tonfall, den sie nicht zu deuten wusste. «Der Graf braucht mich eine Weile auf seinen Weingütern an der Mosel. Dort laufen die Dinge nicht so, wie sie sollten.»

«Und Ihre Fleur?», fragte Johanna. «Nehmen Sie die mit?»

«Auf die passt einstweilen einer meiner Waldarbeiter auf. Fleur und Karl sind dicke Freunde.» Seine Augen ließen sie nicht mehr los. «Außerdem komme ich ja zurück, Mademoiselle Fuchs. Ich komme immer zurück – vorausgesetzt, es lohnt sich.»

Hatte sie bei der Erinnerung an seine Worte tatsächlich gelächelt? Offenbar ja, und der Chauffeur zog daraus seine ganz eigenen Schlüsse.

«Sie freuen sich auf zu Hause, wie schön!», hörte sie Gustav sagen. «Die Frau Direktor hat sich so einiges für Sie ausgedacht ... aber auch wenn's schwerfällt, ich verrate jetzt nichts mehr, sonst ist es ja keine Überraschung.»

«Hm», murmelte Johanna nur noch.

«Dösen Sie ein wenig, bis wir angekommen sind. Sie werden Ihre Kräfte brauchen.»

Johanna jedoch versuchte, sich nicht in den Schlaf schaukeln zu lassen. Sie wollte sehen, wie die gelben Kornfelder an ihnen vorbeiflogen, die Wiesen, auf denen bereits erste Heuwagen standen. Von Kätt wusste sie, wie anstrengend diese Erntetage waren. Alle in der Familie halfen mit, gestärkt von besonders nahrhaftem Essen, das Heu in die Scheunen zu bringen, bevor womöglich ein Gewitter alles verdarb. Bald würde sie selbst dabei sein, und sie freute sich darauf. Mittlerweile war sie an einfache Mahlzeiten gewöhnt; feine Speisen, wie sie anlässlich der Hochzeitsfeier serviert werden würden, vermisste sie nicht. Altenburg fühlte sich mehr und mehr wie ihre Heimat an, ein Gefühl, das sich verstärkt hatte, seitdem sie begonnen hatte, mit Ton zu arbeiten.

Als seien sie eigens für sie hinterlegt worden, hatte sie dazu in einer der Schubladen ein paar handgeschriebene Zeilen entdeckt.

Erde, Wasser, Feuer, Luft.
Ton führt Dich auf eine Reise durch die vier Elemente:
Erde und Wasser sind der Beginn, Luft zum Trocknen
ist die Mitte, das Ende das Härten im Feuer. Vieles entsteht aus sich selbst heraus.
Atme, lebe, arbeite, liebe!

Es war eindeutig Lisbeths Schrift – steil, mit betonten Oberlängen, auf den ersten Blick wie flüchtig hingeworfen, auf den zweiten Blick fast ein kleines kalligrafisches Kunstwerk. Seitdem trug Johanna dieses Blatt zusammengefaltet in ihrem Tagebuch mit sich herum, und es begleitete sie auch heute auf der Fahrt nach Trier.

«Soll ich Sie nicht doch erst rasch nach Hause bringen, Fräulein Fuchs?», fragte Gustav, als sie die Stadt erreicht hatten.

«Nein, bitte gleich zum Friseursalon in die Brotstraße.»

«Und wie kommen Sie dann anschließend zurück in die Villa?»

«Zu Fuß, lieber Gustav. Haben Sie nicht meine Waden gesehen? Mit meinem Hund bin ich ständig unterwegs und inzwischen einiges gewohnt. Bis später!»

Im Salon *Die Dame* wurde Johanna bereits erwartet. Maestro Stroscher, der Inhaber, ein kregeler Mittfünfziger mit exakt gestutztem Henriquatre-Bart, in dem erstes Grau schimmerte, wiegte bedauernd den Kopf, als Johanna vor ihm auf dem Friseurstuhl saß. Unzählige Male war er bereits in der Fuchsvilla gewesen, um ihrer Mutter vor gesellschaftlichen Ereignissen die passende Hochsteckfrisur zu zaubern; bei solchen Gelegenheiten hatte er sich stets auch um Johannas Haare gekümmert.

«Jetzt ist die ganze Pracht dahin», sagte er. «Andere Frauen hätten gemordet für Ihr langes, prächtiges Haar.»

«Neue Zeiten, neue Frisuren», erwiderte Johanna. «Jetzt ist eben Bubikopf angesagt. Oder beherrschen Sie die modernen Schnitttechniken etwa nicht?»

Die künstlichen Düfte im Salon machten ihr zu

schaffen; in der Nase prickelte es, und sie hatte schon mehrmals kräftig niesen müssen.

«Ich muss doch sehr bitten.» Er schien wirklich gekränkt zu sein, merkte nicht, dass sie ihn nur aufzog. «Mein Salon ist am Puls der Zeit. Natürlich haben wir hier schon Bubiköpfe geschnitten, und das nicht zu knapp. Wobei ich allerdings anmerken muss, dass Ihre aktuelle Frisur nicht mehr sehr viel damit zu tun hat. Und jemand vom Fach hat sie Ihnen offenbar auch nicht angedeihen lassen ...»

«Genau deshalb bin ich ja hier. Also: richtig schön kurz.»

«Im Ernst, Fräulein Fuchs?»

«Nur zu, Maestro Stroscher!»

Er schloss die Augen, als koste, was sie verlangte, ihn schier übermenschliche Überwindung.

«Ulla», sagte er dann. «Bitte einmal die sanfteste Kopfwäsche! Anschließend übernehme ich.»

Was für ein lange vermisster Luxus – heißes Wasser, direkt aus der Leitung! Die Kopfmassage, die Ulla Johanna während des Waschens verabreichte, war einfach himmlisch.

«Ich fange gleich an zu schnurren wie mein schwarzer Kater Murr», sagte Johanna. «So schade, dass es nicht noch viel länger dauert ...»

Ulla schlang ein Handtuch um die nassen Haare.

«Der Chef ist gleich bei Ihnen», sagte sie lächelnd. «Heute strengt er sich garantiert besonders an. Wo doch morgen Ihr Bruder in St. Matthias Hochzeit feiert.»

«Woher wissen Sie das?», fragte Johanna.

«Ach, das weiß die ganze Stadt. Stand sogar im *Trie-*

rischen Volksfreund. Ich könnte mir vorstellen, dass jede Menge Schaulustige anrücken. Schließlich ist Ihr Bruder als Juniorchef der Tabakwerke Fuchs eine wichtige Persönlichkeit.»

«Und er hat eine hinreißende Braut. Was sage ich da? Eine Frau natürlich. Auf dem Standesamt waren die beiden ja bereits, letzte Woche in Köln, im engsten Familienkreis. Muss eine schöne kleine Feier gewesen sein.»

«Sie waren nicht mit dabei?», wollte Ulla wissen.

«Ich hatte anderweitige Verpflichtungen», erwiderte Johanna knapp.

Nirgendwo verbreiteten sich Gerüchte so rasch wie im Friseursalon. Das mit ihren Tieren musste ja nicht gleich die ganze Stadt erfahren.

«Sie leben jetzt auf dem Land, Fräulein Fuchs?», fragte Ulla weiter.

Diese Neuigkeit war also längst keine mehr.

«Das ist richtig. In einem kleinen Dorf, und ich genieße jeden Tag …»

«Jetzt lassen Sie mich mal ran, Ulla.» Der Maestro kam mit klappernder Schere herbei. «Wenn solch lockiges Haar zu trocken wird, lässt es sich nicht mehr so gut schneiden.»

Er verstand sein Handwerk, das musste man ihm lassen. Strähne für Strähne teilten seine geschickten Finger ab, zogen sie nach oben und kürzten sie.

«Manche denken, bei Locken spiele der Haarschnitt keine große Rolle», murmelte er. «Dabei ist genau das Gegenteil der Fall. Damen mit schlecht geschnittenen Locken sehen schnell aus wie ein Wischmopp oder wahlweise ein geschorener Pudel, und wir wollen bei Ihnen doch weder das eine noch das andere ...»

Rings um Johannas Stuhl wurde es immer rotblonder. Jetzt erschrak sie doch ein wenig. War er gerade dabei, ihr einen Militärhaarschnitt zu verpassen?

Stroscher legte die Schere beiseite und fuhr mit den gespreizten Fingern durch Johannas Haare.

«Die Bril-lan-tine, Ulla!», flötete er. «Immer nur einen Hauch davon und gut in die Spitzen einarbeiten – *et voilà:* Fräulein Fuchs im neuen Haarkleid! Nicht unbedingt mein Geschmack, wenn Sie meine persönliche Meinung hören wollen, aber tragen können Sie es durchaus!»

Jetzt reichten die Haare gerade noch bis zum Kinn, und der Nacken war, wie Johanna ertastete, wieder frei. Ihren Locken tat der neue Schnitt gut; sie schenkten ihrem Gesicht einen weichen, sehr weiblichen Rahmen.

«Ich könnte Sie unter unsere neue Heißluftdusche setzen, erst jüngst aus Frankreich erworben und geradezu verboten kostspielig», schlug der Maestro vor. «Mein Salon besitzt gleich zwei davon, ein Erlebnis, Fräulein Fuchs!»

Die beiden Ungetüme sahen aus wie eine gewagte Mischung aus Taucherglocke und Abwasserrohr, und die Dame, die unter dem einen bereits schwitzte, wirkte in Johannas Augen absolut bedauernswert.

«Bemühen Sie sich nicht. Ich lasse meine Haare lieber an der Luft trocknen», sagte sie rasch. «Bei dem schönen Wetter geht das ja ratzfatz.»

«Mit nassem Kopf aus meinem Salon, was sollen die Leute denken ...», sagte der Maestro unschlüssig und gab sich dann einen Ruck. «Aber gut, bei uns ist und bleibt die Kundin Königin. Bin schon sehr gespannt, wie sich die verehrte Frau Direktor dazu äußern wird. Morgen bin ich ja in aller Früh bei ihr in der Villa zum Ondulieren vor den Hochzeitsfeierlichkeiten. Sie allerdings werden sicherlich allein zurechtkommen.»

Johanna bezahlte, mehr als erleichtert, den künstlichen Aromen von Lavendel und Rose zu entrinnen, und verließ den Salon.

Draußen empfing sie strahlender Sonnenschein; halb Trier war auf den Beinen.

So viele Menschen!

So bunte Kleider!

«Eisch haonn doch hobbla gesaot!», entschuldigte sich ein eiliger Handwerker, der eine Frau mit seiner Sackkarre unsanft gestreift hatte.

Heute fand sie den heimischen Dialekt, über den sie sich manchmal insgeheim ein wenig lustig gemacht hatte, geradezu unwiderstehlich. Johanna ließ sich eine Weile treiben und sog dabei all das Vermisste genüsslich ein. Das perfekt dekorierte Schaufenster des Stoffgeschäfts *Insel*, wo sie als kleines Mädchen mit ihrer Mutter oft einkaufen war. Der Petrusbrunnen auf dem Markt, an dem die Brüder und sie einander nass gespritzt hatten, bis das Kindermädchen eingeschritten war. Die neugierigen Frauen in der Fleischstraße, die, ein Kissen untergelegt, ganz ungeniert aus ihren Fenstern im ersten Stock gafften, um ja nichts zu verpassen.

Aber ihre Mutter wartete sicherlich schon auf sie, also schlug sie irgendwann eine zügigere Gangart ein. Den Umweg über Konstantinbasilika und Provinzialmuseum mit seinen römischen Funden ließ sie heute sein. So war sie schon bald auf der belebten Saarstraße mit ihren vielen Geschäften angelangt, an deren Ende die väterliche Villa lag. Nie zuvor waren ihr so viele blaue Uniformen aufgefallen, französische Soldaten, zumeist in kleineren Gruppen zu Fuß unterwegs, manche von ihnen dunkelhäutig. Aber es gab auch einige, die paarweise dahinspazierten, ganz offensichtlich ein einheimisches Mädchen am Arm, mit dem sie sich bestens amüsierten. Offiziell war den Besatzungstruppen jede Verbrüderung mit dem besiegten Feind untersagt, was die Damenwelt mit einschloss, doch an solch einem herrlichen Sommertag scherte sich niemand groß um Politik.

Beim Näherkommen erschien Johanna die Villa mit ihren stattlichen Gesimsen und den blank gewienerten Fenstern prächtiger denn je, vermutlich, weil sie seit Wochen an wesentlich bescheidenere Dimensionen gewöhnt war. Lina, die auf ihr Läuten hin öffnete, begrüßte sie so überschwänglich, als sei sie soeben aus weiter Ferne heimgekehrt, und lief dann eilig zur Gnädigsten, um die Ankunft der Tochter zu melden.

«Wie siehst du denn aus, Kind?», sagte Dorothea Fuchs statt einer Begrüßung, nachdem sie Johanna gleich in der Halle kritisch in Augenschein genommen hatte. «Wirst du dir als Nächstes den Kopf kahl scheren lassen?»

«Schön, dich zu sehen, Mama.» Johanna küsste sie unverzagt auf beide Wangen. «Geht es dir gut?»

«Ich hatte so sehr gehofft, du würdest Vernunft annehmen.» Die schmale Hand mit dem funkelnden Saphir am Ringfinger sank kraftlos herunter.

«Sind doch bloß Haare», erwiderte Johanna betont fröhlich. «Zum einen wachsen sie wieder, zum anderen sind sie mir so bei der Arbeit nicht im Weg. Maestro Stroscher meinte sogar, ich könne ...»

«Bei der Arbeit, wie das klingt!», unterbrach sie die Mutter. «Der Anblick deiner Hände macht mich sprachlos. Und dieses verkrumpelte Gewand! In solchen Lappen solltest du dich besser nicht in der Öffentlichkeit zeigen.»

Das galt Johannas gelbem Leinenkleid, das beim Sitzen im Auto und im Friseursalon in der Tat etliche Knitterfalten abbekommen hatte.

«Habe ich auch gar nicht vor. In die Kirche wollte ich mein helles Kostüm anziehen, das oben im Schrank hängt. Und abends ...»

«Bloß nicht wieder eines jener vulgären Fransenkleider, es sei denn, du willst mein Nervenkostüm endgültig ruinieren!» Die Stimme ihrer Mutter stieg steil nach oben. «Dein Bruder, nach deinem Vater der zweitwichtigste Mann im Unternehmen, heiratet – und die ganze Stadt schaut auf uns.»

«Ich mache dir schon keine Schande, Mama», sagte Johanna versöhnlich. «Lass dich überraschen.»

«Dann komm mit. Dein Gepäck ist bereits oben. Es hat sich einiges verändert.»

Johanna folgte ihrer Mutter in den zweiten Stock.

«Lauter neue Tapeten», sagte sie anerkennend im Gehen, weil die Wände im Treppenhaus ein neues Kleid in Gold und Grün erhalten hatten. «Das sieht gediegen und sehr prächtig aus.»

Als ihre Mutter die Tür zu ihrem Zimmer öffnete,

blieb Johanna wie angewurzelt stehen. Was sie im Frühling verlassen hatte, war ein freundliches Jungmädchenzimmer gewesen. Nun aber regierten satte, fast düstere Farben, karminrote Vorhänge, ein orientalischer Teppich, ein mit tannengrünem Samt bezogener Sessel, sogar der Bettüberwurf aus Brokat wirkte düster und leider ziemlich altbacken. Einzig der zierliche Kirschholzsekretär unter dem Fenster traf ihren Geschmack.

«Nun?» Die Stimme ihrer Mutter zitterte leicht. «Ist die Überraschung gelungen?»

«Das kann man wohl sagen», erwiderte Johanna überwältigt.

«Da du nun erwachsen bist, sollte sich auch dein Zimmer verändern. Dein Vater und ich haben weder Kosten noch Mühen gescheut. Ich kann nur hoffen, du weißt wieder, wo du wirklich hingehörst, Johanna – nämlich in den Schoß deiner dich liebenden Familie, die dich sehr vermisst hat. Kaffeetafel ist Punkt vier, genügend Zeit also, um dich noch ein wenig frisch zu machen. Im Badezimmer findest du Arnikahandcreme, die solltest du dringend benutzen.»

Kaum war sie aus der Tür, ließ Johanna sich rücklings auf das Bett fallen und atmete mit einem tiefen Seufzer aus. Erst da fiel ihr der üppige Kronleuchter an der Decke auf. Himmel noch einmal – was hatten sich ihre Eltern da nur ausgedacht!

Voller Sehnsucht dachte sie an die schlichte Schönheit des Hauses in Altenburg, wo es nichts Überflüssiges gab.

Dezentes Klopfen, dann steckte Greta ihren hellblonden Kopf durch den Türspalt, und Johanna sprang freudig auf.

Sie umarmten sich.

«Du siehst wunderbar aus», sagte Johanna und schob sie ein Stück von sich weg, um sie zu mustern. «Von innen her strahlend. Man sieht, wie glücklich du bist!»

«Und ob», versicherte Greta schelmisch schmunzelnd. «Verheiratet sein ist ja sooo schön! Kann ich dir nur wärmstens empfehlen. Aber du gefällst mir auch, erinnerst mich an eine kecke kleine Nymphe, und dein frischer Pagenkopf ist einfach spektakulär. Es geht dir also gut in deinem Dorf, das freut mich.»

«Jeden Tag lerne ich etwas Neues dazu. Inzwischen kann ich Wäsche waschen, melken, Käse machen, wovon ihr euch selbst überzeugen könnt, denn ich habe für eure Hochzeit eine kleine Kostprobe dabei und bekomme gerade beigebracht, wie man eine Töpferscheibe bedient. Zwei kleinen Geißlein hab ich auf die Welt geholfen, allerdings nicht ganz allein. Ein freundlicher Nachbar hat mich dabei hilfreich unterstützt.»

Beim Gedanken an Marc musste ihr Gesicht sich verändert haben, denn Greta hakte augenblicklich nach.

«Hat dieser Nachbar denn auch einen Namen?»

«Wieso willst du das wissen?»

«Komm schon, mir kannst du es doch verraten!»

«Marc», sagte sie nach kurzem Zögern. «Marc Degré.»

«Ein Franzose also – wie aufregend! Und was macht dieser Marc Degré in Altenburg? Ist er dort als Soldat stationiert?»

«Keineswegs», sagte Johanna. «Wir haben dort keine Soldaten. Und er ist wohl auch nur ein halber Franzose. Degré arbeitet als Forstaufseher im gräflichen Wald, deshalb kennt er sich mit Tieren gut aus. War reiner Zufall, dass er gerade vorbeikam, als die Geburt stockte. Ohne seine kundige Hilfe hätte ich wohl alle beide verloren, Mutterziege wie Zicklein.»

«Und jetzt wünschst du dir, dass Monsieur öfters bei dir vorbeischaut?» Greta grinste. «Du hast dich eben ganz verträumt angehört ...»

«Du nun wieder!» Johanna versetzte ihr einen spielerischen Schubs. «Du weißt doch, dass ich mich vorerst nicht binden will. Außerdem ist er ständig unterwegs. Der Graf setzt ihn nämlich auf seinen Besitzungen in der ganzen Region ein.»

Um das Thema zu wechseln, hievte Johanna ihren Koffer aufs Bett.

«Hilf mir lieber, statt mir Löcher in den Bauch zu fragen. Zu eurer Trauung in St. Matthias gehe ich in meinem hellen Kostüm, aber was ziehe ich am Abend an?» Sie öffnete den Koffer, zog ein knöchellanges, lavendelfarbenes Seidenkleid heraus, dessen V-Ausschnitt hinten wie vorne winzige Saatperlchen schmückten, und hielt es sich an. «Steht mir das? Passen würde es.»

«Ein Traum», schwärmte Greta. «Diese Farbe und deine Haare, einfach sensationell! Woher hast du das?»

«Aus Lisbeths Schrank.» Johanna öffnete das schwarze Samtsäckchen, das sie ebenfalls mitgenommen hatte. «Die passende Perlenschnur dazu gäbe es auch. Allerdings gerissen ...»

«Kein Problem. Ich knüpfe dir die beiden Enden mit einem meiner Satinbänder zusammen, das fällt dann deinen Rücken hinab – äußerst verführerisch!»

«Verführerisch, meine Liebe, ist morgen definitiv dein Part», sagte Johanna. «Ich möchte die schönste Braut aller Zeiten sehen. Wir anderen sind lediglich schmückendes Beiwerk ...»

Das «schmückende Beiwerk», sprich die Familien Fuchs, Nußbaum und Lanners, hatten sich vor St. Matthias versammelt. Die Basilika war nicht nur Pfarrkirche der gleichnamigen Pfarrei, sondern auch Mönchskirche der Benediktinergemeinschaft, Pilgerkirche mit dem Grab des Apostels Matthias sowie Grabkirche der ersten Trierer Bischöfe Eucharius und Valerius. Von klein auf hatte Johanna von ihrem Vater, der stolz war, den Namen Matthias zu tragen, dies erzählt bekommen.

Heute, im Sonnenlicht, erstrahlte der romanische Bau in erhabener Schönheit, als Heinrich und seine Braut nach der Trauung das Kirchenschiff verließen. Greta, in einem Kleid aus cremefarbener belgischer Spitze mit bodenlangem Schleier, sah aus wie eine Märchenfee. Zwei Blumenmädchen streuten Rosen, Heinrich strahlte über das ganze Gesicht und nahm sofort den störenden Zylinder ab, der mit seinen Brillenbügeln kollidierte, Mama Dorothea vergoss ein paar Tränen, und Christoph fotografierte mit seiner brandneuen Hasselblad, was das Zeug hielt.

«Vivat!», rief Georg übermütig und schwenkte seinen Hut. «Jetzt warten wir alle auf einen Stall voller Kinder!»

Natürlich hatten sich jede Menge Neugieriger vor der Kirche eingefunden, um sich «die Hochzeit des Jahres», wie im *Trierischen Volksfreund* gestanden hatte, nicht entgehen zu lassen. Aber auch zahlreiche Mitarbeiter der Fuchs-Tabakwerke waren gekommen, um dem beliebten Juniorchef zu gratulieren. Heinrich hatte zugesagt, am Montag auf dem Firmengelände eine anständige Nachfeier mit Freibier und Bratwürsten auszurichten, an der auch seine frischgebackene Ehefrau teilnehmen würde. Als die Belegschaft schließlich ein Spalier bildete, das das Brautpaar durchschreiten musste, und dazu im Kanon *Viel Glück und viel Segen* anstimmte, wurden allen die Augen feucht, Onkel Jupp schnäuzte sich geräuschvoll in ein nachtblaues Taschentuch.

«*Kinners, nä wat schön!*», sagte er bewegt und drückte den Arm der Brautmutter, die nicht minder bewegt wirkte.

Matthias Fuchs ließ vier gediegen ausgestattete Vierspänner auffahren, die die Verwandtschaft zurück zur Villa kutschierten. Den kurzen Weg hätte die Hochzeitsgesellschaft ebenso gut auch zu Fuß zurücklegen können, doch davon hatte er nichts wissen wollen.

«Nicht, dass in Trier noch die Runde macht, in den Fuchs-Werken müsse gespart werden ...»

Dass in einer Unternehmerfamilie stets auch das Unternehmen mit am Tisch sitzt, war Johanna bereits seit Kindertagen vertraut. Beim Kaffeetrinken am Vortag hatte Matthias' Schwester Ottilie, mit Mann Jean Lanners und den Kindern Léini und Pit aus Traben-Trarbach angereist, ihren Bruder richtiggehend gelöchert.

«Man hat fast den Eindruck, als kämen Woche für Woche neue Zigarettenmarken auf den Markt. Im Krieg haben die Leute geraucht, um den Hunger zu bekämpfen; nun tun sie es, um weltläufig und modern zu wirken. Macht euch diese große Konkurrenz denn nicht zu schaffen, Matthias?»

«Ich müsste lügen, wollte ich das bestreiten. Aber

Ponte ist mittlerweile eine Traditionsmarke, das schätzen die Leute. Und Donna, unsere neue Zigarette speziell für die Dame, zieht im Umsatz erfreulich an.»

Ottilie angelte nach der cremefarbenen Packung, die auf dem Tisch lag.

«Ist sie das?»

«Das ist sie. Bitte bedien dich.»

Matthias gab seiner Schwester Feuer, Ottilie machte ein paar Züge, dann drückte sie die Zigarette wieder aus.

«Igitt!», sagte sie angewidert. «Schmeckt ja wie eine ganze Dose Pfefferminzbonbons.»

«Das ist Menthol, liebe Tante», erklärte Heinrich geduldig. «Es spricht die Damenwelt besonders an.»

«Also mich leider nicht.» Ottilie lachte glucksend. «Vielleicht, weil ich eben auch keine feine Dame bin, sondern Weinhändlerin aus Überzeugung ... Diese ganze Raucherei bekommt meinen Lungen ohnehin nicht. Die füllen sich lieber mit frischer Luft als mit Tabakrauch.»

«Dem Tabak haben wir alles zu verdanken.» Der Tonfall des Seniorchefs war nicht ohne Schärfe. «Das sollten wir niemals vergessen. Hätte unser Großvater nicht vor mehr als vierzig Jahren die Weitsicht und den Mut gehabt, sein bescheidenes Wittlicher Unternehmen durch geschickte Investitionen auszubauen, wir alle säßen heute nicht hier.»

«Und wir könnten ohne großen Aufwand weiter wachsen.» Georgs Augen begannen zu funkeln. «Ich weiß auch schon, wie.»

«Indem du deine Verbrecher zum Rauchen zwingst,

um den Umsatz von Ponte zu steigern?», frotzelte Christoph.

«Idiot. Ihr Schreiberlinge habt doch von nichts eine Ahnung. Auch wenn dir das entgangen ist: Das Haus Habsburg hat über Jahrhunderte vorgeführt, wie man seine Ländereien ganz spielerisch erweitert. Nichts anderes habe ich vor.»

Georg wandte sich an seine Mutter.

«Hat Familie Hess in Wittlich die Einladungen erhalten?»

«Natürlich», erwiderte sie. «Und sie haben zugesagt: Rosemarie und Kurt Hess mit Tochter Meta geben sich später auf dem Hochzeitsfest die Ehre.»

«Dann kann ja eigentlich nichts mehr schiefgehen.» Er begann siegessicher zu grinsen. «Dass sie ein paar Jährchen älter ist und ihr linkes Lid herunterhängt, übersehe ich großzügig. Gewisse Abstriche muss man eben machen ...»

Johanna musste daran denken, als sie ihm jetzt in der Kutsche gegenübersaß. Von ihren Brüdern hatte Georg sich äußerlich am meisten verändert. Aus dem spillerigen Jungen, der ständig Streit suchte, um sich zu beweisen, war ein kräftiger, selbstbewusster Mann geworden, der seinen Körper beim Boxen ständig weiter stählte und enorme männliche Präsenz ausstrahlte. Wenn Georg Fuchs einen Raum betrat, nahm man ihn zur Kenntnis, ob man nun wollte oder nicht.

«Du solltest langsam auch ans Heiraten denken, Schwesterchen», sagte er nun gönnerhaft. «Ist einfacher mit den Bewerbern, solange du noch jung und knusprig bist. Aber komm bloß nicht auf Idee, einen von deinen tumben Eifler Bauern anzuschleppen! Die haben in unserer Familie nichts zu suchen ...»

«Ich werde dich in jedem Fall vorher um Erlaubnis fragen», erwiderte Johanna so ernsthaft, dass er ihr einen Moment lang glaubte und zufrieden nickte. «Und im Fall deiner Ablehnung selbstredend augenblicklich den Rückzug antreten.» Ihr Lächeln geriet leicht maliziös.

«Das solltest du tatsächlich tun», reagierte Georg verärgert, als ihm klar wurde, dass sie ihn bloß aufgezogen hatte. Johanna hatte die Kostümjacke ausgezogen, weil ihr zu warm geworden war. Die ärmellose Bluse entblößte ihre gebräunten, straffen Oberarme. «Außerdem bekommst du langsam Muskeln wie ein Arbeiter, wenn du so weitermachst. Lass dir eins gesagt sein: Das mögen Männer nicht! Wir mögen es lieber weich und anschmiegsam ...»

«... und immer schön unterwürfig, oder?», mischte sich nun Christoph ein. «Die Mädchen von Madame Florence sind aber auch wirklich unwiderstehlich!»

«Hüte deine Zunge, Bruder!» Georgs Ton klang drohend. «Wer im Glashaus sitzt, der sollte lieber nicht mit Steinen werfen!»

«Mit dem feinen Unterschied allerdings, dass ich jenes Etablissement lediglich aus rein beruflichem Interesse aufgesucht habe, während dein Interesse doch eher fleischlicher Natur sein dürfte ...»

Georg sprang auf und wollte sich auf Christoph stürzen, doch Johanna zerrte an seinem Cut und zwang ihn wieder auf den Sitz zurück.

«Wir feiern gerade die Hochzeit von Heinrich und

Greta», sagte sie. «Also benehmt euch gefälligst, ihr Streithähne!»

«Unsere kleine Schwester hat recht», sagte Christoph lächelnd. «Also Waffenstillstand, Georg? Zumindest bis morgen früh ...»

«Einverstanden», knurrte der. «Aber wehe, du kommst mir heute Abend bei Meta Hess in irgendeiner Weise in die Quere. Dann wirst du mich kennenlernen ...»

Die Kutschen hielten vor der Villa, alle stiegen aus.

«Wir haben auf der Veranda einen kleinen Imbiss vorbereitet», sagte die Hausherrin lächelnd, in ihrem taillenbetonten Kostüm aus altrosa Seide nebst passendem Hut ganz Dame von Welt. «Besonders für unsere stets hungrigen Männer. Die Damen werden sich für den Abend gewiss noch einmal frisch machen wollen. Dafür steht das Bad im ersten Stock mit angrenzendem Umkleidezimmer zur Verfügung. Was mich betrifft, so gebietet mir mein leidiges Kopfweh eine kurze Ruhepause, damit ich heute Abend entspannt mit euch feiern kann, aber unser Personal wird einstweilen all eure Wünsche erfüllen. Bis später dann, meine Lieben!»

Sie entschwebte nach oben.

«Kann ich dich kurz sprechen?», sagte Johanna leise zu Christoph. «Allein?»

«Aber immer doch», erwiderte er. «Wir gehen in mein Zimmer, da sind wir ungestört.»

Auf den ersten Blick war der mit Stapel von Papieren und Zeitungen vollgestopfte Raum das reinste Chaos, beim näheren Hinsehen jedoch ließ sich eine gewisse Struktur vermuten. Um den Schreibtisch herum waren die Stöße besonders eindrucksvoll.

«Wie du so arbeiten kannst!», stieß Johanna aus. «Ich könnte hier keinen klaren Gedanken fassen ...»

«Schön, dass wir alle so unterschiedlich sind», erwiderte er, garantiert nicht zum ersten Mal auf die Unordnung in seinem Zimmer angesprochen. «Ich kann eben am besten aus der Fülle heraus schreiben, bei anderen mag das weniger gut funktionieren. Also, wo drückt der Schuh, Johanna?»

Sie holte das Bündel französischer Briefe aus ihrer Handtasche. «Die habe ich im Haus in einer von Lisbeths zahlreichen Schubladen gefunden, und leider komme ich allein damit nicht wirklich zurecht. Mein mieses Französisch, du erinnerst dich? Mehr als eine wacklige Vier war bei mir niemals drin.»

Christoph zog einen kleinen Bogen zarten Papiers aus dem mit einem blauen Seidenband verschnürten Bündel und begann zu lesen, sah bald wieder zu ihr auf. «Charakterhandschrift würde ich sagen! Müsste man alles Wort für Wort entziffern ... Bist du sicher, dass du das wirklich willst?»

«Ja», erwiderte Johanna. «Weshalb fragst du?»

«Weil es ein Liebesbrief ist. Sehr intim und gewiss nicht für fremde Augen bestimmt.»

«An Lisbeth?»

«Namen sehe ich hier keinen. *Mon cœur* steht da. Und ein paar Zeilen weiter *bien-aimée*, das würde ich mit ‹innig Geliebte› übersetzen.»

«Und auf der nächsten Seite ganz unten? Da steht doch eine Unterschrift!»

Christoph drehte das Blatt um und starrte eine ganze Weile darauf.

«Die lässt sich leider so gut wie gar nicht entziffern, denn verwischt ist die Tinte an dieser Stelle auch noch. Könnte Louis heißen, Lyle, vielleicht auch Leon. Gab es denn dazu keine Umschläge? Da steht der Absender normalerweise doch drauf. Und woher der Brief kommt, weiß man auch.»

«Nicht einen einzigen», sagte Johanna. «Nur dieses blau umschlungene Briefbündel. Ich möchte so gern wissen, was drinsteht, Christoph. Nicht, um mich als Voyeurin an einer fremden Liebe zu weiden, aber um Lisbeth ein wenig näherzukommen. Ich wüsste zu gerne, warum sie ausgerechnet mich als Erbin ausgewählt hat. Und auch ihr Haus gibt mir so viele Rätsel auf; ständig stoße ich auf neue Überraschungen. Manchmal kommt es mir fast vor, als spräche es zu mir. *Das Haus der Füchsin*, so nennen es die Dorfleute, weil es in ihren Augen verwunschen ist.»

Sie hielt kurz inne.

Sollte sie ihm vom nächtlichen Besuch der Fähe erzählen?

Sie entschied sich dagegen. Vielleicht später irgendwann einmal. Vorerst gehörten diese magischen Momente ihr allein.

«Ich kann die Briefe übersetzen, auf der Schreibmaschine ins Reine tippen und dir nach Altenburg schicken», bot Christoph an. «Aber sicherlich nicht heute und auch nicht in der nächsten Woche. Du siehst ja, was hier los ist. Bei uns in der Zeitung ist ständig Land unter, weil wir so wenig Personal haben, und ich will, ganz unter uns, sicherlich nicht mein Leben lang für den *Trierischen Volksfreund* schreiben. Berlin lockt mich, du verstehst?» Er sah plötzlich ganz sehnsüchtig aus. «Dort steppt der Bär, dort will ich hin! Folglich muss ich mich mit meinen Artikeln im ganzen Reich profilieren, sonst wird das niemals etwas. Also: peu à peu, immer, wenn ich dazu komme. Ist das ein Angebot?»

Johanna umarmte ihn so stürmisch, dass er aufstöhnte.

«Verzeih», fuhr sie erschrocken zurück. «Deine Schulter – die hatte ich Schussel für den Moment völlig vergessen!»

«Schon in Ordnung», erwiderte er gepresst. «Ich bin an Schmerz ja gewöhnt. Du bist also glücklich mitten unter deinen Hühnern und Ziegen? Die Eltern haben ja so sehr auf das Gegenteil gehofft, besonders Mama.»

«Ich weiß. Deshalb haben sie auch mein Zimmer neu ausstaffiert. Aber ich finde es ehrlich gesagt nur schrecklich, Christoph. Ich würde darin ersticken ...»

Er schmunzelte. «Dabei habe ich das Ärgste sogar noch verhindert: ein Eisbärfell vor dem Bett. Unsere Mutter war kaum zu bremsen.» Er wurde wieder ernst. «Sie liebt dich sehr, Johanna. Anders als uns Söhne wahrscheinlich, weil du ein Mädchen bist und die Jüngste auch noch dazu.»

«Aber ihr dürft hinaus ins Leben und eure Erfahrungen machen. Ich dagegen soll wie die Prinzessin auf der Erbse in diesem schwülen Zimmer hocken und auf den Prinzen hoffen, der mich daraus erlöst, bloß um mich dann seinerseits einzusperren ...» Sie schüttelte den Kopf. «Das will ich nicht! Das Leben in Altenburg ist einfach und manchmal ganz schön hart, aber frei. Ich muss mich täglich beweisen und lerne dabei Seiten an mir kennen, von denen ich bislang keine Ahnung hatte. Ich möchte ...»

«... Eifelbäuerin werden. Richtig?»

«Warum nicht? Aber nicht nur. Lisbeth hat das wunderbar mit Handwerk und Kunst zu vereinbaren gewusst. Ihre Bilder treffen dich mitten ins Herz, ihre Schalen und Teller sind von schlichter Schönheit, und die Keramikköpfe in der Scheune, leider unvollendet, vergisst du niemals wieder, wenn du sie einmal gesehen hast.» Johanna stieß einen tiefen Seufzer aus. «Ich hätte sie so gern einmal persönlich erlebt. Aber es ist ja fast so, als sei sie mit einem Fluch behaftet, so jedenfalls führt sich unsere Familie auf. Es gibt kein Foto von ihr, kein einziges Porträt ...»

«Vielleicht ja doch.» Christoph, der während ihrer leidenschaftlichen Ansprache in den Briefen geblättert hatte, zeigte ihr das letzte Blatt.

Eine Bleistiftskizze, mit Aquarellfarben koloriert.

Sie zeigte eine junge Frau mit zarten Zügen, die den Betrachter entspannt ansah. Über ihrer rechten Brust hing ein dicker blonder Zopf. Die Augen waren groß und wirkten leicht umschattet.

«Das ist sie?», flüsterte Johanna, die plötzlich nicht mehr laut sprechen konnte. «Das ist Lisbeth? Aber woher willst du das wissen? Du hast sie ja auch niemals gesehen ...»

«Diese Frau habe ich gesehen», sagte er leise. «Aber das ist eine Ewigkeit her. Ich muss damals noch ziemlich klein gewesen sein. An den dicken blonden Zopf erinnere ich mich genau ...»

«Dann warst du bei ihr in Altenburg?»

«Nein, es war bei uns in der Villa, an einem regnerischen Vormittag. Wie seltsam, jetzt kommen die alten Bilder plötzlich alle wieder in mir hoch! Papa war in der Fabrik, Mama mit dir beim Arzt, Heinrich in der Schule, nur unser Kindermädchen Rosi hat auf Georg und mich aufgepasst. Wir hatten wieder einmal gestritten, da stand sie plötzlich in unserem Kinderzimmer, nass, als sei sie ohne Schirm durch den Regen gelaufen. Mir kam sie vor wie eine Fee, und ich als kleiner Stöpsel war sofort in sie verliebt. Sie hat freundlich mit uns geredet, sich zu uns auf den Boden gesetzt, ein wenig mit uns gespielt. Dann kam Mama nach Hause, es gab ein Riesengeschrei – und weg war sie. Ich hatte doch keine Ahnung, dass diese Fee Lisbeth war! An den Namen kann ich mich nicht mehr erinnern, womöglich ist er damals gar nicht gefallen, aber dieses Gesicht habe ich bis heute nicht vergessen ...»

«Dann haben sie eben doch Kontakt mit ihr gehabt, auch wenn sie das Gegenteil behaupten», sagte Johanna aufgebracht. «Sie lügen, Christoph. Alle miteinander, sogar Tante Martha, die sonst immer die Wahrheit sagt. Aber weshalb?»

«Keine Ahnung», sagte er. «In meiner Gegenwart ist der Name Lisbeth niemals gefallen – nicht bis zu jenem Tag, als diese Kätt bei unserer Feier plötzlich im Grünen Saal aufgetaucht ist. Vielleicht wissen wir ja mehr, wenn ich mit den Briefen durch bin. Sonst könntest du die Eltern sowie unsere Tanten und Onkel nach ihr fragen.»

«Um neue Lügen aufgetischt zu bekommen?» Johanna schüttelte den Kopf. «Ich werde es schon herausbekommen, allerdings auf meine Weise. Danke dir noch einmal, dass du mich dabei unterstützt.»

Wieder der Blick in den Ankleidespiegel, den sie ihr im Zimmer gelassen hatten. Doch die junge Frau, die Johanna entgegenblickte, hatte sich seit dem letzten Mal verändert: Das Gesicht schmaler, die Locken kürzer, der Blick nicht länger fragend, sondern entschlossen.

Sie würde das Geheimnis um Lisbeth lüften.

Nicht heute vielleicht, aber irgendwann ganz gewiss ...

Das Seidenkleid aus Lisbeths Schrank umschmeichelte ihren Körper; die Perlen hatten ihre anfängliche Kühle verloren und ruhten sanft auf ihrer Haut. Die goldenen Skarabäen an den Ohren waren ein winziger Stilbruch, doch sie mochte heute nicht auf sie verzichten.

Johanna verließ ihr überladenes Zimmer und stieg hinunter zu den Feiernden.

«Da bist du ja endlich», begrüßte Onkel Jupp sie am Fuß der Treppe. «Bist mir schon richtig abgegangen. Wie lebt es sich denn so ganz allein in der Eifel? Wenn ich dich so ansehe, kann ich mir die Antwort eigentlich selbst geben. Du magst es dort?»

«Alles», entgegnete Johanna voller Inbrunst. «Jedenfalls fast alles. Und so allein bin ich gar nicht. Ich habe neue Freunde gefunden, und ich habe meine Tiere.»

«Freut mich», sagte er. «Muss ja schließlich nicht für immer sein. Du bist noch so jung! Magst du mich in den Saal begleiten, Johanna?» Er bot ihr seinen Arm. «Dort überbieten sich die Herrlichkeiten geradezu.»

Wie so oft vermutete Johanna einen Doppelsinn hinter seinen Worten. Das reichhaltige warme und kalte Büfett war im Grünen Saal angerichtet und bot alles, was das Herz begehrte – von Geschnetzeltem über Roastbeef, Lachs und Zander bis zu saftigem Wildschweinbraten. Dazu Schinken und Pasteten, delikate Feinkostsalätchen mit Ei, Kaviar und Krabben für nahezu jedermanns Geschmack, Klöße und Reibekuchen, damit ja niemand hungrig blieb – und eine gigantische Käseplatte, die keine Wünsche offen ließ. Lina und Auguste legten umsichtig nach und richteten an, unterstützt von drei jungen Aushilfen, die im schwarzen Kleid mit weißem Schürzchen den Gästen behilflich waren.

Diese überbordende Fülle führte dazu, dass Johanna der Appetit verging. Sie musste daran denken, wie schwierig es war, gutes Brot zu backen, und wie anstrengend, aus mehreren Litern Ziegenmilch eine Handvoll essbaren Frischkäse zu gewinnen – und plötzlich wurde die Sehnsucht nach Altenburg schier übermächtig.

Was wollte sie hier eigentlich noch?

Heinrich und Greta waren glücklich vermählt, Georg buhlte geradezu aufdringlich um Meta Hess, die er gar nicht mehr aus seinen Fängen ließ, von den Eltern trennte sie ein tiefer Graben des Schweigens, und auch die anderen Verwandten waren nicht bereit, mit der Wahrheit herauszurücken ...

«Lisbeth!» Ein schriller Schrei durchschnitt das Geplauder und Besteckklirren im Saal.

Dann rutschte Tante Gertrud ohnmächtig vom Stuhl.

Alle bemühten sich sofort um sie, brachten sie in Seitenlage und kühlten ihr die Stirn, bis sie nach Kurzem wieder die Augen aufschlug.

«Wie konntest du nur?», fuhr Matthias Fuchs Johanna aufgebracht an, nachdem seine älteste Schwester wieder einen Hauch Farbe im Gesicht hatte und wohlbehalten, wenn auch zittrig, auf dem Stuhl saß. «Ausgerechnet in diesem Kleid hier zu erscheinen!»

«Ich verstehe die ganze Aufregung nicht», versuchte sie sich zu rechtfertigen. «Ich habe es in Lisbeths Schrank gefunden ...»

«Wieso hast du den Fetzen nicht längst verbrannt? Dass du damit alte Wunden aufreißt, dürfte dir spätestens heute klar geworden sein!»

Johanna ließ ihren Vater einfach stehen und ging über die Veranda nach draußen in den Garten, bis zur Schaukel, auf der sie als Kind so viele schöne Momente verlebt hatte. Von hier aus verschmolzen der Grüne Saal mit seinen weit geöffneten Glastüren, die mit Kerzen geschmückte Veranda und der dunkle Garten, in dem zahlreiche Fackeln brannten, zu einer großen Festfläche, eigentlich ein magischer Anblick, aber sie konnte sich nicht daran erfreuen.

«Nimm es deinem Vater nicht krumm.» Plötzlich stand Tante Ottilie neben ihr. «Matthias kann eben nicht aus seiner Haut.»

«Aber was habe ich denn verbrochen? Außer ein Kleid seiner verstorbenen Schwester zu tragen ...»

«Ein sehr spezielles Kleid, Johanna», flüsterte Ottilie. «Spürst du denn nicht, wie mürbe sich die Seide schon anfühlt? Lisbeth hat es an dem Abend vor vielen Jahren angehabt, als der ganze Wahnsinn losbrach. Damals hat sie sich auch die Perlen vom Hals gerissen ...»

«Welcher Wahnsinn? So rede doch endlich!»

Ottilie legte den Finger auf ihre Lippen und schüttelte den Kopf. «Es ist nicht an mir, dir davon zu erzählen. Manchmal ist es klüger, die Vergangenheit ruhen zu lassen», sagte sie. «Wieso gehst du nicht rauf in dein neues Zimmer und ziehst etwas anderes an? Dann können wir alle in Ruhe zusammen weiterfeiern ...»

Ottilies freundliches Gesicht mit den blauen Augen und den runden Wangen, das Johanna stets geliebt hatte, bekam plötzlich etwas Maskenhaftes. Die Geschwister hielten zusammen, als hätten sie einen heimlichen Eid geschworen.

Alle gegen eine – Lisbeth.

Aber weshalb?

«Bitte entschuldige mich kurz», sagte Johanna.

«Du gehst dich umziehen? Kluges Kind!» Ottilie wirkte zufrieden. «Ich werde mir noch eine Portion Wildschweingulasch gönnen, damit ich nicht zu schnell beschickert bin. Unser Riesling schmeckt einfach zu gut ...»

Johanna durchquerte den Garten mit schnellen Schritten.

«Mir ist ein wenig übel», sagte sie zu Hilde, die gerade eine neue Schinkenplatte auf das Büfett stellte. «Aber bitte bloß kein Aufsehen. Ich will den anderen das Fest nicht verderben.»

«Brauchen Sie etwas, Fräulein Johanna? Soll ich den Doktor holen?», fragte die Köchin besorgt.

«Nein, nein, nur ein bisschen Ruhe, dann geht es sicherlich wieder.»

Oben angekommen, lief Johanna unruhig im Zimmer hin und her.

Was sollte sie tun? Länger zu bleiben, erschien ihr fast unmöglich. Aber wie sollte sie jetzt, mitten in der Nacht, nach Altenburg gelangen?

Sie zog das Kleid aus, das so viel Aufsehen erregt hatte, legte es liebevoll zurück in den Koffer, tauschte es gegen Bluse und Rock.

Der nächste Zug Richtung Wittlich ging erst am nächsten Morgen. Auf alle Fälle musste sie aus dem Haus sein, bevor sie beim Frühstück erneut über sie herfallen würden ...

Ein Klopfen an der Tür schreckte sie aus ihren Grübeleien.

«Was ist los, Mädchen?», frage Onkel Jupp besorgt. «Du ziehst ja ein Gesicht, als sei dir eine ganze Läuseschar über die Leber gelaufen. Und wo ist dein schickes Kleid?»

«Im Koffer. Und da hätte es auch bleiben sollen. Ich muss zurück nach Altenburg. Am besten sofort.»

«Hm», sagte er nachdenklich. «Zwei kleine Bier, mehr hatte ich nicht. Der ganze alkoholische Süßkram kann mir gestohlen bleiben. *Ja, det müsste jehen!*»

«Was meinst du damit?»

«Dass ich dich fahren kann, wenn es so dringlich ist. Mein Dürkopp parkt in der Einfahrt. Ein Mercedes ist er natürlich nicht, aber bis Altenburg und wieder retour schafft mein Wagen es spielend. Wie der Zufall es will, hab ich gestern getankt.»

«Aber das ist ja wunderbar!», sagte Johanna begeistert und hielt sich dann die Hand vor den Mund. «Wir müssen leise sein. Ich will jetzt keine große Abschiedsszene ...»

«Also ganz still und heimlich? Du musst es ja wissen, Johanna. Dann nichts wie los!»

Eine gute Stunde später sah sie den roten Rücklichtern nach, die in der Nacht verschwanden. Flitz war sofort bei ihr und begrüßte sie überschwänglich. Sogar Murr zeigte sich nach einer Weile. Die anderen Tiere schliefen in ihren Ställen, von Kätt sicherlich bestens versorgt. Bei Sonnenaufgang würde sie alle begrüßen und anschließend bei Kätt anklopfen, um sich zurückzumelden.

Onkel Jupp hatte sie während der Fahrt gefragt, warum sie das Fest so schnell hatte verlassen wollen.

«Sie weichen jedes Mal aus, sobald ich auf Lisbeth zu sprechen komme. Das macht mich ganz kirre. Keiner will mir sagen, warum es zu ihrem Bruch mit der Familie kam!»

Er hatte nicht weiter nachgebohrt, das mochte Johanna an ihm.

Überhaupt mochte sie Gretas patenten Onkel besonders gern.

Die Treppe knarzte, als Johanna beschwingt nach oben ging. Durch das geöffnete Fenster in ihrem Zimmer fiel Mondlicht.

«Bin wieder da», flüsterte sie, als sie das Kleid aus dem Koffer nahm und zurück auf den Bügel hängte. Sie machte ein paar Tanzschritte, so leicht war ihr plötzlich ums Herz. «Ich bin wieder zu Hause.»

5

ALTENBURG,
HERBST/WINTER 1920

Das harmonische, wenngleich anstrengende Zusammenspiel bei der Heuernte hatte die vier Frauen einander näher gebracht, und ihre unterschiedlichen Charaktere ergänzten sich dabei nahezu perfekt. Kätt war die Erfahrene, die wusste, wo sie hinlangen musste, Lika blieb stets gelassen heiter, was auch die schwersten Arbeiten leichter erscheinen ließ, Eva, im letzten Moment mit eingesprungen, verlor niemals den Überblick, und schließlich war da noch Johanna als wissensdurstiger Neuling. Gemeinschaftlich hatten sie geschuftet und geschwitzt, obwohl Wellem Schröder, dem die Wiesen gehörten, und zwei Knechte die Hauptarbeit mit der Sense übernommen hatten, Wetzfass und Wetzstein zum Nachschärfen stets in Reichweite. Nach der Mahd stand Umschlagen an, das mehrfache Wenden sowie das Aufschichten zu kleineren Heuhaufen, was jeden Morgen wiederholt werden musste und sich mindestens über drei Tage erstreckte – je länger die Lufttrocknung, desto besser die Futterqualität.

Erst danach erfolgte das Aufladen auf den Leiterwagen, der die Fuhre in die Scheune brachte, wo die Frauen unterstützt von Gritt und Jakob das Heu auf dem Heustock mit bloßen Füßen festtraten. War auch diese schweißtreibende Arbeit erledigt, stürzten sich alle ausgehungert auf dicke Brote mit frischem Griebenschmalz, Schinkenspeck, Eier, Käse und gehaltvollen Döppekooche mit Mettwürstchen, eines der traditionellen Kartoffelgerichte aus der Region.

Dazu gab es Bier und reichlich Viez zu trinken; die Kinder bekamen Apfelsaft.

«Bist ja doch nicht ganz unrecht», hatte Kätts Schwiegervater schließlich gemurmelt, als Johanna seinen Becher mit dem säuerlichen Apfelwein abermals füllte. «Zupacken jedenfalls kannst du, Mädchen. Wir bringen dir dann später deinen Anteil in die Scheune, damit deine Ziegen über den Winter kommen.»

Eine Aussage, die sie erleichterte. Noch hatte sie ein paar von Papas zugesteckten Geldscheinen, doch die würden nicht ewig reichen ...

«Aus seinem Mund ein großes Lob», hatte Kätt ihr zugeflüstert. «So etwas hat er über mich in all den Jahren noch nie gesagt.»

Auch bei den anderen Dorfbewohnern schien ihr Ansehen zu steigen. Allmählich begriffen sie wohl, dass es sich um keine vorübergehende Laune handelte, die die wohlhabende Fabrikantentochter aus Trier hierher verschlagen hatte, sondern dass Johanna es mit dem Leben auf dem Land ernst meinte, auch wenn sie anders aussah und nicht so redete wie die Leute hier.

Ja, sie wollte in Altenburg bleiben!

«Ich fahre zurück», stand auf dem Zettel, den sie für die Eltern hinterlegt hatte. *«Meine Heimat heißt nun Altenburg.»*

Das hatte sie damals aus dem Moment heraus geschrieben, doch inzwischen war es wahr geworden.

Den ganzen Sommer über war Johannas Entschluss gereift, beim Pflücken und Einkochen der Früchte aus dem Garten, bei belebenden Waldspaziergängen, besonders jedoch bei der täglichen Arbeit mit Ton in ihrer Werkstatt. Glücklich fühlte sie sich hier, ausgefüllt von ihren Tätigkeiten, gebraucht und geliebt von den Tieren, die sie zu versorgen hatte. Die lähmende Langeweile einer «Unternehmertochter im Wartestand», wie sie sich selbst manchmal spaßeshalber genannt hatte, war verflogen.

Und als die kühleren Tage kamen, wusste sie, dass ihre Bedenkzeit endgültig vorüber war.

Johanna schrieb einen Brief an Notar Kern und kündigte ihr Kommen an. Dieses Mal musste sie Kätt nicht bitten, bei der Versorgung der Tiere einzuspringen, denn sie würde bis zum Abend wieder zurück im Dorf sein. Noch vor Sonnenaufgang erledigte Johanna die gewohnte Tagesroutine in den Ställen. Danach wusch sie sich gründlich in der Küche, zog sich stadttauglich an mit Wollkostüm und Baskenmütze, griff nach den Blumen und nahm dann den gut einstündigen Fußweg über Heckenmünster zur Bahnstation in Sehlem in Angriff.

Morgennebel hing über den abgeernteten Feldern und den Viehweiden, umzäunt von stattlichen Hecken, die den Tieren Schutz boten, wenn wieder starke Winde über die Eifel fegten.

Alles wirkte verwunschen, wie in zarte Schleier gehüllt.

Ein paar Wochen noch würde die Sonne genügend Kraft haben, um die Nebelfelder nach und nach aufzulösen, doch Johanna bekam bereits eine erste Ahnung von der langen, düsteren Winterzeit, die nun bevorstand.

«Du schreibst, Du fühlst dich einsam, mein Herz», hatte in einem der Briefe gestanden, die Christoph bislang für sie übersetzt hatte. Die richtige Reihenfolge konnte sie leider nicht bestimmen, da alle Schreiben ohne Datum verfasst waren. *«Es ist nass und grau, und Du sehnst dich nach mir. Wie gerne wäre ich jetzt an Deiner Seite! Ich würde Dich küssen, Deinen süßen Körper spüren und Dir all die Wärme schenken, die Du so schmerzlich vermisst. Du, Du, Du und ich, ich, ich, wir beide sind uns begegnet in einem grenzenlosen Niemandsland, verantwortungslos wie zwei Sterne – ein wunderbarer, goldener Traum, der mich bis heute erfüllt! Wie schön wäre es, diesen Traum jeden Tag gemeinsam zu erleben ...*

Aber ich kann nicht, Liebste, obwohl Du doch mein ALLES bist, und wir beide kennen den Grund. Eines aber sollst Du wissen: Mit Dir in Liebe zu verschmelzen, ist wie im Himmel ...»

Wer war der Mann, der solche Zeilen verfasste?

Monsieur L., so nannte Johanna ihn inzwischen, weil die Unterschrift in keiner einzigen seiner zärtlichen Botschaften lesbar war.

Zufall?

Unachtsamkeit?

Oder vielleicht doch eher Taktik – für den Fall, dass die Briefe in falsche Hände gerieten?

Johanna konnte Christophs Übersetzungen nur in

Etappen lesen, weil die zärtlichen Worte in ihr eine Sehnsucht weckten, die ihr zu schaffen machte. So hatte sie selbst noch nie im Leben gefühlt.

Würde sie jemals Gelegenheit dazu erhalten?

In den Kriegsjahren, in denen sie vom Mädchen zur jungen Frau gereift war, waren junge Männer mehr und mehr zur Mangelware geworden. Die einen noch an der Front, die anderen bereits gefallen, die nächsten innerlich oder äußerlich versehrt. «Zitterer», so nannte man diejenigen schwerst Getroffenen, die ihre Glieder nicht mehr kontrollieren konnten und bei jedem lauten Geräusch zusammenfuhren.

Bei aller Empathie – so einen halben Mann konnte Johanna sich nicht als Gefährten vorstellen. Wenn sie sich verliebte, dann in jemanden, der kraftvoll, klug und zärtlich war ...

Das Bild von Marc Degré, das dabei vor ihrem inneren Auge auftauchte, schob sie energisch beiseite. Sie hätte sich gewünscht, ihn näher kennenzulernen, sich ausgiebig mit ihm zu unterhalten, um zu erfahren, was er fühlte und was ihn bewegte.

Doch wie sollte sie das anstellen?

Und wieso sollte ein Mann, der bislang von Blüte zu Blüte geeilt war, sich ausgerechnet auf sie festlegen?

Am Friedhof in Heckenmünster legte Johanna an Lisbeths Grab eine kurze Pause ein. Sie hatte es mit zwei selbst gedrehten Tonvasen bestückt und sorgte dafür, dass immer frische Blumen darin standen. Heute hatte sie bunte Astern aus dem Schulgarten mitgebracht, die sie in den beiden Gefäßen verteilte. Wimscheid, der sich nicht viel aus Schnittblumen machte, hatte ihr die Erlaubnis erteilt, sich nach Herzenslust an seinem herbstlichen Beet zu bedienen. Manchmal hatte sie den Eindruck, der Lehrer wünschte sich mehr Kontakt zu ihr. Doch dazu war er wohl zu schüchtern, und für Johanna war es gut so, wie es war. Er lieh ihr Bücher, die er gelesen und für gut befunden hatte, und ließ sie die Astern plündern, im Gegenzug versorgte sie ihn mit Ziegenmilch und Eiern.

«Bin auf dem Weg zum Notar», sagte sie, das Gesicht dem Holzkreuz zugewandt. «Ich bleibe, hörst du, ich bleibe! Ich mag Altenburg, und dein Haus der Füchsin, wie alle es nennen, liebe ich geradezu. Allerdings hättest du ruhig ein wenig auskunftsfreudiger sein können. So muss ich mich mühsam von Erkenntnis zu Erkenntnis hangeln – ist es das, was du wolltest? Drei Gefährtinnen habe ich auf diese Weise immerhin gefunden, das macht es leichter für mich. Deine Fähe streicht schon neugierig ums Haus, ist aber noch sehr scheu. Die kleine Gritt behauptet, du hättest nachts mit ihr getanzt. Davon kann zwischen ihr und mir noch keine Rede sein. Warten wir ab, ob sie irgendwann zutraulicher wird ...»

Ein Knacken hinter ihr ließ sie zusammenfahren.

Johanna sah sich argwöhnisch nach allen Seiten um, doch abgesehen von einigen Amseln, die sich auf den Ästen einer alten Buche zum Flug in den Süden sammelten, war sie allein auf dem Friedhof.

«Du wolltest, dass der Ton und ich Freunde werden?», fuhr sie fort. «So jedenfalls habe ich deine Botschaft verstanden, die ich seitdem ständig bei mir trage. Ich glaube, wir sind auf dem besten Weg dazu. An der Töpferscheibe klappt es schon ganz gut, wenngleich Kätt da wesentlich mehr Ausdauer zeigt. Bei ihr wird auch die zehnte Schale ebenso schön wie die erste, ich dagegen schweife in Gedanken gern mal ein wenig ab. Aber dein Material wird mir immer vertrauter, und zum Brennen bei den Niersbacher Feuermeistern war ich mit Kätt auch schon. Sobald der Garten winterfest ist, wage ich mich ans Modellieren mit Ton – was für ein aufregender Gedanke!»

Dass das etwas ganz anderes sein würde, als Schüsseln auf der Scheibe zu drehen, war Johanna sehr wohl bewusst. Doch Lisbeths eigenwillige Kopf-Kreationen hatten ihre Fantasie beflügelt. Gleiches galt für die bemalten Leinwände, deren selbstbewusste Farbigkeit sie stark anzog. Sie selbst hatte im Zeichenunterricht stets zu den Besten in der Klasse gehört. Sich an diese Fähigkeiten zu erinnern und sie auf neue Weise zu erweitern, besaß großen Reiz.

Johanna war schon am Gehen, als sie sich noch einmal umdrehte.

«Wer ist eigentlich dieser Monsieur L., der so betörende Briefe schreiben kann? Verzeih, dass ich sie gelesen habe, aber du lässt mir ja keine Wahl mit deiner Geheimniskrämerei. Was für ein interessanter Mensch! Ich möchte mehr über ihn erfahren. Denn auch in mir lösen seine Worte gefährliche Gefühle aus, kannst du dir das vorstellen? Wie geht man damit bloß um, wenn man ganz allein ist?»

Natürlich kam keine Antwort, wie denn auch?

Johanna setzte ihren Weg fort, zügiger nun, um den Morgenzug in Richtung Trier nicht zu verpassen. Es gab keine geteerte Straße, sondern bloß einen Pfad entlang der Felder, von zahllosen Füßen seit Jahren eingelaufen. Als schließlich in Sehlem das rote Bahnwärterhäuschen in Sicht kam, begann sie zu rennen und erreichte schließlich schnaufend den Bahnsteig. Da fuhr der Zug auch schon ein, zwei Waggons, in denen sich zu Johannas Überraschung französische Soldaten lautstark drängten. Ihr Johlen und ihre Pfiffe ignorierte sie, ging einfach weiter. Im ersten Waggon war kein einziger Sitzplatz frei; im zweiten entdeckte sie ganz hinten einen Platz, neben einer jungen Frau, die ihren burgunderfarbenen Topfhut tief in die Stirn gezogen hatte und die Handtasche ängstlich an sich presste.

Aber das war doch ...

«Meta, Meta Hess?», fragte Johanna ungläubig. «Was für ein Zufall!»

«Ja, die bin ich – und so was von heilfroh, Sie hier zu sehen! Seit Wittlich muss ich mit diesen rohen Horden reisen. Angesprochen haben sie mich, anzügliche Witze gerissen, einer hat sogar versucht, mich anzutatschen, bis der Schaffner mich zum Glück gerettet hat. Jetzt halten sie sich zurück, aber wer weiß schon, wie lange? Diese verdammten Franzosen glauben wohl, sie könnten sich mit deutschen Frauen alles erlauben! Darunter sind sogar Schwarze, direkt aus Afrika ...» Ihr pausbäckiges Gesicht verzog sich angewidert. Dabei fiel das lädierte Lid mehr auf als sonst. «Ich hätte auf Georg hören sollen, der mir von einer Bahnfahrt abgeraten hat. Aber ich wollte doch unbedingt zu ihm. Gemeinsam Ringe aussuchen, da bietet Trier eindeutig mehr Auswahl als Wittlich!»

Christoph hatte Johanna in einem seiner Briefe davon erzählt. Dann hatte Georg es also geschafft. «Sag doch bitte Johanna und Du.»

«Gerne.» Meta begann zu lächeln. «Bald werden wir ja ohnehin Schwägerinnen.»

«So weit seid ihr schon? Ging ja ganz schön schnell ...»

«Wozu lange warten? Wir wollen Kinder. Ist das nicht das Allerschönste für jede Frau?»

«Wenn ihr euch das beide wünscht ...»

«Und wie! Den Antrag hat Georg mir übrigens im Kino Kaiserhof gemacht, sechshundert Sitzplätze, neun Meter hoch, alles ganz feudal. Wir hatten die Plätze oben auf der Galerie.» Sie begann zu kichern. «Der Film muss ziemlich lustig gewesen sein. *Kohlhiesels Töchter*, eine Doppelrolle für Henny Porten, über die man jetzt dauernd in den Zeitungen liest, aber leider habe ich nicht allzu viel davon mitbekommen, muss ich gestehen ...»

Johanna sah sie fragend an.

«Na, weil wir uns geküsst haben! Dein Bruder kann ziemlich stürmisch sein. Und Widerreden hat er nicht gern, aber das weißt du ja sicherlich. Als die Leute ringsum zu murren anfingen, hat er so laut losgebrüllt, dass er sogar den Herrn am Klavier übertönt hat: ‹Meine Braut küsse ich so oft und so lange ich will.› Danach hat der Saal geschlossen applaudiert, und seitdem weiß es sozusagen ganz Wittlich ...»

Ob Meta ahnte, wie zielgerichtet Georg bei seiner Werbung vorgegangen war? Er hatte es bei Weitem nicht nur auf ihre braunen Locken und die vollen Brüste abgesehen. Die väterlichen Tabakfelder nebst der mittelständischen Zigarettenfabrik interessierten ihn weit mehr, dafür nahm er sogar «gewisse Abstriche» in Kauf. Wie schäbig sich das anhörte! Plötzlich schämte sich Johanna für ihren Bruder. Kein anderer in ihrer Familie war wie Georg. Was hatte ihn nur so herzlos und berechnend werden lassen?

«Georg weiß eben, was er will», sagte sie vorsichtig. «Nicht immer ganz einfach für die Menschen um ihn herum ...»

«Gerade das bewundere ich an ihm», schwärmte Meta. «Ich bin so verliebt! Einen starken Mann wie ihn wollte ich schon immer.»

Johanna erschien es aussichtslos, sie davon abzubringen.

«Und was meinen deine Eltern dazu?», fragte sie nur. Vielleicht waren Rosemarie und Kurt Hess ja schlauer als ihre schwer verliebte Tochter. «Mögen die deinen Zukünftigen?»

«Na ja, ein einfacher Kriminaler ist sicherlich nicht der Traumkandidat, wenn es darum geht, ihr einziges Kind zu verheiraten. Aber ein schöner Mann ist Georg ja, so blond und stattlich und voller Elan, der wird garantiert bald Karriere bei der Polizei machen. Und da er die richtige vaterländische Gesinnung zeigt und dann auch noch den Nachnamen Fuchs trägt ...» Sie verdrehte vielsagend die Augen.

Keine Geschwister also. Was im Erbfall bedeutete, dass mit niemandem geteilt werden musste. Georg war wirklich durchtrieben!

«Wann soll die Hochzeit denn sein?», erkundigte sich Johanna.

«Bald», murmelte Meta. «Sogar sehr bald ...»

Johanna fasste sie näher ins Auge. «Soll das heißen, dass ihr ... dass du ...»

«Ja», gestand Meta, sanft errötend. «Da ist was Kleines unterwegs. Aber ich bin noch ziemlich am Anfang. Wenn das Brautkleid ein bisschen weiter ist, wird man auch in ein paar Wochen nicht allzu viel sehen. Mein Vater besteht darauf, dass die Hochzeit in Wittlich stattfindet, um deiner Familie zu zeigen, dass wir in unserer munteren Kreisstadt auch etwas zu bieten haben. Immerhin zählen wir neuerdings mehr als 15 000 Einwohner. Und falls doch dummes Getratsche aufkommen sollte – steht nicht schon in der Bibel: ‹Lasset die Kindlein zu mir kommen, denn ihnen gehört das Himmelreich›?»

Schwanger war sie!

Jetzt *musste* die Hochzeit stattfinden, wollte Meta ihren Ruf in Wittlich nicht verlieren.

«Dann werde ich also zum ersten Mal Tante», sagte Johanna, nach außen hin freudiger, als sie sich angesichts der speziellen Umstände dieser Verbindung tatsächlich fühlte. «Hier im Landkreis lebt übrigens eine ausgezeichnete Hebamme, Eva Berg heißt sie, und ich kenne sie ...»

Metas Lippen wurden schmal. «Die will ich nicht», stieß sie hervor. «Die fasst mich nicht an und unser Kind ebenso wenig!»

«Weshalb denn nicht?»

«Weil sie eine Kurpfuscherin ist, das weiß halb Wittlich. Meine Nachbarin, die ursprünglich aus Heckenmünster stammt, hält sie sogar für eine Hexe. Eine Kriminelle ist sie auf jeden Fall.»

«Eva?» Johanna schüttelte den Kopf. «Das kann nicht sein. Da musst du dich täuschen ...»

«Ganz und gar nicht! Sie soll Gebärenden bittere Tränke einflößen, angeblich nach uralten Rezepturen gebraut.»

«Klingt in meinen Ohren eher nach Märchenstunde. Eva ist eine ganz moderne junge Frau. Die Leute tratschen so viel, das weißt du doch.»

«Vielleicht stimmt nicht alles, was man sich über sie erzählt, aber kriminell ist sie auf jeden Fall. Diese Berg bringt nämlich nicht nur Kinder zur Welt; sie hilft gewissen Frauen auch, eine unerwünschte Leibesfrucht loszuwerden, das weiß ich aus sicherer Quelle. Hoffentlich legt man ihr bald das Handwerk.»

Sie klang so hart, dass Johanna nichts weiter sagen mochte.

Normalerweise hätte sie weiter gefragt, ob Meta eine Patientin von Onkel Paul sei, aber das ließ sie lieber bleiben. Möglicherweise wollte sie ja auch von keinem Juden angefasst werden. Verwandt mit Dr. Paul Nußbaum würde sie nach der Heirat mit Georg allerdings sein, daran gab es nichts zu rütteln ...

«Dann fährst du jetzt eure Eltern besuchen?», plauderte Meta unbekümmert weiter. «Bisschen Abwechslung tut ganz gut, oder? Muss doch schrecklich öde sein, nur immer unter lauter Bauernschädeln! Also, für mich wäre das nichts ...»

«Ich habe in Trier Geschäftliches zu erledigen. Und *Bauernschädel* kenne ich keine», erwiderte Johanna mit einer gewissen Schärfe. «In Altenburg leben lauter fleißige Leute, die ihrer Arbeit nachgehen.»

Meta schnappte nach Luft und war still.

Johanna würde die Eltern nicht besuchen. Die mütterlichen Briefe voller Vorwürfe, die wöchentlich bei ihr eingingen, las sie schon gar nicht mehr, und das beleidigte Schweigen ihres Vaters tat zwar weh, aber sie hatte sich inzwischen daran gewöhnt. Sie missbilligten ihr Leben in Altenburg zutiefst, und manchmal kam es Johanna sogar so vor, als fürchteten sie sich vor irgendetwas.

Aber wovor?

Wenn sie nun erfuhren, dass sie plante, gar nicht mehr in die väterliche Villa zurückzukehren, würde das alles nur noch schlimmer machen. Doch ihre Entscheidung war gefallen, und nichts und niemand konnte sie mehr umstimmen.

Vielleicht erwies sich ja die Zeit als hilfreich, und die Eltern würden sich nach und nach daran gewöhnen, dass ihre Tochter in Tante Lisbeths Fußstapfen getreten war – ein schwacher Hoffnungsschimmer, wie Johanna selbst einräumen musste, aber immerhin eine Möglichkeit ...

Der Zug zockelte langsam vor sich hin, und nach einer Weile blieb er auch noch stehen. Zähe Minuten vergingen, bis er endlich weiterfuhr. Zum Glück erreichten sie schließlich den Trierer Bahnhof. Johanna und Meta blieben sitzen, bis der Waggon sich geleert hatte und die französischen Soldaten ausgestiegen waren. Erst dann wagten auch sie sich auf den Bahnsteig.

«Ich muss in die Brotstraße zum Juwelier Lürenbaum.» Metas Augen glänzten erwartungsvoll, als sie dem Ausgang zustrebten. «Georg hat gesagt, der führt die schönsten Ringe in der ganzen Stadt. Die von Heinrich und Greta stammen schließlich auch von ihm.»

«Dann viel Spaß beim Aussuchen», sagte Johanna.

«Soll ich deinem Bruder Grüße ausrichten?»

Als ob Georg darauf Wert legte!

«Sag ihm, er soll gut auf seine Braut aufpassen und sehr lieb zu ihr sein», erwiderte Johanna, erleichtert, dass Meta abzog und sie das Stück bis zum Ende der Bahnhofstraße, wo Kerns Notariat lag, allein zurücklegen konnte.

Die ältliche Sekretärin empfing sie leicht ungehalten.

«Dann kommen Sie mal rasch weiter, Fräulein Fuchs. Sie sind mehr als fünfzehn Minuten über der vereinbarten Zeit, wenn ich mir diese Bemerkung erlauben darf. Der nächste Mandantentermin schließt sich unmittelbar an.»

«Lag am lahmen Zug, ging leider nicht schneller.» Johanna brachte trotz dieser Rüge ein Lächeln zustande.

«Fräulein Fuchs wäre dann da», sagte die Sekretärin, nachdem sie an Kerns Tür angeklopft hatte.

«Dann herein mit ihr.»

«Guten Morgen, Herr Notar», sagte Johanna.

«Guten Morgen, Fräulein Fuchs. Nehmen Sie doch bitte Platz am Konferenztisch.»

Sie folgte seiner Aufforderung und setzte sich an den Tisch aus blank poliertem Nussholz.

«Ich darf mit Fug und Recht behaupten, nicht ganz ungeübt bei Testamentseröffnungen zu sein», sagte Kern. «Lisbeth Fuchs jedoch hat ein Prozedere festgelegt, das vom üblichen Ablauf abweicht.»

«Sie muss in vielem ungewöhnlich gewesen sein»,

sagte Johanna. «Ich hätte sie nur zu gern persönlich gekannt.»

Der Notar griff hüstelnd nach seinem Wasserglas und trank. Erst danach begann er vom obersten der Blätter, die vor ihm lagen, abzulesen.

«Johanna Sybille Fuchs: Nehmen Sie nach Ihrer Bedenkzeit das Erbe von Elisabeth Theresa Fuchs nun ohne Vorbehalt an?»

«Ja, das tue ich», erwiderte Johanna mit fester Stimme. «Ich nehme das Erbe an.»

«Das Erbteil umfasst das Haus Nummer achtzehn in Altenburg, Scheune und Stallungen sowie den gesamten Tierbestand.» Er hatte während des Lesens eine Braue hochgezogen. «Weiterhin das auf Ihren Namen bei der Trierer Volksbank hinterlegte Gelddepot über zehntausend Reichsmark sowie zehn französische Goldmünzen, die sich im Haus Nummer achtzehn an einem geheimen Ort befinden.»

«Mehr steht da nicht?», fragte Johanna verblüfft.

Kern schüttelte den Kopf.

«Da muss ich leider passen», sagte er.

«Und wie soll ich den Ort finden?»

«Ich fürchte, das bleibt Ihnen überlassen.» Er klang leicht verzagt. «Sehr ungewöhnlich in der Tat, wie ich bereits andeutete, aber definitiv Lisbeth Fuchs' letzter Wille.»

Noch weiter zu bohren, war sinnlos. Lisbeth hatte sicherlich Gründe gehabt, es so zu verfügen, und Johanna blieb nichts anderes übrig, als das zu akzeptieren.

«Das wäre dann alles?», vergewisserte sie sich.

«Noch nicht ganz.» Aus einer ledernen Mappe zog der

Notar einen Brief und reichte ihn ihr. «Bitte nehmen Sie die Lektüre erst vor, wenn Sie wieder zurück in Altenburg sind. So hat die werte Verstorbene es bestimmt.»

*

Natürlich hatte Johanna es nicht ausgehalten und den Umschlag bereits im Zug aufgerissen. Aber auch noch Wochen später las sie den Brief wieder und wieder, und je öfter sie das tat, desto näher fühlte sie sich Lisbeth, wenngleich viele Fragen offenblieben.

Das Leben zeichnet gelegentlich erstaunliche Mäander, liebe Johanna, mit denen keiner jemals gerechnet hätte. Einer davon hat dazu geführt, dass unsere Wege nicht zusammenlaufen konnten, was ich aus tiefstem Herzen bedauere. Dennoch bist Du mir vertraut, als wärst Du ein Teil von mir. Ich bin glücklich, Dir alles übergeben zu können – die Tiere, den Garten, das Haus, meine Arbeiten, das Gelddepot und das Gold. Ich bin überzeugt, Du wirst alles nach Kräften hegen und pflegen. Doch damit allein soll es nicht getan sein.
Ich wünsche mir, dass Du Dich dabei selbst entdeckst: Deine Sehnsüchte, Deine Fähigkeiten, Deine Grenzen, die, wie ich gelernt habe, niemals festgeschrieben sind, sondern oft nur in unseren Köpfen bestehen.
Im Moment größter Schwäche bin ich verkehrt abgebogen, eine fatale Entscheidung, die sich nachträglich nicht mehr rückgängig machen ließ, ohne neues Leid zu verursachen. Mein ganzes Leben trage ich nun an dieser Last und werde sie mit in den Tod nehmen.

Mach es anders als ich, Johanna: Lebe hell und glücklich, atme, liebe, schöpfe! Die Welt steckt voller Wunder; es liegt an uns, sie zu erkennen und mit offenem Herzen anzunehmen.
Ich bin erst durch Schmerz und Einsamkeit zum künstlerischen Schaffen gekommen. Mein Weg war sicherlich nicht der leichteste. Bei Dir kann und soll es anders sein: Kunst, geboren aus Freude, nicht aus Pein, das wünsche ich mir so sehr für Dich!
Doch selbst wenn mein Vorbild Dich nicht inspiriert und Du ganz andere, neue Pfade beschreiten wirst – sei mutig dabei und stolz! Es wird Dir gelingen, daran glaube ich fest.
Ich freue mich darauf, dass Du schließlich auch das tiefste Geheimnis entdecken wirst.
Dann erst wird alles vollkommen ...
Deine ...

Auch diese Unterschrift war unleserlich. Ein L?

Auch heute hatte sie diese Worte wieder eingeatmet, an diesem grauen Novembertag, an dem erst kalter Regen und schließlich die ersten Schneeflocken vom Himmel rieselten. Nichts Ungewöhnliches für die Eifel, wie sie von Kätt wusste, die ihr von jähen Wintereinbrüchen erzählt hatte, die manchmal schon Ende Oktober einsetzen konnten.

Johanna fröstelte, obwohl der Küchenofen Wärme spendete. Jetzt wurde es höchste Zeit, auch den Kachelofen in der Stube in Gang zu setzen. Genügend Holz dafür war zum Glück inzwischen vorhanden. Über Marc

Degré hatte sie Brennholz aus den gräflichen Wäldern erstanden.

Schon wieder Degré ...

Seitdem der Sommer vorüber war, war sie ihm nur noch selten begegnet, bisweilen auf der Dorfstraße und dann noch bei einigen herbstlichen Waldspaziergängen, bei denen Flitz mit Fleur übermütig zwischen den Bäumen herumgetollt war. Jedes Mal hatte er sie freundlich begrüßt und dabei ein paar Belanglosigkeiten mit ihr gewechselt, bis zu jenem Tag, an dem er Johanna ganz direkt nach ihren Holzvorräten für den Winter gefragt hatte.

«Darum muss ich mich noch kümmern ...», hatte ihre Antwort gelautet.

«Sechs Ster für den Anfang? Bei Bedarf wäre Nachschub möglich.»

Sie war sofort einverstanden gewesen.

Nachdem zwei Waldarbeiter das Holz angeliefert hatten, folgte für Johanna die Enttäuschung, dass er das Geld dafür nicht selbst kassierte, sondern seinen besten Mann Karl damit beauftragte. Tagelang hoffte sie, Marc Degré danach irgendwo zufällig über den Weg zu laufen, um sich bedanken zu können, doch er war wieder einmal wie vom Erdboden verschluckt.

Von ihm träumen jedoch, das konnte sie, und genau das hatte sie auch ausgiebig vor, sobald der Kachelofen wohlige Wärme ausstrahlte. Eine gute Gelegenheit, abermals das Haus nach den Goldmünzen zu durchkämmen, doch Johanna brach die Suche irgendwann ab, die auch heute ebenso ergebnislos geblieben war wie die Male zuvor.

Zuvor allerdings musste sie noch die Wittlicher Hochzeit durchstehen, die wegen gesundheitlicher Probleme der Braut bereits zweimal hatte verschoben werden müssen. Blutungen gefährdeten die Schwangerschaft und brachten Meta halb um den Verstand, berichtete Christoph auf einem seiner Besuche, bis Dr. Paul Nußbaum, den sie in ihrer Not schließlich doch konsultiert hatte, konsequentes Liegen anordnete.

Inzwischen schien die Gefahr einer Fehlgeburt gebannt, und es konnte geheiratet werden. Verbergen ließ sich der gesegnete Zustand der Braut nun allerdings nicht mehr.

«Rund wie ein Fässchen ist sie bereits», plauderte Tante Martha aus, als sie Johanna vor wenigen Tagen einen Besuch abgestattet hatte. «Deine Mutter findet das ganz und gar nicht passend zum Hochzeitskleid, du weißt doch, wie etepetete sie sein kann! Zum Glück wird ja nicht in Trier geheiratet, sondern *nur* in Wittlich, da ist die Schande nicht ganz so groß, denn der Klatsch hält sich in Grenzen.»

«Hauptsache, Mutter und Kind sind gesund. Alles andere ist unwichtig», erwiderte Johanna.

«Da hast du recht! Georg hatte wohl reichlich Bedenken. Ob er Meta auch noch geheiratet hätte, wenn sie das Kind verloren hätte? Neulich bei uns sind ihm ein paar ganz merkwürdige Bemerkungen über ‹gesundes Deutschtum› herausgerutscht. Er hängt jetzt oft mit ziemlich seltsamen Gesellen herum, ‹Deutschvölkischer Schutz- und Trutzbund› nennen sie sich, träumen von der Wiedererrichtung des Kaiserreichs und haben jede Menge gegen Sozis und vor allem Juden einzuwenden, in ihren Augen ebenso raffgierig wie rassemäßig unterlegen. Jakob hat ihn direkt darauf angesprochen, Georg jedoch hat abgewiegelt. ‹Geht doch nicht gegen dich persönlich, Cousin, ebenso wenig gegen deine zauberhafte Schwester. Und natürlich auch nicht gegen euch.› Damit waren Paul und ich gemeint. ‹Aber unser Land braucht eine starke nationale Führung, wenn es jemals die Schmach von Versailles abschütteln will. Sich einer internationalen Finanzverschwörung zu beugen, wäre dabei sicherlich fatal.›»

Wie unterschiedlich Zwillinge sich entwickeln konnten!

Christoph, noch immer als Journalist für den *Trierischen Volksfreund* tätig, war ein leidenschaftlicher Verfechter der Demokratie, auch wenn diese, wie er einräumte, in Deutschland noch in den Kinderschuhen steckte. Johanna und er hatten vereinbart, dass er sie mit dem alten Dixi abholen und zur Hochzeitsfeier nach Wittlich bringen würde, damit sie sich bei der winterlichen Witterung den beschwerlichen Fußmarsch nach Sehlem zur Bahnstation ersparte.

Aber konnte sie heute überhaupt halbwegs guten Gewissens wegfahren?

Purgi, der ältesten Ziege im Stall, ging es schon seit Längerem nicht gut. Johanna hatte mehrere Knoten ertastet, am Unterkiefer, dem Schulterblatt, in Euternähe, und noch immer gehofft, diese würden sich von selbst wieder zurückbilden. Doch das war nicht geschehen, ganz im Gegenteil. Inzwischen waren sie dick und hart, Purgi schien große Schwierigkeiten beim Schlucken zu haben, und ihre Flanken waren eingefallen.

«Ein Tierarzt sollte dringend nach ihr sehen», sagte sie zu Kätt, die kurz vorbeigekommen war, um nachzufragen, wie es der kranken Ziege ging. Ihr Schwiegervater hatte geschlachtet und brauchte sie zur Weiterverarbeitung des Fleisches. «Und wenn ich mich schnell aufs Rad schwinge und nach Hetzerath fahre ...»

«Den Weg kannst du dir bei diesem Schneetreiben sparen», erwiderte Kätt. «Dr. Lahnstein ist vor zwei Wochen gestorben, und einen Nachfolger gibt es noch nicht. Der nächste Veterinär wäre in Schweich, aber bis du dort mit dem Rad angelangt bist, hast du dir garantiert eine Lungenentzündung zugezogen ...»

«Dann gehe ich eben nicht auf die Hochzeit, sondern bleibe bei meiner Purgi!»

Genau das verkündete sie auch Christoph, als er wenig später mit dem Auto bei ihr eintraf.

Wie fesch er aussah, in seinem dunklen Anzug, der unter dem offen getragenen Kamelhaarmantel zu sehen war. Sein welliges Haar war frisch gestutzt, was sein Gesicht noch markanter wirken ließ.

Kätt bekam bei seinem Anblick große Augen.

«Georg würde dir das niemals verzeihen», warnte er. «Er möchte doch keinesfalls hinter Heinrich zurückstehen, bei dessen Fest die ganze Familie versammelt war. Mein Vorschlag: Ich fahre mit dem Wagen nach Schweich und hole den Tierarzt. Und hinterher geht's zur Hochzeit. Einverstanden?»

«Aber dann kommen wir ja womöglich beide zu spät ...»

«Na und? Lieber zu spät als gar nicht! Wie heißt der Veterinär, und wo finde ich ihn?»

«Dr. Braun, Merscheider Weg», sagte Kätt. «Das erste Haus, das mit dem grünen Zaun ...»

«Bin schon unterwegs!»

Bis zu seiner Rückkehr kleidete Johanna sich schnell um. Die Feier würde bescheidener ausfallen, keine Abendveranstaltung mit Tanz, sondern ein festliches Mittagessen im Hotel Kaiserhof nach der kirchlichen Trauung in St. Martin. Um einen neuerlichen Eklat zu vermeiden, nahm sie Abstand davon, mit einem von Lisbeths Gewändern zu provozieren, obwohl es da ein himmelblaues Wollkleid gab, das ihr wunderbar stand, zumal sie neulich den Saum eingekürzt hatte. Mit leisem Bedauern entschied sie sich stattdessen für ihr rehbraunes Kostüm, das sie mit einer hellgrünen Bluse kombinierte und mit den goldenen Skarabäen festlicher gestaltete. Dazu noch ihr heller Mohairschal – so konnte es gehen!

Die Zeit zog sich, bis Christoph endlich wieder mit dem Dixi vor dem Haus auftauchte.

Doch er stieg allein aus. «Frau Braun bedauert es sehr, aber ihr Mann ist im Umland beim Kalben», sagte er, kaum war er bei ihr in der Küche angelangt. «Schwierige Geburt, angeblich Steißlage, das kann sich noch über Stunden hinziehen. Kühe sind nun mal enorm wichtig für die Bauernschaft ...»

«Und meine Purgi?», fragte Johanna und war den Tränen nahe.

Christoph sah sie ratlos an. «Jetzt weiß ich leider auch nicht mehr weiter ...»

«Aber ich!» Johanna riss sich den Schal vom Hals. «Hochzeit hin, Kränkung her – ich bleibe hier! Richte dem Hochzeitspaar liebe Grüße von mir aus und sag ihnen, es geht um Leben und Tod.»

«Bist du sicher? Ich meine, es ist doch nur ...»

«*Nur* eine Ziege?», unterbrach ihn Johanna aufgebracht. «So etwas kann bloß einer sagen, der am Schreibtisch hockt und von Tieren keine Ahnung hat! Sie empfinden Freude wie wir und ebenso Schmerz. Ich habe Lisbeth an ihrem Grab versprochen, mich um ihre Tiere zu kümmern – und genau das werde ich jetzt tun!»

Sie ging hinauf ins Schlafzimmer, zog ihr Kostüm wieder aus und stattdessen die Stallsachen an. Als sie herunterkam, stand Christoph noch immer betreten in der Küche.

«Es tut mir leid», sagte er. «Natürlich leiden Tiere, das habe ich im Krieg zur Genüge erlebt. Und natürlich empfinde ich Mitleid mit gequälten Kreaturen. Ich möchte nicht, dass du mich für einen gefühllosen Sesselfurzer hältst, Johanna, denn das bin ich nicht.»

Trotz ihrer inneren Anspannung musste sie kichern.

«Keine Sorge, Brüderchen», sagte sie. «Ich weiß doch, wie du wirklich bist. Und jetzt fahr endlich los – sonst denkt Georg noch, nicht nur die treulose Schwester, sondern auch sein Zwilling lässt ihn an seinem großen Tag im Stich!» Sie umarmte ihn. «Du erzählst mir später, wie es war», murmelte sie dabei. «Versprochen?»

«Versprochen», gelobte Christoph und verließ das Haus.

«Deinen Bruder mag ich», lautete Kätts Kommentar. «Was für ein stattlicher, herzlicher Mann!»

«Mein Lieblingsbruder, aber sag das bitte nicht weiter, sonst werden die anderen beiden noch neidisch. Wir zwei waren uns schon immer ganz besonders nah.» Sie hüllte sich in Lisbeths warme Strickjacke. «Die Ziegen frieren ja nicht so schnell, ich dagegen sehr wohl.»

«Ich komme später noch einmal vorbei und bringe dir einen Ziegelstein aus dem Kachelofen, das wärmt ganz schön. Von Eva hab ich noch einen Rest Kreuzkümmelöl. Sie sagt, das ist gut gegen alle Arten von Schmerz.»

«Dank dir, Kätt. Was täte ich nur ohne dich?»

Purgi lag allein in einer Stallecke. Die anderen Ziegen hielten Abstand zu ihr, worüber Johanna nicht unglücklich war, weil sie ja nicht wusste, ob die Erkrankung ansteckend für den Rest der kleinen Herde war.

Sie ließ sich neben ihr auf einer alten Pferdedecke nieder, streichelte ihren Kopf und sprach ihr beruhigend zu.

Purgi kämpfte, das war unübersehbar. Speichel tropfte aus ihrem Maul, und die Augen bekam sie kaum noch auf.

«Wenn ich nur wüsste, wie ich dir helfen kann», sagte Johanna bekümmert. «Schließlich warst du meine Erste, bei der das Melken geklappt hat. Wir haben den Tierarzt holen wollen, aber der muss leider einem verdrehten Kalb auf die Welt helfen ...»

Purgis schwächliches Meckern klang jämmerlich.

Daran änderte auch das Kreuzkümmelöl nichts, das Kätt nach einer Weile brachte, zusammen mit dem heißen Stein, in ein dickes Tuch gewickelt, der Johannas Frösteln zumindest etwas linderte. Es dauerte, bis sie der Ziege gemeinschaftlich ein paar Tropfen eingeflößt hatten, doch das Zittern und Krampfen hörte nicht auf.

«Sie geht ein», sagte Kätt, Meisterin der klaren Worte.

«Aber das kann dauern – es sei denn, ihr Leid wird beendet.»

«Ich soll sie töten?», fuhr Johanna auf. «Das könnte ich niemals!»

«Ich habe nicht von dir geredet. Mein Schwiegervater beherrscht den Stich in die Halsschlagader. Geht ganz schnell. Ich könnte ihn fragen ...»

«Purgi abstechen?» Johanna traten Tränen in die Augen. «Nein ...»

«Oder ich gehe Degré holen. Bis zum Forsthaus ist es nur ein Katzensprung. Er hat als Einziger im Dorf eine Pistole, das weiß ich.»

Bevor Johanna etwas einwenden konnte, hatte Kätt den Stall schon verlassen. Jetzt hielt sich Johanna nicht länger zurück, sondern ließ ihren Tränen freien Lauf.

«Wir helfen dir, Purgilein», schluchzte sie. «Du musst nicht mehr lange leiden.»

Als die Ziege sich unruhig regte, platzte eine der Beulen am Euter auf. Grünlich-gelber Eiter ergoss sich über Johannas Rock und verbreitete einen stechenden Gestank.

In diesem Moment betrat Marc Degré den Stall.

«Das ist die Patientin?», fragte er und kniete sich neben Johanna. «*Mon dieu* – das stinkt ja bestialisch!»

«Der Tierarzt wollte nicht kommen», schluchzte sie. «Ein Kalb war ihm wichtiger ...»

«Ich hab Ähnliches schon mal vor Jahren gesehen.» Seine sonore Stimme war Balsam für Johanna, auch wenn ihr nicht gefiel, was er sagte. «Eine Art Tuberkulose, wenngleich weniger ansteckend als bei Menschen. Trotzdem empfiehlt es sich, die anderen Tiere entfernt zu halten, aber das haben Sie ja bereits getan. Leider gibt es kein Heilmittel dagegen, erst recht nicht mehr, wenn die Geschwüre bereits aufplatzen. Wollen Sie, dass ich sie erlöse?»

Johanna nickte stumm.

«Gut. Aber nicht hier im Stall, vor den anderen.» Er griff unter die kranke Ziege und hob sie hoch, ohne sich darum zu scheren, dass der Eiter dabei seine Kleidung besudelte.

«Sie machen sich ja ganz schmutzig ...», brachte Johanna mühsam hervor.

«Und wenn schon. Sie bleiben hier bei den anderen Tieren. Ich erledige, was getan werden muss, draußen im Hof. Sie wird nicht leiden. Verlassen Sie sich auf mich.»

Johanna war ebenfalls aufgestanden. «Adieu, Purgi», sagte sie unter Tränen. «Meine Allerbeste ...»

Dann trug Degré die kranke Ziege hinaus.

Der Knall war leiser, als erwartet, aber natürlich hörte Johanna ihn. Purgi war erlöst, das erleichterte sie.

Sie ging zu den anderen Ziegen, die kurz unruhig geworden waren, nun aber entspannt weiterfraßen. Allein ihre Nähe schien sie zu beruhigen.

Es dauerte eine ganze Weile, bis Degré wieder hereinkam.

«Alles erledigt. Gleich morgen lasse ich meine Waldarbeiter jenseits des Münsterpfads ein Grab ausheben, tief genug, damit wir keinen Wildfraß bekommen. Es schneit nach wie vor, aber Minusgrade haben wir zum Glück nicht. Der Boden dürfte also noch nicht gefroren sein.»

Johanna wischte mit dem Schürzenzipfel ihre Tränen ab. «Danke», sagte sie. «Sie waren mein Retter in der Not, nun schon zum zweiten Mal.»

«*De rien*», erwiderte er. «Ziegen fallen zwar nicht direkt in meinen Aufgabenbereich als Forstverwalter, aber Tiere sind schließlich Tiere, *n'est-ce pas?*»

Johanna brachte ein winziges Lächeln zustande. Als sie zur Tür hinauswollte, taumelte sie.

Er war sofort neben ihr. «Ich begleite Sie. War genug Aufregung für heute.»

Inzwischen war es dunkel, und er wich nicht von ihrer Seite, bis sie beide im Haus angelangt waren.

«Versuchen Sie, ein wenig zu entspannen», sagte er. «Ein gutes Buch, ein Glas Wein, so etwas hilft in der Regel.»

«Dabei sollte ich heute eigentlich in Wittlich die Hochzeit meines Bruders Georg feiern», sagte Johanna traurig. «Das habe ich nun verpasst. Ich hab schon lange keinen Walzer mehr getanzt.»

«Walzer?» Er nahm ihre Hand, legte den Arm um ihre Taille. «Tanzen können wir auch hier!»

«So?» Johanna schaute an sich hinunter, er tat es ihr nach.

Beide begannen zu lachen.

«Warum eigentlich nicht?» Er machte ein paar geschmeidige Tanzschritte. «Wenn das Leben es so will …»

Sie machte sich frei, weil ihr das alles plötzlich peinlich war.

«Unbesudelt und mit freiem Kopf wäre mir deutlich wohler», sagte sie. «Möchten Sie nicht vielleicht ein anderes Mal wiederkommen, Monsieur Degré?»

«Wann?» Seine Stimme hatte einen dunklen Klang angenommen.

«Wie wäre es zum Beispiel mit nächstem Samstag?», schlug Johanna vor.

«Samstag? Da bin ich schon wieder unterwegs. Leider.»

«Dann morgen. Morgen Abend. Gegen acht?» Es war heraus, noch bevor sie lange nachgedacht hatte.

«Einverstanden.» Seine Antwort kam blitzschnell. «*A demain*, *Mademoiselle* Fuchs.»

«Johanna – bitte. Wenn Sie schon mein Retter in der Not sind.»

«*Avec plaisir*, Jeanne.»

Jeanne, Jeanne, Jeanne – das klang so weich, so zärtlich, so liebevoll! Nur eine einzige Silbe, nicht das steife, dreisilbige Jo-han-na ...

Sie sang es leise vor sich hin, während sie die schmutzige Kleidung ablegte, sich wusch und sogar noch, als sie bereits im Bett lag. Zu ihrer Überraschung fand sie rasch in einen traumlosen Schlaf.

Mitten in der Nacht schlug Flitz an, doch sie war zu erschöpft, um aufzustehen und nachzusehen.

Dafür entdeckte sie am anderen Morgen im frisch gefallenen Schnee eine schmale Laufspur, die vom Garten über die Straße bis zum Ziegenstall führte. Auf den ersten Blick hätte sie von einem kleinen Hund stammen können; bei näherem Hinsehen erkannte Johanna vier Zehenballen mit Krallen und einen dickeren Ballen.

Feline war hier gewesen.

Hatte sie den Tod gewittert?

Der Name für die Füchsin war plötzlich in Johannas Kopf, ganz wie von selbst, und er gefiel ihr.

Johanna machte im Ziegenstall sauber, vernichtete alle Spuren des nächtlichen Todeskampfes, streute frisches Stroh ein, fütterte, tränkte und molk die Ziegen.

Ob sie ihre Gefährtin vermissten? Es kam ihr vor, als drängten sie sich enger aneinander als sonst.

Danach waren die Kaninchen an der Reihe, schließlich die Gänse und Hühner. Fünf Eier hatten sie gelegt; Johanna trug sie ins Haus.

Murr und Flitz frühstückten mit ihr in der Küche.

Anschließend ging sie hinüber zu Kätt, um sich noch einmal für ihre gestrige Unterstützung zu bedanken. Doch Kätt hatte gerade in der Wirtschaft alle Hände voll zu tun. Johanna war es nicht unrecht. So kam sie nicht in Versuchung, ihre Verabredung mit Marc Degré zu erwähnen.

Auch dieses Geheimnis gehörte ihr allein.

Wieder zurück im Haus, befeuerte sie den Kachelofen; bis zum Abend würde seine Wärme anheimelnd sein.

Am Nachmittag hielt Christophs Dixi vor dem Haus.

Da waren ihre Haare längst wieder trocken, sie hatte sich nicht nur von Kopf bis Fuß mit warmem Wasser gewaschen, sondern duftete auch dezent nach dem Rosenöl aus Lisbeths Schrank, das sie dort in einem kleinen Fläschchen hinter der Wäsche entdeckt hatte.

Und ja, jetzt trug sie auch das himmelblaue Wollkleid, in dem sie sich so wohlfühlte.

«Du siehst wunderbar aus», sagte Christoph, als sie

zusammen Tee in der Küche tranken. «Gar nicht nach einem Notfall. Ist deine Ziege plötzlich wieder gesund?»

«Nein, Purgi ist leider gestorben.» In aller Kürze schilderte sie die Ereignisse. «Degré, der Forstaufseher, hat mit einer Kugel ihr Leid beendet.»

«Muss ein feiner Kerl sein, dieser Degré, wenn er so etwas auf sich nimmt», kommentierte Christoph. «Du magst ihn?»

«Wie kommst du darauf?»

«Weil du jedes Mal leicht zu lispeln beginnst, sobald du ihn erwähnst. Das hast du schon als Kleine getan, wenn dir etwas ganz besonders am Herzen lag.»

«Er ist ein Nachbar. Nichts weiter.»

«Lügen lag dir übrigens noch nie, Johanna. Also lass es einfach bleiben.»

«Ja, ich mag ihn.» Sie fühlte sich besser, nachdem sie es ausgesprochen hatte. «Aber es gibt tausendundein Gerücht über ihn. Dass er ein illegitimer Grafenspross ist, dass die Frauen ihm scharenweise nachlaufen, dass keiner so genau weiß, was er im Forsthaus am Dorfende alles anstellt und wohin er immer verschwindet ...»

«Dann frag ihn doch! Frag ihn alles, was du wissen willst. Wäre das nicht am allereinfachsten?»

«Ich weiß nicht, ob ich so mutig bin ...»

«Das bist du, ich weiß es», versicherte Christoph. «Für die Liebe braucht man immer Mut, sonst wird das nichts.»

«Und wieso bist du dann noch allein?», fragte Johanna zurück. «Denn Mut hast du doch.»

Plötzlich sah er traurig aus. «Das frage ich mich manchmal auch», sagte er leise. «Ich mag die Frauen, sehr sogar. In gewisser Weise ist für mich jede Frau schön. Doch die, die mir besonders gut gefallen, wollen mich nicht. Schade, oder?» Er zuckte die Achseln. «Na ja, was hätte ich auch groß zu bieten? Ein Journalist bei einer kleinen Provinzzeitung mit kaputter Schulter und nächtlichen Albträumen, der mit Ende zwanzig noch im Elternhaus hockt – besonders attraktiv für die Damenwelt ist das wahrlich nicht.»

«Dann eben keine Dame», antwortete Johanna. «Wie wäre es stattdessen mit einer normalen Frau? Die würde ohnehin viel besser zu dir passen: klar, ehrlich, liebevoll. Mit ganz viel Herz. So eine wünsche ich dir.»

«Jetzt wirst du richtig pathetisch, Schwesterchen.» Christoph lachte. «Dann soll ich die Hoffnung also nicht aufgeben?»

«Keinesfalls. Und jetzt will ich wissen, wie die Wittlicher Hochzeit war.»

«Steif, pompös, seltsam unbeseelt, wenn du mich fragst. Das Hochzeitsmahl war mehr als üppig; der Festsaal dagegen eher lieblos geschmückt. Georg hat die meiste Zeit ein Gesicht gezogen, als leide er an Zahnschmerzen, Meta wie eingefroren gelächelt, und auch die Brauteltern wirkten irgendwie verstört. Ich habe munkeln hören, dass es einen mächtigen Streit gegeben haben muss. Lag wohl nicht zuletzt an Georgs neuen Kameraden, diesen nationalen Trutzbündlern, das ist vielleicht ein Haufen, kann ich dir sagen, ohne jegliches Benehmen! Gleich nach der Trauung sind sie mir schon durch markige Bemerkungen unangenehm aufgefallen. Beim Essen dann haben sie unsägliche antisemitische Trinksprüche zum Besten gegeben. Jakob ist aufgestanden und rausgegangen, Sophie ebenso, und ich wäre den beiden am liebsten gefolgt. Sogar unserem Vater, der wahrlich nicht zu den Sozialisten zählt, wurde es zu viel. Später dann kam es von ihrer Seite zu halbherzigen Entschuldigungen, von denen ich persönlich kein Wort geglaubt habe. Deine Grüße habe ich dem Brautpaar ausgerichtet, wobei ich mir unsicher bin, ob Georg dir das mit der kranken Ziege wirklich abgenommen hat. ‹Sie mag mich einfach nicht›, hat er gemurmelt. ‹Sie zieht dich vor, und das war schon immer so.›»

«Der Arme.» Johanna reagierte betroffen, weil sie sich heimlich ertappt fühlte. «Natürlich mag ich ihn. Schließlich ist er mein Bruder. Aber wir sind eben so unterschiedlich ...»

«Ich hab mich heute regelrecht fortgestohlen», sagte Christoph. «Mama, Papa, Heinrich und Greta sind zusammen mit dem Brautpaar und den Eltern Hess noch auf ein Gabelfrühstück in Wittlich geblieben, an dem Familie Nußbaum aus naheliegenden Gründen lieber nicht teilgenommen hat. Stattdessen bin ich mit dem Automobil kreuz und quer durch die Gegend gefahren. Luft und Weite, Himmel und Wald – das findet man hier überall. Ein schönes Fleckchen Erde, das du dir da ausgesucht hast, Johanna! Könnte mir durchaus vorstellen, hier für ein paar Wochen in Ruhe zu schreiben. Allerdings erst, wenn es wieder wärmer ist ...»

«Dann komm doch einfach», erwiderte sie. «Bei mir ist ein Zimmer frei. Das Landleben wartet auf dich!»

Für heute allerdings war sie froh, als er aufbrach, damit sie sich vor Marcs Besuch innerlich noch ein wenig sammeln konnte.

Allerdings kam es nicht wirklich dazu, denn ihre Nervosität wuchs von Stunde zu Stunde. Was, wenn sie sich gar nichts zu sagen hätten? Und er sie dumm oder langweilig fände?

Zäh tropfte die Zeit dahin, bis der Zeiger der kleinen Uhr in der guten Stube endlich auf die Acht vorgerückt war.

Als es an die Haustür klopfte, schrak sie zusammen. Dann stand sie auf, strich ihr Kleid glatt und öffnete.

«*Bon soir,* Jeanne», sagte er lächelnd.

Bereits die kurze Begrüßung verzauberte sie.

Sie drängte Flitz, der den Gast stürmisch begrüßen wollte, in die Küche und bat Marc weiter in die gute Stube. Dort legte er seine Winterjacke ab, nahm auf der Ofenbank Platz und streckte die langen Beine genüsslich aus. Er trug einen weiten Pullover und eine helle Hose, hatte sich für sie gut angezogen.

«Wie einst bei *grand-mère* in Lille», sagte er. «Mit meinen Cousins hab ich mich früher immer um den Platz am Ofen geprügelt.»

«Sie stammen aus Lille?», fragte Johanna.

«Nur meine Mutter. Als junges Mädchen hat es sie nach Belgien verschlagen, in den kleinen Ort Saint-Hubert in den Ardennen, das Eldorado aller Jagdbesessenen. Dort bin ich geboren.»

«Dann sind Sie ja gar kein Franzose, wie alle behaupten», platzte sie heraus.

«Nur zum Teil. Französisch, flämisch, deutsch – von allem etwas und nichts davon perfekt.»

«Wie hat es Sie dann ausgerechnet nach Altenburg verschlagen?»

Er zog die dunklen Brauen zusammen. «Das ist eine lange, ziemlich komplizierte Geschichte, zu der kommen wir besser ein anderes Mal.» Marc beugte sich vor, sah sie intensiv an. «Ihre Ziege liegt unter einer stolzen Fichte. Zeige ich Ihnen bei Gelegenheit. Aber wie geht es Ihnen? Ist alles wieder einigermaßen im Lot?»

«Jetzt, wo Sie da sind – ja», erwiderte Johanna mutig. «Ich bin nämlich sehr gern in Ihrer Nähe. Aber das wissen Sie ja bereits.»

Er griff nach ihrer Hand. «Sie sind eine Frau mit vielen Facetten, Jeanne, das mag ich. Aber noch sehr jung ...»

«Bald zweiundzwanzig ...», unterbrach sie ihn. «Ganz schön erwachsen, finde ich.»

«Wie ich sagte, noch sehr jung.» Er sah ihr tief in die Augen.

Er mochte sie! Johanna spürte es ganz genau ...

«Spielt doch eigentlich keine große Rolle, wie alt man ist», erwiderte sie und ärgerte sich, dass ihre Stimme auf einmal so zittrig klang. «Hauptsache ist doch, was man fühlt – und für wen. ‹In der Liebe muss man mutig sein›, sagt mein Bruder Christoph.»

Das war sie gerade gewesen.

Jetzt jedoch erschrak Johanna vor ihrem eigenen Mut.

«Mutig? Ja! Aber auch klug», entgegnete Marc. «Sie kommen aus einem wohlhabenden Haus. Sie verdienen einen Mann, der Sie beschützt und auf Händen trägt – keinen Nomaden, der niemals ein richtiges Zuhause hatte.»

«Was aber, wenn ich ausgerechnet den Nomaden möchte? Ich bin doch auch keine bürgerliche Frau mit einem bürgerlichen Leben. Ich mag als Fabrikantentochter geboren worden sein, aber eigentlich bin ich ein Freigeist wie Sie.»

Ihre Gesichter waren sich plötzlich ganz nah.

Jede Wimper konnte sie erkennen, das tiefe Blau seiner Augen, in denen winzige goldene Inselchen schwammen.

Johanna begehrte ihn so sehr, dass sie kaum noch atmen konnte.

Ob er sie gleich küssen würde?

Achte darauf, wie ein Mann küsst, daran erkennst du schon eine ganze Menge, hatte Greta damals gesagt ...

Aber Marc küsste sie nicht. Stattdessen stand er abrupt auf. «Dann würde ich Ihnen den freundschaftlichen Rat geben, sich besser umzuentscheiden. Ich bringe den Menschen, die mich lieben, nämlich kein Glück, Jeanne. Das habe ich immer wieder erlebt. Und Sie möchte ich keinesfalls unglücklich wissen – Sie am allerwenigsten.»

Er griff nach seiner Jacke.

«Du gehst schon?», flüsterte sie. Vor Aufregung war sie ins Du gerutscht. «Aber warum?»

«Um dich zu schützen. Und mich dazu. Glaub mir, es ist besser so. Für uns beide.»

Für den Bruchteil eines Augenblicks spürte sie seine warmen Lippen auf ihrer Stirn.

Bevor Johanna reagieren konnte, war er bereits verschwunden.

*

Der Schnee blieb liegen, und es kam reichlich neuer hinzu, der die Landschaft in strahlendes Winterweiß tauchte und das Leben im Dorf noch mühsamer machte. Die Straße musste freigeschaufelt werden, zu schwere Schneelasten wurden von Haus- und Scheunendächern geschippt. Nur die Kinder hatten Spaß an der weißen Pracht, bewarfen sich mit Schneebällen, rutschten übermütig auf den Eisplatten herum und errichteten im Schulgarten einen riesigen Schneemann, für den Wimscheid eine seiner Mützen opferte.

Johanna setzten die kurzen Tage und die langen, dunklen Nächte zu, einsame Stunden, nur von ihren Tieren umgeben, die sie so viel lieber in Marcs Gesellschaft verbracht hätte. Doch er mied sie augenscheinlich; kein einziges Mal kreuzten sich ihre Wege.

Sollte sie sich schämen wegen ihrer forschen Annäherung? Marc war so anders als die braven, biederen Männer, die Johannas Mutter für sie im Sinn gehabt hatte, und auch als die abgearbeiteten, groben Bauern hier auf dem Land. Mit seiner Leichtigkeit und feinen Klugheit schien er alles zu verkörpern, wonach sie sich sehnte. Marc war nicht zufällig in ihr Leben getreten. Das wusste sie genau.

Natürlich kamen Briefe und das eine oder andere Päckchen aus Trier; die Eltern luden sie zum Weihnachtsfest ein, immer ungehaltener, als sie einfach nicht zusagen wollte. Gustav hätte sie trotz widriger Witterungsverhältnisse mit dem Mercedes abgeholt und wieder nach Altenburg zurückgebracht, doch Johanna lehnte unter dem Vorwand ab, die Tiere nicht allein lassen zu können.

Noch einmal Weihnachten feiern in der elterlichen Villa, mit all dem Prunk, all den üppigen Geschenken und all den Vorwürfen – den ausgesprochenen ebenso wie den stillschweigenden?

Sie verspürte keinerlei Lust, sich das anzutun.

Die Eltern konnten und wollten einfach nicht verstehen, dass sie ihre Entscheidung getroffen hatte – unwiderruflich.

Hier war ihr Leben.

Hier wollte sie auch die Weihnachtstage verbringen, fernab vom festlichen Glanz der elterlichen Villa. Sie hatte mit dem Modellieren begonnen und gemerkt, wie sehr sie dabei noch am Anfang war. In der Scheune war es ihr dazu zu kalt; statt an der Werkbank arbeitete sie nun am Küchentisch, wo die Hände nicht klamm wurden, weil der Ofen wärmte.

Ihre Hände – sie hätte sie sich oft geschmeidiger und geschickter gewünscht! Aber sie gab nicht auf, auch wenn der Ton zu schnell trocknete und Risse bekam, weil die Tücher, in die sie ihre Versuche wickelte, zu wenig nass waren.

Da gab es ein zähes Beharren in ihr, ein unbedingtes Wollen, von dem sie nicht abließ, trotz mannigfacher Rückschläge. Lisbeths Tonkopf, halb Fuchs, halb Frau, hatte sie sich zur Inspiration in die Küche geholt und auf ein Bord gestellt. Jedes Mal, wenn sie kurz vor dem Aufgeben war, sah sie ihn sich an – und machte anschließend eisern weiter.

Am Heiligen Abend reinigte sie ihre Hände, packte die Tonarbeit zur Seite und pfiff nach Flitz.

Wellem Schröder hatte sie zur Bescherung nach nebenan eingeladen, und Kätt und Lika zuliebe hatte sie zugesagt. Für die Kinder hatte sie sich von Christoph Geschenke aus Trier schicken lassen – für Gritt einen anständigen Füllfederhalter, mit dem auch ein Kind zurechtkam, sowie reichlich Tintenvorrat, damit das Schreiben noch besser klappte; für Anton einen Satz bunter Blechautos, mit denen er spielen konnte.

Gedeckt war in der Gaststube. Hier stand auch der Christbaum, mit Strohsternen, Äpfeln und Tannenzweigen geschmückt. Etwas war anders, das fiel Johanna auf – natürlich die Möbel!

«Ihr habt renoviert», sagte sie. «Lauter neue Tische und Stühle.»

«Haben wir», sagte Wellem. «Wir hoffen auf neue Gäste, jetzt wo der Krieg schon so lange vorbei ist.»

«Peter Michael Streit aus Niersbach hat das alles gemacht», sagte Lika voller Stolz, und ihr freundliches Gesicht schien plötzlich vor Begeisterung zu glühen. «Der beste Schreiner weit und breit.»

«Ich dachte, dort gibt es nur Töpfer», entgegnete Johanna verblüfft.

«Streit hat als Töpfer angefangen, wie alle in seiner Familie, ist aber später zum Schreinern gekommen», sagte Wellem. «Und das kann er.»

Peter Michael Streit – diesen Namen würde Johanna im Kopf behalten ...

Die Tür ging auf und brachte mit einem Schwall eisiger Luft Marc Degré herein. Er stutzte, als er Johanna erblickte, dann aber begann er erfreut zu lächeln.

«Das ist ja eine Überraschung», sagte er. «Ich hatte keine Ahnung ...»

«Ich ebenso wenig», entgegnete sie schnell und kämpfte mit der unvernünftigen Freude, die in ihr aufstieg, als er ihr gegenüber am Tisch Platz nahm.

«Hab ihn für dich eingeladen», flüsterte Kätt Johanna zu, als sie zwischendrin aufgestanden war, um ihr beim Servieren zur Hand zu gehen. «Als Weihnachtsüberraschung, sozusagen. Wellem musste erst überzeugt werden, bis er schließlich auch dafür war ...»

«Danke», flüsterte Johanna errötend zurück und beeilte sich, wieder ihren Platz einzunehmen.

«Bei uns gibt es nur das Übliche», sagte Kätt halb entschuldigend zu Marc Degré. «Kartoffelsalat und Würstchen. Wie an jedem Heiligen Abend.»

«Genau das liebe ich», versicherte er. «Bockwürstchen mit Kartoffelsalat, das gab es bei uns zu Hause auch.»

«Sie waren in den letzten Tagen auf der Jagd», sagte Lika. «Die Leute im Dorf haben davon erzählt.»

«Ja, ich musste einiges an Wild schießen, sonst haben die jungen Bäume keine Chance. Allerdings war ich dort offenbar nicht allein.» Sein Tonfall wurde schärfer. «Erwischt der Graf jemanden beim Wildern auf frischer Tat, droht eine harte Strafe.»

Er strich seine Stirnlocke zurück.

Wie sehr Johanna diese Geste an ihm liebte!

«Aber jetzt wollen wir gemeinsam genießen, was uns hier aufgetischt wird», fuhr er fort.

Alle aßen mit Appetit, bis auf Johanna, die kaum etwas herunterbekam. Unruhig rutschte sie auf ihrem Stuhl hin und her, so sehr irritierte sie Marcs unerwartete Nähe. Das Bier, das Wellem frisch zapfte, entspannte sie nach und nach und löste bei allen am Tisch die Zunge.

Sie lachten und scherzten, als die Kerzen schließlich am Baum brannten, und erfreuten sich daran, wie die Kinder sich auf ihre Geschenke stürzten. Johanna hatte Kätt schon ein paar Tage zuvor ein paar Scheine zugesteckt, damit sie neue warme Wintersachen für die Kinder kaufen konnte, weil diese aus allem so schnell herauswuchsen. Gritt probierte sofort den Füller aus, und Jakob schusserte seine Autos voller Begeisterung durch die Gaststube. Da fiel gar nicht so sehr auf, dass der Großvater zurückhaltend bei seinen weihnachtlichen Gaben gewesen war: eine Strickliesl und zwei Knäuel Wolle für das Mädchen, für den Jungen eine Angelschnur.

«Hätt ich anfangs niemals gedacht, dass du in der Christnacht bei uns am Tisch sitzen würdest», sagte Wellem schließlich. «Aber du passt hierher, Johanna.»

Sie lächelte und prostete ihm zu.

Unter dem Tisch berührte ein Fuß ihren Fuß, und sie bekam Gänsehaut am ganzen Körper.

«Jetzt wird es langsam Zeit für die Christmette», sagte Lika. «Mit dem vielen Schnee dauert der Weg nach Heckenmünster länger als sonst.»

Johanna verspürte nur wenig Lust auf diesen strammen Fußmarsch durch die Kälte.

Aber hätte sie jetzt ausscheren sollen? Sie entschied sich dagegen, zog ihren Mantel an, setzte die Mütze auf und wickelte den Schal fest um ihren Hals, zumal Marc sich ohne jedes Zaudern anschloss.

Er ging das erste Stück sogar voran, trug die Fackel, die ihren Weg erleuchtete, bis sich ihnen immer mehr Menschen aus Altenburg anschlossen und schließlich bis auf die Alten und Kranken das ganze Dorf auf den Beinen war.

In der Kirche zum Heiligen Kreuz in Heckenmünster brannten viele Kerzen, doch der Innenraum war so kalt, dass die Gläubigen unwillkürlich näher zusammenrückten. Heute am Weihnachtsabend gab es keine Aufteilung in Frauen- und Männerbänke; so stand Johanna direkt neben Marc, was sie gleichermaßen irritierte wie beflügelte.

Alles war ganz neu und besonders für sie: die Lesung der Weihnachtsgeschichte, die Fürbitten, das gemeinschaftliche Singen der Weihnachtslieder. Marcs Singstimme war voll, um einiges tiefer als seine Sprechstimme und ließ Johanna kleine Schauder über den Rücken laufen.

Als sie zum Schluss gemeinschaftlich *Stille Nacht, heilige Nacht* anstimmten, war sie zu Tränen gerührt.

«Hast du die neue Krippe gesehen?», fragte Lika, als die Gläubigen nach dem abschließenden Segen dem Ausgang zustrebten.

Johanna schüttelte den Kopf.

«Dann komm mit!»

Die Krippe am Fuß des Altars zeigte die heilige Familie im Stall, begleitet von Ochs und Esel. Alles aus hellem Holz geschnitzt, jedoch so fein und liebevoll, dass die Figuren zu leben schienen.

«Peter Michael Streit», sagte Lika verschmitzt lächelnd. «Der kann so viel mehr als Tische und Bänke.»

Vor dem Kirchenportal wartete Marc auf sie.

Johanna zögerte kurz. Sollte sie noch zu Lisbeth ans Grab?

Sie entschloss sich dagegen. Diese Augenblicke vor dem schlichten Holzkreuz gehörten ihr allein. Sie würde wiederkommen, wenn es nicht mehr schneite, und das Grab mit Christrosen schmücken.

Danach ergab sich wie selbstverständlich, dass sie den Nachhauseweg durch den Schnee Seite an Seite mit Marc zurücklegte. Um der Kälte zu trotzen, gingen sie so schnell, dass der Tross der anderen hinter ihnen zurückfiel.

Schnee knirschte unter ihren Füßen. Sie redeten wenig; ihr Atem bildete beim Gehen weiße Wölkchen.

Wieder in Altenburg am Haus Nummer achtzehn angelangt, wollte Johanna die vereiste Treppe hinauf, um aufzuschließen, Marc jedoch hielt ihre Hand fest.

«Lädst du mich denn nicht zu dir ein, Jeanne?», sagte er leise. «Schließlich ist heute Weihnachten.»

«Nicht, wenn du wieder vorhast, wortlos zu verschwinden», erwiderte sie. «Das würde ich nämlich nicht ertragen.»

«Dann werde ich wohl bleiben müssen, Jeanne», erwiderte er lächelnd.

Er beugte sich zu ihr herunter und küsste sie.

Für einen Moment schien die Welt stillzustehen.

Es war ein langer, inniger Kuss, wie sie ihn noch nie zuvor erlebt hatte. Er hatte nichts gemein mit den flüchtigen, feuchten Knutschereien ihrer Backfischzeit. Johanna wurde leicht schwindelig, sie spürte, wie das Blut in ihren Ohren rauschte, und ihre Knie fingen zu zittern an. Von ihr aus hätte dieser Kuss niemals enden dürfen, aber schließlich musste sie zwischendrin kurz Luft holen.

«Das musst du wohl, Marc Degré», sagte Johanna atemlos lächelnd. «Denn schließlich ist heute Weihnachten.»

6

ALTENBURG,
1921/1922

Draußen flirrte die Augustluft, und auch in der Scheune war es drückend heiß. Johanna stieg zwischendrin immer wieder mit den Füßen in ihre mit Wasser gefüllte Zinkwanne, um sich etwas abzukühlen. Dabei trug sie ohnehin nur luftigste Arbeitsbekleidung, einen umgearbeiteten Kittel von Lisbeth, bei dem sie auch noch die Ärmel abgeschnitten hatte. Der Wasserkrug neben der Werkbank war zum dritten Mal leer. Gegessen hatte sie heute so gut wie nichts, denn ihr war schon seit dem Morgen übel. Dazu kam eine bleierne Müdigkeit, das musste wohl an den hohen Temperaturen liegen, die Mensch wie Tier ermatteten. Dennoch hatte sie bis zum Nachmittag ohne Unterbrechung gearbeitet. Wie hätte sie aufhören können, wo der Tonkopf unter ihren Händen nun endlich so wurde, wie sie ihn sich schon so lange vorgestellt hatte?

Seitdem Christoph vor sechs Wochen zu ihr ins Haus gezogen war, war er endlich spürbar, jener Fortschritt, den sie lange herbeigesehnt hatte. Es war, als ob seine Gegenwart sie auf einmal geschickter gemacht hätte. Ihr Bruder hatte sich oben im zweiten Zimmer eingerichtet, seine Schreibmaschine ausgepackt und begann zu tippen, sobald es hell wurde. Sie liebte das emsige Tastenklappern, das zu ihr herüberdrang. Woran er genau arbeitete, wollte er trotz Johannas neugierigen Nachfragen noch nicht verraten. Immerhin hatte Christoph fest versprochen, dass sie das Geschriebene als Erste zu lesen bekommen würde, sobald er bereit war, es aus den Händen zu geben.

«Etwas Längeres wird es auf jeden Fall. Wie schön, wenn man sich endlich nicht mehr auf ein vorgegebenes Zeilenmaß beschränken muss. Ich hatte die kurzen Artikel über Trierer Lokalereignisse so was von über. Und ja, mein Verleger muss dringend sparen, weil Papier- und Druckkosten angeblich ständig steigen und unsere Gehälter ihn über kurz oder lang ohnehin in den Ruin treiben, so seine Worte. Da kam es ihm wohl gelegen, dass ich um unbezahlten Urlaub gebeten habe, damit ist uns beiden geholfen.»

Von Kätt und Lika wusste sie, dass er nachmittags durch das Dorf streifte und vor allem die Frauen ausfragte – nach Märchen, Sagen, überlieferten Legenden. Alles über die Eifel schien ihn zu interessieren, und er stellte seine Nachforschungen so freundlich und geschickt an, dass selbst sonst eher als maulfaul bekannte Bäuerinnen zu erzählen begannen.

Sein Radius begrenzte sich nicht nur auf Altenburg. Auf Johannas Fahrrad klapperte Christoph auch die umliegenden Weiler und Dörfer ab, Heidweiler, Neurath, Gladbach, Heckenmünster und andere. Als sie irgendwann protestierte, weil sie selbst kaum noch in den Sattel kam, kaufte er einem Niersbacher Töpfer dessen altes Rad ab. In Niersbach hielt Christoph sich ohnehin am liebsten auf, und auch für Johanna wurde der kleine Ort immer wichtiger. Während sich ihr Interesse auf den Schreiner Peter Michael Streit und seine Arbeiten konzentrierte, der, wie sie inzwischen herausgefunden hatte, auch Lisbeth gut gekannt hatte, galt seines der Hebamme Eva.

Kätts jüngere Schwester hatte ihn vom ersten Augenblick an fasziniert; nie zuvor hatte Johanna ihren sonst so wortgewandten Bruder derart sprachlos und hingerissen erlebt. Christoph hing an Evas Lippen, wenn sie von ihren Heilpflanzen erzählte, und wollte unbedingt beim Sammeln in Wald und Flur mit dabei sein. Zu gern hätte er auch mehr über die Geburten erfahren, die sie begleitet hatte. In diesem Punkt jedoch war Eva verschwiegen, um den privatesten Bereich jener Frauen zu schützen, die sich ihr anvertraut hatten.

«Geburt und Sterben vertragen keine Gaffer», hatte sie ihm unverblümt erklärt. «Was in diesen Stuben geschieht, bleibt in diesen Stuben.»

Christoph war von ihrer Antwort begeistert. «Mir gefällt, dass Eva mit Leib und Seele Wehmutter ist.»

Er blühte auf, von Tag zu Tag mehr. Sein blasses Gesicht bekam Farbe, und er hüllte sich nicht länger in weite Jacken, um seine lädierte Schulter zu kaschieren, sondern trug lockere Leinenhemden. Natürlich war der alte Schmerz deshalb nicht verschwunden. Als Johanna ihm einen Strauß Wiesenblumen auf die Kiste stellen wollte, die ihm als Nachtkästchen diente, entdeckte sie neben der unvermeidlichen Ponte-Zigarettenpackung unter einer Zeitung ein braunes Lederetui.

Sie zog es hervor, schlug es auf – und erstarrte.

Er brauchte das Teufelszeug also noch immer, war von Tabletten sogar auf Morphinspritzen umgestiegen!

Wer versorgte ihn damit? Dr. Wiesner in Trier, der die Familie Fuchs bereits seit Jahrzehnten als Hausarzt betreute? Oder hatte Christoph sich etwa über Onkel Paul Nachschub gesichert, als er neulich so spät aus Wittlich zurückgekommen war?

Ihr Bruder konsumierte die Droge seit seiner Kriegsverletzung, also seit nahezu vier Jahren. Tagsüber merkte man ihm kaum etwas davon an, obwohl seine Bewegungen bisweilen nicht ganz zielgerichtet wirkten, wenn man ganz genau hinsah. Dennoch musste man ihn nach dieser langen Zeit als süchtig bezeichnen. Allerdings schienen Christophs nächtliche Albträume seltener geworden zu sein. Das schreckliche Stöhnen und Schreien, das Johanna von zu Hause her kannte und vor dem ihr so bang war, hatte sie hier in Altenburg bislang erst einmal aus dem Schlaf gerissen.

War seine Verliebtheit stark genug, um ihm zu ermöglichen, sich aus dieser fatalen Abhängigkeit zu befreien? Eva schien ebenfalls sehr angetan von ihm zu sein. Aber ahnte die junge Hebamme, wer der Journalist wirklich war, der voller Hingabe um sie warb?

Eva vor ihrem Lieblingsbruder zu warnen, brachte Johanna nicht über sich. Und falls sie es doch täte – würde das überhaupt etwas nützen?

Hatte sie nicht selbst alle Warnungen, die Marc betrafen, in den Wind geschlagen?

Ja, sie waren seit Weihnachten ein Paar.

Der Preis dafür war allerdings hoch, denn alles musste sich im Verborgenen abspielen, weniger wegen ihres guten Rufs im Dorf, von dem Johanna nicht wusste, ob sie den jemals gehabt hatte, sondern seinetwegen.

Der Graf sollte nichts davon erfahren.

Der Graf, der sein Vater war?

Marc begann sich zu winden, sobald Johanna die Rede darauf brachte, wechselte das Thema oder musste plötzlich aufbrechen, selbst wenn es mitten in der Nacht war. Fest stand, dass die beiden Männer eine heikle Beziehung verband. Nur äußerst widerstrebend war Marc in Kunstätts Dienste getreten, hatte erst zugesagt, als seine Großmutter gestorben und seine Mutter so krank geworden war, dass sie das Geld dringend brauchten.

«Was wärst du denn lieber geworden?», hatte Johanna ihn gefragt.

«Arzt.» Die Antwort kam sofort. «Kranke Menschen zu heilen, war seit Kindertagen mein Traum. Aber dazu hätte ich das Gymnasium besuchen und studieren müssen – und das Geld hatten wir nicht.»

«Mein Onkel und sein Sohn, mein Cousin Jakob, sind Ärzte», sagte sie. «Ich glaube, für beide kam niemals ein anderer Beruf in Betracht.»

«Dann waren sie garantiert kein Bastard und haben auch nicht in einer Gemeinde gelebt, in der blutjunge Frauen Opfer von hemmungslosen Jägern werden konnten.»

So hart, so unerbittlich hatte ihn Johanna noch nie gehört. Was meinte er damit?

«Als er sie traf, war sie erst sechzehn», fuhr er aufgebracht fort. «*Seize ans* ... Fast noch ein Kind. Allerdings musste sie dann sehr schnell erwachsen werden.»

«Du sprichst von Graf Kunstätt ...»

«Ich spreche von dem Schuft, der meiner Mutter Gewalt angetan hat – *ça suffit*, Jeanne! Lass uns das Thema wechseln. Ich kann nicht daran denken, ohne wütend zu werden.»

Diese Wut saß tief in ihm und drängte immer wieder zum Ausbruch. Dann bekam Johanna fast Angst vor ihm, obwohl diese Anfälle nie lange dauerten und er in der Regel rasch die Fassung zurückgewann.

Er war ein Mann mit zwei Gesichtern: aufbrausend, zornig und wild, aber er konnte im nächsten Moment auch fürsorglich, zärtlich und so hingebungsvoll sein, dass Johanna sich in seiner Nähe wie im Paradies fühlte. Erst jetzt verstand sie so richtig, wovon die Liebesbriefe an Lisbeth handelten, die sie früher nur sehnsuchtsvoll eingeatmet hatte. Und obwohl sie an eine andere Frau gerichtet waren, träumte Johanna manchmal heimlich davon, Marc hätte sie für sie geschrieben.

Mein Herz,
nirgendwo wäre ich jetzt lieber als bei Dir – das musst
Du mir glauben, sonst tötest Du mich.
Nein, ich beschönige, ich untertreibe.
All meine Worte sind nicht reif, nicht tief genug, um
auszudrücken, was Du mit mir gemacht hast. Ich werde nicht ruhen, bis ich Dir von meinem unendlichen
Verlangen erzählt habe, so dunkel, so tief, dass nur Du
allein es stillen kannst.
Ich muss Dich haben! Ich brauche Dich!
Du machst mich glücklich. Ich verzehre mich nach
Deinem Lachen, Deinem Strahlen.
Ich würde alles darum geben, Dich jetzt zu küssen und

Deinen Atem auf meinem Gesicht zu spüren. Ich würde sehr gern im Dunkeln neben Dir liegen und Deiner Stimme lauschen, über die ich schon so lange und ergebnislos nachgedacht habe, denn sie war es, die mich zuallererst und am meisten verzaubert hat.
Ich möchte Deinen süßen Bauch küssen – und nicht nur ihn – und Deine Hände wärmen und alles zugleich tun ...
Je t'aime, mon amour ...

Von der körperlichen Liebe konnte Johanna gar nicht genug bekommen. Marc zu riechen und zu schmecken, seine Haut zu berühren, in seinen Armen alle Bedenken loszulassen und nur noch zu spüren und zu fühlen, war beglückend. Immer mehr rückte in den Hintergrund, was sie als Mädchen über Keuschheit und Scham gelernt hatte.

Wie konnte etwas sündig sein, das so herrlich war?

Manchmal jedoch überfiel sie trotzdem die Angst vor einer Schwangerschaft und den entsprechenden Folgen, doch ihr Geliebter wusste sie immer wieder zu beruhigen. Beim Liebesspiel pflegte er dünne Penis-Überzieher namens *Fromms Act* überzustreifen, die eine Schwangerschaft verhinderten, wie er versicherte, sodass Johannas Angst wieder verflog.

«Du bist wie für die Liebe geschaffen, *chérie*», sagte Marc, wenn ihr Atem wieder ruhiger geworden war. «Ein echtes Naturtalent, Jeanne ...»

Ein Kompliment, das sich durchaus zwiespältig anfühlte. Denn hörte sich das nicht so an, als verfüge er über weitreichende Erfahrungen? Was nichts anderes bedeutete, als dass er vor ihr schon viele Frauen geliebt hatte.

Würde sie seine einzige bleiben?

Von Heirat war bislang noch nie die Rede gewesen ...

Drei Länder vereinte Marc in seiner Biografie – und war doch in keinem davon zu Hause. Johanna bekam ihn einfach nicht zu fassen, diesen rätselhaften Mann, der nicht erst seit jener magischen Weihnachtsnacht ihr ganzes Fühlen und Denken beherrschte. Kam er nach Einbruch der Dunkelheit über den Münsterpfad am Waldrand zu ihr ins Haus, damit Dorf und Graf nichts davon mitbekamen, erlebte sie in seinen Armen Ekstase und Glück.

Doch Marc hielt es nie bis zum nächsten Morgen aus, war noch niemals neben ihr erwacht, blieb all die Monate ein flüchtiger nächtlicher Besucher ...

Nur Christoph, derzeit mit ihr Tür an Tür lebend, kannte dieses Geheimnis, und er würde es bewahren, das hatte er Johanna versprochen. Die beiden Männer mochten sich, obwohl sie bislang nicht allzu viel miteinander geredet hatten, zumeist auf Französisch, jene Sprache, die ihrem Bruder so leicht über die Lippen ging.

«Interessanter Kerl», so hatte sein Kommentar gelautet. «Intelligent, wach, stets auf der Hut. Marcs Selbstbewusstsein wirkt auf mich eher vordergründig. Dahinter kann ich große Scheu spüren. Man hat ihm wehgetan, davor will er sich künftig schützen. Er liebt dich, Johanna. Aber tut Marc Degré dir auch wirklich gut?»

Die Arbeit an dem Tonkopf war für heute beendet.

Seitdem Johanna ihre Plastiken sorgfältig von innen aushöhlte, waren kaum noch Trocknungsrisse aufgetreten. Sie befeuchtete die vorbereiteten Tücher und wickelte den Kopf sorgfältig darin ein.

Danach legte sie ihn behutsam auf dem Bord ab.

Peter Michael Streit wollte gegen Abend die erste Auswahl an Stelen liefern, die sie bei ihm bestellt hatte. Bei manchen sollte er das Holz fast natürlich belassen, so hatten sie es vereinbart, bei anderen Verzierungen schnitzen, die sie für ihn aufgezeichnet hatte. Ihr hatte gefallen, dass der Schreiner genau zugehört und die richtigen Fragen gestellt hatte, als sie ihm diesen Auftrag erteilte, das Vorhaben an sich jedoch nicht einen Moment in Zweifel zog.

Schutzgeister – wahrlich nicht gang und gäbe in einem Eifeldorf!

Wie würde am Ende alles aussehen? Und wie Stelen und Tonköpfe miteinander harmonieren?

Vor Spannung hielt Johanna es kaum noch aus.

Mittlerweile hatte es sich draußen zugezogen, die Sonne war verschwunden; stattdessen trieben dunkle Wolken über den Himmel.

Durch das offene Scheunentor sah sie den ersten Blitz grell aufleuchten. Wie es aussah, konnte das Gewitter heftig ausfallen.

Alle in der Region beteten seit Wochen um Regen, denn das Getreide war viel zu schnell gereift, und die andauernde Trockenheit hatte schon reichlich Schäden verursacht. Mosel und Rhein waren kaum noch schiffbar, so tief lag der Wasserstand. Kartoffeln fingen an, abzusterben, manche Wiesen und viele der Kleefelder waren verdorrt, selbst alte, seit Generationen benutzte Brunnen leerten sich zunehmend. Auf einigen Feldern konnte nicht einmal die Aussaat geerntet werden, schlimm für die Bauern, die keine oder nur wenige Rücklagen besaßen. Gleichzeitig stiegen die Preise unaufhaltsam: Für ein Pfund Mehl musste Lika in ihrem Lädchen bereits fünfzehn Mark verlangen, für das Pfund Reis stolze sechs Mark. Schuhe waren mit bis zu dreihundert Mark für das Paar unbezahlbar geworden.

Weil alle über die Teuerungen klagten, bekam auch Johanna allmählich Angst. Natürlich gab es ihr Bankdepot, von dem sie bislang nur das Nötigste abgehoben hatte, eine Sicherheit, die sie bislang immer beruhigt hatte.

Was aber, wenn die Preise weiter kletterten?

Dann wäre auch dieser an sich stolze Betrag, der bei klugem Wirtschaften an die zwanzig Jahre reichen konnte, innerhalb eines Jahres aufgebraucht. Und dann würde sie wohl oder übel wieder bei den Eltern unterkriechen müssen.

Sie fuhr sich mit der Hand über die Stirn. Besser geschwind die Ziegen von der Weide holen, als weiter herumzugrübeln

Johanna schloss das Scheunentor und lief über die Straße hinüber in den Garten. Flitz schien nur darauf gelauert zu haben und folgte ihr. Gemeinschaftlich scheuchten sie erst die Hühner in ihren Stall, danach die beiden Gänse. Die Ziegen jedoch wollten sich nicht so einfach zusammentreiben lassen, obwohl jetzt Blitz nach Blitz über den Himmel zuckte und die Donnerschläge immer schneller aufeinanderfolgten.

Flitz bellte und gab sein Bestes, um die widerspenstige Herde Richtung Stall zu lenken. Dennoch gingen die ersten schweren Tropfen auf sie nieder. Johanna musste das Gatter öffnen und wieder zumachen, nachdem die Tiere durch waren, was weitere Zeit kostete. Als sie den Hof erreicht hatten, regnete es bereits in Strömen, und sie kamen pitschnass im Stall an.

Wenig später prasselten dicke Hagelkörner auf das Dach.

Der Hund presste sich eng an Johanna, die ihn beruhigend streichelte.

«Bist ein tüchtiger Hütehund, mein Guter», sagte sie. «Aber deine frechen Ziegen sind eben keine braven Schafe und machen dir das Leben manchmal schwer ...»

Die Luft im Stall, der starke Geruch, der von den nassen Fellen aufstieg, die innere Anspannung – Johanna wurde plötzlich speiübel. Sie griff nach einem Eimer und übergab sich würgend.

Was war mit ihr los? Sie würde doch hoffentlich nicht krank werden ...

Viel zu schnell war das Gewitter wieder vorbei. Nur ein paar Hagelreste auf dem Hof waren als Erinnerung daran zurückgeblieben.

Das war nicht der erlösende Regen gewesen, den alle ersehnt hatten. Immerhin war es nicht mehr so drückend heiß; die Temperatur fühlte sich erträglicher an.

Trotzdem war Johanna so schlapp, dass sie kaum die Treppe zu ihrem Zimmer schaffte.

Sie legte sich auf das Bett, schloss die Augen – und schlief ein.

«Da ist jemand für dich gekommen, Johanna», weckte Christoph sie. «Mit einem Fuhrwerk voller Holz.»

«Sag ihm, ich bin gleich da.»

Sie stand auf, zog den Kittel aus und ein Sommerkleid an, lief nach unten. Zum Glück waren Übelkeit und Müdigkeit verflogen, Johanna fühlte sich wieder tatkräftig und frisch.

«Gleich in der Scheune abladen?», fragte der Schreiner, der von seinem Fuhrwerk abgestiegen war.

«Ja, bitte.» Johanna ging voraus und öffnete das Tor.

Er brachte ein Dutzend brusthoher Stelen herein. Einige waren aus den Stämmen gearbeitet, die bereits Lisbeth hier gelagert hatte, aber es waren auch neue Hölzer dabei.

«Fichte, Buche, Haselnuss, Eiche, Linde», zählte er auf. «Und Haselnussstrauch.»

Die letztgenannte Stele verschlug Johanna fast den Atem, so sehr gefiel sie ihr. Er hatte das rötlich-weiße Holz mit länglichen Linien versehen, die wie eine Tierspur wirkten.

Fuchsspuren im Schnee ...

«Das ist sie», murmelte sie. «Die perfekte Ergänzung für meinen Kopf. Sieh doch nur!»

Sie schlug die feuchten Tücher zurück, zeigte ihm, was sie modelliert hatte.

«Jetzt verstehe ich», sagte er bedächtig. «Sie ... und dich. Du führst auf deine Weise weiter, was Lisbeth begonnen hat, richtig?»

«Richtig.» Johanna nickte, fühlte sich glücklich. «Lisbeths Erbe. Ich schütze und wahre es. Aber ich bin erst am Anfang ...»

Peter Michael Streit schüttelte den Kopf. «Das sehe ich anders, dazu muss man sich nur dein Skizzenbuch ansehen, das du mir neulich gezeigt hast. Die Arbeit trägt nun deine Handschrift, und das ist gut so. Du wirst Menschen finden, denen sie etwas bedeutet. War bei mir auch nicht anders, als ich mit dem Schnitzen begonnen habe. Man braucht Geduld. Viel Geduld. Das ist das Allerwichtigste.»

Sie hätte ihn küssen können, diesen bescheidenen bärtigen Mann aus Niersbach, der keine unnützen Worte machte. In seinem schlichten Arbeitskittel und der alten Hose wäre er ihr in Trier niemals aufgefallen; achtlos wäre sie an ihm vorbeigegangen. Man musste schon genauer hinschauen, um die Lebensfreude in seinen tief liegenden hellen Augen zu entdecken. Und sich an der Behutsamkeit zu erfreuen, mit der seine Hände Holz berührten.

«Danke», sagte Johanna. «Danke. Danke!»

«Gern geschehen.» Er lächelte. «Sei froh, dass du das Holz vor drei Monaten bezahlt hast. Jetzt müsste ich dreißig Prozent mehr verlangen.» Sein Lächeln vertiefte sich. «Kommst du am Wochenende auf die Bernhardi-Kirmes zu uns nach Niersbach? Ich werde auf jeden Fall da sein.»

«Wohl eher nicht», erwiderte Johanna. Nicht, dass er sich noch etwas mit ihr einbildete! Streit war Witwer, hatte seine Frau an die Spanische Grippe verloren, an der auch Lisbeth gestorben war, das verband sie – mehr aber auch nicht. Wenn er nach einer neuen Gefährtin suchte, sollte er das anderswo tun, denn für sie gab es nur Marc. «Wir haben ja bald unsere eigene Kirmes in Heckenmünster, wenn die Kirche dort ihr Jahresfest begeht. Die will ich meinem Bruder zeigen.»

«Schade.» Sein Lächeln erlosch. *«Ma lääwd nummen ääs.»*

Johanna sah ihn fragend an. Einiges vom örtlichen Platt verstand sie inzwischen, aber leider nicht alles.

«Man lebt nur einmal», übersetzte der Schreiner. «Auch wenn wir das manchmal vergessen ...»

*

Wo steckte Marc?

Im kleinen Festzelt war er nicht, nicht beim Karussell, auf dem Anton und Gritt fröhlich bereits die dritte Runde drehten, ebenso wenig bei der Schiffschaukel. Johanna besuchte mit Christoph, Lika, Kätt und deren Kindern die Heckenmünsterer Septemberkirmes zum Fest der Kreuzerhöhung. Viele aus Altenburg waren ebenfalls gekommen. Entsprechend voll war es vor und zwischen den Ständen, wo Süßigkeiten und Spielsachen verkauft wurden, dazu allerlei Waren für den täglichen Gebrauch. Fliegende Händler boten Nähzeug, Borten, Kämme und andere Kleinigkeiten an, die die Landfrau gut gebrauchen konnte. Es gab ein Losbüdchen, vor dem sich besonders viele drängten, weil jeder sein Glück versuchen wollte, sowie einen kleinen Schießstand, angeblich jeder Treffer ein Gewinn. Die Kirmes war für beide Dörfer der Höhepunkt des Jahres, auf den alle hinfieberten, um die Mühsal des Alltags wenigstens für ein paar Tage zu vergessen.

Alle, alle waren sie da, nur Marc fehlte.

Dabei sehnte Johanna ihn heute mehr denn je herbei, denn sie hatte ihm etwas Wichtiges zu sagen.

«Hast du ihn noch immer nicht gefunden?», fragte Christoph, über das ganze Gesicht strahlend, weil er in der Menge gerade seine Eva entdeckt hatte.

Johanna schüttelte den Kopf.

«Vielleicht braucht ihn der Graf ja noch immer bei der Weinernte», versuchte er seine Schwester zu trösten. «Und er kann erst ein paar Tage später kommen.»

«Er ist zurück. Kätt hat ihn vor dem Forsthaus gesehen.»

«Dann gibt es sicherlich einen anderen plausiblen Grund. Hör auf zu grübeln, Johanna! Tanz lieber eine Runde mit mir!» Er zog sie zum Tanzboden.

Die kleine Kapelle, bestehend aus Akkordeon, Geige und Trompete, spielte eine schnelle Polka. Die Tanzstunde in Trier schien eine Ewigkeit zurückzuliegen, so vieles war seitdem geschehen, aber Johannas Beine hatten die Schritte noch nicht verlernt.

«Jetzt lächelst du schon wieder, siehst du», sagte Christoph. «Musik ist die beste Medizin.»

«Willst du nicht lieber mit Eva weitertanzen?»

«Und ob ich das will!», entgegnete er. «Geht es nach mir, sogar mein ganzes Leben lang. Aber jetzt möchte ich erst dich richtig lachen sehen.»

«So ernst ist es dir mit ihr?», fragte Johanna.

«Noch nie zuvor hat eine Frau mein Herz so berührt wie sie. Wenn Eva mich will – meine Absichten könnten ernster kaum sein.»

«Das werden mir Mama und Papa niemals verzeihen, dass ich dich hierher gebracht habe ...»

«Sie werden sich fügen müssen. Ich bin kein Firmennachfolger, sondern Journalist. Mir kommt es allein auf die Gefühle an, und die sind stark. Das müsstest du doch eigentlich verstehen, Johanna.»

Er hatte ja recht, aber sie musste trotzdem weiterfragen.

«Und dein Beruf? Du wolltest doch in Berlin Karriere machen, wenn ich mich recht erinnere ...»

«Das war, bevor ich Eva getroffen habe.»

«Dann hast du deine Bewerbung bei der *Berliner Morgenpost* zurückgezogen?»

«Die läuft noch. Aber daraus wird doch ohnehin nichts. Die wollen garantiert keinen Provinz-Heini. Dann bleibe ich eben hier und werde ein berühmter Eifel-Schriftsteller ...»

Übermütig schwenkte er Johanna im Kreis herum.

«Vorsicht», ermahnte sie ihn. «Nicht ganz so wild!»

«Bist doch schließlich nicht aus Zucker, Schwesterchen!», zog er sie auf.

Als sie später alle gemeinsam im Festzelt Kaffee tranken und Fladen mit Birrebunnes aßen, dem Mus aus gedörrten Birnen, erzählte Christoph Johanna den neuesten Familienklatsch, den er neben ein paar Anzügen von seinem gestrigen Besuch in der elterlichen Villa mitgebracht hatte.

«Stell dir vor, Meta ist schon wieder schwanger! Dabei ist ihr Söhnchen gerade mal ein halbes Jahr alt. Arno haben sie ihn genannt, was nordisch ‹Adler› bedeutet, aber er ist so zart und klein, dass er eher wie ein Mäuschen wirkt. Georg hat natürlich wie immer große Pläne. Er hat sich bei der Kripo in Wittlich beworben, und wie es aussieht, werden sie ihn auch nehmen. Lieber in einer kleinen Stadt an der Spitze als in einer großen ein

Irgendjemand, so seine Devise. Vermutlich sieht er sich bereits als Chef der Polizei. Und ein Haus in Wittlich soll ebenfalls her. Sein Schwiegervater wird wohl noch einmal in die Spendierhosen schlüpfen müssen.»

«Und Greta?», fragte Johanna leise.

Eine ganze Weile hatte die Schwägerin ihr geschrieben, doch seit dem Sommer waren ihre Briefe, obwohl Johanna stets umgehend geantwortet hatte, ausgeblieben.

Christoph schüttelte bedauernd den Kopf. «Immer noch nichts – leider. Dabei wünschen sich die beiden nichts sehnlicher als ein Kind. Bei meinem letzten Besuch in Trier hat Heinrich mir erzählt, dass sie neulich sogar auf einer Wallfahrt zur Fintenkapelle in Bergweiler waren. Die dortige Madonna soll Kindersegen bringen, wenn man inbrünstig zu ihr betet – oder abergläubisch genug ist ...»

«Über solche Dinge macht man sich nicht lustig, Christoph», fiel Eva ihm ins Wort und legte eine Hand auf seinen Arm. «Auch wenn du nicht daran glaubst, andere tun es.»

«Hast du schon einmal erlebt, dass es funktioniert hat?», fragte er zurück.

«Es gibt mehr Dinge zwischen Himmel und Erde, als unser kleiner menschlicher Verstand zu fassen vermag», sagte sie und stand auf. «Und jetzt auf zum Schießstand! Ich will, dass du mir eine Rose schießt ...»

«Du bist so ruhig», sagte Kätt, nachdem die beiden abgezogen waren. «Nicht nur heute, schon eine ganze Weile ...»

Johanna wandte sich ihr zu. Sollte sie es ihr endlich sagen?

Es noch nicht getan zu haben, bedrückte sie. Aber zuerst ihr Liebster, danach die ihr Nahestehenden, so lautete die richtige Reihenfolge. Sie hatte erst ganz sicher sein wollen, bevor Marc es erfuhr. Das war sie inzwischen. Und zurückgerechnet wie verrückt hatte sie ebenfalls. Marc hatte beim Liebesspiel seine Vorkehrungen getroffen, damit es nicht passierte – fast immer.

Aber eben nur fast.

Nach dem Johannifeuer hatte es diese eine leidenschaftliche Nacht am Waldrand gegeben, wo sie unvernünftig gewesen waren …

«Da ist so vieles, über das ich gerade nachdenken muss», erwiderte sie. «In meinem Kopf fahren die Gedanken Karussell, so wie deine Kinder im Feuerwehrauto oder auf dem Löwen.»

«Kommt Zeit, kommt Rat», antwortete Kätt. «Und was sich nicht ändern lässt, das muss man einfach so hinnehmen.»

Sie wusste es!

Plötzlich wurde Johanna ganz heiß.

Wussten es dann die anderen im Dorf etwa auch? Sah man schon etwas? Möglichst unauffällig schaute sie an sich herunter. Doch der dunkelblaue Pullover fiel locker über ihren Bauch, und dass sie den Rock darunter nur noch mit einer dicken Sicherheitsnadel zubekam, weil der Bund zu eng geworden war, wusste niemand außer ihr.

Was Kätt jedoch bestimmt aufgefallen war, waren die dunklen Schatten unter Johannas Augen, die von langen Grübeleien und schlaflosen Nächten herrührten.

Die Eltern!

Die Brüder!
Das Dorf!
Der Graf!
Die Schande ...
Aber konnte ein Kind der Liebe eine Schande sein?
Vielleicht kam alles ja ganz anders.
Vielleicht würde Marc überglücklich sein und sie auf der Stelle bitten, seine Frau zu werden ...
Für ein paar Augenblicke gab sich Johanna diesen seligen Tagträumereien hin.

«Johanna?» Kätts Stimme holte sie in die Gegenwart zurück. «Ich gehe jetzt rüber zum Hahneköppen. Kommst du mit? Lisbeth hat es nie gefallen, aber bei uns gehört es seit jeher zur Kirmes dazu ...»

Vor dem Wirtshaus war die Aufregung fast mit Händen zu greifen. Gut zwei Dutzend Kirmesbesucher starrten auf den Bewerber, der seine Künste zeigen wollte.

Tastend suchte sein Säbel das Ziel.

Irgendwo über ihm musste der blumengeschmückte Korb mit dem toten Hahn hängen.

«Ja, höher, höher!», dirigierten die Zuschauer.

Der Säbel gehorchte zögernd.

«Nein, zu weit!»

Er folgte.

«Zurück!», gellte es aus vielen Mündern.

«Ja, jetzt ist es gut ...»

Der schlaksige junge Mann mit der Binde über den Augen holte zum Schlag aus. Der Säbel sauste in Richtung Korb, verfehlte ihn jedoch.

«Ooooh!», raunte die Menge enttäuscht.

«Wer den Hahn köpft, ist ein Jahr lang Hahnenkönig», erklärte Kätt. «Manche sehen in ihm den bösen Erntegeist, der sich in die letzte Korngarbe flüchtet. Für andere ist er der Franzos, der uns schikaniert, und endlich geht es dem an den Kragen.»

«Dann wollen wir doch mal sehen!» Breitbeinig baute sich Marc vor dem präparierten Käfig auf.

Woher war er auf einmal gekommen?

Ganz egal, er war da, allein das zählte, und Johannas Herz machte einen freudigen Sprung.

Die Zuschauer waren ein Stück zurückgewichen.

«Der Franzos», hörte Johanna jemanden neben sich flüstern. «Aber das geht doch nicht ...»

«Kommt schon», sagte Marc, während seine Augen Johannas suchten. «Jeder aus Altenburg und Heckenmünster kann doch mitmachen, oder?»

«Ja ...», tönte die Menge.

«Dann her mit dem Schnaps und dem Tuch!»

Marc kippte den Inhalt des Glases in einem Zug und schüttelte sich. Seine Hand streckte sich nach dem Säbel aus, der ihm schließlich gereicht wurde. Danach ließ er sich von einem älteren Mann die Augen verbinden.

«Bin so weit», sagte er. «Kann losgehen.»

«Höher», schrien sie, während er den Säbel schwang, allerdings zurückhaltender als zuvor.

«Mehr nach links. Tiefer!»

Marc fuchtelte in die falsche Richtung.

Sie lenkten ihn absichtlich verkehrt!

In Johanna stieg Zorn auf.

«Rechts», rief sie, so laut sie konnte. «Rechts und höher, ja so, Marc, jetzt!»

Er ließ den Säbel heruntersausen. Der Hahnenkopf fiel auf den Boden.

Die Leute begannen zu klatschen und zu johlen.

Marc riss sich das Tuch von den Augen. «Behaltet euren Hahnenkönig», sagte er. «Aber merkt euch, dass der Franzos nicht mit sich spaßen lässt!»

Auf dem Nachhauseweg hinein in die Dämmerung hörte Marc gar nicht mehr zu reden auf. Johanna und er gingen Hand in Hand. Selbst wenn ganz Altenburg das mitbekam, für ihn schien es plötzlich keine Rolle mehr zu spielen.

«Ich hatte während der Traubenlese reichlich Zeit zum Nachdenken, Jeanne», sagte er. «Wird ein großer Jahrgang nach diesem heißen Sommer, bei einigem Glück vielleicht sogar ein Jahrhundertwein. Kunstätt hatte seine Leute in Verdacht, sie würden ihn betrügen und einen Gutteil der Trauben für sich selbst zur Seite schaffen. Doch wie sehr hat er sich getäuscht! Ich bin dort nur auf ehrliche Weinbauern gestoßen; der Einzige, der schlechte Gedanken hat, ist er selbst. In dem zugigen Verschlag, in dem ich unterkriechen musste, habe ich mein Leben nachts Revue passieren lassen, und plötzlich wusste ich: Alles muss sich ändern!»

Mitten auf dem schmalen Feldweg blieb er stehen.

«Ich bin nicht länger sein Sklave. Soll er doch schinden, wen er will – ich jedenfalls habe genug davon!»

«Du willst ...»

«Ganz genau. Ich kündige. Der Forst, die Weinberge, all das kümmert mich nicht länger. Am liebsten würde ich sofort zu ihm und es ihm auf der Stelle in sein blasiertes Gesicht schreien, aber ich muss noch einmal Wache stehen. Heute Nacht. Ein allerletztes Mal. Morgen ist dann der Tag der Abrechnung ...»

«Du willst fort, Marc?», fragte Johanna erschrocken.

Aber ihr Haus, ihre Tiere – und vor allem ihr Kind ...

«Das sehen wir dann, wenn es so weit ist. Ich muss mich aus dieser lähmenden Abhängigkeit befreien, die mich wie eine Zange umschließt und mir immer mehr die Luft zum Atmen nimmt. Mag er mich gezeugt haben, mein Vater ist er nicht! Ich bin heilfroh, wenn ich ihn nie mehr sehen muss!»

Tausend Worte drängten sich auf Johannas Zunge, und trotzdem blieb sie stumm. Er wirkte so aufgelöst, wie hätte sie ihm in diesem Moment von dem neuen Leben erzählen können, das in ihr heranwuchs?

«Was sollst du denn für ihn bewachen?», fragte sie stattdessen.

«Ach, es dreht sich wieder um diese leidige Wilderei. Kunstätt besitzt so viele Hektar Wald mit prächtigem Wildbestand. Und selbst wenn ein paar Bauern heimlich einen Rehbock schießen oder auch zwei – eigentlich sollte ihn das nicht kümmern. Aber es geht ihm ums Prinzip. Man hat ihm offenbar zugetragen, dass sich einige Bauern heute Nacht im Wald zum Jagen treffen», fuhr Marc fort. «Ich soll sie am besten auf frischer Tat stellen.»

«Und wirst du das tun?»

Er grinste wie ein kleiner Junge. «Was meinst du, Jeanne? Der Wald ist riesengroß. Es ist gar nicht gesagt, dass ich auf sie treffe. Und selbst wenn: Dann hoffe ich, sie fliehen, sobald ich auftauche – mit oder ohne Rehbock.»

«Und danach kommst du zu mir?», fragte Johanna. «Ich muss dir so viel erzählen ...»

«*Bien sûr, mon cœur.*»

Stunden verstrichen, und obwohl Johanna müde war, hinderte sie die innere Unruhe daran, ein kleines Nickerchen zu machen. Sie hatte die Fuchs-Stele aus der Scheune geholt und hinauf in ihr Zimmer getragen. Die sollte unbedingt mit dabei sein, wenn Marc ihr glückliches Geheimnis erfuhr.

Im Zimmer nebenan war es nun still. Zum ersten Mal in all den Monaten hatte Christoph Eva mit ins Haus gebracht, ein Risiko, wie sie alle wussten. In Niersbach konnten die beiden nirgendwo zusammen sein, doch auch hier in Altenburg gab es viele neugierige Augen, und speziell Hebammen mussten sehr auf ihren guten Ruf achten. Galt eine als liederlich, blieb die Kundschaft aus.

Eva musste sich also vor Tagesanbruch auf dem Münsterpfad davonschleichen, dem Weg am Waldrand, den auch Marc bislang immer genommen hatte.

Ob er heute über die Dorfstraße kommen würde, jetzt, wo sie sich nicht länger verstecken mussten?

Wo blieb er nur so lange?

Johanna hielt es im Haus nicht länger aus und ging hinaus. Flitz war sofort an ihrer Seite, überquerte die Straße und schnüffelte am Gartenzaun, aufgeregt kläffend. War da drüben nicht ein länglicher rötlicher Schatten?

Johanna rief ihn zurück, und widerstrebend gehorchte er.

Nachdem der Hund im Haus war, blieb sie im Hof stehen. Eine windstille Nacht, kein Vollmond am Himmel, aber auch die schmale, helle Sichel spendete einiges an Licht.

Jetzt sah sie sie plötzlich, die Füchsin, die langsam auf sie zulief, die Nase dicht am Boden. Kurz vor ihr hielt sie inne, war so nah, dass Johanna sie mit ausgestrecktem Arm hätte berühren können.

Sie wagte es nicht. Noch nicht.

«Du zeigst dich immer in ganz speziellen Nächten, Feline», sagte sie leise. «Mein Liebster beginnt ein neues Leben, und ich will ihm sagen, dass wir ein Kind bekommen. Bist du deshalb heute hier? Es wird nicht leicht werden, aber gemeinsam ...»

Das Geräusch von Rädern. Pferdewiehern.

Jetzt, mitten in der Nacht?

Die Fähe duckte sich und huschte davon, war rasch im Dunkel verschwunden.

Das Fuhrwerk hielt vor Johannas Haus. Karl kletterte von Kutschbock, gefolgt von Fleur, die angstvoll winselte.

«Fräulein Fuchs ...», sagte er und verstummte.

Eine eisige Faust griff nach Johannas Herz. «Wo ist Marc?», sagte sie.

«Fleur kam allein zu mir gelaufen, da wusste ich, dass etwas nicht stimmt ...»

«Wo ist Marc?», wiederholte Johanna mit zittriger Stimme. «Wo ist er?» Jetzt schrie sie.

Der Waldarbeiter machte eine unbestimmte Bewegung.

«Auf dem Wagen?» Sie machte Anstalten, hinaufzuklettern, Karl jedoch hielt sie zurück.

«Kein schöner Anblick, Fräulein Fuchs», sagte er mit

schwerer Stimme. «Behalten Sie ihn lieber anders in Erinnerung. Die Kugel hat ihn in den Kopf getroffen. Er muss sofort tot gewesen sein.»

Johanna riss den Mund auf, um in wildem Schmerz loszubrüllen. Doch aus ihrer Kehle kam kein einziger Ton.

Im ersten Stock öffnete sich ein Fenster.

«Was ist los?», rief Christoph von oben herunter. «Ist etwas passiert?»

«Marc», krächzte Johanna. «Marc ...»

Dann fiel sie um, wie von einer unsichtbaren Hand gefällt.

*

Ohne Christoph und die Gefährtinnen, die sich rund um die Uhr ihrer annahmen, hätte Johanna wohl nicht überlebt. Kätt übernahm den Hof und die Tiere, darunter auch Marcs Hündin Fleur, die nun bei ihnen lebte. Lika kochte und backte Brot. Christoph saß stundenlang bei ihr, las ihr vor und sorgte dafür, dass sie zumindest ein wenig aß. Eva schaute regelmäßig vorbei und vergewisserte sich, dass die Schwangerschaft gut voranschritt, unterstützt von Frauenmanteltee und diversen Kräuterelixieren, die sie Johanna mit sanftem Nachdruck einflößte.

Doch trotz all dieser Unterstützung hatte es Wochen gedauert, bis Johanna das Bett verlassen konnte. Erst an Allerheiligen fühlte sie sich kräftig genug dazu, ermuntert von den zarten Kindsbewegungen, die sie nun immer öfter spürte.

«Ich darf nicht immer nur traurig sein», flüsterte sie dem Ungeborenen zu. «Das hast du nicht verdient, und dein Vater hätte es nicht gewollt. Wenn du erst einmal da bist, erzähle ich dir ganz viel von ihm, damit du ihn richtig kennenlernst.»

Dass sie in anderen Umständen war, wie man hier sagte, wenn das Kind unehelich war, wusste inzwischen das ganze Dorf. Jemand hatte ihr nach altem Brauch einen Strohmann in den Birnbaum gesetzt, den Kindsvater verkörpernd, den der Wind nach wenigen Tagen jedoch wieder herunterriss. Natürlich argwöhnten die meisten, dass als Vater Marc Degré infrage kam. Sein tragisches Ende jedoch verhinderte weitere geschmacklose Streiche.

Es war so wenig, was Johanna von ihm geblieben war: sein belgischer Reisepass mit einer kleinen Fotografie, auf der Marc ernst dreinschaute, seine Lederweste, ein Pullover, von Karl für sie aus dem Forsthaus geholt, bevor der neue Verwalter dort eingezogen war. Seine Hündin, die um ihn trauerte.

Und Marcs Pistole.

«Und wenn der Graf danach fragt?», hatte Johanna gesagt.

«Dann ist sie einfach verschwunden. Graf Kunstätt hält uns ohnehin alle für Wilderer und Kriminelle. Marc hätte gewollt, dass Sie sie bekommen.» Karl räusperte sich. «Nach den Schuldigen an Marcs Tod wird übrigens nicht länger gefahndet. Die Polizei hat weder Verdächtige gefunden noch eine Waffe sicherstellen können. Mittlerweile geht man von einem bedauerlichen Jagdunfall aus. Und Graf Kunstätt ist wahrscheinlich erleichtert, dass er den unbequemen Spross vom Hals hat.»

Johanna versteckte die Pistole ganz zuunterst in einer der Schubladen. Als sie dazu die französischen Briefe mit dem blauen Band hochheben musste, begann sie erneut zu weinen.

Kein einziges Schriftstück besaß sie von ihm!

Aber auch sie hatte ihm ja niemals geschrieben.

Warum hatte sie mit der Offenlegung ihres Geheimnisses so lange gezögert? Vielleicht wäre er bei ihr geblieben, hätte sie früher geredet ...

So war Marc erschossen worden, ohne zu wissen, dass er Vater wurde.

Nicht einmal an seiner Beerdigung hatte sie teilnehmen können, war viel zu geschwächt gewesen, um hinter dem Sarg herzugehen, den die Waldarbeiter nach Heckenmünster getragen hatten. Christoph hatte alles fotografiert und die Vorratskammer zeitweilig zur Dunkelkammer umfunktioniert, um Abzüge für seine Schwester zu machen. Doch sie sich ansehen konnte Johanna nicht. Noch nicht.

Zumindest ruhte Marc neben Lisbeth im Nachbargrab, ein winziger Trost in all dem Schmerz.

«Ich will zu den Gräbern», bedrängte Johanna nun ihren Bruder. «Ich muss dorthin.»

Schließlich willigte er ein.

Gestützt auf seinen Arm schaffte sie dann den Weg nach Heckenmünster, obwohl ein kalter Novemberwind ihnen entgegenblies. Kein Laub mehr an den Bäumen, dafür dicke Nebelschwaden, die grau über dem Land hingen.

Marcs Grab schmückte ebenfalls ein Holzkreuz wie Lisbeths letzte Ruhestätte, allerdings bestand seines aus dem rötlich-weißen Holz des Haselnussstrauchs und war mit seinen feinen Längsmustern so delikat gearbeitet, dass sie sofort Peter Michael Streits Hand erkannte.

MARC DEGRÉ
1889–1921

«Streit hat es sich nicht nehmen lassen», sagte Christoph. «Und Geld hat er auch keines gewollt. ‹Hauptsache, Johanna kommt wieder auf die Beine›, hat er gesagt. ‹Damit sie ihre Arbeiten fortsetzen kann.›»

Die Schutzgeister – wie unendlich weit weg erschienen sie ihr gerade! Womöglich würde sie niemals mehr modellieren können, so ausgebrannt, wie sie sich seit Monaten fühlte.

«Ich weiß noch nicht, wie es weitergehen soll», sagte sie mutlos. «Wie soll ich in einem Dorf leben, in dem auch der Mörder meines Geliebten wohnt?»

«Es heißt doch, es war ein Jagdunfall ...»

«Tot ist er so oder so, Christoph! Aber ich kann auch nicht nach Trier zurück. Denn was von der Familie kommt, ist unbeschreiblich. Georgs Brief konnte ich gar nicht zu Ende lesen. Nichts als Vorwürfe und wüste Beschimpfungen. *Franzosenhure* hat er mich genannt, dabei war Marc Belgier und seine Meta doch auch bereits vor der Hochzeit schwanger ...»

«Inzwischen tut ihm das bestimmt schon wieder leid, du kennst doch unseren Bruder, immer nassforsch voran!»

«Warum weiß er das alles überhaupt, Christoph? Du hättest den Mund halten sollen, besonders was Marc betrifft ...»

«Aber du warst so elend, so krank. Ich musste unserer Familie doch Bescheid geben!»

«Alle sind mir plötzlich ganz fremd», sagte Johanna. «Wieso kommen Mama und Papa nicht einmal jetzt einfach her, um mich zu trösten? Ich bin doch immer noch ihre Tochter.» Sie fuhr sich mit der Hand über die Augen. «Stattdessen nichts als seitenweise erzürnte Episteln ... Ja, ich habe sie zutiefst enttäuscht, weil ich mich mit Marc ohne einen Ring am Finger eingelassen habe – aber wir haben uns sehr geliebt, und er hätte auch unser Kind geliebt. Wie hätte ich ahnen sollen, dass man ihn wie einen tollwütigen Eber erschießt? Und dann der absurde Vorschlag unserer Eltern: Ich soll mich zu Klosterfrauen zurückziehen, dort mein Kind zur Welt bringen, um es anschließend von ehrbaren Leuten adoptieren zu lassen, zum Beispiel Greta und Heinrich ...» Sie rang nach Luft, so aufgeregt war sie. «Was soll daran *ehrbar* sein, wenn man sein Kind weggibt?»

«Sie meinen es sicherlich nur gut, Johanna.»

«Ja, für sich, damit die Leute nicht reden. Aber das ist mir egal. Sollen sie reden ...»

«Das sagst du heute. Vielleicht aber siehst du es anders, wenn das Kleine da ist. Falls es dir dann doch zu viel sein sollte, so ganz allein mit deinem Kind, dann hast du ja immer noch Heinrich und Greta», sagte er vorsichtig. «Sie würden es aufnehmen wie ihr eigenes, das haben sie versichert ...»

Johanna fuhr wütend zu ihm herum.

«Jetzt nicht auch noch du, Christoph! Hör sofort auf damit. Mein Kind bleibt bei mir. Hilf mir so brüderlich weiter wie bisher, damit unterstützt du mich am meisten.»

Er wirkte plötzlich bedrückt. «Solange ich kann – gern. Aber ...»

«... du willst an Weihnachten Eva heiraten und mit ihr nach Niersbach ziehen?»

«Nein, es ist anders gekommen. Die *Berliner Morgenpost* hat sich ganz unerwartet gemeldet. Ich kann dort probeweise anfangen, gleich im Januar. Zunächst begrenzt auf ein Jahr. Dann sehen wir weiter.»

«Und Eva? Und dein Buch?»

«Im ersten Durchgang ist es fertig, dreihundert Manuskriptseiten. *Eifelfrauen – Leben und Legenden*, so soll es heißen. Aber ich muss noch viel überarbeiten und schleifen, bevor ich es einem Verlag anbieten kann. Du kannst es natürlich schon vorher lesen, wenn dir danach ist. Und Eva?» Er lächelte. «‹Du musst machen, was dein Herz dir sagt›, so ihre Reaktion auf das Angebot aus Berlin. ‹Ich habe so lange auf dich gewartet, da spielen ein paar Monate mehr auch keine Rolle. Und wenn du dort bleiben willst, Christoph, dann komme ich nach› – ach, sie ist einfach nur wunderbar!»

«Eva will die Eifel verlassen? Aber was soll dann aus den schwangeren Frauen ringsumher werden? Die alte Bäbb aus Gladbach, ihre Vorgängerin, hat gichtverkrümmte Hände. Die holt kein Kind mehr in diese Welt.»

«Ist ja nur ein Versuch, Johanna», beeilte er sich sie zu beruhigen. «Sind eben bewegte Zeiten. Keiner von uns weiß heute, was die Zukunft bereithält.» Christoph schmunzelte. «Mit der Heirat liegst du übrigens gar nicht so daneben. Eva und ich wollen uns an Weihnachten verloben.»

*

Drei Monate später ...
Das Ziehen vom Bauchnabel in Richtung Schambein hatte Johanna zum ersten Mal Anfang März gespürt; mittlerweile war es ihr vertraut. Hatte sie damals lautstark nach Kätt gerufen, aus Angst, es könne jeden Moment beginnen, wusste sie inzwischen von Eva, dass es nur eine Art Training für die Geburt war. Sie konnte wieder größere Portionen essen, weil das Kind tiefer gerutscht war. Manchmal spürte sie seinen Schluckauf durch die gespannte Bauchdecke.

Alles war vorbereitet:

Die Wiege aus Fichtenholz, die Peter Michael Streit gezimmert hatte, ebenso wie eine einfache kleine Kommode, auf der sie das Kleine wickeln konnte. Lika hatte ihr vier Garnituren aus weicher Wolle nebst passender Mützchen gestrickt; stapelweise Windeln sowie zwei Schnuller kamen von Tante Martha, die als Einzige aus dem Familienkreis nicht ganz so schockiert über die ledige Schwangerschaft zu sein schien.

Drei Wochen später spürte Johanna in den Morgenstunden erste Wehen. Sie begann mit den Hüften zu kreisen, wie Eva sie angewiesen hatte, stand dann auf, stützte sich auf die Fensterbank, weil es sich so leichter ertragen ließ.

Durfte sie noch trinken?

Ihr Durst zwang sie dazu.

Auf der Toilette entdeckte sie in der Unterhose Schleim und ein wenig Blut. Kein Grund zur Beunruhigung, das gehörte dazu, wie sie von Eva wusste.

Johanna ging wieder zurück in ihr Zimmer.

Als sie Kätt unten in der Küche rumoren hörte, wie all die vergangenen Morgen, rief sie nach ihr.

«Hat schon eine Weile angefangen mit den Wehen», sagte sie. «Jetzt brauche ich bald Eva ...»

«Hast du einen Dusel! Die hat grad heut bei den Neukirchs einen strammen Jungen entbunden und schläft sich noch bei mir aus, weil es spät geworden ist. Ich geh sie holen.»

Die Wehen kamen schneller und wurden immer stärker. Eva war inzwischen da, was Johanna beruhigte, und gab ihr eine Mischung aus Beifuß- und Himbeerblättertee zu trinken, um die Geburt voranzutreiben.

Sie lag, sie stand wieder auf, sie ging in die Hocke, ganz nach Evas ruhigen, sicheren Anweisungen. Doch niemand hatte ihr gesagt, dass die Schmerzen irgendwann so stark sein würden.

Sie war müde. Sie hatte Angst.

Und plötzlich wurde Johanna wütend.

«Ich kann nicht mehr!», schrie sie. «Wer soll das denn aushalten?»

«Das ist gut», sagte Eva. «Wenn die Frauen zu rebellieren beginnen, kommt das Kind bald.»

Wehe und Pause. Wehe und Pause. Pause und Wehe.

Waren Stunden vergangen? Johanna jedenfalls kam es so vor.

«Ich muss pressen!», schrie sie.

«Ja, press, press! Gleich ist es so weit. Ich kann schon den Kopf spüren. Jetzt noch einmal alle Kräfte sammeln ...»

Johanna gab ihr Letztes.

Dann kamen Schultern, Arme, Bauch, Beine, Füße.

Ihr Kind?

Sie konnte es kaum fassen. Noch nie im Leben war sie so erschöpft und gleichzeitig so erleichtert gewesen.

Das Kleine sah angestrengt aus, kniff die Augen zusammen, verzog das Gesicht.

Es öffnete den Mund, holte Luft. Der erste Atemzug. Ein kräftiger Schrei.

«Du hast ein Mädchen zur Welt gebracht», sagte Eva. «Ein wunderschönes, gesundes Mädchen. Und schau doch nur, was sie auf dem Kopf hat!»

«Was ist das? Sieht aus wie eine kleine Mütze ...»

«Ein Stück der Fruchtblase. Glückshaube nennt man das», erwiderte Eva. «Kommt nur ganz selten vor. Man sagt, solche Menschen hätten das Zweite Gesicht. Na ja, besonders einfühlsam sind sie ganz bestimmt ...»

«Mein Glücksmädchen», murmelte Johanna, als Eva sie ihr auf den Bauch legte. «Mein Himmelsgeschenk! Niemals gebe ich dich wieder her.»

7

ALTENBURG,
FRÜHLING/SOMMER 1923

Mit Klaras Taufe hatte Johanna sich mehr als zwölf Monate Zeit gelassen, und natürlich empörte sich ganz Altenburg darüber. Die unverhohlene Ablehnung der meisten Nachbarn hatte sie bereits zu spüren bekommen, seitdem ihre Schwangerschaft bekannt und sichtbar geworden war. Nun tuschelten sie erst recht hinter ihrem Rücken, Wellem hatte ihr sogar ins Gesicht gespien, dass der Franzosenbankert zur Hölle fahren müsse, sterbe er ungetauft. Nichts als Hass hatte er für alle übrig, die im Haus Nummer achtzehn ein und aus gingen. Die Kleine allerdings bekam davon noch nichts mit, war ein friedliches, gesundes Kind, das mit gutem Appetit an den Brüsten der Mutter trank, gern lachte, wuchs und gedieh, auch in diesen schwierigen Zeiten. Von ihrem Vater hatte sie die Nase und das Grübchen am Kinn sowie die sommerblauen Vergissmeinnicht-Augen, die sich verdunkelten, wenn sie nicht ihren Willen bekam. Auch hierin machte sich Marcs Erbteil deutlich bemerkbar: Vom Sonnenschein zum brüllenden Trotzköpfchen innerhalb weniger Augenblicke, so schnell konnte das bei Klara gehen. Die helle Haut und die rotblonden Locken hatte sie allerdings von Johanna, die ihre Tochter so sehr liebte, dass sie manchmal selbst davor erschrak.

Alles, alles Gute sollte ihr zuteilwerden, und deshalb hatte sie sich auch entschieden, Klara doch noch taufen zu lassen, obwohl ihr eigener Glaube durch die dramatischen Ereignisse des vergangenen Jahres schwer erschüttert worden war. Ihr Kind jedoch sollte nicht noch mehr zur Außenseiterin gestempelt werden als ohnehin schon. Am liebsten hätte sie ihr den Namen Claire gegeben, zum Gedenken an den toten Vater und dessen Herkunft, doch wie hätte das Dorf wohl auf diese französische Version reagiert, wo doch alles Französische in ganz Deutschland immer mehr in Verruf geriet?

Seitdem im Januar mehr als 60000 französische Soldaten das Ruhrgebiet wegen nicht erbrachter Reparationszahlungen besetzt hatten, war der Hass gegen Frankreich in ganz Deutschland ins Grenzenlose gestiegen. Die Reichsregierung hatte am 19. Januar mit der Ausrufung des passiven Widerstands reagiert. An die Beamten des Reiches und Preußens erging die Anordnung, der Besatzungsmacht nicht Folge zu leisten. Die Zechenarbeiter streikten; die Schifffahrt auf dem Rhein wurde noch im Januar eingestellt. Die Arbeiter in den Fabriken, die Postbeamten, Eisenbahner und viele andere legten weisungsgemäß ihre Arbeit nieder; den Lohnausfall übernahm die Regierung. Die Franzosen schlugen zurück und wiesen zahlreiche Landräte, Zollbeamte, Verwaltungsangestellte und Eisenbahner aus, die die Zusammenarbeit mit ihnen verweigerten. In Traben-Trarbach hatte es den allseits beliebten Bürgermeister Dr. Uhde getroffen, der von heute auf morgen seinen Heimatort verlassen und zusehen musste, wo er unterkam.

Tante Ottilie hatte darüber aufgebracht in einem Brief berichtet. Seit die Kleine auf der Welt war, schrieb sie ihrer Nichte regelmäßig – und nicht nur das. Johanna hatte nicht schlecht gestaunt, als vor einem Monat ein Fuhrwerk mit etlichen Kisten Moselwein vor dem Haus Nummer achtzehn gehalten hatte, ein Geschenk von Ottilies Mann, dem bodenständigen Jean, damit sie Tauschware zur Verfügung hatte, falls die Geldentwertung weiterhin so voranschritt.

Auch in der Nähe von Altenburg war es zu Ausweisungen gekommen. Wittlichs Bürgermeister Rudolf Neuenhofer sowie den allseits beliebten Landrat Dr. Carl Simons hatte es getroffen. Eine aufgebrachte Protestkundgebung auf dem Wittlicher Marktplatz war die Folge, die mit neuen Schikanen vonseiten der Besatzer geahndet wurde. Nun wurden weitere Häuser als Soldatenquartiere beschlagnahmt und die bisherigen Bewohner gewaltsam daraus vertrieben, was den Hass der Bevölkerung weiter schürte.

In dieser aufgeheizten antifranzösischen Stimmung war Johanna froh, dass sie für den Namen ihrer Tochter die deutsche Version Klara gewählt hatte. In zärtlichen Momenten jedoch nannte sie die Kleine Claire, und wenn diese dann lachte und juchzte, war sie zutiefst bewegt. Was sie ebenfalls rührte, war Klaras Faszination für die Hündin Fleur, die sie nach Marcs Tod bei sich aufgenommen hatte. Klara liebte alle Tiere auf dem Hof, vor allem Flitz und den schwarzen Kater Murr, der es sich manchmal am Fußende ihrer Wiege bequem machte, doch Fleur war unangefochten ihre Nummer eins.

«Du spürst deinen Vater in ihr», flüsterte Johanna. Als Klara die ersten Schritte machte, sich noch unbeholfen tapsig auf Fleur zubewegend, blieb diese ergeben stehen, bis die Kleine bei ihr angelangt war und einen Freudenschrei ausstieß. «Dir hilft deine Glückshaube, das Wesen der Dinge zu erahnen. Und Fleur spürt, dass du Marcs Kind bist.»

Der Schmerz über seinen Tod war nach wie vor in ihr lebendig, und es machte Johanna wütend, dass so schlampig nach dem Verantwortlichen gefahndet worden war. Manchmal war sie kurz davor, zu Graf Kunstätt zu gehen und Rechenschaft von ihm zu verlangen, denn nur aufgrund seiner Anordnung hatte Marc sich in jener Nacht ja überhaupt im Wald aufgehalten. Bislang jedoch hatte sie sich immer wieder dagegen entschieden. Aus Marcs bitter gefärbten Erzählungen wusste sie, dass der Graf sich niemals offiziell zu seiner Vaterschaft bekannt hatte. Wie würde er wohl einer Frau gegenübertreten, die ein uneheliches Kind von dem Bastard hatte, den er verleugnete?

Das Dorf hatte sich seit Marcs tragischem Ende für Johanna verändert. Es war, als ob eine dunkle Wolke über ganz Altenburg hing. In einem dieser Häuser musste der Mann leben, der auf Marc geschossen hatte, zwei Kugeln, eine ins Bein, die zweite in den Kopf, so der Polizeibericht, dessen Abschrift sie erst hatte einsehen dürfen, nachdem Christoph als Journalist aktiv geworden war.

Hatte Marc bereits verletzt am Boden gelegen, als die

zweite Kugel seinen Kopf traf? Dann allerdings wäre es kein Jagdunfall gewesen, sondern eine Hinrichtung ...

Wer in Altenburg wäre dazu fähig? Wer hatte ihn so sehr gehasst, um ihn auf diese Weise sterben zu lassen?

Es gab Tage, da konnte Johanna diesen Gedanken kaum ertragen, wenn sie mit ihrem Korbkinderwagen, in dem schon Gritt gelegen hatte und den Kätt für sie vom Speicher geholt hatte, auf der Dorfstraße in Richtung Wald ging. Häuser und Stallungen sahen aus wie immer, dieselben Nachbarn wie eh und je kreuzten ihren Weg, für sie jedoch war nichts mehr wie zuvor. Sie versuchte, ein freundliches Gesicht zu machen, obwohl ihr oftmals so gar nicht danach zumute war, doch was blieb ihr anderes über, wenn sie weiterhin hier leben wollte?

Oder sollte sie Altenburg mit ihrer Tochter verlassen und anderswo ein neues Leben beginnen?

Aber wohin konnten sie gehen?

Nach Trier zurückzukehren, kam seit der unerbittlichen Reaktion ihrer Eltern, die die gefallene Tochter verdammten und ihre unehelich geborene Enkelin nicht kennenlernen wollten, noch weniger infrage als zuvor. Ihr Vater hatte sich in beleidigtes Schweigen geflüchtet, und die langen Vorwurfsepisteln ihrer Mutter, die ab und zu eintrafen, legte sie meist nach wenigen Zeilen beiseite. In Wittlich hätte Johanna nicht gewusst, was anfangen, zumal sie Miete hätte bezahlen müssen, angesichts ihrer schwindenden Geldvorräte wohl eher keine gute Idee. Inzwischen bereute sie, vor zwei Jahren eine von Wellem Schröders Wiesen erworben zu haben, um künftig nicht länger von seiner Gnade bei der Heuzufuhr abhängig zu sein. Jetzt hatte sie zwar das Heu, das sie für die Ziegen brauchte, doch ihr Bankdepot war stark geschrumpft und schmolz weiter unerbittlich dahin. Hätte Onkel Jupp ihr nicht schriftlich geraten, dass sie schleunigst Dollar kaufen solle, hätte sie noch jämmerlicher dagestanden. Sein Tipp war leider erst spät gekommen; sie hatte bereits 200 Mark für einen Dollar bezahlen müssen – inzwischen allerdings stand der Kurs bereits bei 1:49000, und ein Ende war nicht abzusehen ...

Also auf nach Köln?

Onkel Jupp, dem es ziemlich egal zu sein schien, ob ein Kind ehelich oder unehelich das Licht der Welt erblickte, wäre sicherlich bereit gewesen, sie und die Kleine eine Weile bei sich unterschlüpfen zu lassen – doch was danach?

Und wollte sie so abhängig von Gretas Onkel sein?

Vor allem: Wovon sollten sie auf Dauer in Köln leben?

Hier hatte sie das Haus, den Garten, die Wiese, ihre Tiere – und ihre Werkstatt in der Scheune, in der sie stundenweise wieder zu arbeiten begonnen hatte, Klara stets in ihrer Nähe, erst im Körbchen, später auf einer Decke krabbelnd und mit den bunt lasierten Holztieren spielend, die Peter Michael Streit für sie geschnitzt hatte.

Wünschte er sich mehr von Johanna als kollegiale Freundschaft? Geäußert in dieser Richtung hatte er bislang nichts, aber wie er sie manchmal ansah, so lange und versonnen ...

Sie wurde aus dem bärtigen Schreiner nicht schlau, blieb gerade wegen seiner Freundlichkeit innerlich auf der Hut. Gefühle zu wecken, die man selbst nicht erwiderte, konnte böse enden. Ihn zu kränken oder zu verletzen, lag ihr fern, denn sie schätzte seine Arbeit und genoss Peter Michaels unaufdringliche Fürsorge für sich und ihr Kind. Mehr Nähe zu ihm allerdings konnte Johanna sich nicht vorstellen, und manchmal überkam sie die Angst, nach Marc niemals wieder einem Mann nah sein zu können.

Bei der Suche nach Briefpapier war Johanna in einer der Schubladen auf den Namen des Galeristen gestoßen, der Interesse an Lisbeths Arbeiten gezeigt hatte. Es gab eine kleine, freundlich klingende Korrespondenz, die Johanna inzwischen schon so oft gelesen hatte, dass sie sie fast auswendig konnte: Sein Name lautete Cees van Halen, und er betrieb seine Galerie im Belgischen Viertel in Köln.

«Lassen Sie mich bitte wissen, wenn Sie das Projekt abgeschlossen haben, dann denken wir gemeinsam weiter. Was ich bislang sehen durfte, ist überaus vielversprechend ...», stand in seinem letzten Schreiben, verfasst zwei Wochen, bevor Lisbeth gestorben war.

Allerdings hatte er damit natürlich deren Arbeiten gemeint, nicht Johannas. Würde sie sich nicht bis auf die Knochen blamieren, wenn sie als Anfängerin einfach so bei ihm anklopfte? Nach Monaten, in denen das Material sich ihren Bestrebungen zu widersetzen schien, war es inzwischen geschmeidig in ihren Händen. Johanna hatte bereits drei neue Köpfe erschaffen, drei trauernde Frauen.

Andererseits war bei dem Galeristen mit der Tür ins Haus zu fallen die einzige Chance, die sie im Moment sah, also musste sie es versuchen. Folglich würde sie in Altenburg weiterarbeiten, Wellems Beschimpfungen ebenso die Stirn bieten wie dem Getuschel hinter ihrem Rücken und ihr Kind mutig zur Taufe in die Kirche tragen.

Die Suche nach passenden Paten war nicht ganz einfach gewesen. Eigentlich hätte Lisbeth ganz oben auf Johannas Wunschliste gestanden, aber eine Tote konnte ja schlecht die Patenschaft übernehmen. Doch ihren Namen sollte die Kleine tragen, das stand für Johanna fest. Cousine Sophie hatte sofort einen herzlichen Brief losgeschickt, nachdem sie über Christoph von der Geburt erfahren hatte, sich seitdem immer wieder nach Klara erkundigt und von sich aus die Patenschaft angeboten, was Johanna dankbar annahm.

«Ich hoffe, mein jüdischer Vater stellt kein Problem dar», schrieb Sophie. «Jakob und ich sind ja katholisch getauft, trotzdem hatte meinem Bruder bereits einer seiner Professoren das Leben schwer gemacht, und nun muss ich mit Bauchgrimmen feststellen, dass auch bei mir in der juristischen Fakultät gewisse Burschenschaftler ähnlichen Unsinn verbreiten. Die schlimmsten von ihnen nennen sich Hakenkreuzler und hängen diesem Hitler an, der in Bayern sein Unwesen treibt. Wusstest du, dass wohl auch dein Bruder Georg zu dessen Anhängern zählt? Mama hat es mir neulich geschrieben, sie war recht pikiert, wie du dir vorstellen kannst. Ich will Georg zur Rede stellen, sobald ich wieder zu Hause bin, vielleicht lässt er sich ja auf ein Gespräch ein. Aber erst einmal wird deine Kleine getauft ...»

Die zweite Patin sollte Kätt sein, und diese musste vor Rührung schlucken, als Johanna sie fragte.

«Gern», lautete dann die Antwort. «Dat Klärchen liegt mir wirklich am Herzen.»

«Und du weißt, worauf du dich einlässt?», vergewisserte sich Johanna. «Unser Ruf im Dorf ist ruiniert, das könnte auch auf dich abfärben ...»

«Wenn man nur ein wenig ausschert, zerreißen sie sich die Mäuler, aber daran gewöhnt man sich.» Kätt lächelte schief. «Schade nur, dass das Klärchen schon so groß ist. Ich hab nämlich Gritts Taufkleidchen aufgehoben, doch da passt sie leider nicht mehr rein. Aber ich hätte da vielleicht eine Idee ...»

Es tat so gut, dass die Gefährtinnen Kätt, Eva und Lika trotz der Ablehnung der restlichen Dorfbewohner noch zu Johanna hielten.

Aus einem alten weißen Wollpullover, den sie aufgetrennt hatte, häkelte die geschickte Lika ein wadenlanges Taufkleid mit Flügelärmeln, in dem Klara wie eine kleine Elfe aussah. Die Taufkerze hatte Sophie aus Köln mitgebracht, die seit ihrer Ankunft vor drei Tagen das Haus mit ihrer fröhlichen Gegenwart erfüllte.

Christoph, der einige Male auf Kurzbesuch in der Eifel gewesen war, schien derzeit in Berlin unabkömmlich, wo sich die politischen Ereignisse geradezu überschlugen. Reichskanzler Wilhelm Cuno verweigerte jeglichen Dialog mit Frankreich, bevor die Ruhrbesetzung nicht beendet sei; die Franzosen dagegen drohten mit einer Verlängerung und Verschärfung ihrer Besetzungsmaßnahmen. Gleichzeitig war der Reichstag gezwungen, aufgrund der unaufhaltsamen Inflation einen Not-Etat zu verabschieden; das Defizit für das vergangene Jahr 1922 betrug stolze 7,1 Billionen Mark.

Johanna legte die *Kölnische Volkszeitung* beiseite, die Sophie aus der Universitätsstadt mitgebracht hatte.

«Und sie übertreiben nicht bei diesen immensen Summen?», fragte sie besorgt. «Das übersteigt ja jegliche Vorstellungskraft.»

«Leider nicht», erwiderte Sophie. «Das ist ein seriöses Blatt, eher konservativ eingestellt. Die recherchieren stets gewissenhaft.»

«Aber wohin soll das alles noch führen? Ich wollte so gern ein Taufessen für euch im *Eifelglück* ausrichten, doch bei den aktuellen Preisen kann ich mir das nicht leisten. Inzwischen muss man sich schon die Briefmarken vom Mund absparen – fünfzig Mark kosten die und werden jeden Monat immer noch teurer.»

«Mach dir nichts draus. Wenn die Sonne scheint, tafeln wir bei dir im Garten und lassen dort unser Klärchen hochleben, und sonst machen wir es uns eben in deiner Stube gemütlich.»

Dankbar nickte Johanna ihrer Cousine zu, bei der sich alles so einfach anhörte – auch wenn es das gewiss nicht immer war. Inzwischen wünschte sie sich nur noch, dass bei der Taufe nichts schiefging, denn so ganz traute sie dem Pfarrer von Heckenmünster nicht über den Weg, der sie zunächst unfreundlich abgekanzelt hatte, als sie mit ihrem Ansinnen an ihn herangetreten war.

«Nicht verheiratet? Folglich ist Ihr Kind unehelich ...» Pfarrer Weber machte eine Geste, als wolle er sie am liebsten aus der Sakristei werfen.

«Zur Heirat kam es leider nicht mehr, weil mein Verlobter hinterrücks erschossen wurde.» Die Notlüge mit dem Verlobten ging Johanna glatt über die Lippen.

«Der Name Ihres Verlobten lautet ...»

«Marc Degré.»

«Ein Franzose also ...» Das hagere Gesicht des Pfarrers wurde noch griesgrämiger.

«Marc war Belgier», korrigierte Johanna. «Und katholisch, so wie ich. Unsere Tochter muss nun ohne Vater aufwachsen, kein leichtes Los. Sie werden ihr doch gewiss nicht das heilige Sakrament der Taufe verwehren ...»

Sie hatte die Stimme ganz leicht erhoben, in der Hoffnung, das sei ausreichend. Und das war es wohl auch.

«Natürlich nicht», erwiderte er mit belegter Stimme. «Kommen Sie am Samstagmittag nach Ostern. Dann kann die Taufkerze an der Osterkerze entzündet werden.»

Das Wetter meinte es gut mit der kleinen Taufschar, die sich von Altenburg auf den Weg nach Heckenmünster gemacht hatte. Die dicken Regenwolken der Vortage hatten sich verzogen, und eine strahlende Aprilsonne schien auf den Leiterwagen, in dem die achtjährige Gritt saß, ihre Arme fest um Klara geschlungen, beide in eine warme Decke eingepackt, damit sie sich unterwegs nicht erkälteten. Krokusse und Osterglocken säumten ihren Weg; in den Hecken blühten Haselsträucher und gelber Ginster, den man auch das Gold der Eifel nannte. Bis auf Anton, der wie seine Schwester auch unbedingt dabei sein wollte, bestand ihre Gruppe nur aus Frauen in Sonntagskleidung: Kätt, Lika und eine ungewohnt stille Eva im Schwarz der regionalen Tracht mit den bunten Schultertüchern, Sophie in einem hellen Mantel sowie Johanna, die inzwischen wieder in Lisbeths braunes Kostüm passte, dessen Rock sie nach der neuen Mode eigenhändig gekürzt hatte. Vor dem Kirchenportal stieß zu ihrer freudigen Überraschung Martha dazu, Sophies Mutter, die mit dem Zug aus Wittlich angereist war.

«Wenigstens eine muss die ältere Generation doch vertreten», murmelte sie, als Johanna sie zur Begrüßung umarmte. «Die Fuchs-Sippe kann ja so was von stur sein ...»

Meinte sie damit Johannas Eltern? Oder sprach sie von Juniorchef Heinrich und dessen Frau?

Greta hatte Johanna zwar zur Taufe ein paar Zeilen geschrieben, doch diese klangen förmlich und steif, hatten nichts mehr zu tun mit der kecken, lebenslustigen Kölnerin, mit der sie sich auf Anhieb so gut verstanden hatte. Heinrich hatte lediglich seine schwungvolle Signatur daruntergesetzt. Würde sie ihn und Greta nun auch noch verlieren, weil sie ihre Tochter nicht an das ungewollt kinderlose Paar hatte abgeben wollen?

Sie schüttelte die unguten Gedanken ab, denn Pfarrer Weber erwartete sie bereits in der Kirche.

«Welchen Namen haben Sie Ihrem Kind gegeben?», fragte er nach der Begrüßung Johanna, die ihre Kleine auf dem Arm hatte.

«Klara Elisabeth Katharina Sophie.»

«Was erbitten Sie von der Kirche Gottes für Klara Elisabeth Katharina Sophie?»

«Die Taufe.»

«Sie möchten, dass Klara getauft wird. Das bedeutet

für Sie, dass Sie Ihr Kind im Glauben erziehen und es lehren, Gott und den Nächsten zu lieben, wie Jesus es vorgelebt hat. Sind Sie dazu bereit?»

«Ich bin bereit», erwiderte Johanna mit fester Stimme.

Dieselbe Frage richtete er auch an die Patinnen, die beide nacheinander ebenfalls bejahten.

Als Johanna, ihr Kind auf dem Arm, zusammen mit Kätt und Sophie nach Gebet, Schriftlesung und Fürbitten schließlich an das Taufbecken trat, begann Martha in der ersten Reihe vor Rührung zu weinen, und auch während der Pfarrer drei Mal Wasser aus dem Becken schöpfte und Klaras Köpfchen damit übergoss, betupfte sie sich die Augen mit einem geblümten Taschentuch.

«Ich taufe dich im Namen des Vaters, des Sohnes und des Heiligen Geistes ...»

Klara hingegen weinte nicht, sondern sah sich mit ihren großen blauen Augen neugierig um und strampelte dabei ungeduldig mit den Beinchen, um endlich wieder mehr Bewegungsfreiheit zu haben.

Sophie entzündete die Taufkerze an der brennenden Osterkerze. Kätt hatte ihr die Aufgabe, einen Taufspruch auszusuchen, nur zu gern überlassen.

«Mein Taufspruch für dich, kleine Klara, stammt von meinem Lieblingsdichter Hans Christian Andersen, dessen Märchen ich als Kind verschlungen habe. ‹Leben allein genügt nicht, sagte der Schmetterling. Sonnenschein, Freiheit und eine kleine Blume muss man auch haben.›» Sie hauchte einen Kuss auf Klaras Köpfchen. «So soll dein Leben sein – hell, fröhlich und friedlich, behütet von Gott auf allen Wegen, und ich verspreche, als deine Taufpatin meinen Anteil dazu beizutragen.»

«Das werde ich ebenfalls», fügte Kätt bewegt hinzu. «Auch ohne Spruch!»

Nach dem Schlusssegen machten sie sich zusammen auf den Heimweg. Martha blieb bis zur Ankunft in Altenburg wortkarg und in sich gekehrt. Erst bei der anschließenden Kaffeetafel, die sie in Johannas Stube abhielten, weil es dafür draußen doch noch zu kalt war, taute sie langsam wieder auf, während nun Eva tief in Gedanken versunken schien. Johanna ahnte den Grund: Christoph standen nur wenige freie Tage zur Verfügung, so sehr war er inzwischen in den Redaktionsalltag der *Berliner Morgenpost* eingebunden; oft arbeitete er von morgens bis tief in die Nacht. Die lärmende Hauptstadt mit ihren Demonstrationen und Straßenkämpfen hatte Eva bei ihren wenigen Berlin-Besuchen Angst eingeflößt, und sie war immer gern wieder in die Eifel zurückgekehrt. Zwar sehnte sie sich nach Christoph und wollte das Leben mit ihm teilen – aber nicht so und vor allem nicht dort. Es musste mehrfach zu tränenreichen Zwistigkeiten gekommen sein, die offenbar kein gutes Ende genommen hatten. Ob sie vielleicht zudem hinter das Geheimnis seiner Spritzen gekommen war und sich davon abgestoßen gefühlt hatte?

Johanna konnte sich kaum vorstellen, dass Christoph im Sündenbabel Berlin plötzlich auf sein Morphin verzichten würde.

Die Hochzeit jedenfalls war verschoben, vorerst auf unbestimmte Zeit ...

«Auch ein Stückchen, Eva?», versuchte Johanna die Grübelnde abzulenken. «Likas Grießkuchen ist wieder mal ein Gedicht.»

Eva nickte zerstreut, pickte aber am Kuchen nur herum.

Für die Erwachsenen gab es dazu als seltene Delikatesse ein paar Tassen des nahezu unbezahlbar gewordenen Bohnenkaffees. Gritt und Anton bekamen Apfelsaft, während der kleine Täufling von Schoß zu Schoß wanderte.

«Ich hab noch nie etwas von diesem Andersen gehört», sagte Kätt. «Besonders fromm ist der Spruch ja eigentlich nicht. Aber was er über die Sonne und den Schmetterling gesagt hat, hat mir gefallen.»

«Das freut mich. Mein altes Märchenbuch müsste noch irgendwo in Wittlich herumliegen», erwiderte Sophie. «Du könntest es den beiden doch schicken, Mama, wenn du es findest. Vielleicht lieben Gritt und Anton es ebenso wie ich damals.»

Martha nickte. «Mach ich gern», sagte sie. «Geschichten sind ja so wichtig für Kinder!»

«Für so was haben wir auf dem Land keine Zeit», entgegnete Kätt. «Wir arbeiten von früh bis spät, und die Kinder helfen mit. Sonst geht es gar nicht ...»

«Aber schließlich gibt es ja Sonntage, an denen man lesen kann. Oder vorgelesen bekommt.» Martha ließ nicht locker. «Was sich übrigens auch günstig auf die Noten auswirkt. Wer seine Nase gern in Bücher steckt, wird oft in der Schule besser.»

Immer wieder flogen Antons Blicke neugierig zu ihr, weil sie in ihrem Tweedkostüm mit der doppelreihigen Perlenkette und der goldenen Uhr am Handgelenk so ganz anders aussah als die Frauen, die er sonst kannte.

«Und dein Mann ist wirklich Arzt?», platzte er plötzlich heraus. «Er macht alle wieder gesund, auch die, die ganz, ganz krank sind?»

«Du kannst Frau Nußbaum doch nicht einfach duzen, Toni», rügte Kätt ihren Sohn. «Sonst denkt sie noch, wir vom Land haben keine Manieren.»

«Schon gut», sagte Martha lächelnd. «Ich mag deine Frage, Anton. Mein Mann versucht es zumindest, denn er nimmt seinen Beruf sehr ernst. Ebenso unser Sohn Jakob. Der ist nämlich auch Arzt und hilft seinem Vater in der Praxis.»

«Dann habt ihr ja zwei Ärzte in einer einzigen Familie», staunte Anton. «Wir haben gar keinen. Könnt ihr uns nicht einen davon abgeben?»

Alle lachten.

«Ich fürchte, ganz so einfach geht das nicht», sagte Martha. «Aber wenn du dich nicht gut fühlst und zu uns in die Sprechstunde nach Wittlich kommst, werden sich beide um dich kümmern, Vater und Sohn. Ist das ein Wort?»

«Alle beide?» Jetzt strahlte er. «Versprochen?»

«Versprochen!»

Kätt und ihre Kinder, Lika und Eva waren gegangen; nun drängte auch Martha zum Aufbruch. Beim Verabschieden wirkte die Tante plötzlich wieder melancholisch. Sophie wollte noch eine Nacht bei Johanna bleiben und erst am nächsten Tag zurück nach Köln fahren, also musste Martha allein hinunter zur Bahnstation Sehlem.

«Ein schöner Tag», sagte sie bewegt. «Und er hätte noch schöner sein können, wenn deine Eltern ...» Sie brach ab.

«Ich versuche, nicht daran zu denken», entgegnete Johanna, die sie noch hinaus bis auf die Dorfstraße begleitet hatte. «Meistens gelingt es mir sogar. Aber leider nicht immer.»

«Weißt du, es ist so unendlich schwer, ein Kind zu verlieren ...» Ein tiefer Seufzer.

«Das war ganz allein ihre Entscheidung, Tante Martha. Außerdem bin ich ja nicht verloren, sondern noch immer da. Aber jetzt gibt es mich eben nur noch zusammen mit Klara. Ich hoffe, dass sie das bald begreifen werden.»

«Nein, nein, das habe ich nicht gemeint. Weißt du, dieses Haus, in dem nun du lebst, ihre Kleider, die du trägst ... es ist, als ob ein Schleier zerrissen sei. Alles kommt plötzlich wieder zurück, ist lebendig, als wäre es erst gestern gewesen. So viel Streit, so viele Tränen und dann ...»

Sie verstummte.

«Du sprichst von Lisbeth; Tante Martha?» Johanna war plötzlich hellwach. «Hat sie denn ein Kind verloren?»

Martha schüttelte den Kopf. «Ich hätte erst gar nicht davon anfangen sollen», sagte sie. «Es war eine Tragödie, belassen wir es dabei. Jetzt ist sie tot, in Frieden möge sie ruhen. Ich denke, es würde ihr gefallen, wie du ihr Erbe verwaltest, auch wenn ich das in Gegenwart deiner Eltern wohl besser für mich behalten werde.»

«Das hört sich so an, als hättest du Lisbeth gemocht. Bei unserem letzten Gespräch über sie hast du dich viel kritischer geäußert.»

«Gemocht? Alle haben sie geliebt und verwöhnt, und

das viel zu sehr. Genau das wurde dann später zum Problem: dass sie niemals ein Nein gehört hatte.»

Johanna hob ratlos die Achseln. Nichts als immer neue Andeutungen! Was konnte sie tun, damit Martha endlich mit der ganzen Wahrheit herausrückte?

Für heute war der Moment verstrichen, das erkannte sie an den Gesten der Tante, die ihren Hut zurechtrückte und die Handtasche ergriff.

«Ich muss los, Johanna. Der Zug wartet nicht. Und meine beiden Männer brauchen nach dem harten Tag in der Arztpraxis ein anständiges Abendessen. *Jott sähn dich und dat Klärchen*, wie man hier sagt.»

Damit ging sie energischen Schrittes davon.

Nachdenklich kehrte Johanna ins Haus zurück.

«Weißt du eigentlich mehr über Lisbeth?», fragte sie Sophie. «Könnte ja sein, dass deine Eltern mal etwas über sie erzählt haben. Von Wittlich nach Altenburg ist es schließlich nicht weit ...»

«Leider nein. Ich habe den Namen zum ersten Mal bei Heinrichs Verlobung gehört. Vielleicht solltest du bei Gelegenheit Jakob fragen, der ist schließlich ein paar Jahre älter und hat ein Gedächtnis wie ein Elefant.»

«Gute Idee.»

«Was wolltest du mir eigentlich zeigen?», erkundigte sich Sophie. «Du hast dich vorhin richtig geheimnisvoll angehört.»

Johanna war plötzlich aufgeregt. Bis auf Christoph hatte noch keiner ihre fertigen Kunstwerke sehen dürfen, die sie ganz hinten in der Scheune aufgestellt hatte, durch einen Rupfenvorhang vor neugierigen Blicken geschützt. Bei seinem letzten Besuch in der Eifel hatte

Christoph einen ganzen Film davon vollgeknipst und ihr später die Abzüge geschickt. Ja, die Fotos vermittelten einen Eindruck der Gesichter, doch die Originale waren um einiges packender. Sophie war gebildet und belesen. Sie verstand etwas von Kunst – wer, wenn nicht sie, sollte die Stelen beurteilen können?

«Dann komm mit.»

Johanna hob das Kind, das mittlerweile eingeschlummert war, von der Ofenbank und ging voran zur Scheune; Sophie folgte ihnen. Es war diese blaue Stunde zwischen Tag und Abend, nicht mehr ganz hell, aber auch noch nicht dunkel, die alle Konturen weicher zeichnet – jene Stunde, in der Wunder wahr werden können, wenn man nur fest genug daran glaubt ...

Als sie das Scheunentor öffnete, schlug ihr Herz noch schneller.

Unzählige Male hatte sie die Anordnung der Stelen immer wieder verändert, sie so lange hin und her geschoben, bis sie schließlich zufrieden gewesen war.

Jetzt stimmte alles.

Johanna erkannte an Sophies Innehalten, wie beeindruckt sie war.

Ein Dutzend teils brust-, teils mannshoher Stelen aus verschiedenen Hölzern, gekrönt von fein gearbeiteten Keramikköpfen. Die meisten trugen menschliche Züge, aber es waren auch einige Tierschädel darunter: Katze, Wolf, Hund, Vogel und Fuchs.

«Das ist ja wunderschön, Johanna! Eine richtige Komposition. Wie eine kleine Armee. Die könnten genauso in einem Museum stehen ...»

«Nein, nein, bloß keine Armee! Das sind Schutzgeister, Sophie, die Glück bringen sollen. Natürlich würde ich mich freuen, wenn sie als Gruppe zusammenbleiben könnten. Aber ich wäre auch zufrieden, wenn jeder von ihnen einzeln seinen Platz bei den richtigen Menschen erhält.» Sie atmete tief durch. «Meinst du, so etwas ließe sich verkaufen? Auch in diesen verrückten Zeiten?»

«Der Zeitpunkt ist sicherlich nicht ideal», räumte Sophie ein. «Aber Gutes findet immer Abnehmer. Das hat Papa uns beigebracht, und daran glaube ich ganz fest. Und was du da erschaffen hast, ist gut, nein, das ist sogar sehr gut! Vor allem die Stele ganz vorn, die mit dem Frauengesicht, das zum Fuchs wird, wenn man die Seite wechselt, beeindruckt mich tief.»

«Der Kopf stammt von Lisbeth», erklärte Johanna. «Ich habe ihn vollendet und das passende Stelenholz dafür ausgesucht, zweifarbig, etwas anderes kam gar nicht infrage. Somit enthält das Kunstwerk etwas von uns beiden – ein Gedanke, den ich sehr mag.»

Klara, inzwischen wieder munter geworden, hatte sich aus den mütterlichen Armen befreit und eierte nun selbstständig durch die Werkstatt. Johanna blieb nichts anderes übrig, als ihr nachzulaufen, damit sie sich nirgendwo stieß oder etwas umwarf.

«Ich glaube, das hätte Lisbeth gefallen», rief Sophie ihr hinterher. «Wie schade, dass wir ihr niemals zu Lebzeiten begegnet sind. Sie muss wirklich eine bemerkenswerte Frau gewesen sein ...»

«Ja, das war sie wohl», erwiderte Johanna, die ihr unternehmungslustiges Kind inzwischen wieder eingefangen hatte. «Ich hätte eine Bitte, Sophie: Gehst du zu Galerist van Halen im Belgischen Viertel, wenn du zurück in Köln bist, und übergibst ihm in meinem Namen einen Umschlag? Ich habe ihm einen Brief geschrieben und ein paar der Fotos dazugelegt, die Christoph von meinen Schutzgeistern geschossen hat. Lisbeth und er standen wie gesagt bereits in Kontakt. Vielleicht ist er ja auch an meinen Arbeiten interessiert.»

«Das mache ich gern. Aber wäre Berlin dafür nicht das geeignetere Pflaster? Dort ist doch jetzt alles neu – Kino, Cabaret, Theater und Kunst ...»

Johanna zuckte die Achseln. «Mag sein, doch die Hauptstadt ist so riesengroß. Wo da anfangen? Und bei wem? Mein Bruder verfügt außerhalb seiner Arbeit über wenig Zeit, den will ich nicht belästigen. Und dieser van Halen hat den Namen Fuchs zumindest schon einmal gehört.»

«Dann versuchen wir es erst einmal in Köln. Ich gebe mein Bestes, versprochen», erwiderte Sophie lächelnd. «Wird schon schiefgehen.»

«Wenn du ihn so anstrahlst, kann er doch eigentlich gar nicht Nein sagen», sagte Johanna. «Gibt es eigentlich einen Mann, der in der Lage ist, dir zu widerstehen?»

Inzwischen hatten sie die Scheune verlassen, den Hof durchquert und waren wieder im Haus angekommen.

«Jede Menge, meine Liebe. Vor allem ein bestimmter Kommilitone, bei dem es mich ganz besonders wurmt.» Sophies Mundwinkel sanken nach unten.

Johanna fragte weiter nach, sobald die Kleine ein paar Bissen Butterbrot gegessen hatte, eine frische Windel trug und eingeschlafen war.

«Fritz von Wrede, achtes Semester, Tutor für uns Jüngere. Er ist reizend zu mir, immer hilfsbereit, aber das war es dann auch schon. Mehr scheint leider nicht drin zu sein», brach es aus Sophie heraus.

«Und du, du bist verliebt in ihn?»

«Unsterblich! Wenn Fritz mich nur anlächelt, wird mir ganz heiß, und sobald wir uns zufällig berühren, wie neulich, als er mir in den Mantel geholfen hat, durchfahren Stromstöße meinen Körper – und das nicht nur, weil er gemeinerweise auch noch so gut aussieht. Er ist klug, manchmal richtig spitzfindig, kann logisch denken und brillant formulieren. Schon jetzt, noch vor dem Examen, ist er sattelfest auf ganz vielen Rechtsgebieten. Aus ihm wird sicherlich ein Spitzenjurist.»

«Vielleicht hat er sich einfach noch nicht getraut, dir seine Gefühle zu zeigen ...»

«Vergiss es», fiel Sophie ihr ins Wort. «Ein Adelssprössling aus dem Sauerland und ich, die Halbjüdin – daraus kann doch niemals etwas werden. Dieser Meinung ist übrigens auch dein Bruder Georg. Als ich erzählt habe, dass Fritz mir hin und wieder mit einer Aufgabe hilft, hat Georg mir rundheraus geraten, mich von ihm fernzuhalten.»

«Was hat der denn mit deinem Fritz zu schaffen?», fragte Johanna.

«Wenn ich das nur genau wüsste. Ich habe Georg übrigens mal auf die Hakenkreuzler angesprochen, bevor ich zur dir gekommen bin. Hat mir einfach keine Ruhe gelassen, schließlich ist er mein lustiger, rotzfrecher Cousin aus Kindheitstagen. Außerdem dachte ich immer, er mag mich.»

«Und ob er dich mag. Ich glaube sogar, Georg ist

heimlich in dich verliebt, seit du auf der Welt bist», erwiderte Johanna.

«Davon war nicht mehr viel zu spüren. ‹Misch dich nicht in Angelegenheiten ein, von denen du nichts verstehst›, hat er mich grob angefahren. ‹Frauen werden bald lernen müssen, ihren Mund zu halten, und *jüdische* Frauen› – du hättest sein zur Fratze verzerrtes Gesicht dabei sehen sollen, Johanna – ‹erst recht. Wir sind viele, und wir werden bald noch sehr viel mehr sein. Bis in die allerhöchsten Adelskreise reicht unsere Kameradschaft. Noch halten wir uns bedeckt, doch der Tag ist nicht mehr fern, an dem wir der ganzen Welt gegenübertreten werden.›» Sophies Miene war regelrecht verzweifelt. «Was, wenn Fritz von Wrede auch heimlich mit diesem Pack sympathisiert?»

«Dann frag ihn, Sophie. Nur so kannst du sicher sein.»

*

Das Jahr der Nullen. Die Zahlen auf den fieberhaft gedruckten Geldscheinen wurden immer bedeutungsloser: zehn Millionen, zwanzig Millionen, hundert Millionen – was man dafür im Sommer 1923 als Gegenwert bekam, war nicht der Rede wert. Likas Lädchen blieb nur zwei Stunden am Tag geöffnet, so wenig hatte sie anzubieten. Zum Glück gab es noch immer ihr nahrhaftes Brot, ohne das Johannas und Klaras Speiseplan wesentlich karger ausgesehen hätte. Eigene Versuche, mit dem anspruchsvollen Sauerteig umzugehen, hatte Johanna ja schon vor Jahren aufgegeben. Lieber bestach sie Lika, die sich nichts aus Wein machte, mit Lisbeths schönen Tüchern, von denen es zum Glück noch einige gab.

Am 12. August trat die Reichsregierung zurück. Jetzt hieß der Kanzler Gustav Stresemann und sollte mit einer neuen Großen Koalition, bestehend aus DVP, SPD, Zentrum und DDP, den Ruhrkampf so schnell wie möglich beenden. Gleich zu Beginn stand die Ablieferung ausländischer Devisen, eine Regelung, die auch Johannas mühsam getauschte Dollars betraf. Onkel Jupp, von dem der Tipp stammte, forderte sie schriftlich auf, dies unverzüglich zu tun, sonst müsse die Bank es melden, und dann drohten drakonische Strafen. Die Schokolade, die er beigelegt hatte, versüßte ihr diese Nachricht nicht. Sie teilte sie zwischen Klara, Gritt und Anton auf, die sie mit leuchtenden Augen im Garten unter dem Kirschbaum vertilgten, wo sie gerade Mutter, Vater, Kind gespielt hatten, als Johanna nach draußen kam.

Die Fahrkarte zur Volksbank nach Trier und wieder zurück hatte Johanna eine Tasche voller Geldscheine gekostet; sie leerte ihr Depot, gab die verbotenen Dollars ab und nahm die letzten Einlagen in deutscher Währung mit.

Bald schon würde sie mittellos sein – und was dann?

Der Kölner Galerist hatte laut Sophies Bescheid sehr positiv auf Johannas Stelen reagiert, jedoch angemerkt, dass er in der momentanen Krise dafür leider keinerlei Markt sehe. Man müsse abwarten, wie sich die politische Lage entwickle ...

Eine Antwort, mit der Johanna gerechnet hatte, die sie jedoch trotzdem enttäuschte.

Noch hatten sie zu essen und eine sichere Unterkunft, und eigentlich konnte dieser Wahnsinn der galoppierenden Geldentwertung mitten in Europa doch nicht unendlich andauern – aber was, wenn doch?

Dann müsste sie mit ihrer kleinen Tochter reuig in die Trierer Villa zurückkehren, um zu überleben, und sich dem Diktat der elterlichen Regeln beugen – eine Vorstellung, die sie frösteln machte.

Wo steckten nur diese Goldstücke, von denen im Testament die Rede gewesen war?

Bisher hatte sie den Schatz nicht gefunden. Erneut stellte sie das ganze Haus auf den Kopf, durchsuchte jedes Zimmer systematisch von oben bis unten, leerte jede Schublade, tastete alle Regalbretter ab, durchforstete Keller und Speisekammer – doch leider ergebnislos. Dass Lisbeth sich einen grausamen Scherz mit ihr erlaubt hatte, hielt sie für ausgeschlossen.

Die Goldstücke mussten da sein – aber wo?

Den Alltag zu bewältigen, gestaltete sich von Woche zu Woche mühsamer. Wellem Schröder schien es mittlerweile zu bereuen, dass er ihr die Wiese verkauft hatte: Als die diesjährige Heumahd angestanden hatte, verspätet, weil es viel Regen gegeben hatte, weigerte er sich zunächst, Johanna zwei seiner Knechte auszuleihen, die gegen Bezahlung das Mähen übernehmen sollten. Das Wenden und Aufschütteln des Heus konnte sie mithilfe von Lika und Kätt bewerkstelligen, doch für den Mähvorgang selbst fehlten ihr die Kraft und vor allem die dafür notwendigen Werkzeuge.

Sie bat ihn zweimal; er jedoch blieb beim schroffen Nein.

Was war geschehen, dass er sich ihr gegenüber auf einmal so ablehnend zeigte?

Erst als sie ihn in ihren Keller führte und ihm dort die Weinvorräte von Onkel Jean zeigte, schmolz sein Widerstand.

Gnädigerweise akzeptierte er zehn Kisten als Entlohnung für die Arbeit der Knechte, machte aber deutlich, dass dies die absolute Ausnahme sei.

«Diese Fuchs-Sippe richtet nichts als Unheil an», knurrte er, schon halb im Gehen. «Wär besser, euch niemals begegnet zu sein. Hexe hätte man dich früher genannt, und die, die vor dir hier war, sowieso ...»

Erleichtert, dass die Mahd gesichert war, hatte Johanna zunächst gar nicht darauf reagiert. Erst nachdem ihr Heu in der Scheune war, kamen ihr seine barschen Worte wieder in den Sinn.

Was sollte sie angerichtet haben?

Meinte er das uneheliche Kind oder vielleicht, dass Kätt sich inzwischen nicht mehr alles von ihm gefallen ließ und manchmal Widerworte wagte?

Was ihm definitiv missfiel, war der Lesehunger, der seine beiden Enkel ergriffen hatte, seitdem sie Sophies bunt illustriertes Märchenbuch besaßen. Gritt, inzwischen in der dritten Klasse, las längst flüssig und eigenständig; Anton, der gerade die erste hinter sich hatte, brauchte noch ein wenig Unterstützung, liebte es aber, wenn die große Schwester ihm vorlas. Lehrer Wimscheid, der die einklassige Dorfschule leitete, war von diesem Eifer äußerst angetan und stellte weitere Bücher zur Ausleihe in Aussicht.

«Du verdirbst sie», hatte Wellem seine Schwiegertochter angeraunzt. «Anton wird Bauer, und Gritt soll einmal einen Bauern heiraten. Dazu braucht man dieses ganze Zeug doch nicht!»

«Und wenn sie doch etwas anderes werden wollen?», hatte Johanna gefragt, als Kätt es erzählt hatte. «So wie Hans, dein Mann, der ja auch aus Altenburg weggegangen ist und in Speicher Schornsteine gebaut hat.»

«Genau davor fürchtet er sich. Ihn hat er verloren. Wäre Hans Landwirt geblieben, wie von Wellem vorgesehen, hätte er vielleicht nicht einrücken müssen.»

Sie sah plötzlich so unglücklich aus, dass Johanna einfach ihr Mitgefühl zeigen musste.

«Und euch fehlt er auch so sehr», sagte sie. «Dir vor allem, aber auch den Kindern.»

Kätt nickte. «Hans war ein guter Mann und auch ein guter Vater. Ich war so glücklich, als er mich damals auf der Kirmes auf den Tanzboden geholt hat. Er hat sich gefreut, als Gritt zur Welt kam. Toni durfte seinen Vater niemals kennenlernen ...» Sie brach ab.

So viel Persönliches hatte sie noch nie erzählt.

«Und jetzt tut es dir zu weh, über ihn zu reden?», tastete sich Johanna behutsam vor.

Kopfschütteln. «Auch, aber das ist es gar nicht», sagte Kätt. «Es geht um Eva. Sie sitzt drüben und heult sich die Augen aus dem Kopf.»

«Eva? Was ist passiert?»

«Aus ist es zwischen ihr und deinem Bruder. Und schwanger ist sie, das ist passiert!»

In Johannas Kopf überschlugen sich die Gedanken. «Weiß Christoph davon?», fragte sie. «Er würde sie doch niemals im Stich ...»

«Nein. Und du wirst es ihm auch nicht sagen, sonst geht Eva dir nämlich an die Gurgel», erwiderte Kätt.

«Ist sie schon weit?»

«Dritter Monat. Bald wird man es sehen, dann kann sie nicht mehr bei den Schwiegerleuten in Niersbach wohnen. Die machen jetzt schon Stielaugen. Und bei uns in den zwei winzigen Kammern ist kein Platz. Außerdem würde Wellem sie doch von früh bis spät piesacken.»

«Sie kann bei mir unterkommen», bot Johanna spontan an. «Wo ein Kind aufwächst, können auch zwei Kinder groß werden.»

Ein wenig erschrak sie über den eigenen Mut, dann aber wusste sie, dass ihr Vorschlag, der von Herzen kam, richtig war. Eva war mit Christophs Kind schwanger. In Johannas Augen waren sie damit so etwas wie Schwestern.

«Du bist dir wirklich sicher?», kam es von Kätt. «Vermutlich wird Eva schon bald nicht mehr arbeiten können, weil die vermeintlich anständigen Leute keine Hebamme mit schlechtem Ruf wollen, und dann verdient sie auch kein Geld mehr ...»

«Welches Geld?», fragte Johanna spöttisch. «Wir werden sowieso lernen müssen, anders zurechtzukommen. Ich habe noch ein paar Schmuckstücke zum Tauschen und einige Flaschen Wein. Meine Stelen braucht im Moment keiner – leider. Aber was deine Schwester weiß und kann, das ist ungeheuer viel wert, wie ich am eigenen Leib erfahren habe. Sollen die Leute reden, und ja, vielleicht wird Eva eine Zeit lang seltener gerufen, aber geboren wird immer – und leider nicht selten mit Komplikationen. Spätestens dann werden sie sich daran erinnern, wie liebevoll und sicher die Hebamme Berg ihre Kinder auf die Welt geholt hat. Früher oder später kommen sie alle zu Eva zurück, wirst schon sehen.»

«Und was ist mit dir?», fragte Kätt zögernd. «Jetzt lebst du allein mit Klärchen, aber wenn ein Mann, ich meine, falls du wieder ...»

«Marc ist die Liebe meines Lebens. Andere Männer kommen für mich nicht infrage», erwiderte Johanna mit fester Stimme.

*

Im September war Eva nun also bei Johanna eingezogen, nur zwei Kisten hatte sie mitgebracht, eine voller getrockneter Kräuter und Tinkturen in kleinen Fläschchen, in der anderen Kleidung, Wäsche und Bettzeug.

«Mein ganzes Aussteuergeschirr haben meine Beinahe-Schwiegerleute einbehalten», hatte sie gestanden. «Als ob ich ihnen höchstpersönlich fremdgegangen wäre. Dabei hatte es mein Bert doch eigens für mich getöpfert, bevor er im Krieg ...» Sie biss sich auf die Lippen.

«Vergiss sie», sagte Johanna. «Geschirr haben wir hier genug, und wenn welches zerbricht, dann töpfern wir eben neues.»

«Aber Christoph darf nichts von der Schwangerschaft erfahren», sagte Eva. «Ich war nämlich nicht ganz ehrlich zu ihm.»

«Wie darf ich das verstehen?», fragte Johanna überrascht. War Eva fremdgegangen? Das sah ihr so gar nicht ähnlich.

«Die ganze Zeit hatte ich mit den Samen wilder Karotten verhütet. Wenn du sehr sorgsam damit umgehst, eine durchaus sichere Methode. Er hat sich auf mich verlassen, weil wir vereinbart hatten, erst dann Eltern zu werden, wenn klar ist, wo wir leben werden. Doch als unsere Streitereien begannen, bin ich nachlässig geworden. Mein Kopf hat mich gewarnt, mein Körper sich jedoch offenbar nach einem Kind gesehnt, und das war stärker. Ich habe im Großen Krieg schon einmal ein Ungeborenes verloren und bin an der Trauer fast zugrunde gegangen. Manchmal denke ich, ich bekomme das Kleine, um wieder heil zu werden. Doch dann überfällt mich wieder Angst. Wird es dieses Mal gut gehen?»

«Das wird es! Aber wenn das Kleine erst einmal da ist – was dann?», sagte Johanna. «Auf Dauer vor Christoph verbergen können wir es nicht.»

«Kommt Zeit, kommt Rat. Ich wollte übrigens die Trennung, nicht er. Christoph ist dort angekommen, wo er hingehört. Für mich wäre Berlin niemals ein Platz zum Leben. Jemanden zu lieben, heißt eben auch, ihn ziehen zu lassen, wenn er woanders glücklicher ist.»

Klara war selig, dass Eva jetzt bei ihnen wohnte, tapste ihr hinterher wie ein kleines Hündchen, gefolgt von Murr, der sich ebenfalls auffällig gern in Evas Nähe aufhielt.

Natürlich setzte der Tratsch in Altenburg rasch ein.

Die Trierer Fabrikantentochter mit dem Franzosenbankert – und jetzt auch noch die gefallene Hebamme mit einem Balg im Leib, bei dem man nicht genau wusste, wer der Vater war … Oder waren die beiden

Frauen einander etwa inniger zugetan, als erlaubt war? Eine Schande war es so oder so. Schande. Schande!

Die Geldentwertung jedoch, die die Preise mittlerweile binnen Stunden steigen ließ, sorgte dafür, dass andere Sorgen in den Vordergrund traten. Zwar bekam man als Landwirt im September 1923 für ein Kilo Rindfleisch 76 Millionen und für ein Pfund Butter 168 Millionen – doch was sollte man mit diesem wertlosen Papierplunder anfangen? Inzwischen waren Banknoten zu 50, 100 und 500 Millionen Mark im Umlauf, und nach oben hin schien es keine Grenze zu geben. Seit sieben Monaten waren Rheinland und Ruhrgebiet von Belgiern und Franzosen besetzt. Seit sieben Monaten streikten dort die Arbeiter, und seit sieben Monaten finanzierte die Reichsregierung diesen Widerstand. Das alles hatte Unsummen von Geld verschlungen, in Berlin wuchs der Unwille, diesen Kampf weiterhin zu finanzieren.

Wie es wohl Johannas Vater damit hielt?

In letzter Zeit hatte sie oft an ihn und die Firma denken müssen. Auch wenn er den Kontakt zu ihr abgebrochen hatte und sie nun schon seit drei Jahren auf dem Land lebte, ein wenig Unternehmertochter steckte noch immer in ihr.

Zigaretten standen gerade in Krisenzeiten wie diesen hoch im Kurs, und natürlich hatte sich auch deren Preis geradezu astronomisch vervielfacht. Doch die Fuchs-Werke konnten nur das ausliefern, was produziert worden war, und wenn die Bänder stillstanden, weil die Arbeiter streikten, gab es eben nichts zum Verkaufen. Das Unternehmen verfügte über finanzielle Reserven,

Matthias Fuchs jedoch hatte seit Kriegsende die Fabrik grundlegend modernisieren lassen und dafür erhebliche Kredite aufgenommen. Das alles musste bis zum letzten Pfennig zurückgezahlt werden. Nur wie, wenn nicht ausreichend viele Ponte-Zigaretten auf den Markt kamen?

Johanna konnte nicht anders, als sich um das Wohl und Wehe der väterlichen Firma Gedanken zu machen ...

Als sie die Ziegen gerade in den Stall gebracht hatte, sah sie eine füllige Frau in einem blassrosa Gabardinemantel auf das Haus Nummer achtzehn zusteuern.

«Greta», sagte sie überrascht, als die Besucherin herankam. «Was machst du denn hier?»

«Nach dir und der Kleinen sehen. Und ja, ich schäme mich, dass ich erst jetzt komme. Lass uns ins Haus gehen. Müssen ja nicht alle mitbekommen.»

«Aber du bist nicht mit dem Zug da?», fragte Johanna nach einem Blick auf das zarte Schuhwerk, während sie Greta ins Haus ließ und in die Stube führte.

«Gustav parkt ein Stück vor dem Dorf. Ich wollte kein unnötiges Aufsehen erregen. Sobald es dunkel ist, bringt er dir eine ordentliche Ladung Zigaretten ins Haus. Ich dachte, die kannst du sicherlich gut gebrauchen, jetzt, wo wir ja quasi wieder beim Tauschhandel gelandet sind ...»

«Und Heinrich?», fragte Johanna. «Ich meine, weiß er ...»

«Henry? Natürlich! An ihm geht nichts in der Firma vorbei. War sogar seine Idee. Offiziell bin ich in Wittlich beim Arzt.» Ihre Blicke glitten durch die Stube. «Wo steckt die kleine Klara denn? Ich möchte sie so gern endlich kennenlernen!»

«Oben. Ich gehe sie holen.»

«Familienbesuch», sagte sie leise zu Eva, die es sich mit Klara und Murr gerade auf ihrem Bett gemütlich gemacht hatte. «Meine Schwägerin Greta. Wenn du sie nicht sehen willst, bleibst du einfach hier oben. Ich habe keine Ahnung, was Christoph den Eltern und unseren Brüdern über dich erzählt hat.»

«Ich fürchte, noch gar nichts», entgegnete Eva und reichte ihr die Kleine. «Das ist einer der Gründe, weshalb wir uns gezankt haben. Weil ich ihm unterstellt habe, er würde sich meiner schämen, die einfache Landhebamme, die nicht zur reichen Fuchs-Sippe passt. Das hat er rundheraus abgestritten und behauptet, unsere Liebe ungestört mit mir allein genießen zu wollen.»

«Dann wäre es sicherlich klüger, du bleibst hier oben, denn Greta ist ein rechtes Plappermäulchen ...»

«Johanna?», rief Greta von unten. «Kommt ihr?»

«Sind gleich da.»

Greta schossen Tränen in die Augen, als sie die Kleine erblickte.

Sie griff nach der Kinderhand, Klara aber zog sie weg und musterte den Gast misstrauisch hinter Johannas Schürze hervor.

«Gib ihr Zeit», sagte Johanna. «Für sie bist du ja erst mal fremd.»

«Hallo, Klara», flüsterte Greta hingerissen. «Ich bin deine Tante. Tante Greta aus Trier ...»

Klara trat einen Schritt näher.

Inzwischen waren Tränen auf Gretas Hand getropft, so berührt war sie.

«Heile», sagte Klara und fuhr mit ihrer kleinen Hand sanft darüber. «Heile, heile ...»

«Wie ich dich um diesen goldigen Schatz beneide», sagte Greta laut schluchzend. «Bitte verzeih, Johanna, dass wir dich wegen ihr gefragt haben. Dorothea und Matthias hatten die Idee, und wir dachten ja auch, dass wir dir damit helfen würden. Heute tut mir das unendlich leid, und ich weiß, dass es verkehrt war, aber manchmal kann ich einfach nicht mehr.»

«Dass ihr damals ernsthaft geglaubt habt, ich würde euch mein Kind überlassen, hat mich zutiefst getroffen. Kinder reicht man doch nicht einfach so weiter», sagte Johanna. «Aber ich wusste nicht, *wie* traurig du bist, Greta.»

«Leider bleibt mein sehnlichster Wunsch unerfüllt. Natürlich ist es auch für Henry schlimm, denn er wartet auf einen Erben, aber Männer sind dann doch anders, nicht wahr? Er hat sich Hals über Kopf in die Politik gestürzt und den Separatisten angeschlossen, die eine Loslösung des Rheinlandes vom Deutschen Reich erreichen wollen ...»

«Ist das nicht verboten?», fragte Johanna.

«Natürlich.» Greta nickte bedeutungsschwer. «Deshalb treffen sie sich bislang ja auch im Geheimen. Keine ganz neue Idee übrigens. Unser Kölner Bürgermeister Dr. Adenauer hatte bereits kurz nach Kriegsende Ähnliches vorgeschlagen. Sie wollen unabhängig sein, eine Art Pufferstaat zwischen dem Deutschen Reich und Frankreich, mit eigener Regierung und eigener Währung, was den Franzosen natürlich gefallen würde ...»

«Und da macht er mit, mein penibler, vorsichtiger Bruder, der Juniorchef der Fuchs-Werke? Ich kann es kaum glauben», sagte Johanna kopfschüttelnd. «Aber daraus kann doch niemals etwas werden. Die Regierung in Berlin wird sich das nicht gefallen lassen ...»

«Henry glaubt fest daran. Vielleicht geht es dabei auch um Auflehnung gegen seinen Vater, der natürlich nichts von dieser Idee hält. Allerdings bin ich überzeugt, Henrys Interesse würde schlagartig erlöschen, wenn wir endlich ein Kind bekämen», seufzte Greta. «Doch wie soll das zustande kommen? Wir haben uns beide von Kopf bis Fuß medizinisch untersuchen lassen, mehrmals sogar – ohne Ergebnis. Alle Doktoren versichern, er sei zeugungsfähig und ich körperlich wie geschaffen für die Mutterschaft, aber ich werde und werde einfach nicht schwanger. Euer Onkel Paul in Wittlich war meine letzte Hoffnung, doch auch der scheint ziemlich am Ende seines Lateins. Und als ich gerade resigniert aus seiner Praxis kam, bin ich auch noch fast in Metas Kinderwagen gerannt. Astrid haben sie ihre Kleine genannt. Ganz niedlich ist sie ja mit ihren hellen Flusenhärchen und den blonden Wimpern, aber deine Klara ist viel, viel hübscher. Und stell dir vor, Meta ist schon wieder schwanger! Hat sie mir natürlich sofort auf die Nase binden müssen. Jetzt haben Georg und sie bald drei Kinder und mein Henry und ich noch kein einziges ...»

Es klopfte an der Tür.

«Das ist bestimmt Gustav mit den Zigaretten», rief Greta.

«Ich lasse ihn rein», sagte Johanna.

«Das ist ja ein Vermögen wert», staunte Eva, als Johanna sie später in den Keller führte. Da waren Greta und Gustav längst wieder mit dem Auto in Richtung Trier aufgebrochen. «So viele Stangen Zigaretten ...»

«Einhundert.»

«Und die hat sie dir einfach so geschenkt?»

«Die Idee kam von meinem Bruder. Keine Ahnung, wie er sie an Papa vorbeigeschleust hat, aber Heinrich war schon immer ziemlich pfiffig, wenn es darauf ankam. Und im Gegensatz zu Georg, der stets laut herumgetönt hat, wenn er etwas im Schilde führte, hat er sich nie bei irgendwas Verbotenem erwischen lassen.»

«Ganz schön klamm hier unten», sagte Eva fröstelnd.

Früher hatten ihr lange Fußmärsche und stürmische Überlandfahrten mit dem Rad bei jedem Wetter wenig ausgemacht. Doch seitdem sie schwanger war, reagierte sie empfindlich auf Kälte.

«Recht hast du», erwiderte Johanna. «Nicht nur für uns, auch für Tabak ist es im Keller zu feucht und zu kalt. Morgen trage ich die Stangen rauf in die kleine Kammer. Dort kommen sie dann in eine Kiste – unser Notnagel, damit wir im Winter nicht frieren müssen. Brennholz brauchen wir nämlich auch noch.»

Den Weg zum Forsthaus am Dorfende anzutreten, was sie in Bälde würde tun müssen, widerstrebte ihr zutiefst. Marcs Wildgehege hatte Gemüsebeeten weichen müssen. Marcs Nachfolger Albrecht Schlötter war ein kräftiger Mann Anfang vierzig. Bisher kannte sie ihn nur vom Sehen, wo man beiderseits einen kurzen Gruß austauschte. Im vergangenen Jahr war sie zu krank gewesen, um selbst Holz bei ihm einzukaufen; das hatte damals Christoph für sie übernommen.

Dieses Jahr jedoch war es an ihr, sich darum zu kümmern.

Immerhin hatte sie Schlötter auf der Straße mehrmals rauchen sehen, und der Graf galt ebenfalls als starker Raucher, was das Zustandekommen eines Tauschhandels vermutlich erleichtern würde. Von Tag zu Tag hatte Johanna es aufgeschoben, weil sie sich vor den Erinnerungen fürchtete, die sie dabei überfallen könnten, doch nun war es allerhöchste Zeit, sich ein Herz zu fassen ...

«Ich geh noch kurz in den Garten, ein bisschen Luft schnappen», sagte Johanna. «Kommst du mit?»

«Gern. Aber was ist mit Klara?», wandte Eva ein.

«Schläft tief und fest. Wir sind ja gleich zurück.»

Noch trugen die Obstbäume ihre Blätter, die sich langsam herbstlich einfärbten. Bald würden die starken Winde einsetzen und die Äste kahl machen. Das meiste hier war bereits geerntet und weiterverarbeitet worden, Gurken, Zwiebeln, Früchte; nur das Kartoffelbeet wartete noch darauf, ebenso wie die Kohlköpfe, aus denen sie Sauerkraut stampfen würden.

Aus dem Hühnerstall drang aufgeregtes Gackern.

«Keine Ahnung, was sie heute haben», sagte Johanna. «Sonst schlafen sie immer schon um diese Zeit ...»

«Ich weiß es.» Eva war abrupt stehen geblieben und packte Johannas Arm. «Schau! Und sie sind zu zweit.»

Sie erkannte Feline sofort. Das brandrote Fell, die große Blesse – ja, das war sie, Lisbeths Fähe, festgehalten auf vielen Zeichnungen in ihrer Schublade. Das zweite Tier war etwas kleiner und noch zierlicher, mit hellerem Fell, das im Sonnenschein sicherlich einen Goldton hatte, und vier schwarzen Pfoten ...

«Dein Kind», flüsterte Johanna. «Du hast ein Junges mitgebracht, Feline, welche Ehre!»

Falls Eva sich wunderte, dass sie mit einem Wildtier redete, das auch noch einen Namen trug, ließ sie es sich nicht anmerken.

Das Gackern im Hühnerstall war leiser geworden.

Johanna und die rote Füchsin starrten sich an.

«Dass meine Hühner tabu sind, hatten wir ja bereits vereinbart – Pfoten weg, sonst gibt es Ärger», sagte sie mit sanfter, aber entschlossener Stimme. «Aber ich habe Nüsse für euch. Wartet.»

Sie machte ein paar Schritte zurück bis zum kleinen Gartenhäuschen. Drinnen auf dem Tisch stand eine flache Schüssel, gefüllt mit bereits geknackten Walnüssen, nicht ganz erste Wahl, aber auch kein Abfall, die holte sie und ging damit langsam auf die Füchsin zu. Das Jungtier zog den Schwanz ein und jagte davon, Feline jedoch rührte sich nicht von der Stelle.

In angemessenem Sicherheitsabstand stellte Johanna die Schüssel vor ihr auf den Boden.

«Guten Appetit», sagte sie leise. «Lasst es euch schmecken.»

Dann zog sie sich wieder zurück.

Feline begann sofort zu fressen. Nach einiger Zeit kehrte auch das Jungtier zurück und machte sich ebenfalls über die Nüsse her.

So gestärkt, würden sie sicherlich bald abziehen, dachte Johanna, doch weit gefehlt. Feline legte sich unter den Kirschbaum und begann sich ausgiebig zu putzen. Das Jungtier tat es ihr nach.

Auch eine Fähe?

Johanna war sich beinahe sicher.

Eine ganze Zeit ging das so, dann reckten und streckten sich Mutter und Tochter, machten sich lang wie Katzen. Erst danach setzten sie nacheinander mit einem geschmeidigen Satz über den Zaun und verschwanden im Dunkel der Nacht.

«Das glaubt uns niemand», sagte Eva beeindruckt.

«Nein, denn du wirst es keinem Menschen erzählen. Ich bin im Dorf schon verrufen genug. Wenn sie mich jetzt auch noch für eine Hexe halten, könnte es richtig ungemütlich werden.»

«Kein Sterbenswörtchen!», versprach Eva. «Aber weißt du, was merkwürdig ist? Dort, unter dem Kirschbaum, das war Lisbeths Lieblingsplatz. Dort hat sie im Sommer stundenlang gesessen, hat gelesen, gemalt oder auch nur vor sich hin geträumt. Ob die Füchse das spüren können?»

«Wo genau?», fragte Johanna, der plötzlich eine verrückte Idee durch den Kopf schoss. «Zeig es mir bitte!»

«Na, hier.» Eva deutete auf den Boden. «Ziemlich nah am Stamm. An den hat sie sich manchmal angelehnt.»

Auf den ersten Blick sah das Erdreich unter dem Kirschbaum unauffällig aus. Außerdem war es viel zu dunkel, um Einzelheiten zu erkennen. Johanna prägte sich die Stelle trotzdem genau ein. Dann fuhr sie mit der Handfläche über den Stamm, spürte die typischen Querrillen des Kirschholzes, die Peter Michael Streit ihr gezeigt hatte, bis sie plötzlich stutzte. Da war eine längliche Vertiefung im Holz, die definitiv nicht natürlich sein konnte.

In der Morgendämmerung würde sie wiederkommen, um sich das ganz genau anzusehen ...

Nebelfetzen hingen in den Hecken, trüb und grau begann der Tag, nicht ungünstig für ihr Vorhaben. Johanna schlich leise aus dem Haus in den Garten, die beiden Hunde ihr hinterher. Aus dem Gartenhäuschen holte sie ihre Schaufel.

Im Hühnerstall wurde erwartungsvolles Gegacker laut.

«Gleich, meine Lieben», sagte sie. «Ausnahmsweise seid ihr heute mal nicht als Erste dran.»

Fleur und Flitz umsprangen sie aufgeregt, schienen die Füchse noch zu wittern.

Inzwischen war es hell genug, um die Baumrinde näher zu inspizieren. Wie hatte sie das bislang übersehen können?

Jemand hatte eine Art Pfeil in das Holz geritzt, der in Augenhöhe begann und bis nach unten ging.

Seine Spitze führte direkt zum Boden.

Was hatte Eva gestern gesagt?

Dort, unter dem Kirschbaum, war Lisbeths Lieblingsplatz. Dort hat sie im Sommer stundenlang gesessen, hat gelesen, gemalt oder auch nur vor sich hin geträumt ...

Lisbeth hatte ihr einen Hinweis hinterlassen, der deutlicher kaum hätte sein können. Bislang war sie nur zu blind gewesen, um ihn zu erkennen ...

Johanna begann ein Loch zu schaufeln, was sich als ziemlich mühsam erwies. Sie schwitzte, setzte die

Schaufel ab, arbeitete weiter, bis sie auf etwas Hartes stieß.

Die Kanten einer Metallkassette!

Sie schaufelte weiter, bis sie ihr Fundstück aus dem Boden holen konnte. Unscheinbar sah die Kassette aus, war leicht korrodiert, wirkte aber ungeheuer stabil. Es juckte Johanna in den Fingern, sie zu öffnen und sofort hineinzusehen, aber sie bezwang ihre Neugierde. Stattdessen schaufelte sie das Loch wieder zu und trat mit den Füßen das Erdreich flach.

Alles sah wieder so aus wie vorher.

Mit der Kassette unter dem Arm eilte sie zurück ins Haus, füllte im Vorbeigehen die beiden Hundenäpfe mit Futter und schüttete frisches Wasser in einen weiteren Napf.

Oben angekommen, setzte Johanna sich mit klopfendem Herzen aufs Bett.

«Mama?», murmelte Klara verschlafen.

«Mama ist wieder da, Claire. Sie hat etwas im Garten gefunden, das sie sich nun in Ruhe ansehen will.»

Die Lider des Mädchens fielen zu.

Behutsam öffnete Johanna den Deckel der Kassette und zog einen Briefumschlag heraus.

Für Johanna

stand darauf in Lisbeths ausdrucksvoller Schrift.

Sie riss ihn auf, entfaltete das Blatt Papier, das in ihm steckte.

Liebe Johanna,
jetzt hast Du den Schatz also gehoben – ich war ganz
sicher, Du würdest ihn finden.
Oder hat Dir doch die rote Fähe geholfen, die den Platz
unter dem Kirschbaum genauso liebt wie ich?
Das ist der Rest meines Erbes, zehn Louis d'or aus dem
Jahr 1786, aus reinem Gold und von erheblichem Wert.
Ich umarme Dich. Ich liebe Dich.
Lisbeth ∞ Johanna

Sie ließ den Brief sinken, dann erst berührte sie die Münzen und legte alle nebeneinander in einer Reihe auf den Boden, eine nach der anderen.

Eine ganze Weile saß sie schweigend davor, bis die Tür aufging.

«Johanna?», hörte sie Eva sagen. «So früh schon wach?»

Sie war nähergekommen.

«Oh!» Mit diesem Ausruf blieb Eva stehen und starrte auf die glänzenden Münzen. «Das ist doch nicht etwa echtes Gold ...»

«Doch. Der Münzschatz war in Lisbeths Testament aufgeführt, aber nicht, wo ich ihn finden würde. Deine Bemerkung gestern hat mir die Augen geöffnet. Danke! Sie sollten aber unser Geheimnis bleiben.»

«Mama?», begann Klara vom Bett aus zu quengeln. «Mama-Mam-Mama ...»

«Die Kleine ist hungrig, was immer Vorrang hat», sagte Johanna und legte die Münzen zurück in die Schatulle. «Nie mehr eine Minute allein. Am besten gewöhnst du dich schon jetzt daran.»

«Ich kann es kaum erwarten», erwiderte Eva. «Und natürlich erfährt kein Mensch etwas von diesen Münzen, versprochen.»

«Ich hoffe, ich muss sie jetzt nicht allesamt in der Inflation verschleudern», sagte Johanna. «Zum Glück haben wir als Tauschware ja die Zigaretten. Wenn es gelingt, diesen Goldschatz in wieder halbwegs normale Zeiten zu retten, könnte er ein schöner Grundstock für die Zukunft unserer Kinder sein – liebe Herzensschwester!»

Evas Lächeln war dankbar und warm. Und es wurde noch wärmer, als Klara aus dem Bett kletterte, zu ihr lief und sich an sie schmiegte.

8

ALTENBURG,
HERBST/WINTER 1923/1924

Das Rheinland den Rheinländern, so lautete der Schlachtruf der Separatisten, die Ende Oktober das Rathaus zu Aachen gestürmt und dort den eigenständigen Rheinstaat proklamiert hatten. Trier, Mainz und Koblenz folgten; in Koblenz sollte die Zentralregierung des neuen Staates eingerichtet werden. Duisburg, Jülich; Mönchengladbach, Bonn und Erkelenz und viele andere Städte folgten. Zahlreiche Kreisämter in Rheinhessen schlossen sich an, unter anderem auch die Eifelgemeinde Wittlich. Es war wie eine Feuerlinie, die sich durch die Region fraß ...

Bei uns ist der Teufel los, schrieb Martha an ihre Nichte Johanna. *Vor dem Rathaus weht die grün-weiß-rote Flagge der Aufrührer, das Landratsamt ist besetzt, die Kreissparkasse wurde gekapert, ist inzwischen jedoch wieder befreit. Neun Kriminalbeamte der neuen Regierung haben die bisherigen Beamten vertrieben, Du kannst Dir sicher vorstellen, wie erbost Dein Bruder Georg darauf reagiert hat, zumal in der Gemeinde die Runde machte, dass die Franzosen alles heimlich finanzieren. Nach einer Schlägerei mit Separatisten, bei der sein linkes Auge schwer in Mitleidenschaft gezogen wurde, hat er sich in der Not plötzlich wieder auf seinen jüdischen Onkel Dr. Nußbaum besonnen. Paul hat ihm durch seine ärztliche Kunstfertigkeit das Augenlicht gerettet. Wie lange sich Georg wohl daran erinnern wird? Wir alle beten inständig, dass dieser Spuk bald ein Ende hat ...*

Es sollte Ende November werden, bis heimattreue Eifler die Fahne herunterholten und die Separatisten mit Waffengewalt aus Wittlich vertrieben. Mittlerweile hatten die Aufrührer mit ihren überzogenen Forderungen jeglichen Rückhalt in der Bevölkerung verloren – keiner wollte mehr ihr wertloses Notgeld haben, niemand länger arbeiten als ohnehin schon. Allerdings gerieten sie dabei mit französischen Soldaten aneinander. Es gab Verletzte auf beiden Seiten und ein Todesopfer, den erst zwanzigjährigen Philipp Klas, der schon bald Märtyrerstatus erhielt.

Der Traum von der autonomen Rheinprovinz war ausgeträumt.

In Trier waren die Separatisten wesentlich zügiger vertrieben worden; dort hatte sich ihre Übernahme nur wenige Tage halten können.

Henry wollte das Bett am liebsten gar nicht mehr verlassen, so deprimiert war er nach dem Scheitern der Sache, der er sich verschrieben hatte, schrieb Greta an Johanna. *Euer Vater dagegen triumphiert, denn der Juniorchef war ihm offenbar zu selbstherrlich geworden. Er hat Henrys Befugnisse empfindlich beschnitten, kontrolliert nun jeden Handschlag, den sein Sohn tut. Wie das weitergehen soll, weiß ich nicht. Die Stimmung ist eisig; wir vermeiden es nach Möglichkeit, die Fuchsvilla zu betreten, aber manchmal geht es nicht anders. Dann hängt stets unsere Kinderlosigkeit als stummer Vorwurf im Raum. Besonders euer Vater scheint wie besessen von der Vorstellung, dass Henry einen Erben zeugen muss, um die Firmentradition weiterzuführen. Ihr, seine Kinder, habt ihn allesamt bitter enttäuscht. Vor ein paar Tagen ist er damit herausgeplatzt: «Fünf Kinder in die Welt gesetzt – und wo stehen wir heute? Ein Sohn gefallen, der nächste ein politischer Fantast, der dritte ein Schreiberling, der vierte gewöhnlicher Kriminaler und die einzige Tochter vom rechten Weg abgekommen – welch erbärmliches Resultat!»*

Das waren Sätze, die Johanna lange nachhingen.

Sie hatte ihre Eltern niemals enttäuschen wollen und es doch getan. Zum einen, weil sie Lisbeths Erbe angetreten hatte, zum anderen, weil sie unehelich Mutter geworden war.

Aber hätten ihre Eltern einer Heirat mit Marc jemals zugestimmt? Ein Halbfranzose, in Belgien geboren, unehelicher Grafenspross, vom Vater nicht anerkannt, weder Unternehmer noch Gelehrter, sondern nur Forstaufseher?

Wohl kaum.

Johanna hätte ihnen niemals die Wahrheit sagen können, ohne ihren Zorn auf sich zu ziehen. Und nun hatte sie schon wieder Geheimnisse. Diesmal, weil Eva sie darum gebeten hatte. Dass die junge Hebamme bei Johanna untergekommen war, hatten Sophie und Martha mitbekommen, sahen darin jedoch einen Akt gelebter Nächstenliebe und wussten nicht, dass Eva mit Christophs Kind schwanger war – das wusste ja nicht einmal der werdende Vater selbst.

Der engagierte Journalist war in Berlin viel zu beschäftigt, um an eine Reise in die Eifel zu denken, die zudem Schubkarren an Geldnoten verschlungen hätte, denn die Inflation hatte noch immer kein Ende gefunden.

Sie arbeiten im Hintergrund bereits mit Feuereifer an einer Währungsreform, schrieb Christoph seiner Schwester. *Ein ganzes Volk kann doch schließlich nicht im Galopp dem Untergang entgegenschlittern. Aber im ganzen Reich liegt so viel Aufruhr in der Luft: Erst das rote Sachsen, in dem die Kommunisten zu putschen versuchten, dann das stockkonservative Bayern, in dem sich revanchistische Kreise mit jenen angeblich modernen Hakenkreuzlern verbunden haben, um einen gewaltsamen Umsturz herbeizuführen. Die Demokratie soll sterben, so ihr Vorhaben; was sie anstreben, ist eine nationale Diktatur. Zum Glück wurden sie am 9. November vor der Münchner Feldherrnhalle gewaltsam gestoppt – im allerletzten Moment. Wie, glaubst Du, habe ich mich gefühlt, als mein Zwillingsbruder mir nur Tage später schrieb, er sei in Gedanken mit dabei gewesen, ein brauner Kämpfer, bedingungsloser Gefolgsmann der NSDAP? Ich verstehe Georg nicht mehr. Alles, was uns trotz zahlreicher Unterschiede stets verbunden hat, scheint nun durchtrennt. Ach, wie sehne ich mich zurück nach jenem herrlichen unendlichen Eifelsommer, in dem alles blühte, alles möglich schien! Mein Manuskript liegt noch immer in der Schublade, selbstredend unveröffentlicht.* Eifelfrauen – Leben und Legende, *unendlich fern fühlt sich das für mich an in diesem brodelnden Moloch Berlin. Manchmal blättere ich darin, dann überfällt mich große Sehnsucht nach dem einfachen Dasein in Altenburg, von dem ich gerade Äonen entfernt bin. Doch womöglich gibt es ja eines Tages einen*

Weg zurück, wer weiß? Weißt Du, wie es Eva geht? Falls Du ihr begegnest, grüße sie bitte herzlich von mir.

Johanna verriet Eva, die bei aller Freude auf ihr Kind auch so schon melancholisch genug war, kein Wort davon.

*

Seit dem 15. November 1923 galt als grundschuldgestützte Übergangswährung im Deutschen Reich die Rentenmark. Aus einer Billion Papiermark wurde nun eine Rentenmark, die im Wert der alten Goldmark entsprach. Am gleichen Tag endeten alle Unterstützungsleistungen für das Rheinland; Fabrikarbeiter und Beamte nahmen die Arbeit wieder auf. Innerhalb weniger Wochen kam die Inflation schlagartig zum Stillstand.

Die Menschen atmeten auf.

Ein Kilo Kartoffeln kostete wieder acht Reichspfennig und nicht mehr wie bisher achtzig Milliarden Mark, Butter um die fünf Rentenmark pro Kilo.

Noch bewahrte Johanna ihre Skepsis, doch als die Preise stabil blieben und in Likas Lädchen zum ersten Mal seit Monaten wieder Bohnenkaffee im Regal stand, wurde sie ruhiger. Es ging wieder aufwärts in Deutschland, das war unübersehbar. Mochte das Kabinett in Berlin auch so häufig wechseln wie das Wetter: Die düsteren Zeiten schienen der Vergangenheit anzugehören.

In Altenburg ging alles seinen gewohnten Gang.

Der Spätherbst brachte nebelverhangene Morgen und kurze Tage, an denen die graue Wolkendecke sich bis zum Nachmittag nicht lüftete. Johanna hatte bei

Schlötter viele Stangen Zigaretten gegen einige Stere Holz eingetauscht, sie würden bis zum Frühling nicht frieren müssen. Seltsamerweise schien ihn gar nicht weiter zu interessieren, woher die Zigaretten stammten. Wahrscheinlich hatte ihn der Altenburger Klatsch schon längst über die Herkunft der Frau in Haus Nummer achtzehn informiert.

Gleiches galt offenbar für ihre Beziehung zu Marc.

«Ich habe hier noch etwas von meinem Vorgänger.» Er reichte ihr eine fleckige Leinentasche. «Sie sollen Degré ja näher gekannt haben ...»

Johanna straffte die Schultern. «Wo haben Sie die gefunden?», fragte sie.

«Im Schlafzimmer. Und ja, ich hab natürlich reingeschaut. Hätte ja sein können, dass der Inhalt etwas über sein Ende verrät ...»

«Und?» Johannas Stimme zitterte.

«Ja und nein. Degré hat hier auf einem Blatt verschiedene Namen notiert. *Wilderer?* stand darüber. Allerdings muss das Papier feucht geworden sein, die Tinte ist zerlaufen. Deshalb lässt sich darunter beim besten Willen nichts Brauchbares mehr erkennen.»

«Haben Sie das Blatt trotzdem der Polizei gezeigt?», fragte Johanna nach.

«Habe ich. Die Beamten haben allerdings abgewinkt. Der Tod von Degré scheint niemanden sonderlich zu interessieren.»

«Bedauernswert, wie ich finde», sagte Johanna. «Ein junger Mensch wurde brutal aus dem Leben gerissen. Speziell Ihnen sollten die Tatumstände äußerst wichtig sein.»

«Wie meinen Sie das?»

Spätestens jetzt hatte sie sein uneingeschränktes Interesse. Genau genommen schien er sie zum ersten Mal bewusst wahrzunehmen.

«Nun ja, Sie sind Marc Degrés Nachfolger. Und so wie die Katze das Mausen nicht lässt, bleiben auch Wilderer in der Regel ihrer verbotenen Tätigkeit treu. Was, wenn Graf Kunstätt nun Sie eines Nachts in den Wald beordert? Die Mordwaffe ist bis heute nicht aufgetaucht, also vermutlich noch immer in Gebrauch. Dann könnte es möglicherweise zwei tote Forstaufseher geben ...»

Sie hatte ihn getroffen, das erkannte sie daran, wie unsicher er eine Zigarette aus der Packung nestelte, sie anzündete und gierig den ersten Zug nahm.

«Die Menschen hier sind friedlich», sagte er mit Nachdruck.

«Das dachte Marc auch, bevor man ihn abgeschossen hat», erwiderte Johanna. «Erst die zweite Kugel durchschlug seinen Kopf, was nichts anderes bedeutet, als dass er bereits am Boden lag. Eine Hinrichtung – brutal und gnadenlos.»

«Was wollen Sie? Mir Angst machen?», fuhr er sie an.

«Keineswegs. Ich berichte Ihnen lediglich die Wahrheit. Passen Sie auf sich auf, Herr Schlötter. Seien Sie auf der Hut. Ich wünschte, Marc hätte das auch beherzigt.»

Zu Hause leerte sie Marcs Tasche aus: ein Schal, den er gern getragen hatte, ein Paar stark benutzte Arbeitshandschuhe aus grobem Material. Das Blatt Papier, von dem Schlötter gesprochen hatte, war in der Tat aufgequollen und daher unleserlich geworden. Man konnte nur noch die Fragezeichen erkennen, die Namen selbst waren zu zerlaufen.

Einer von ihnen musste eine Waffe besitzen, mit der er heimlich auf die Jagd ging.

Wer von den Altenburger Männern kam dafür infrage?

Nach einer Weile legte Johanna das Papier wieder in die Tasche zurück. Klara, gerade noch im Nebenzimmer bei Eva, die sich ein wenig hingelegt hatte, weil ihre Beine jetzt schnell dick wurden, wenn sie lange stand, kam in Spiellaune hereingefegt, Fleur ihr dicht auf den Fersen.

Die Kleine lief inzwischen schon sehr sicher, nahm übermütig Haus und Garten in Besitz. Gerade versuchte sie, Fleurs Schwanz zu fangen, was sich die Hündin eine Zeit lang gutmütig gefallen ließ, dann jedoch schüttelte sie Klara ab, und als diese immer noch weitergrapschte, begann sie leise zu knurren.

«Lass Fleur in Ruhe, Claire», ermahnte Johanna ihre Tochter. «Fleur ist ein Tier – und kein Spielzeug!»

Klara stampfte auf, die blauen Augen verdunkelten sich. Inzwischen vor Lisbeths Bücherregal angelangt, riss sie den dicken Wälzer, der als einziger mit der Front nach vorn stand, aus dem Regal und warf ihn auf den Boden.

Bevor ein zweites Buch folgen konnte, war Johanna schon bei ihr.

«Du kleiner Zornbinkel!», sagte sie. «Immer mit dem Kopf durch die Wand. Mit Büchern geht man sorgsam um. Die wirft man nicht einfach auf den Boden.»

Sie hob das Buch auf.

Anna Karenina lautete die Prägung auf dem Buchdeckel.

Und im Vorsatz stand in makelloser Schreibschrift *Bernhard Wimscheid*.

«Das Buch gehört also dem Lehrer, da muss man besonders vorsichtig sein. Und schau her, Claire, rausgefallen ist auch noch etwas.»

Was war das auf dem dünnen Papier, das Johanna nun auf ihrem Bett ausbreitete, für ein seltsames Muster aus Linien und Zeichen?

Erst auf den zweiten Blick erkannte sie, dass es sich um einen Stammbaum handelte. Die Mitglieder der Familie Fuchs plus alle Angeheirateten, inklusive Kinder und Kindeskinder.

Für einen Moment war Johanna irritiert. Hatte Lisbeth nach dem Bruch mit ihren nächsten Angehörigen solche Sehnsucht nach ihnen gehabt, dass sie eine derart aufwendige Darstellung angelegt hatte?

Denn es war ihre Schrift, ganz eindeutig, mittlerweile kannte Johanna sie.

Mit dem Finger fuhr sie die väterliche Linie nach. Johannes Fuchs, mit dem alles begonnen hatte. 1854 hatte er Josefine Schaaf aus Wittlich geheiratet.

Fünf Kinder: Gertrud, Matthias – ihr Vater –, Martha, Ottilie, Lisbeth.

Gertrud war ledig geblieben.

Martha hatte Paul Nußbaum geheiratet und zwei Kinder bekommen, Jakob und Sophie.

Ottilie war mit Jean Lanners vermählt, ebenfalls zwei Kinder, Léini und Pit, so weit war alles in Ordnung.

Aber was sollte der Strich unter Lisbeths Namen?
Und wieso stand dort *Johanna* – ihr Name?
Ihre Blicke flogen zurück.
Dorothea Sänger und Matthias Fuchs, die Eltern.
Darunter aufgereiht die Söhne; Severin, Heinrich, Christoph, Georg – nach Georg blieb das Blatt leer.
Keine Tochter, dafür stand ihr Name unter Lisbeths ...
Das würde ja bedeuten, dass man sie ihr ganzes Leben lang angelogen hatte ...
Vor Johannas Augen verschwamm plötzlich alles, und wie in einem magischen Puzzle setzten sich die Teile neu zusammen.
Sie stieß einen Schrei aus.
«Mama?», fragte Klara erschrocken, stützte sich auf Johannas Knie ab und betrachtete ernst deren Gesicht.
«Du kannst nichts dafür, mein Liebes», sagte sie schnell. «Mama ist gerade nur sehr durcheinander. Hättest du nicht das Buch heruntergerissen, hätte ich doch niemals ...»
Sie begann, den dicken Wälzer auszuschütteln.
Das konnte doch nicht Lisbeths einzige Botschaft an sie sein – die Botschaft ihrer MUTTER!!!
Und tatsächlich fand sich in der Buchmitte ein Umschlag, den sie mit zittrigen Händen öffnete.

Geliebtes Kind,
wie gern säße ich gerade neben Dir, wenn Du diese Zeilen liest. Ja, ich bin Deine Mutter, Johanna, nicht Dorothea, die Du all die Jahre dafür gehalten hast. Mit achtzehn habe ich mich Hals über Kopf in Louis

verliebt. Er war fünfzehn Jahre älter als ich, Franzose, getrennt lebend, aber noch nicht geschieden, und Dein Großvater ist vor Wut über diese Mesalliance an die Decke gegangen. Auch meine Geschwister waren geschlossen gegen Louis, obwohl sie ihn kaum kannten. Verbot folgte auf Verbot, ich habe getrickst und gelogen, bis sie mich eingesperrt haben, doch unsere Liebe war stärker. Irgendwann konnte ich ihnen entwischen und verbrachte mit meinem Geliebten ein paar zauberhafte Wochen in der Lorraine.

In jener von Glück erfüllten Zeit wurdest Du gezeugt. Leider haben sie uns Detektive auf den Hals gehetzt, die uns schließlich aufgestöbert und mich wie eine Gefangene zurück nach Trier verschleppt haben. Louis drohten sie, einen Prozess wegen Verführung einer Minderjährigen anzuhängen, dabei war ich doch längst erwachsen.

Louis war so unglücklich, so durcheinander, zumal seine Reputation als Geschäftsmann auf dem Spiel stand, dass er, der in meiner Gegenwart nie mehr als ein Glas Wein trank, wohl eine ganze Flasche oder sogar mehr geleert hat. In dieser desolaten Verfassung hat ihn nachts ein Fuhrwerk angefahren. Er stürzte unglücklich auf das Pflaster. Genickbruch. Er war sofort tot.

Ich wollte ebenfalls sterben, um wenigstens im Tod mit ihm vereint zu sein, wenn wir es schon im Leben nicht sein durften, und habe mir die Pulsadern aufgeschnitten. Als ich wieder zu mir kam, lag ich in einer Klinik, schwanger, wie man mir eröffnete, und als Selbstmordkandidatin außerstande, für ein Kind zu sorgen.

Du solltest ins Waisenhaus kommen.

Ich in die Irrenanstalt.

Kein Makel sollte an der edlen Familie Fuchs haften, deren Leumund unter allen Umständen tadellos bleiben musste.

Um ein Haar hätte ich alle Tabletten auf einmal geschluckt, um doch noch bei Louis zu sein, aber der Gedanke an Dich hielt mich in letzter Minute zurück. Und dann fielen sie alle geschlossen über mich her. Allen voran Dorothea, weil sie sich eine so treffliche Lösung für mein Problem ausgedacht hatte: Sie würde offiziell Deine Mutter sein, vorgetäuschte Schwangerschaft inklusive, die sie aus gesundheitlichen Gründen in der Schweiz verbringen würde. Ich sollte Dich in einem Kloster austragen und gebären. Nach Deinem ersten Schrei würdest Du nicht mehr mein Kind sein ...

Sie haben mich dafür bezahlt, Johanna, mir mein gesetzliches Erbteil vorgestreckt, und ich war in jenen Tagen so ängstlich, so einsam und so verzweifelt, dass ich schließlich tatsächlich eingewilligt habe. Immerhin konnte ich so sicher sein, dass Du in Wohlstand und Frieden aufwachsen konntest statt im Waisenhaus. Niemals sollte ich Dich sehen dürfen, keinerlei Kontakt zu Dir aufnehmen, das musste ich unterschreiben. So blieb mir nur ein erster und gleichzeitig letzter Blick auf Dein rotgoldenes Köpfchen – die Haarfarbe deines Vaters, als man Dich aus meinen Armen riss und einer Amme übergab.

Im Hintergrund Dorotheas freudestrahlendes Gesicht – sie hatte nun endlich die Tochter, die sie sich stets gewünscht hatte!

Ich blieb mit leerem Bauch und wundem Herzen zurück, einige Zeit dem Tod näher als dem Leben – bis ich mein Idyll in Altenburg fand, wo das Fuhrwerk, mit dem wir vom Kloster heimfuhren, eine Panne hatte, und zwar direkt vor Haus Nummer achtzehn, das zum Verkauf stand. Eine Fügung des Schicksals – das wusste ich sofort.

All meine Liebe, die ich Dir nicht schenken durfte, habe ich fortan in das Haus und das Stückchen Erde gesteckt, in meine Tiere, die mir nach und nach ans Herz gewachsen sind, in ein Leben, das einfach war, das ich jedoch mehr und mehr so führen konnte, wie ich wollte.

Als dann die Füchsin mich eines Nachts besuchen kam, hatte ich mich endlich ganz gefunden ...

Irgendwann später habe ich die Kraft der Kunst für mich entdeckt, die mich mehr und mehr erfüllt, und ich hoffe inständig, dass es Dir genauso ergehen wird.

Einmal in all den Jahren habe ich den unseligen Pakt gebrochen und bin nach Trier gefahren, weil ich Dich einfach sehen MUSSTE. Doch ich traf in der Villa nur Deine spielenden Brüder an und wollte gerade unverrichteter Dinge wieder davon, da sah ich euch beide kommen, Du in einem roten Mäntelchen an Dorotheas Hand.

Wie schön Du warst, wie strahlend, so sehr wie er!

Louis' Tochter, dachte ich voller Freude. Unser wunderbares Kind der Liebe.

Ich möchte Dich um Verzeihung bitten, dass ich nicht mutiger war. Ich wollte warten, bis Du volljährig bist, um alles aufzuklären, kein Kind mehr, sondern eine er-

wachsene Frau, die Anspruch darauf hat, zu erfahren, wer sie ist.
Ein Fest für uns beide sollte es werden, der Zukunft – deiner Zukunft – zugewandt.
Dass Du nun diese Zeilen liest, bedeutet, dass ich das leider nicht mehr erleben darf. Mit meinem Vermächtnis versuche ich, einiges davon wiedergutzumachen. Lebe, lache, liebe, kleine Jeanne, denn so hätte Dein Vater Dich sicherlich zärtlich genannt.
In Liebe
Deine Mutter Lisbeth

Johanna legte den Brief beiseite.

Dann schrie sie noch einmal auf, aus tiefster Tiefe ihrer Seele.

«Was ist passiert?» Eva kam aufgeschreckt die Treppe hinaufgelaufen, die Hand auf ihren Bauch gepresst. «Hast du dich verletzt, Johanna?»

«Angelogen haben sie mich. Alle miteinander. Mein ganzes Leben lang. Das ist passiert», sagte Johanna mit brüchiger Stimme. «Ich habe niemals Brüder gehabt.»

«Wie meinst du das?» Eva starrte sie ängstlich an.

«Lisbeth Fuchs ist meine leibliche Mutter.»

*

Schnee war in diesem Winter bislang nur spärlich gefallen. Doch selbst wenn der Weg zur Bahnstation Sehlem tief verschneit gewesen wäre, Johanna hätte sich heute ihren Weg dorthin gebahnt. Zorn trieb sie an, jener Zorn, der sich seit drei Wochen in ihrem Bauch zu einer heißen Kugel zusammengeballt hatte. Wieder und wieder hatte sie die Zeilen ihrer Mutter gelesen, bis sie den Brief auswendig kannte.

Jene beiden Menschen, die sie ihr Leben lang als Eltern geliebt hatte, hatten Lisbeths Notlage ausgenützt und sie gezwungen, ihnen ihr Kind zu verkaufen. All die Liebe und Fürsorge, die Johanna von ihnen erhalten hatte, erschienen ihr in diesem Licht falsch und aufgesetzt.

Und für dumm hielten sie sie offenbar zudem auch.

Hatten sie wirklich geglaubt, dieser unselige Handel käme niemals ans Licht?

Sie war so schnell bergab gelaufen, dass sie atemlos an der Bahnstation ankam. In der ersten wilden Gefühlsaufwallung hatte sie ursprünglich auch Klara nach Trier mitnehmen wollen, um ihnen vor Augen zu führen, was sie von nun an für immer verpassen würden, doch dann hatte sie sich dagegen entschieden.

Was kümmerte *Onkel* Matthias und *Tante* Dorothea schon das Kind ihrer *Nichte*?

So war Johanna froh, dass sie allein in den spärlich besetzten Zug nach Trier einsteigen konnte, während Eva sich zu Hause in Altenburg um Klara und die Tiere kümmerte. Die Fahrt erschien ihr schier endlos, weil sie innerlich auf die Ankunft hin fieberte. So schnell wie möglich wollte sie alles hinter sich bringen, um dann für alle Zeiten einen Schlussstrich zu ziehen.

Das Datum dafür hatte sie sorgfältig ausgewählt. Das opulente Mittagessen am zweiten Adventssonntag war eine alte Familientradition im Hause Fuchs: Alle würden um den mit Tannengrün und Zapfen geschmückten Tisch versammelt sein, in den Kristallvasen üppig arrangiert weiße und rosafarbene Christrosen.

Serviert wurde stets Wild, Köchin Hildes ganz besondere Spezialität. Wildschweinbraten, Rehragout oder Hirschrücken wusste sie köstlich zuzubereiten. Früher hatte Johanna das rote Fleisch mit dem markanten Eigengeschmack geliebt. Seit Marcs Tod jedoch verursachte ihr allein der Gedanke daran Übelkeit.

Wäre er in jener unheilvollen Nacht nicht auf den oder die Wilderer getroffen – er wäre heute noch am Leben, glücklich vereint mit ihr und ihrem gemeinsamen Kind …

Endlich zuckelte der Zug in den Trierer Bahnhof ein. Schon beim Aussteigen schlug Johanna eine steife Brise entgegen, und der Wind wurde noch stärker, nachdem sie den Bahnhof verlassen hatte.

Doch heute konnte nichts und niemand sie aufhalten.

Sie zog den blauen Hut tief in die Stirn, wickelte den Schal enger um den Hals und stemmte sich gegen den Wind, ging so schnell, dass sie für den Weg quer durch die Innenstadt bis in die Saarstraße kaum mehr als zwanzig Minuten brauchte.

Reichlich zerzaust und noch wütender kam Johanna vor der elterlichen Villa an. Für einen Moment fühlte sich das imposante Haus, das ihr jahrelang Schutz und Sicherheit geschenkt hatte, vertraut an – doch dann zersplitterte dieses warme Gefühl in der kalten Winterluft.

Ein Blick auf ihre alte Armbanduhr: Zehn nach eins, was bedeutete, dass der erste Gang gerade aufgetragen worden war.

Sie drückte auf die Klingel, einmal, zwei Mal, drei Mal, bis Auguste an die Tür gelaufen kam.

«Die Herrschaften speisen gera...», sagte sie barsch. Dann verstummte sie und riss die Augen auf. «Fräulein Fuchs», fuhr sie freundlich fort. «Aber meines Wissens werden Sie doch gar nicht erwartet ...»

«Lässt du mich trotzdem rein?»

Ohne eine Antwort abzuwarten, betrat Johanna das Haus und steuerte geradewegs das Esszimmer an.

«Sie wollen nicht ablegen?», rief Auguste ihr hinterher.

«Nicht nötig, ich bleibe nicht lange.»

Die Unterhaltung am Tisch verstummte abrupt, als sie den Raum betrat. Alle Blicke flogen zu ihr.

Besser hätte sie es nicht treffen können. An der Tafel saßen nicht nur die Eltern, sondern auch Heinrich und Georg mit ihren Ehefrauen.

Dann eben in einem Aufwasch, dachte Johanna grimmig. So erfahren sie es wenigstens aus erster Hand.

Der Hausherr fand als Erster seine Sprache wieder.

«Hast du auf deinem Dorf inzwischen alle Manieren vergessen? Kommst hier grußlos hereingefegt, ohne dich vorher anzukündigen, was soll das, Johanna? Zieh wenigstens deinen Mantel aus und setz dich ordentlich zu uns an den Tisch. Auguste soll ein weiteres Gedeck auftragen ...»

«Nur keine Umstände, Onkel Matthias», unterbrach sie ihn. «Ich bin nicht hungrig.»

Was nicht ganz der Wahrheit entsprach, denn Hildes berühmte Weißweinsuppe dampfte appetitlich aus den Tellern.

«Also nicht nur kein Benimm mehr, sondern auch noch den Verstand verloren?» Sein Gesicht färbte sich gefährlich rot.

«Ganz im Gegenteil», erwiderte Johanna eisig. «Ich spreche dich genau so an, wie es korrekt ist. Als den Bruder meiner Mutter Lisbeth.»

«Johanna, wie kannst du nur!», ereiferte sich die Hausherrin.

«Ich sage einfach nur die Wahrheit, Tante Dorothea, nach fast einem Vierteljahrhundert der Lügen.» Johanna trat näher zum Tisch. «Gekauft habt ihr mich wie ein Paar Schuhe, trickreich meiner Mutter abgeluchst, die zu krank und zu schwach war, um sich dagegen zu wehren.»

Die schwangere Meta schaute erschrocken zu ihrem Mann, während Heinrich und Greta Johannas Auftritt mit größtem Interesse verfolgten.

«Aber Kind, was sagst du denn da ...» Dorothea stand auf und wollte sie umarmen.

Johanna wich zurück. Von dieser Frau jetzt berührt zu werden, hätte sie nicht ertragen.

«Ich war nie euer Kind, und ihr wart niemals meine Eltern.»

«Was soll dieser Affenzirkus?» Georg runzelte die Stirn und warf unwillig seine Serviette auf den Tisch. Von der Schlägerei mit den Separatisten war sein linkes Auge noch immer in Mitleidenschaft gezogen. Es würde ganz ausheilen, das wusste sie von Martha. Die schwarze Augenklappe, die er trug, ließ ihn aussehen wie einen Piraten. «Offensichtlich bist du gerade nicht ganz bei Trost, Schwesterchen. Vielleicht sollten wir dir ...»

«Cousine», unterbrach ihn Johanna. «Ich bin deine Cousine, Georg. Und auch deine, Heinrich. Ihr hattet niemals eine Schwester. Das ist die Wahrheit! Lisbeth ist nicht meine Tante, sie ist meine *Mutter*!»

Jetzt schrie sie.

«Wer auch immer dir diesen Unsinn eingeredet hat, der gehört bestraft», versuchte Matthias Fuchs noch einmal sein Glück. «Unsereins hat viele Neider ...»

«Ich weiß es von ihr selbst», erwiderte Johanna, inzwischen ruhiger, obwohl ihr das Herz noch immer bis zum Hals schlug. «Lisbeth hat es mir in einem Brief offenbart, den ich wie ein Heiligtum hüte. In ihrem Haus atmet alles ihren Geist. Ihre Inspiration hat auch mich beflügelt.» Sie hob die Hände hoch. «Mit meinen eigenen Händen erschaffe ich Kunst und Gebrauchsgegenstände, ganz in ihrer Tradition. Wie konntet ihr mich nur um das Leben mit dieser wundervollen Mutter betrügen?»

Es war still im Esszimmer geworden.

«Ist das wahr, Mutter?» Heinrichs Stimme klang seltsam dünn. «Ist diese Lisbeth Johannas leibliche Mutter?»

«Mutter, Mutter», fauchte Dorothea zurück. «Was heißt schon Mutter? Ein verantwortungsloses junges Ding war sie. Hat sich einem verheirateten Ausländer an den Hals geworfen und mit ihm Unzucht getrieben. Alle haben sie angefleht, das sein zu lassen. Aber sie wollte nicht hören – auf niemanden. Natürlich konnte das auf Dauer nicht gut gehen. Und als sie dann in ernsthafte Schwierigkeiten geraten war, musste die Familie ...»

«Lisbeth war schwanger mit mir. Das waren ihre

Schwierigkeiten. Und sie hat ihren Louis von ganzem Herzen geliebt», unterbrach Johanna sie. «Wie auch er sie geliebt hat. Seine Briefe sind voller Tiefe und Poesie. Aber ihr habt die beiden wie Verbrecher gejagt.»

«Wir mussten sie doch irgendwie zur Vernunft bringen», sagte Matthias. «Was schwer genug war. Lisbeths Verführer kam bei einem Unfall ums Leben. Danach hat sie vollends den Verstand verloren. Wollte Selbstmord begehen, obwohl sie schwanger war – wie gewissenlos! Dann stündest du heute nicht hier ...»

Sie kämpfen noch immer mit allen Mitteln, dachte Johanna. Und die Wahrheit spielt dabei keine Rolle.

«Dass sie schwanger war, hat Lisbeth erst in der Klinik erfahren. Mich, ihr Kind, hätte sie niemals in Gefahr gebracht. Dort habt ihr mit Irrenanstalt und Waisenhaus gedroht und ihr so lange zugesetzt, bis sie bereit war, auf euren Handel einzugehen», sagte sie. «Sie musste unterschreiben, mich niemals zu sehen. So grausam wart ihr!»

«Das Geld hat Lisbeth ganz gern genommen.» Kalt und geschäftsmäßig hörte Matthias sich an. War das wirklich der Mann, den Johanna ein Leben lang für ihren Vater gehalten hatte?

«Was blieb ihr denn anderes übrig?», konterte sie. «Von etwas musste sie schließlich leben.»

In seinem Gesicht begann es zu zucken. Seine Stimme war brüchig, als er sagte: «Und was ist mit dir, Johanna? Du hast es doch genossen, in unserer Villa groß zu werden, im schönen, traditionsreichen Trier. Wir haben dir ein luxuriöses Zuhause gegeben, dich ernährt, erzogen, geliebt – soll das jetzt auf einmal nichts mehr wert sein? Das alles verlierst du für immer, wenn du dich gegen uns wendest. Denn unsere Großzügigkeit hat natürlich auch ihre Grenzen ...»

«Ja, meine Kindheit war schön», erwiderte Johanna und strengte sich an, ruhig dabei zu bleiben. «Soweit Lügen eben schön sein können. Falls du gerade andeuten willst, dass ich künftig keine finanzielle Unterstützung mehr von euch erwarten kann – damit habe ich gerechnet. Und es macht mir nichts aus. Meine Mutter hat mich mit allem ausgestattet, was ich für mein Leben brauche. Außerdem habe ich zwei gesunde Hände. Ich kann arbeiten und Geld für mich und mein Kind verdienen. Um die Brüder allerdings tut es mir leid – es hat sich gut angefühlt, vier große Brüder zu haben ...»

«Das hast du dir jetzt selbst eingebrockt, *Cousinchen*», sagte Georg abfällig. «Ich wusste von Anfang an, dass Altenburg eine Schnapsidee ist. Wieso konntest du nicht alles so lassen, wie es war?»

«Ich will dein Bruder bleiben.» Heinrich war aufgestanden und nestelte an seiner Brille. «Und Christoph sicherlich auch. Weiß er ...»

«Ich habe ihm geschrieben», sagte Johanna. «Die Lügen müssen endlich ein Ende haben. Wir können ja nach wie vor eng verbunden bleiben, Heinrich, auch wenn wir nicht Schwester und Bruder sind. Das wünsche ich mir sogar von ganzem Herzen. Ebenfalls gingen Briefe an Tante Gertrud, Tante Martha und Tante Ottilie. Dass ich Lisbeths Tochter bin, dürfte ihnen ja hinlänglich bekannt sein, aber nicht, dass die Wahrheit endlich ans Licht gekommen ist. Sophie ist ebenfalls informiert. Nun wissen alle Bescheid.»

Sie wandte sich wieder Dorothea und Matthias zu. «Von euch erwarte ich mehr als Anschuldigungen und Beschimpfungen gegen eine Tote, die ihr um ihr Kind gebracht habt. Ich bin inzwischen selbst Mutter und kann nachempfinden, wie sie sich gefühlt haben muss ...»

«Auf den Weg der Liederlichkeit und Schande bist du ihr jedenfalls nachgefolgt. Hast wie Lisbeth unseren guten Ruf in den Schmutz gezogen», bellte Dorothea. «Bedeutet dir der Name Fuchs denn gar nichts? So habe ich dich nicht erzogen, Johanna. Schämst du dich eigentlich nicht?»

«Wegen meiner Liebe zu Marc? Und meines wunderbaren Kindes?» Johanna schüttelte den Kopf. «Kein bisschen – ich bin vielmehr stolz darauf. Und ebenso stolz trage ich den Namen Fuchs – den Namen meiner Mutter. Was nun euch beide betrifft: Solange ihr keine Reue zeigt für das, was ihr meiner Mutter und damit auch mir angetan habt, will ich nichts mehr von euch wissen.»

Ein wenig genoss sie die Fassungslosigkeit in ihren Gesichtern, während ihr Herz sich doch schmerzlich zusammenzog.

«Adieu», sagte sie. «Ihr wisst, wo ihr mich findet.» Sie drehte sich um und ging aus dem Raum. In ihren Augen begann es zu brennen, aber noch musste sie sich zusammennehmen.

Gleich hatte sie es geschafft.

Lina und Auguste, die wohl heimlich vor der Tür mitgehört hatten, sahen sie zutiefst erschrocken an.

«Macht es gut», sagte Johanna mit gefährlich zitternder Unterlippe. «Grüßt Hilde und Gustav von mir. Und danke noch einmal für alles.»

Draußen angekommen, spürte sie den Biss des Winters auf der Haut. Schon bei den ersten Schritten fing sie an zu weinen.

Aber sie drehte sich nicht um.

*

JANUAR 1924

Eva gefiel ihr ganz und nicht, schon seit zwei Wochen machte Johanna sich Sorgen um sie. Natürlich nahm jede Frau, die ein Kind erwartete, stark zu. Auch sie selbst hatte gegen Ende der Schwangerschaft nicht nur mit dem wachsenden Bauch, sondern zudem mit geschwollenen Füßen und gelegentlichen Wadenkrämpfen zu kämpfen gehabt. Evas hübsches Gesicht jedoch war nicht runder geworden, sondern wirkte regelrecht aufgequollen, sie schaffte ohne Keuchen nicht einmal die kleinste Stufe und passte in keinen einzigen Schuh mehr. Den weihnachtlichen Kirchgang zur Christmette hatte sie schon nicht mehr bewältigen können, doch seitdem war es noch schlimmer geworden. Dabei lagen noch gute vier Wochen vor ihr.

Merkwürdigerweise war die erfahrene Hebamme, die bei Schwangerschaftsbeschwerden anderer Frauen mit ihren Kräutern und Tinkturen kundig Abhilfe geschaffen hatte, bei sich selbst lange Zeit unbekümmert. Zwar hatte sie sich diverse Teemischungen aus Mäusedorn, Rosskastanien und Steinklee gebraut, um die lästigen

Wassereinlagerungen im Körper loszuwerden, doch diese halfen ebenso wenig gegen ihre Beschwerden wie die Weinrebcreme, mit der sie ihre Beine einrieb.

Als Johanna ihr einen Teller Suppe neben das Bett stellte, um ihr die beschwerliche Treppe nach unten zu ersparen, und dabei die Dösende sanft anstupste, fiel ihr auf, wie rasend schnell Evas Herz schlug.

«Du musst zum Arzt», sagte sie resolut. «Morgen fahren wir zu Onkel Paul nach Wittlich.»

«Und wie kommen wir dorthin?» Eva lächelte matt. «Den Fußweg zur Bahnstation schaffe ich so gewiss nicht mehr ...»

«Wir steigen morgens beim Milchwagen zu, der die Kannen zur Sammelstelle nach Sehlem bringt. Ich bitte Kätt, sich um Klärchen zu kümmern. Die Tiere versorge ich noch zuvor. Onkel Paul verfügt über jahrzehntelange medizinische Erfahrung. Der soll dich gründlich untersuchen. Danach wissen wir sicherlich mehr.»

«Oder wir holen die alte Bäbb aus Gladbach», schlug Eva vor. «Die kennt auch jedes Kraut ...»

«Die Kräuter haben nicht geholfen; was du jetzt brauchst, ist eine präzise ärztliche Diagnose. Und die holen wir uns morgen.»

Zapfig kalt war es auf dem Fuhrwerk, obwohl Johanna und Eva in dicke Decken eingeschlagen waren. Das Problem mit den klaffenden Schuhen hatte Bernhard Wimscheid gelöst, der für die Reise nach Wittlich ein Paar seiner Stiefel zur Verfügung stellte. Noch einer aus dem Dorf, der die beiden Frauen erfreulicherweise nicht mit Ächtung strafte, im Gegenteil: Brauchten Johanna, Eva und Kätt mal ein Stündchen für sich, holte er die Kinder in seine Küche.

Zwar musste Eva drei Paar Socken übereinanderziehen, um überhaupt in den Männerstiefeln laufen zu können, aber sie bekam sie immerhin zu.

Als Johanna die Leihgabe frühmorgens bei Wimscheid abgeholt hatte, kam ihr der Waldarbeiter Karl entgegen, der sie verlegen grüßte und zusah, dass er weiterkam.

Hatte er dem Lehrer Holz gebracht?

Es war nicht das erste Mal, dass sie ihn so zeitig beim Schulhaus gesehen hatte ...

Als sie Sehlem endlich erreicht hatten und absteigen konnten, waren sie bis auf die Knochen durchgefroren. Bis zur Bahnstation waren es nur wenige Meter, danach jedoch musste Johanna Eva ja auch noch in den Zug hieven.

Beide schnauften, als auch das endlich geglückt war.

Evas Gesicht wirkte grau, nur die Wangen brannten rot.

Johanna wurde immer ängstlicher zumute. Was fehlte Eva?

Und vor allen Dingen: Wie sollte sie die Schwangere in diesem Zustand zurück nach Altenburg bekommen? Jetzt wäre der große Wagen ihres einstigen Vaters hilfreich gewesen – aber dieser Luxus war wohl für alle Zeiten vorbei.

Weder von ihm noch von Dorothea war seit jenem Adventsmittagessen ein Wort gekommen. Greta und Heinrich dagegen hatten sie erst kürzlich in Altenburg besucht, mit der Kleinen gespielt und ihre ungebrochene Zuneigung für Mutter und Kind beteuert. Auch die Briefe der anderen Tanten, die bei Johanna eingetrudelt waren, gaben Grund zur Hoffnung. Ottilie wie auch Martha schienen erleichtert, dass endlich Klarheit herrschte und sie nichts mehr vor Johanna verbergen mussten. Sogar die prüde Tante Gertrud in Wiesbaden schien über sich selbst hinauszuwachsen und verlor nicht ein Wort über Klaras Status als uneheliches Kind, sondern sandte wie zur Entschuldigung ein rot kariertes Kleidchen, mit dem Klara sofort in die Küche zum einzigen Spiegel im Haus stapfte, wo Johanna sie hochhob, damit sie sich bewundern konnte.

Am erfrischendsten war wie zu erwarten Sophies Kommentar aus Köln.

Du – Lisbeths leibliche Tochter? Was für ein Geschenk! Zu dieser kreativen Frau mit den vielen Talenten passt Du so viel besser als zu Etepetete-Doro, *wie wir Deine vermeintliche Mutter immer heimlich genannt haben. Und Cousinen bleiben wir ja zum Glück so oder so …*

Diese junge, tatkräftige Frau hätte sie jetzt als Unterstützung dabeihaben sollen, mit ihr an der Seite wäre die Reise ins Ungewisse ein Klacks. Aber Sophie war weit weg, und so musste es eben ohne sie gehen.

Doch Johanna hatte sich mit der Entfernung verschätzt. Die Wittlicher Innenstadt war noch ein ganzes Stück entfernt, da seufzte Eva bereits schmerzerfüllt auf.

«Ich kann nicht mehr, Johanna», sagte sie matt. «Meine Beine sind schwer wie Blei, und mir ist so schwindelig …»

Was nun? Sie würde ihr noch auf der Straße zusammenbrechen, das durfte nicht passieren.

Johanna hielt das nächste Fuhrwerk an, das ihren Weg kreuzte.

«Ein Notfall», sagte sie. «Bitte helfen Sie uns. Ich bin die Nichte von Dr. Nußbaum – wir müssen dringend zu ihm.»

«Der Arzt in der Schlossstraße?», fragte der Mann mit den hellen, wachen Augen, der Holzstämme geladen hatte.

«Genau der.»

«Steigen Sie auf. Ich bringe Sie hin.»

Leichter gesagt, als getan. Er musste absteigen, danach schoben Johanna und er Eva mühsam auf den Kutschbock.

«Ein guter Arzt», sagte er, als auch Johanna saß und die Pferde lostrabten. «Hat meinem Sohn bei den Masern geholfen. Ohne ihn wäre unser Josef wahrscheinlich gestorben.»

Vor dem zweistöckigen Wohnhaus in der Schlossstraße hielt er an und war Johanna und vor allem Eva beim Absteigen behilflich.

«Danke», sagte Johanna. «Sie waren unsere Rettung, vielen, vielen Dank.»

Verlegen ob ihres Überschwangs, kletterte er rasch wieder auf seinen Bock.

«Maacht et joht», sagte er und fuhr weiter.

Die Praxis lag rechts im Erdgeschoss, die Wohnung der Familie Nußbaum links, ein Umstand, den Martha schon oft bedauert hatte, weil viele Patienten auch nach den Sprechstunden bei ihnen läuteten. Sie ging ihrem Mann seit Jahren zur Hand; dazu gab es noch Fräulein Gradl, eine junge, blonde Sprechstundenhilfe, die manchmal ein wenig schnippisch wirken konnte.

Zum Glück stand Martha selbst am Empfangstresen, als sie hereinkamen, und erfasste mit einem Blick Evas jämmerlichen Zustand.

«Gut, dass ihr da seid», sagte sie freundlich-resolut. «Zieht schon mal die Mäntel aus. Mein Mann wird sich Ihrer gleich annehmen, liebe Eva.»

Zu Johanna war sie nett wie immer, vielleicht sogar noch eine Spur herzlicher als früher.

Die Praxis wirkte mit ihrer dunkelbraunen Möblierung ein klein wenig altmodisch, so lange praktizierte Johannas Onkel bereits in Wittlich, aber alles strahlte vor Sauberkeit. Es gab zwei Behandlungszimmer und viele Stammpatienten, und jedes Jahr kamen immer noch neue dazu. Das Erfolgsgeheimnis von Dr. Paul Nußbaum war seine Ausstrahlung. Schlank und hochgewachsen, mit dichtem, inzwischen ergrautem Haar, schauten seine dunklen Augen hinter der randlosen Brille jeden Patienten so warm an, dass dieser sich sofort gut aufgehoben fühlte.

«Sie sind also die berühmte Eva Berg», begrüßte er Eva. «Ich hab schon viel über Sie und Ihre Hebammenkünste gehört.»

«Hoffentlich nur Gutes», erwiderte sie schwach.

«Allerdings. Und jetzt sind Sie selbst in anderen Umständen und fühlen sich gar nicht wohl, wie ich sehe. Kommen Sie mit in mein Sprechzimmer. Dort wollen wir durch ein paar Untersuchungen erste Ursachenforschung betreiben. Und du, Johanna, gehst am besten solange ins Wartezimmer.»

Wie nebenbei wies er seine Frau an, die anderen Patienten, die dort noch saßen, auf den nächsten Tag zu vertrösten.

Johannas Anspannung wuchs. Hoffentlich konnte er Eva helfen.

Eine schier endlose Weile verstrich, bevor er Johanna hereinrief. Zwischendrin war Martha mehrfach mit Röhrchen und Becherchen hinein- und wieder hinausgegangen: Eva hatte Urin abgeben müssen, und ihr war Blut abgenommen worden.

«Sie müssen ins Krankenhaus, Frau Berg», sagte er gerade mit ernster Stimme, als Johanna eintrat. «Auf die gynäkologische Station, und zwar sofort. Ich befürchte eine fortgeschrittene Schwangerschaftsvergiftung, und damit ist nicht zu spaßen. Ihr Bluthochdruck, die Ödeme in den Beinen, dazu Eiweiß im Urin – das alles zusammen sind untrügliche Anzeichen. Sie haben doch selbst gespürt, dass etwas nicht in Ordnung ist, oder?»

Eva nickte. «Aber ich wollte es nicht wahrhaben», flüsterte sie. «Ich habe schon einmal ein Kind verloren, und wenn ich ...»

«Daran sollten Sie jetzt nicht denken», befahl er väterlich. «Ich bringe Sie mit der Droschke ins St.-Elisabeth-Krankenhaus. Dort werden sich die Ärzte und Schwestern Ihrer annehmen.»

«Und ich?», fragte Johanna.

«Du wartest hier. Sobald wir mehr wissen, erhältst du Bescheid.»

Stunden vergingen, in denen Johanna immer unruhiger wurde. Am Mittagstisch mit Martha und Jakob, der von seinen Hausbesuchen zurückgekehrt war, brachte Johanna kaum etwas von dem schmackhaften Wintereintopf herunter, so sehr sorgte sie sich um Eva und ihr Kind.

«Die Ärzte in der Klinik verstehen ihr Handwerk», versuchte Martha sie zu beruhigen. «Und schließlich ist Eva Berg bei Geburten doch ein Profi ...»

«Aber jetzt betrifft es sie selbst ...» Johanna verstummte. *Und es ist Christophs Kind, das in Gefahr ist*, hätte sie beinahe gesagt.

Es war Nachmittag, als ihr Onkel in die Praxis zurückkehrte. Blass sah er aus, hatte dunkle Schatten unter den Augen.

«Notkaiserschnitt», sagte er. «War allerhöchste Zeit. Ein schwerer Fall von Schwangerschaftsgestose. Wäre das Kind noch länger im Mutterleib geblieben, wäre die Vergiftung fortgeschritten und hätte vielleicht die mütterliche Leber befallen, doch das konnte gerade noch verhindert werden.» Er lächelte müde. «Eva wird wieder ganz gesund, jetzt, wo sie die Geburt hinter sich gebracht hat.»

«Und das Kind?», flüsterte Johanna angstvoll.

«Ein schönes Mädchen mit dunklen Haaren und hellen Augen. Marie soll sie heißen, hat deine Freundin gesagt. Sie ist leicht, da vor der Zeit geboren, aber zum Glück gesund. Das holen die Kleinen in der Regel schnell auf.»

«Eva ist schon wieder wach?», fragte Johanna. «Dann muss ich zu ihr.»

«Sie ist ziemlich mitgenommen, hat eine Menge Blut verloren.»

«Nur ganz kurz, bitte! Ich muss sie und die Kleine sehen, bevor ich zurück zu Klara fahre.»

«In Ordnung. Eva möchte dich auch unbedingt sehen. Die Droschke soll dich zu ihr bringen und gleich vor dem Krankenhaus warten. Dann bekommst du noch den Zug nach Sehlem.»

«Danke, du bist der Beste! Was hätten wir nur ohne dich gemacht. Du bekommst gleich nächsten Monat ein Paket mit Ziegenkäse.»

Er lachte. «Das war wirklich nicht der Rede wert. Und nun los, Mädchen. Pass auf dich auf und grüß mir dein Töchterchen, wenn du heimkommst.»

«Marie, Marie, Mariechen», flüsterte Johanna, als sie einen Blick auf den fest eingewickelten Säugling werfen durfte, den eine der Schwestern im klösterlichen Ornat nach viel Betteln kurz hereingetragen hatte. «Willkommen im Leben!»

Sie hatte sich als Evas Schwester ausgegeben – aber war es nicht auch fast so?

«Wie dein Vater siehst du aus ... Christoph wird so stolz auf dich sein», fügte sie leise hinzu.

Das Neugeborene wurde wieder hinausgetragen.

Dann wandte sie sich Eva zu. «Wie geht es dir?», fragte Johanna liebevoll.

«Weiß noch nicht so recht», murmelte Eva mit geschlossenen Augen. «Von der Narkose ist mir speiübel. Mein Bauch tut weh. Und ungeheuer schwach fühle ich mich. So viel Blut – als würde das Leben langsam aus mir heraussickern ...»

«Sag das nicht!», beschwor sie Johanna. «Das sind die

Nachwehen des Kaiserschnitts, und es wird bestimmt ganz bald besser. Du bist doch hier in den allerbesten Händen!»

«Hoffentlich.» Eva musterte Johanna. «Aber eines musst du mir versprechen», sagte sie mit überraschend fester Stimme und hob den Kopf ein wenig: «Wenn mir etwas zustößt, wirst du dann Mariechens Mutter? Zu Christoph in dieses Berlin kann sie nicht, sie soll hier aufwachsen, in der Heimat.» Ihr Kopf sank aufs Kissen zurück. Flehend sah sie Johanna an.

«Dir stößt doch nichts zu, Eva, du bist jetzt erschöpft, aber im Nu wieder vollkommen gesund, das hat auch Onkel Paul versichert ...»

«Wirst du?», unterbrach sie Eva. «Bitte versprich es mir!»

Johanna machte einen tiefen Atemzug. «Ja, ich verspreche es», sagte sie.

9
ALTENBURG/KÖLN, 1928

Klaras bunte Schultüte war mit Süßigkeiten aus Likas Lädchen gefüllt, ebenso wie die kleinere für Mia, die bitterlich geweint hatte, als sie mit ihren vier Jahren nicht wie die ältere Schwester nach Ostern eingeschult werden sollte.

«Bin doch schon groß», hatte sie geschluchzt. «Kann auch malen und schreiben!»

In der Tat stellte sie sich für ihr Alter mit Stiften oder Wachsmalkreiden erstaunlich geschickt an. Woche für Woche entstanden stapelweise neue bunte Bilder, und Johanna sammelte die schönsten davon in einer Mappe, die sie gern gemeinsam durchblätterten.

Klara hatte der kleinen Maria den Kosenamen Mia gegeben, und seitdem hieß sie im ganzen Dorf so. Natürlich hatte sich wie ein Lauffeuer herumgesprochen, was Eva im St.-Elisabeth-Krankenhaus zugestoßen war. Keine der Landfrauen entband gern in der Klinik; ab jetzt würde Evas Nachfolgerin im Landkreis erst recht ordentlich zu tun haben. Dass die junge Hebamme keine vierundzwanzig Stunden nach der Geburt verblutet war, rief in Altenburg allgemeine Bestürzung hervor und bewirkte bei manch einem, der sie früher verurteilt hatte, einen Sinneswandel. Und noch etwas änderte sich: Dass Johanna das Neugeborene aufgenommen hatte und so liebevoll wie ihr eigenes Kind aufzog, brachte ihr einiges an Respekt ein.

Auch Kätt war mit dieser Lösung mehr als einverstanden. Der Tod ihrer Schwester hatte sie schwer mitgenommen. Nur sehr langsam fasste sie wieder Lebensmut, auch wenn sie, wie es ihre Art war, darüber nicht allzu viele Worte verlor.

«Wellem wird seit ein paar Jahren immer verschrobener, der hätte niemals erlaubt, dass ich die Kleine zu mir nehme. Außerdem säuft er heimlich. Die Kinder und ich ducken uns, um ihm dann nicht in die Quere zu kommen. Da hat es Mia bei dir doch sehr viel besser ... Immerhin hat er das Wildern sein gelassen. Früher hatte ich ihn immer in Verdacht, den Hasen, den er mir zum Zubereiten hinwarf, selbst geschossen zu haben.»

Johanna horchte auf bei ihren Worten, sagte aber nichts. Wenn Wellem wilderte, war Marc ihm dann möglicherweise in den Wäldern begegnet? Er hatte es jedenfalls nie erwähnt. Noch immer schmerzte sie der Verlust so sehr und der Gedanke, dass Klara ohne Vater aufwachsen musste. Aber immerhin hatte sie eine Schwester.

Johanna war die einzige Mutter, die Mia je gekannt hatte, deshalb ging ihr das erste «Mama» auch flüssig über die Lippen, als sie zu sprechen begann. Johanna fühlte sich mit ihr tief verbunden. So war es schon gewesen, als Onkel Paul ihr das winzige Bündel in einer Droschke nach Altenburg gebracht hatte, so dick eingemummelt, dass nur das Gesichtchen herausgeschaut hatte.

«Wärme, Wärme und noch einmal Wärme», hatte er gepredigt und ein dickes Schaffell aus seiner Tasche geholt, das als Unterlage in die Wiege kam, aus der Klara längst herausgewachsen war. «Kann sein, dass sie am Anfang nicht gut trinkt, das kommt bei zu früh Geborenen manchmal vor, und mit Muttermilch kannst du ja nun mal nicht dienen. In der Regel jedoch funktioniert es auch mit Ziegenmilch. Aber trinken muss sie, zunehmen und an Kraft gewinnen. Hier ist Geduld gefordert, *viel* Geduld, auch wenn das meiner temperamentvollen Nichte womöglich nicht immer ganz leichtfallen wird ...»

Er grinste Johanna wie ein Lausbub an.

In Geduld hatte sie sich also notgedrungen geübt, in jenem ersten eisigen Winter von Mias jungem Leben, der mit seinen grauen Tagen gar nicht mehr enden wollte. Zum Arbeiten in der Werkstatt war sie kaum noch gekommen, weil das Wohl der Kleinen im Vordergrund gestanden hatte, sie hatte nur für die nächste Serie ein paar wenige Skizzen gemacht, hatte Gritt porträtiert und auch Kätt, obwohl die sich sträubte und behauptete, keine Zeit für solchen Unfug zu haben.

Zudem hatte Johanna aufpassen müssen, dass Klara nicht eifersüchtig auf den Säugling wurde, also hatte sie mit ihr gespielt, wann immer sie ein paar Minuten Zeit fand.

Einen Monat nach Mias Geburt hatte Christoph weinend vor der Wiege gestanden. Seine Hände zitterten, und er war rappeldürr.

Das Morphin schien ihn fester im Griff zu haben denn je.

«Eva ist tot – und ich habe nicht einmal gewusst, dass sie schwanger war. Das hättest du mir sagen müssen, Johanna, wenn sie es schon nicht getan hat!»

«Das wollte Eva nicht, und daran habe ich mich gehalten, so schwer mir das auch gefallen ist. Du kannst dein Kind übrigens ruhig aus der Wiege nehmen. Die Kleine ist zwar zart, aber nicht zerbrechlich.»

Ziemlich ungeschickt folgte Christoph ihrem Vorschlag, und als er Mia dann in den Armen hielt, weinte er so haltlos, dass Johanna sie ihm bald wieder abnahm und zurücklegte.

«Sie ist deine Tochter», sagte sie, «aber ich habe Eva am Krankenbett versprechen müssen, dass ich sie an Kindes statt annehme. Sie hat wohl eine Ahnung gehabt, deine kluge Eva. Was nun, Christoph?»

«Sag du es mir, Schwest...» Er brach ab.

«Ich muss mich auch erst daran gewöhnen», sagte Johanna leise. «Ganz schön schwer, finde ich.»

Christoph griff nach ihrer Hand, hielt sie fest. «Nach Berlin kann ich sie keinesfalls mitnehmen. Ich muss jetzt erst vom Morphin loskommen. Denn so kann es mit mir nicht weitergehen, das weiß ich selbst. Aber auch wenn ich dieses Höllenzeug loswerden sollte – in mein hektisches Großstadtleben passt kein kleines Kind!»

«Das hat Eva gewusst, und darum hat sie Mia mir anvertraut. Ich bin gern ihre Mutter, aber was ich nicht will, sind neue Lügen. Du bist uns in Altenburg immer willkommen, wenn du dein Kind besuchen willst. Sieh zu, dass du auf die Füße kommst. Dann kann sie vielleicht schon nächsten Sommer eine Woche bei dir verleben. Ihr werdet zusammen den Zoo besuchen und ein

Eiscafé. Sobald Mia groß genug ist, um es zu verstehen, erklären wir ihr das mit den zwei Müttern und dem Berliner Papa, der sie sehr lieb hat. Einverstanden?»

Er ließ ihre Hand los und nahm sie fest in den Arm. «Ob Schwester, ob Cousine – ich liebe dich einfach, Johanna Fuchs!»

Als die Märzenbecher endlich auf den Wiesen blühten, wurde es leichter. Mia war gewachsen, hatte zugenommen, konnte schon das Köpfchen heben und spielte gern mit ihren Händen. Klara, ganz große Schwester, neckte und kitzelte sie, bis sie zu glucksen begann.

In diese Idylle war eines Tages ein stattlicher blonder Mann in Reisekleidung geplatzt, der sich als Cees van Halen vorstellte und darum bat, sich Johannas Stelen ansehen zu dürfen.

«Als Ihr Brief mich seinerzeit erreichte, sah ich keine Möglichkeit, die Stelen in meiner Galerie unterzubringen. Aber ich muss zugeben, diese Stelen lassen mir keine Ruhe. Ich bin ein handfester Mensch, Hokuspokus und Budenzauber sind mir ein Graus, aber über die letzten Monate hab ich doch tatsächlich drei Mal von einem Gesicht geträumt, halb Frau und halb Fuchs. Die Hölzer sehen sogar auf den Fotografien vortrefflich aus.» Sein Lächeln wurde breiter. «Es hat also ein bisschen gedauert, aber voilà, hier bin ich!»

Johanna hätte ihm stundenlang zuhören können. Sein melodisches, ein wenig kratziges Deutsch, das nicht so schwer und wuchtig klang wie aus dem Mund ihrer Landsleute, Weite schwang darin, eine gewisse Weltläufigkeit und ein gutes Maß Humor, der auch in van Halens Augen blitzte, die je nach Lichtverhältnissen ihre Farbe von Grau zu Grün ändern konnten. Ein wenig tat es ihr leid, dass er sich die Arbeiten zuerst allein ansehen wollte, zu gern hätte sie ihn dabei beobachtet.

Nach einer guten Stunde hatte van Halen die Scheune verlassen und kam zu ihr ins Haus zurück.

«Wir sind im Geschäft, wenn Sie wollen. Es wäre mir eine Ehre, Sie vertreten zu dürfen, Frau Fuchs. Ihre Arbeiten sind einzigartig, am ehesten irgendwo zwischen Symbolismus und Surrealismus einzuordnen, und dennoch trifft nichts davon ganz zu. Ich mag daran das solide Handwerkliche, diese Symbiose von Holz und Ton, und vor allem, dass es dabei nicht bleibt. Da gibt es noch etwas anderes, etwas, das sich schwer in Worte fassen lässt, Magie im besten Sinn, Ausstrahlung. Die Stelen wirken ungemein lebendig, das fasziniert mich. Man könnte sich durchaus vorstellen, dass sie in der blauen Stunde eine Art Eigenleben beginnen ...»

«Und Sie glauben, dass sich dafür Käufer f-finden lassen?» Vor lauter Aufregung hatte Johanna gestottert.

«Das will ich doch meinen. Einige meiner Kunden haben ein großes Faible für ausgefallen Zeitgenössisches, was auf Ihre Stelen nicht hundertprozentig zutrifft, denn manche von ihnen wirken in meinen Augen fast archaisch. Aber man vergisst sie nicht mehr, wenn man sie einmal gesehen hat, und ich könnte mir vorstellen, dass der eine oder andere Kenner auch mehrere auf einmal wird erwerben wollen. Ich denke da zunächst an einen kleinen, elegant aufgemachten Katalog, den ich an ausgesuchte Adressen verschicke, vielleicht verbunden mit einer intimen Vernissage – so stelle ich mir das vor.» Er lächelte sie an, legte eine kleine Pause sein.

«Fünfzig Prozent von jedem verkauften Objekt. Wären Sie denn damit einverstanden?»

Als Johanna nicht sofort antwortete, fuhr er in rechtfertigendem Ton fort: «Bedenken Sie bitte, Frau Fuchs, dass der Transport von Ihrem Eifler Atelier bis in meine Kölner Galerie weder einfach noch kostengünstig ist. Dazu kommen erhebliche Werbeausgaben meinerseits ...»

Ein gewiefter Geschäftsmann war er also auch, das gefiel ihr. Und er hatte Atelier gesagt – *Atelier!*

«Ja», unterbrach ihn Johanna. «Ich bin dabei. Lassen Sie uns vierzig Prozent für Sie sagen und es zusammen versuchen.»

Was war seitdem nicht alles geschehen!

Van Halen verkaufte ihre Arbeiten gut und vor allem so beständig, dass nach und nach ein bescheidener Wohlstand bei ihr einzog. Inzwischen gab es Anhänger ihrer Kunst, die auf neue Werke geradezu lauerten. Damit konnte Johanna ihren Lebensunterhalt bestreiten, ohne ständig jeden Pfennig umdrehen zu müssen, was sie beruhigte und auch stolz machte. Die Nußbaums in Wittlich, die Mias folgenreiche Geburt hautnah miterlebt hatten, wussten inzwischen, dass sie Christophs Kind war, ebenso wie Sophie, die ihr Jura-Studium mit Bravour abgeschlossen hatte und sich im Referendariat in einer Kölner Anwaltskanzlei befand. Den übrigen Verwandten gegenüber hielt Johanna sich bislang noch bedeckt, aus Angst, ihre ehemaligen Eltern könnten über Umwege davon erfahren und sich dann Christophs Tochter bemächtigen, sozusagen als Ersatz für die verlorene Johanna. Vor dem Gesetz hätten sie dabei als gut situierte Großeltern sicherlich die allerbesten Karten gehabt.

Doch dieses kleine, dunkelhaarige Zauberwesen zu verlieren, das gerade freudestrahlend an der Hand der großen blonden Schwester das Schulhaus betrat – allein der Gedanke schnürte Johanna die Kehle zu. Sie war dem Lehrer unendlich dankbar, dass er Mia diesen Schultag ausnahmsweise geschenkt hatte.

Im Mode- und Textilhaus Bender am Wittlicher Marktplatz hatte sie die gleichen blau karierten Kleidchen für ihre Mädchen gekauft, die diese nun voller Stolz mit weißen Kniestrümpfen und funkelnagelneuen schwarzen Lackschuhen trugen. Kätts Tochter Gritt, mittlerweile in der achten und damit letzten Stufe der einklassigen Volksschule, war ebenfalls beim Kauf mit dabei gewesen. Als Dank für ihre gelegentliche Beaufsichtigung der beiden Kleineren hatte auch sie sich bei Bender ein Kleid aussuchen dürfen. Eins aus leuchtend roter Baumwolle war es geworden. Die gepflegten und modern frisierten Verkaufsdamen im Geschäft hatten das Mädchen tief beeindruckt. Seitdem wollte Gritt unbedingt so schnell wie möglich ihre kindischen Zöpfe loswerden und träumte von einer Lehrstelle in diesem Traditionshaus dritter Generation, das bei der Kundschaft in Wittlich und Umgebung äußerst beliebt war. Ihre Mutter hätte nichts dagegen einzuwenden gehabt, sehr wohl jedoch ihr Großvater Wellem.

«Lehrmädchen bei Juden spielen?», hatte er geschäumt, als sie diesbezüglich dezent bei ihm angeklopft hatte. «Nicht, solange du deine Füße unter meinen Tisch steckst! Weißt du denn nicht, wie verdorben dieses Pack ist? Die ganze Malaise der letzten Jahre haben wir ihrer Gier zu verdanken. Als gläubige Christin solltest du dich schämen, an so etwas überhaupt zu denken.»

«Lass ihn reden», hatte Johanna Gritt getröstet, als die weinend zu ihr gelaufen war. «Du machst jetzt erst einmal einen guten Schulabschluss – und danach sehen wir weiter.»

Anton zog dieses Schuljahr ebenfalls wieder auf einer der hinteren Bänke ein. Das Lernen fiel ihm leicht, rechnen konnte er im Schlaf, und auch in Deutsch schrieb er wegen seiner Lesebegeisterung durchgehend gute Noten. Bernhard Wimscheid hatte vor zwei Jahren bei Kätt vorgesprochen und für ihren klugen Sohn das Cusanus-Gymnasium in Wittlich empfohlen. Ein gewaltiger Tobsuchtsanfall Wellems war die Folge gewesen.

«Bauer wirst du, *Bauer*, verstanden, du *Lällbäck*!», hatte er gebrüllt. «Und wenn ich dir eigenhändig diesen ganzen Büchermist aus deinem sturen Schädel prügeln muss!»

«Wir geben nicht auf», sagte Wimscheid, als er Johanna eines Abends einen Stapel Bücher vorbeibrachte. Der Lehrer, Johanna und Kätt hatten eine Art Geheimbündnis geschlossen. «Dann wechselt Anton eben auf die Wittlicher Handelsschule. So ein schlauer Kopf muss gefördert werden.»

Johanna gefiel, wie sehr der Lehrer sich um die ihm anvertrauten Kinder kümmerte, kein einfaches Unterfangen in einem einzigen Klassenraum, in dem die Sechsjährigen zusammen mit den Vierzehnjährigen saßen und alle gleichzeitig etwas lernen sollten. In den letzten Jahren hatten Bernhard und sie das steife Sie abgelegt, immer öfter bei ihr am Küchentisch lange Gespräche geführt, über Bücher und über Politik diskutiert, manchmal auch hitzig, denn er sympathisierte mit der KPD, was in Altenburg natürlich keiner wissen durfte. Doch Johanna vertraute er, und nachdem sie ihm gestanden hatte, Lisbeths Tochter zu sein, rückte auch Bernhard nach einer Weile mit seinem größten Geheimnis heraus.

«Karl und ich sind ...»

«... ein Paar», vollendete Johanna seinen Satz. Sie erinnerte sich, dass sie den Waldarbeiter gesehen hatte, als er morgens Willems Haus verlassen hatte. «Von mir erfährt niemand etwas, aber ihr müsst vorsichtiger sein.»

«Du hast uns gesehen?», fragte er bang nach.

«Karl mehrfach in der Nähe deines Hauses. Und wenn ich ihn sehe, sehen andere im Dorf ihn auch.»

«Dass unsere Liebe ein Verbrechen sein soll!», sagte er bitter. «Ich hatte so sehr gehofft, dass sie nach dem Großen Krieg diesen dummen Paragrafen ein für alle Mal abschaffen. Aber sie denken gar nicht daran. Tapfere Sozialwissenschaftler wie Magnus Hirschfeld kämpfen seit Jahren dagegen an – ohne Erfolg. Werde ich verpfiffen, sieht es übel für mich aus: Homosexuell, da müsste die Schulbehörde unweigerlich Konsequenzen ziehen. Es gab bereits die eine oder andere peinliche Nachfrage wegen meiner andauernden Ehelosigkeit. Zum Glück konnte ich bislang jedes Mal auf mein lahmes Bein verweisen: Welche Frau heiratet schon einen Krüppel?» Sein Lachen klang rau. «Hätte nicht gedacht, dass ich jemals aus der Kinderlähmung einen Vorteil ziehen würde ...»

Wenn er mit leuchtenden Augen vor der Tafel stand, sah keiner seiner Schüler, dass er hinkte. Bernhard Wimscheids Unterricht war lebendig, abwechslungsreich und informativ. Es gab keine Frage, die nicht gestellt werden durfte. Wenn Klara daheim mit ihren Puppen Schule spielte, sagte sie nur zu gern mit erhobenem Zeigefinger seinen Lieblingssatz. «Es gibt keine dummen Fragen», und die kleine Mia, die zwischen Teddy und Lumpenpuppe hockte und etwas lernen sollte, echote dann: «Sondern nur dumme Antworten.»

Und noch etwas brachte Lehrer Wimscheid seinen Schülern bei, und Klara beherzigte es in der Schule genauso wie zu Hause: Dass es keine Schande war, sich von anderen helfen zu lassen, ganz im Gegenteil.

«Gemeinsam seid ihr stärker, schlauer, schneller, merkt euch das. Was der eine nicht vermag, kann der andere ergänzen. Und falls nicht, dann braucht ihr eben noch einen Dritten oder Vierten. Lasst euch nicht isolieren und entmutigen. Haltet zusammen, das bringt euch im Leben weiter.»

Ja, das war ein Lehrer, dem Johanna ihre Kinder gern anvertraute ...

*

Die Rechten kamen nicht an die Macht. Ganz im Gegenteil, die Reichstagswahl vom Mai 1928 bescherte der NSDAP im Deutschen Reich verheerend schlechte 2,6 Prozent. Hatten sie ihren Antisemitismus zu lautstark herausgebrüllt und damit bürgerlich-konservative Kreise verschreckt?

«Sie werden nicht aufhören», sagte Bernhard Wimscheid bang. «Schon gar nicht unter diesem Reichskanzler Hermann Müller, der aus der SPD am liebsten alles eliminieren würde, was nur nach Klassenkampf riecht, und dem es gar nicht bürgerlich-konservativ genug sein kann. Außerdem haben sie längst überall ihre heimlichen Unterstützer – bei der Feuerwehr, in den Behörden, bei der Polizei.»

Leider musste Johanna ihm recht geben. Georg, früher ihr Bruder, nun immerhin noch ihr Cousin, tat seine Verehrung für Adolf Hitler bei jeder passenden und unpassenden Gelegenheit lautstark kund. Er behauptete, dessen ideologische Programmschrift *Mein Kampf* sei das Buch seines Lebens, und machte Johanna bei einem zufälligen Treffen am Wittlicher Markt wegen Mia herunter.

«Manche müssen sich irgendwo Kinder besorgen. Meine Frau und ich dagegen zeugen unsere Kinder selbst. Jeder, wie er kann!» Meta war zum vierten Mal schwanger, das wusste Johanna von der noch immer kinderlosen Greta, der sie es triumphierend unter die Nase gerieben hatte. «In der Jugend liegt Deutschlands nationale Zukunft. Das hat Kamerad Eugen von Wrede erst neulich in einer Parteiversammlung gesagt.»

Ein Name, der Johanna aufhorchen ließ.

Fritz von Wrede – so hieß doch Sophie Nußbaums Schwarm, mit dem die Juristin inzwischen zusammen war. Dieser Eugen war gewiss ein Verwandter, doch wie nah stand er Fritz? Sie würde ihre Cousine fragen, wenn sie sie in wenigen Tagen in Köln traf.

Sollte sie Georg überhaupt von ihrer großen Vernissage in der Galerie van Halen erzählen? Einundzwanzig neue Stelen würden dort präsentiert, anders als alles, was sie bislang erschaffen hatte. Eines von Bernhards Büchern hatte sie dazu inspiriert, das sie tief in die Vergangenheit ihrer neuen Heimat hatte eintauchen lassen. Die raue Natur und herausfordernde Lebenswelt der Eifel waren der Nährboden für die neue Serie. Johanna liebte diese Arbeiten, sie zu erschaffen, erdete sie und schenkte ihr eine Kraft, von der sie bislang noch nichts geahnt hatte.

Alles war gut.

Aber wie würde das Publikum die Kunstwerke aufnehmen?

Seit Tagen konnte sie vor lauter Aufregung kaum noch schlafen.

Denn es war nicht nur die bevorstehende Präsentation, die ihren Puls nach oben trieb. Zwischen ihr und dem Galeristen hatte sich ein anregender kleiner Briefwechsel entsponnen. Sie tauschten sich über Kunst aus, aber Cees van Halen erkundigte sich auch immer wieder nach Johannas Leben, den Mädchen und ihrem Hof. Seine Briefe bestätigten Johannas Eindruck, dass van Halen ein warmherziger, kluger und humorvoller Mann war. Johanna bemerkte, dass sie die Ankunft jedes neuen Briefs aus Köln mit Freude erfüllte, sogar für Herzklopfen sorgte.

Georgs Stimme riss sie aus ihren Gedanken.

«Vergeudest du noch immer deine Zeit mit diesem hirnlosen Tonzeug? Warum töpferst du keine Becher und Schüsseln? Die wären wenigstens zu irgendwas nütze ...», provozierte er sie. «Hast du eigentlich eine

Vorstellung, was du den Eltern angetan hast? Papa hat es jetzt am Herzen, und Mama ist nur noch ein Schatten ihrer selbst, aber Hauptsache, du kannst dich *künstlerisch* verwirklichen!»

Das Wort *künstlerisch* hatte er ausgespuckt wie eine faule Frucht.

Johanna schaute in sein hübsches, brutales Gesicht mit der Schramme am Auge und schwieg.

Klüger war es sicherlich, es Georg nicht mit gleicher Münze zurückzuzahlen. Sonst würde er seine Wut womöglich am Nächstschwächeren abreagieren.

«Gehab dich wohl, Georg», sagte sie stattdessen. «Und alles Gute für die Familie.» Sie ließ ihn einfach stehen.

*

Johanna drehte sich vor dem Spiegel des Modehauses im Belgischen Viertel hin und her. Das ärmellose Kleid war aus dunkelgrüner Seide, eng geschnitten und floss am Körper herab. Ihre goldenen Skarabäen, die sie nach langer Zeit wieder trug, passten perfekt dazu. Sophie versuchte sie zu überreden, das Kleid für die heutige Vernissage zu kaufen. Allein hätte Johanna ein so elegantes Geschäft garantiert niemals betreten.

«So viel Geld für ein Kleid! Und zu Hause hängt es dann nur noch im Schrank.»

«Das ist es wert. Lass dich heute mal so richtig feiern», bestärkte Sophie die noch Unentschlossene. «Wenn eine das verdient hat, dann du.»

«Aber ich bin doch eine Landfrau mit Arbeitshänden ...»

«Ich liebe deine Hände, die so viel Schönes erschaffen können. Du kannst sehr stolz auf sie sein.»

Cees van Halen hatte die Wände seiner Galerie mit einer goldenen Barocktapete auskleiden lassen, vor der die Stelen besonders kostbar wirkten. Erst zum Jahreswechsel war er innerhalb des Belgischen Viertels umgezogen und verfügte nun über die doppelte Ausstellungsfläche.

«Gerade noch rechtzeitig», hatte er Johanna augenzwinkernd am Nachmittag begrüßt. «Denn heute Abend erwarte ich wirklich den ganz großen Bahnhof. Ich habe alles eingeladen, was in Köln Rang und Namen hat, dazu einige wichtige Pressevertreter. Sogar unser Oberbürgermeister Dr. Konrad Adenauer und seine zweite Gattin Auguste haben ihr Kommen angekündigt.»

«Ist das denn nicht alles ein bisschen übertrieben?», hatte sie gemurmelt. «Vielleicht mögen sie die neuen Arbeiten ja nicht, weil sie so ganz anders sind ...»

«Kunst darf niemals auf der Stelle treten, sonst wird sie langweilig. Und Klappern gehört zu unserem Handwerk. Nur so baut man einen Namen richtig auf», hatte er gesagt und mit einem warmen Lächeln hinzugefügt: «Und ich garantiere Ihnen, dass Ihre wundervollen Arbeiten in Köln großen Anklang finden werden.»

Van Halen bot ihr eine Tasse Tee an, die sie ausschlug, weil Sophie sie in ihrem Lieblingsfriseursalon bereits erwartete. In letzter Zeit hatte sie der Einfachheit halber die Haare länger getragen, jetzt sollten sie wieder zum feschen Bubikopf werden.

«Und Sie sind wirklich gut untergebracht?», erkundigte der Galerist sich besorgt. «Ich hätte Ihnen ja liebend gern ein schönes Zimmer im Hotel *Excelsior* am Dom reserviert. Von meinem gemütlichen Gästezimmer hier im obersten Stockwerk ganz zu schweigen, das Ihnen natürlich ebenso zur Verfügung stünde. Früher hat ein Maler hier sein Atelier gehabt, das spürt man noch immer ...»

«Ich wohne bei meiner Cousine, vielen Dank. Sophie hat eine kleine Wohnung in der Antwerpener Straße. Da bin ich bestens untergebracht.» Johanna fühlte sich in van Halens Nähe ausgesprochen wohl, aber in seinem Gästezimmer unterzukommen, erschien ihr unpassend – auch wenn die Vorstellung an sich ganz und gar nicht unangenehm war ...

«Antwerpen – dort habe ich lange gelebt.» Für einen Moment sah er traurig aus. «Wohin man auch geht, ein bisschen Heimweh bleibt immer, *niet waar?*»

Johanna nickte. Sie wusste, wovon er sprach. An Trier konnte sie niemals denken, ohne sofort einen dicken Kloß im Hals zu spüren. Sie hatte so viel gewonnen – aber auch vieles verloren.

«Und zu einem weiteren Tag in Köln kann ich Sie auch nicht überreden?» Er lächelte wieder. «Ich würde Ihnen so gern mehr von unserer schönen Stadt zeigen, die meine neue Heimat geworden ist.»

«Ein andermal gern. Jetzt sind meine Töchter noch zu klein, als dass ich länger von zu Hause wegbleiben könnte. Meine Freundin Kätt passt auf die beiden auf. Aber mehr als eine Nacht geht leider nicht, denn da sind ja auch noch eine Menge Tiere zu versorgen. Sie haben es ja gesehen, als Sie bei mir auf dem Hof waren.»

«Vielleicht darf ich Sie ein weiteres Mal besuchen,

wenn das für Sie einfacher ist. Landluft würde mir guttun.»

«Gäste sind immer willkommen, müssen aber mit anpacken», hatte sie schmunzelnd erwidert.

Noch im Nachhinein wurde Johanna bei der Erinnerung daran ganz heiß. War sie zu forsch gewesen? Cees van Halen schätzte sie als Künstlerin, das wusste sie.

Aber auch als Frau?

Sie, das Landei, und er, der Galerist mit den weitreichenden Kontakten?

Eigentlich doch undenkbar ...

Über sein Privatleben hatte er in den vier Jahren ihrer florierenden Geschäftsbeziehung und auch in seinen Briefen niemals ein Wort verloren, aber sie hatte ihn auch nicht danach gefragt.

War er verheiratet? Geschieden? Liiert? Und wenn ja – mit wem? Wie könnte die Frau an seiner Seite aussehen?

Nichts als lauter Fragen ...

Vier Stunden später stand sie mit klopfendem Herzen neben ihm. Seine Hand ruhte sanft auf ihrem Rücken, wie um sie zu bestärken. Die Galerie war proppenvoll, so viele Besucher waren gekommen, die sich in einem Raum zusammendrängten. Doch da der Maiabend lau war, standen die Türen zur Gentstraße hin offen.

«Fast wie in Italien», hatte Sophie ihr vor Beginn der Veranstaltung zugeflüstert. «Die Kunst strömt hinaus auf die Straße, und die Straße strömt herein zur Kunst ...»

In ihrem weißen Flatterkleid mit den dicken roten Korallenperlen um den Hals sah Sophie selbst aus wie eine anmutige Italienerin. Seitdem sie letzten Herbst mit Fritz von Wrede für ein paar Tage in Rom gewesen war, sehnte sie sich nach diesem südlichen Land. Ihr Freund war tatsächlich der Neffe jenes Hitleranhängers Eugen von Wrede, den Georg neulich erwähnt hatte. Auch Fritz' Vater schien nicht unbeeindruckt von der wachsenden völkischen Bewegung; er selbst jedoch, aktuell tätig als junger Staatsanwalt am Amtsgericht Köln, wollte, wie Sophie mit Nachdruck versichert hatte, als echter Demokrat nichts davon wissen.

«Wir sind heute hier, um das Werk der Künstlerin Johanna Fuchs zu genießen», begann Cees van Halen seine Eröffnungsrede, und alle im Raum wandten sich ihm zu. «Ich bin stolz, dass sie es mir anvertraut hat. Bereits ihre Mutter Lisbeth Fuchs hatte mich mit ersten Arbeiten überrascht. Was hätte sich daraus noch alles entwickeln können, hätte sie nicht 1920 binnen weniger Tage ein letzter Ausläufer der Spanischen Grippe hinweggerafft. Johanna Fuchs hat die Impulse ihrer Mutter aufgenommen und kongenial weiterentwickelt. Seit Jahren schon begeistern ihre außergewöhnlichen Schutzgeister Kunstfreunde in nah und fern. Und heute erleben wir die allerneueste Generation. Vorhang auf für ganz besondere Eifelfrauen!»

Er machte ein paar Schritte und öffnete die zweite Tür.

Da waren sie, Johannas neue Schutzgeister – oder sollte sie besser sagen: Schutzgöttinnen?

«*Matronae* könnte man sie nennen, *Matres* – Mütter – oder *Deae* – Göttinnen», begann nun Johanna, die zu ihrer Freude gerade Onkel Jupp unter den Gästen entdeckt hatte. «Sie haben viele Namen, und sie kommen meist zu dritt vor. Gern stehen sie nebeneinander, die Linke jugendlich, die Mittlere in voller Blüte, die Rechte vom Alter gezeichnet und weise. Die Eifel, meine geliebte Heimat seit nunmehr fast einem Jahrzehnt, ist voll von archäologischen Funden jener Dreiheit. Sie waren immer da, sie werden immer sein, denn sie spiegeln das Leben wider in seinen Zyklen. Immer schon dienten sie dem Schutz von Haus und Hof, dem Gedeihen von Acker und Wiese, der Gesundheit von Familie und Sippe, helfend, unterstützend und segenspendend. Ich habe ihnen eine zeitgemäße Gestalt gegeben – Stelen aus Holz, Köpfe aus glasiertem Ton.»

Sie verneigte sich leicht.

«Mögen meine Schutzgöttinnen Ihnen und Ihren Liebsten in allen Lebenslagen beistehen.»

Beifall brandete auf, lange und herzlich. Kameras wurden gezückt, Blitzlichter flammten auf. Die ersten Journalisten drängten sich um Johanna.

«Haben Sie die historischen Vorgaben einfach kopiert?», fragte der vom *Kölner Stadtanzeiger*.

«Nichts davon ist kopiert, ich habe mich von den archäologischen Funden lediglich inspirieren lassen», erwiderte Johanna, die mit solchen Fragen gerechnet hatte. «Die Köpfe sind frei gestaltet und beziehen meine Lebenserfahrung, mein Wissen mit ein.»

«Ganz schön heidnisch für meinen Geschmack», kommentierte der Reporter der *Kölnischen Volkszeitung* säuerlich.

«Das Christentum ist exakt 1928 Jahre alt», parierte van Halen, der Johanna zu Hilfe eilte. «Zuvor gab es nur heidnische Kulte, und wenn man sich die Manieren mancher Leute von heute ansieht, wünscht man sich die Zeit fast zurück.»

Allgemeines Gelächter.

«Und wozu das Holz?», fragte ein weiterer Journalist. «So hat man im Mittelalter Geköpfte zur Schau gestellt ...»

«Wie Sie sehen, haben meine Göttinnen aber einen Hals», konterte Johanna. «Mich hat die Symbiose der unterschiedlichen Materialien gereizt ...»

«... und diese beherrscht sie grandios», ergänzte van Halen. «Kommen Sie, Johanna, ich möchte Sie gern Dr. Adenauer vorstellen.»

Er geleitete sie zur Tür, wo der Oberbürgermeister und seine Frau gerade ein Glas Sekt serviert bekamen.

«Eindrucksvoll, junge Frau», sagte Dr. Adenauer, der an seinem Glas nur genippt hatte. «Wenngleich ich mich eher mit den Alten Meistern auskenne. Nach van Gogh wird es bei mir zappenduster ...»

«Also, ich mag Ihre Göttinnen», sagte seine Frau lebhaft zu Johanna. «Sie strahlen Würde aus. Ich finde, wir Frauen haben das verdient, bei allem, was wir tagtäglich leisten.»

«Fuchs, Fuchs, Fuchs – sind Sie verwandt mit Heinrich Fuchs aus Trier?», erkundigte sich Dr. Adenauer weiter. «Ein junger Mann mit politischen Ambitionen, von denen ich allerdings nichts mehr gehört habe ...»

Mein Bruder, hätte Johanna fast gesagt und biss sich gerade noch rechtzeitig auf die Zunge.

«Ein lieber Cousin», erwiderte sie stattdessen.

«Dann ist Matthias Fuchs, der Inhaber der Fuchs-Werke, Ihr Onkel?»

Sie nickte.

«Ponte – im Großen Krieg haben seine Zigaretten unseren Hunger vertrieben. Aber ich rauche schon lange nicht mehr. Die Lunge, Sie verstehen.»

Johanna nickte abermals.

«Ihre Familie ist sicherlich sehr stolz auf Sie», sagte Gussi Adenauer.

«Ja, das ist sie in der Tat.» Onkel Jupp hatte sich frech zu ihnen durchgedrängt. «Jupp Sünner, Herr Oberbürgermeister, Braumeister vom Rennerbräu aus der Altstadt, falls Sie mal Lust auf ein gutes Kölsch verspüren sollten. Habe bei den Fuchsens lediglich eingeheiratet, aber bin nicht minder begeistert von Johannas Kunst.» Er strahlte über das ganze Gesicht. «Wissen Sie, ich habe mir in Europa schon so einiges an Kunstwerken angesehen und in Afrika dazu», schwärmte er ungefragt weiter. «Aber so etwas Besonderes war nirgendwo dabei! Das ist einzigartig. Absolut einzigartig ...»

Dr. Adenauer wirkte pikiert angesichts von so viel Leutseligkeit, und das Lächeln seiner Gattin bekam etwas Gequältes. Sophie, die die Szene aus einiger Entfernung beobachtet hatte, trat heran und zupfte Johanna am Arm.

«Bitte tausend Mal um Entschuldigung», sagte sie mit ihrem schönsten Augenaufschlag, «aber ich muss Ihnen die Künstlerin mal ganz kurz entführen.»

Die Galerie leerte sich inzwischen. «Du hast mich gerettet vorhin», seufzte Johanna. «Onkel Jupp in seinem Überschwang und dazu dieser eisgekühlte Adenauer –

wie peinlich war das. Aber sonst hatte ich sehr nette Begegnungen. Ein Chirurg hat eine Dreiergruppe für seine Praxis erworben und wollte ganz genau wissen, wie die Stelen zu verstehen sind.»

«Ich fand Jupp süß», sagte Sophie. «Wieso darf man über Verwandte nicht rückhaltlos begeistert sein? Ich wünschte, die ganze Familie würde dich so hochleben lassen. Wie viele Künstlerinnen haben wir denn – doch bloß dich!» Sie unterdrückte ein Gähnen. «Ich hätte dir ja liebend gern noch meinen Fritz vorgestellt, aber der hat morgen einen großen Prozess und muss sich vorbereiten. Das holen wir aber nach, wir besuchen euch im Sommer einfach mal in Altenburg.» Ein neuerliches Gähnen. «Ich sollte langsam auch ins Bett, denn der Seniorchef runzelt jedes Mal die Stirn, wenn wir auch nur zwei Minuten zu spät in der Kanzlei sind.»

«Dann lass uns aufbrechen ...» Johanna stand auf.

«Noch ein letztes Glas, Johanna», bat van Halen. «Das dürfen Sie mir nicht abschlagen. Ich bringe Sie dann, ist ja nicht weit. Aber ich möchte mit Ihnen noch einmal ganz in Ruhe auf unseren grandiosen Erfolg anstoßen. Sehen Sie die roten Punkte an den Stelen? Bis auf eine Dreiergruppe ist alles verkauft. Und diese letzten Göttinnen werde ich für mich behalten. Glück und Segen kann ich schließlich auch selbst gut gebrauchen. Die Abrechnungen schicke ich dann sehr bald. Wie gut, dass wir die Preise moderat erhöht haben, aber ich wette, sie hätten auch noch mehr bezahlt.»

«Dann gehe ich schon mal voraus», sagte Sophie und sah Johanna vielsagend an, hätte nur gefehlt, dass sie ihr zuzwinkerte. «Meinen Zweitschlüssel hast du ja. Wie gesagt: Lass dich ein bisschen feiern. Danke noch einmal für diesen grandiosen Abend, Herr van Halen.»

Sie umarmte Johanna und verließ die Galerie.

Nachdem van Halen sorgfältig abgesperrt hatte, ließ er noch das eiserne Rollgitter herunter.

«Keine günstige Anschaffung», sagte er lakonisch. «Aber bei den Straßenschlachten zwischen links und rechts bitter nötig. Meine Kunstschätze sollen schließlich sicher sein.»

«Straßenschlachten? Auch hier in Köln?», fragte sie.

«Leider. Ich fürchte, bald überall. Lassen Sie uns zu Erfreulicherem kommen: Was darf ich Ihnen anbieten? Einen Schluck Cognac oder lieber ein Glas Champagner?»

Beides war für Johanna untrennbar mit Marc verbunden, aber woher sollte er das wissen?

«Champagner», erwiderte sie tapfer.

Er nahm die Flasche aus dem Eiskübel, ließ den Korken knallen und schenkte ein.

Sie prosteten sich zu und tranken.

Der kalte Champagner kitzelte Johannas Kehle und schmeckte frisch und belebend. Ungewohnte Leichtigkeit stieg in ihr auf. Sogar ein klein wenig übermütig fühlte sie sich.

Die gedämpfte Beleuchtung, der wunderbare Abend, der wie im Rausch vergangen war, ihre Stelen mit den roten Glückspunkten, dazu dieser anziehende Mann neben ihr ...

Durfte sie das Leben wirklich so genießen?

«Ich war lange nicht mehr so glücklich wie heute», sagte er. «Wollen wir uns nicht endlich duzen? Bei uns in den Niederlanden geht das meistens sehr viel schneller ...»

«Gerne, Cees», erwiderte Johanna.

«Ich freue mich, Johanna. Sehr sogar.» Er berührte ihre Hand.

Johannas Haut prickelte, ihr Atem ging schneller. «Wie geht es mit uns weiter?», flüsterte sie.

«Mit neuen Projekten, meinst du das? Die werden sich finden. Haben wir nicht alle Zeit der Welt? Oder sprichst du von heute Abend?»

Sie nickte.

«Sag du es mir», flüsterte er zurück. «Ich kann dich gleich zu deiner Cousine begleiten. Wir können aber auch den Blick über Köln genießen. Sind nur ein paar Treppen. Die Aussicht ist wirklich spektakulär.»

Beim «K» pausierte er jedes Mal ein wenig, was sie ganz besonders mochte.

«Ich wollte die Domstadt schon immer mal von oben sehen», erwiderte Johanna.

Hatte sie das wirklich gerade gesagt? Das musste der Champagner sein. Die Domstadt von oben war ihr normalerweise herzlich egal. Aber heute Nacht MUSSTE sie sie einfach sehen.

«Dann nichts wie los.» Seine Stimme war rau, er nahm Johanna sanft beim Arm. «Wir müssen nicht auf die Straße. Die Hintertür der Galerie führt unmittelbar ins Treppenhaus.»

Im ersten Stock blieben sie stehen, er zog sie sehnsüchtig an sich und küsste sie. Es war nicht wie damals mit Marc, keine kraftvolle Welle, die Johanna überrollte und ihr den Atem nahm, sondern leiser, zärtlicher.

«Danach habe ich mich jahrelang gesehnt», sagte er, als sie sich wieder voneinander lösten. «Aber dich umgab eine Wand, und die war undurchdringlich. Das konnte ich spüren.»

«Lass uns weitergehen», flüsterte Johanna. «Ich erzähle dir gleich mehr.»

Oben angekommen, schloss er auf. Eine typische Atelierwohnung mit Fenstern, die nach Norden gingen. Wenige, edel aussehende Möbel, in Johannas Augen war die Einrichtung fast karg. Ein Sofa, ein paar Sessel, ein Tisch. Geradeaus stand ein großer künstlerisch bemalter Paravent. Sie nahm an, dass sich dahinter das Bett verbarg.

«Bauhaus», sagte er, als er ihre Blicke bemerkte. «Nur das Wesentliche, das dann aber ohne Abstriche.»

«Könnte mein Lebensmotto sein», erwiderte sie nachdenklich, während sie sich auf das graue Sofa setzte, das sich als überraschend bequem erwies. «Eine große Liebe gab es in meinem Leben, überwältigend und unausweichlich. Bevor ich ihm sagen konnte, dass ich schwanger war, haben ihn Wilderer im Wald erschossen. Der Mörder ist noch immer auf freiem Fuß.»

«Wie lange liegt das zurück?»

«Sechs Jahre», sagte Johanna. «Klara ist sein Kind.»

«Und die kleine Mia?»

«Die Tochter meines Cousins. Ihre Mutter ist bei der Geburt gestorben. Seitdem bin ich Mias Mama.» Johanna lehnte sich auf der Couch zurück. «Du willst es aber ganz genau wissen.»

«Das will ich. Alles will ich über dich wissen, Johanna.»

Er setzte sich neben sie, ergriff ihre Hand und beugte sich vor, ohne seinen Blick aus ihrem zu lösen. Sein Mund berührte ihre Lippen, öffnete sie. Der Kuss war lang und noch inniger.

Sie mochte, wie er roch, wie er sich anfühlte, wie er sie berührte.

«Daran könnte ich mich gewöhnen», sagte sie mit einem kleinen Lächeln. «Auch wenn ich schrecklich aus der Übung bin.»

«Dann gibt es nur eins: emsig weiterüben.» Cees lächelte zurück. «Eins noch: Morgens ist das Nordlicht hier am allerschönsten. Nur damit du Bescheid weißt, Johanna.»

«Das freut mich», erwiderte sie und berührte seine Wange. «Aber bis morgen früh werde ich nicht bleiben. Haben wir beide nicht alle Zeit der Welt?»

Jetzt lachte er herzhaft. «Haben wir. Und ob wir die haben!»

*

Mit einem Hochgefühl war sie nach der Vernissage nach Altenburg zurückgekommen, so gut gelaunt und strahlend, dass es ihrer Umgebung auffiel.

«Du leuchtest ja geradezu», sagte Bernhard, als er vorbeikam, um in ihrer Küche bei Kaffee und Kuchen zu erfahren, wie es mit der Vernissage geklappt hatte. «Schön, dich wieder so zu sehen, Johanna!»

«Meine Göttinnen kamen beim Publikum so gut an», erwiderte sie. «Wie soll man da nicht strahlen?»

Ein paar Tage später zeigte sie ihm die Zeitungsausschnitte, die Cees samt einem schwärmerischen Liebesbrief geschickt hatte. Von den Journalisten gab es viel Lob, aber es gab auch einen Artikel, der ihre Arbeiten als «banales Laientum» abgekanzelt hatte.

Mach Dir nichts draus, hatte Cees in seiner schwungvollen Schrift daruntergesetzt. *Neid muss man sich verdienen ...*

Kätt war seltsam verhalten, schien sich nicht recht mit Johanna zu freuen, das sah ihr gar nicht ähnlich.

«Der Holländer, oder?», sagte sie nach zwei Wochen betont beiläufig. «Du musst bald wieder nach Köln?»

«Könnte sein», erwiderte Johanna. «Es gibt noch jede Menge zu besprechen.»

«Wird er bei dir einziehen?», rückte sie nun endlich mit dem heraus, was sie bedrückte.

«Cees?» Johanna lachte. «Keinesfalls. Und ich ziehe auch nicht zu ihm nach Köln. Alles bleibt so, wie es ist. Kannst dich darauf verlassen.»

«Kann ich das?», murmelte Kätt, schon halb im Gehen. «Wer's glaubt, wird selig.»

«Das hab ich gehört!», rief Johanna ihr hinterher. «Ja, das kannst du!»

An diesem Abend trödelte sie lange herum, bis sie ins Bett fand. Die Mädchen schliefen nebenan, Flitz und Fleur bewachten ihr Bett. Irgendwann legte sie sich doch hin, fiel schon bald in einen traumlosen Schlaf – als ein Knall sie weckte.

Sie fuhr hoch.

«Mama!» Klara und Mia standen Hand in Hand vor ihrem Bett. «Was war das? Wir haben Angst!»

Johanna stand auf, lief barfuß im Nachthemd die

Treppe hinunter, überquerte die Straße und öffnete das Gartentor.

Eigentlich hatte sie die grausame Gewissheit bereits, noch bevor sie gesehen hatte, was passiert war: Feline lag tot unter dem Kirschbaum. Ein Schuss hatte sie in die Brust getroffen. Die weiße Blesse war voller Blut.

Wer hatte der Fähe das angetan? Und ihr selbst?

Johanna berührte sie zärtlich, zum ersten und gleichzeitig letzten Mal.

Dann rannte sie zurück auf die Straße.

«Stell dich, du gemeiner Feigling!», schrie sie. «Komm heraus. Sie war meine Füchsin, *meine*! Sie hat dir nichts getan. Du hattest kein Recht, sie abzuknallen ...»

Ein leiser Wind rauschte in den Bäumen.

Sonst blieb alles ruhig.

*

Eine Woche später klopfte es abends an die Haustür. Als Johanna öffnete, stand Gritt vor ihr, ein Gewehr über der Schulter.

«Lag zuunterst im Komposthaufen», sagte sie. «Maulwürfe hatten ihn angegraben, da hat Mama gesagt, ich soll alles wieder ordentlich machen. Ich glaube, es gehört Opa. Dabei darf er doch gar kein Gewehr haben.»

Johanna zog sie in die Stube, nahm ihr das Gewehr ab und schnupperte am Lauf.

«Riecht so, als sei damit erst kürzlich geschossen worden», sagte sie. «Weiß Wellem, dass du bei mir bist?»

Gritt schüttelte den Kopf. «Er hat heute so viel getrunken, dass er gar nicht mehr stehen kann. Ohnehin brüllt er schon eine ganze Weile nur noch herum», sagte sie leise. «Er ist gar nicht mehr zurechnungsfähig. Auf alle schimpft er. Totschießen will er die ganze Bande, hat er erst heute gedroht. Ich glaube, dich hasst er besonders. Die mit dem dreckigen Viehzeug, so nennt er dich. Weil du mit Füchsen redest, das nennt er widernatürlich.»

Johanna musste an Feline denken, die jetzt unter dem Kirschbaum ruhte. Karl hatte das Grab für sie ausgehoben, Bernhard eine bunte Girlande geflochten, die in den Zweigen baumelte.

«Aber uns hasst er auch, Mama, Anton und mich», fuhr Gritt fort. «Wir schieben jetzt abends immer eine Kommode vor die Tür. Damit er uns nicht rauszerrt und schlägt. Mama hat er neulich die Kellertreppe hinuntergestoßen, weil die Suppe versalzen war und sie Bier hochholen sollte. Ich habe blaue Flecken am ganzen Körper, und für Anton wird er sich eine Peitsche besorgen, hat er gedroht. Damit der endlich spurt.»

«Das hat ab sofort ein Ende, dafür werde ich sorgen», sagte Johanna voller Zorn. «Du bleibst hier bei meinen Mädchen und öffnest die Tür nicht, verstanden?»

Gritt nickte stumm.

«Gut, dann kann ich jetzt los.» Sie nahm das Gewehr.

«Was willst du damit machen?», flüsterte das Mädchen angstvoll. «Ihn erschießen?»

«Nein, ich bin keine Mörderin. Ich gehe jetzt zum Schloss und bringe dem Grafen die Waffe. Wenn wir Glück haben, verhaften sie morgen den, der meinen Mann und meine Füchsin erschossen hat. Der Mörder war lange genug auf freiem Fuß. Höchste Zeit, dass er endlich bestraft wird.»

10
ALTENBURG/TRABEN-TRARBACH/
1929–1930

Erst im Sommer 1929 wurde der Prozess der Großen Strafkammer gegen Wilhelm Schröder eröffnet. Johannas Cousin Georg hatte als Kriminalinspektor die Ermittlungen geleitet, nachlässig und fast schon widerwillig, als sei der Mord an Marc Degré kaum mehr als eine lästige Nebensache, wo doch parallel dazu so viele spannende politische Vergehen aufzuklären waren.

Dabei war die Beweislage ohnehin recht klar. Bei dem Gewehr unter dem Komposthaufen handelte es sich um das Modell 98a, Kaliber 7,92 mm, mit dem die Landsturmeinheiten im Großen Krieg ausgerüstet gewesen waren – vermutlich die Waffe von Hans Schröder, Wellems gefallenem Sohn. Alle Gewehre hatten nach 1918 offiziell abgegeben werden müssen; dem Bürgermeister und Wirt des *Eifelglücks* jedoch war es offenbar gelungen, eines zurückzuhalten. Zudem hatte die Polizei in seinem Haus mehrere Schachteln scharfer Munition gefunden, versteckt in einem Zwischenboden zum Dachgeschoss, der sich nur öffnen ließ, wenn man den Mechanismus kannte.

Bei erneuten, gründlicheren Vernehmungen der Waldarbeiter kristallisierte sich heraus, dass keiner von ihnen Zugang zu einem Gewehr gehabt, geschweige denn selbst eines besessen hatte. Außerdem sagten sie einstimmig aus, dass sie gern unter Marc Degré gearbeitet hatten, der stets freundlich und anständig zu ihnen gewesen sei, und wie sehr sie seinen gewaltsamen Tod bedauerten. Wellem Schröder habe immer wieder versucht, über Degré an Wild zu kommen, was jener jedoch rigoros abgelehnt hatte. Danach habe Schröder sich nur noch abfällig über den gräflichen Forstaufseher geäußert und ihn abends, wenn er den Waldarbeitern ihr Bier ausschenkte, mit den ärgsten Schimpfwörtern bedacht.

Kätts Schwiegervater saß in der Wittlicher Justizvollzugsanstalt in Untersuchungshaft und schwieg auf Anraten seines Anwalts monatelang hartnäckig. Jener beharrte auf dem Argument, seinem Mandanten sei die Waffe untergeschoben worden, um ihn in Misskredit zu bringen.

«Ein Patriot und ehrbarer deutscher Eifler», sagte Georg großspurig zu Johanna, als die sich beschwerte, dass es nur so schleppend voranging. «Und ein französischer Bastard von nirgendwoher – auf wessen Seite, glaubst du, werden sich unsere national gesinnten Richter wohl eher schlagen?»

Der enorme Aufschwung der NSDAP im Reich machte ihren Cousin arroganter denn je. Längst war bekannt, dass er abends oft das Braunhemd anzog und mit anderen SA-Leuten in Wittlich Jagd auf Sozialdemokraten und Kommunisten machte. Am meisten jedoch hatten sie es auf wohlhabende Juden abgesehen, jene «Dornen im Fleisch der deutschen Nation», die, so

Georg Fuchs, «so schnell wie möglich entfernt gehörten».

In die Ermittlungen kam erst richtig Schwung, nachdem Graf Kunstätt persönlich Einfluss nahm. Johanna hatte ihn nochmals im Schloss aufgesucht und dieses Mal Klara mitgenommen, bis auf die rotblonden Locken, die sie von ihr hatte, das Ebenbild ihres toten Vaters.

«Wollen Sie denn nicht, dass Marcs Mörder bestraft wird? Meine Tochter, die ihren Vater niemals kennenlernen durfte, verdient das.»

Theodor Ludwig Maria von Kunstätt starrte auf seine illegitime Enkelin, die sich mit großen Augen unbefangen in dem Raum mit dem wuchtigen Mobiliar und den Ahnenporträts an den Wänden umschaute, auf dem glänzenden Parkett eine Drehung machte und dann halblaut ihrer Mutter «wie im Märchen» zuflüsterte. Marc hatte von ihm die schlanke Statur, die hohe Stirn und die lockigen Haare, auch wenn die des Grafen schon viele Silberfäden durchzogen. Ein Herr vom Scheitel bis zur Sohle, sich seines noblen Standes äußerst bewusst. Erst hatte er sich kühl und abweisend verhalten, doch langsam taute er auf. Klaras ungezwungene, liebenswerte Art schien etwas in ihm anzurühren. Er fragte sie nach ihrem Namen und ihrem Alter, und als das Mädchen ihm mit glockenheller Stimme die gewünschten Antworten gab, fuhr er sich über die Augen und ging rasch zum Fenster.

Danach fanden sich plötzlich Zeugen für jene Nacht, ein Nachbar, der Schröder aus dem Haus hatte gehen sehen, obwohl jener bislang stets behauptet hatte, die

Gaststube nicht verlassen zu haben; ein anderer, dem der Gastwirt immer wieder unter der Hand Wild verkauft hatte. Johanna überwand ihre Furcht, als verrückt abgestempelt zu werden, und berichtete von den Besuchen der Fähe und dass sie in ihrem Garten erschossen worden war. Der Fuchskadaver wurde exhumiert, obduziert und anschließend von Karl zurück nach Altenburg gebracht, um erneut unter dem Kirschbaum begraben zu werden.

Als das gleiche Prozedere mit Marcs Leichnam anstand, weinte Johanna tagelang, doch die Ergebnisse von Marcs Obduktion sprachen für sich: gleiches Kaliber, gleiche Waffe. Ihr Geliebter wurde schließlich wieder auf dem Friedhof zur letzten Ruhe gebettet, und Johanna bat den Niersbacher Schreiner Peter Michael Streit, das Grabkreuz neu zu gestalten.

AUF EWIG MIT DIR VERBUNDEN – JEANNE UND CLAIRE

lautete nun die Inschrift, die er in schlanken Lettern dazugesetzt hatte.

Den Hauptausschlag für die Anklage gegen Schröder gab letztlich die Aussage von Kätts Sohn Anton, die er damals als Knirps nicht gewagt hatte, nun aber sieben Jahre später als gestandener Dreizehnjähriger mutig zu Protokoll gab.

«Ich kam gerade von der Toilette, da ist der Opa reingekommen. Es waren dunkle Flecken auf seiner Joppe. Und er hatte etwas Langes in der Hand, das in eine braune Decke eingeschlagen war. Daran erinnere ich mich genau. Er hat mich angebrüllt, ich soll sofort zurück ins Bett, und das hab ich dann auch gemacht. Am nächsten Tag hat er gesagt, er schlägt mich tot, wenn ich jemandem auch nur ein Wort davon erzähle. Seitdem hat er mich immer wieder verprügelt und mir gedroht, und aus Angst habe ich nichts gesagt. Nicht einmal Mama und Gritt wussten Bescheid.»

Wilhelm Schröder gestand auch jetzt nicht, aber die Beweise waren erdrückend, also wurde er wegen Totschlags an Marc Degré zu fünfzehn Jahren Zuchthaus verurteilt und in die Vollzugsanstalt nach Rheinbach verbracht, ein Städtchen an den nordöstlichen Ausläufern der Eifel. Der Staatsanwalt hatte auf Mord plädiert, Schröders Verteidiger jedoch ein so raffiniertes Plädoyer gehalten, dass der Richter sich der Staatsanwaltschaft nicht hatte anschließen wollen.

«Schade, dass sie ihn nicht auf ewig da drin verrotten lassen», lautete Kätts bitterer Kommentar. «So kommt er eines Tags wieder raus und kann uns erneut das Leben zur Hölle machen. Was er meinem Toni angetan hat – niemals werde ich ihm das vergessen.»

Doch erst einmal atmete die Familie Schröder auf. Zusammen mit Lika übernahm Kätt die Wirtschaft, putzte und wienerte alles von oben bis unten und stattete den Gastraum mit neuen Vorhängen und neuer Gemütlichkeit aus. Auch die Speisekarte wurde behutsam erneuert. Seitdem liefen die Geschäfte im *Eifelglück* endlich gut. Der Eifelverein Trier hatte es in seine Liste empfehlenswerter Rastplätze aufgenommen, was an vielen Wochenenden zu einem vollen Haus führte. Anton besuchte nun die Handelsschule in Wittlich; Gritts

Zöpfe waren abgeschnitten, und sie hatte mit der ersten Wasserwelle ihres jungen Lebens die Lehrstelle im Mode- und Textilhaus Bender am Marktplatz in Wittlich angetreten, was sie mit Freude und Stolz erfüllte.

Johanna dagegen fühlte sich oft bedrückt und erschöpft.

Dass Marc von ihrem Nachbarn getötet worden war, jenem Mann, mit dem sie seit fast einem Jahrzehnt Tür an Tür gewohnt hatte, erschütterte sie tief. Auch schmerzte sie, dass sie den Grund seines sinnlosen Todes nicht erfahren hatte und wohl auch nie erfahren würde. Hatte Schröder Marc allein aus Hass getötet? Im Wahn? Wie auch immer, nun war der Mörder verurteilt, doch statt dass sie Genugtuung fühlte, klaffte in ihr eine große Leere. Es kostete sie immense Kraft, die Mädchen täglich für die Schule fertig zu machen, ihnen etwas zu kochen, mit ihnen zu spielen und sie abends mit einer Gutenachtgeschichte ins Bett zu bringen. Auch die Tiere auf dem Hof, deren Nähe sie sonst stets genossen hatte, waren ihr plötzlich lästig; zwar versorgte Johanna sie nach wie vor gewissenhaft, doch die Freude, die sie sonst dabei empfunden hatte, fehlte.

Bei der Arbeit in der Werkstatt ging ihr plötzlich alles viel schwerer von der Hand; sie entzweite sich sogar für ein paar Wochen mit Peter Michael, weil er ihr einfach nicht das richtige Holz brachte. Was sie in jener Zeit an Tonköpfen erschuf, ließ sie an ihrem Talent und dem eingeschlagenen Weg zweifeln; Johanna brach ab, begann von Neuem und war trotzdem noch immer nicht zufrieden.

Wenn sie zwischendrin für ein paar Tage nach Köln

zu Cees flüchten konnte und Kätt oder selten genug Christoph sich so lange um die Kinder kümmerte, ging es ihr vorübergehend besser, aber das waren nur gestohlene Momente des Glücks. Cees versuchte, sie aufzuheitern und ihr Mut zu machen, hatte jedoch selbst mit der schlechten Konjunkturlage zu kämpfen. Der gesamte Kunstmarkt stotterte; die Kunden mussten wieder mehr aufs Geld schauen. Die Nachfrage nach den *Eifelgöttinnen* erlahmte, und auch für die *Schutzgeister* fanden sich deutlich weniger Interessenten. Zum Glück hatte sie in den guten Jahren einiges an Erspartem zurückgelegt, inzwischen in Reichsmark, die als Währung das Übergangsmodell Rentenmark abgelöst hatte. Christoph überwies regelmäßig kleinere Summen, Geld, das sie nur für die Kinder verwendete. Und dann gab es ja noch immer Lisbeths Goldstücke, die sie bislang nicht angetastet hatte ...

Aber wie würde die Zukunft aussehen?

«Vielleicht ist es ja nur eine Talsohle, und die Wirtschaft erholt sich wieder», sagte Cees. «Lass uns optimistisch bleiben, Johanna.»

In seinen Armen war sie sogar ein paar Stunden lang in der Lage, etwas wie Glück zu empfinden. Dass er so ganz anders war als Marc, half dabei, denn so hatte sie niemals das Gefühl, den Toten zu betrügen. Die beiden Männer erschienen Johanna wie die zwei Seiten einer Medaille: Marc dunkel, leidenschaftlich, mitreißend; Cees hell, freundlich, rücksichtsvoll. Er war ein erfahrener, zärtlicher Liebhaber, darauf bedacht, dass sie sich wohlfühlte, und verwöhnte sie mit kleinen Liebesgaben und vielen Komplimenten. Außerdem genoss sie es, an seiner Seite die berühmten Kirchen der Stadt zu besuchen und dort in längst vergangene Welten abzutauchen, die sich ihr durch seine kundigen Erläuterungen erschlossen. Nach solch beglückenden Besuchen war die Liebe mit ihm sogar noch schöner. Um eine unerwünschte Schwangerschaft musste Johanna sich keine Sorgen machen, denn Cees hatte als Junge Mumps gehabt und war zeugungsunfähig.

«Daran ist meine Ehe zerbrochen», hatte er ihr erzählt. «Meine Frau Anouk hätte am liebsten einen ganzen Stall voller Kinder gehabt. Als sie nicht schwanger wurde, habe ich mich untersuchen lassen. Das Resultat hat sie am Boden zerstört.» Er zuckte die Achseln. «Aber man muss das Schicksal annehmen.»

«Ihr seid geschieden?», hatte Johanna nachgefragt.

«Getrennt lebend – das allerdings schon lange. Die Familie meiner Frau ist sehr gläubig. Eine Scheidung wäre für sie eine Katastrophe. Anouk und ich haben uns arrangiert. Sie führt ihr Leben in Antwerpen, ich meines in Köln.» Sein Lächeln sollte fröhlich sein, geriet jedoch leicht wehmütig. «Ich kann dir also mein Herz schenken, Liebste, aber leider nicht meine Hand.»

Johanna hatte dazu genickt, und doch gab es da einen kleinen Stachel, den sie seitdem immer wieder spürte.

Da war also noch eine rechtmäßig angetraute Frau – so richtig zu ihr gehören würde Cees nie. Eine neuerliche Parallele zum Leben ihrer verstorbenen Mutter: Auch sie hatte einen Mann geliebt, der von seiner Frau getrennt, aber noch nicht geschieden war ...

*

Im September kam Christoph für eine ganze Woche in die Eifel. Er machte erst kurz Station in Trier, um nach den Eltern zu sehen, reiste von dort aus aber zügig weiter zu Johanna und den Kindern nach Altenburg.

«Sie werden langsam alt», erzählte er, während Klara und Mia wie Kletten an ihm hingen. «Papa versteinert innerlich immer mehr, Mama pflegt unzählige kleine Malaisen. ‹In diesem Haus fehlt Kinderlachen›, hat sie zu mir gesagt. ‹Bei Heinrich und Greta habe ich die Hoffnung inzwischen aufgegeben. Und die Söhne und Töchter von Georg und Meta sehen wir nur an Weihnachten und Ostern. Bald werden es fünf sein, aber was haben wir schon davon? Nur den Geldbeutel dürfen wir zücken, das kommt immer gut an.›»

«Du hast ihnen doch hoffentlich nichts von Mia erzählt?», sagte Johanna. «Nicht, dass sie doch noch auf seltsame Ideen verfallen ...»

Es tat weh zu hören, wie ihre einstigen Eltern sich veränderten. Und ja, manchmal war sie noch da, die alte Sehnsucht, zum Kern einer warmen, intakten Familie zu gehören, aber sie wurde schwächer. Ihnen zu trauen, wagte Johanna nicht mehr.

«Dass du das Kind der Landhebamme aufgenommen hast, wissen sie», erwiderte Christoph. «Vermutlich von Georg. Aber nicht, dass Mia meine Tochter ist ...» Sein Gesicht wurde weich. «Wie bezaubernd sie ist. Und wie klug. Sie kommt erst nächstes Frühjahr in die Schule und kann schon schreiben. Und wie liebevoll Klara und sie miteinander umgehen, wie echte Schwestern. Du bist wirklich eine wunderbare Mutter, Johanna – ich werde dir für immer und ewig dankbar sein!»

«Hat Mia sich alles von Klara abgeschaut», erwiderte Johanna. «Und wenn die Größere merkt, dass die Kleinere sie einholt, gibt sie sich ebenfalls mehr Mühe. So befruchten sie sich gegenseitig. Manchmal fliegen allerdings auch die Fetzen, und es donnert und blitzt zwischen den beiden. Sind eben zwei starke kleine Persönlichkeiten. Aber meistens scheint schnell wieder die Sonne.» Sie musterte ihn eingehend. «Und du? Bist du eigentlich wieder ganz gesund?»

«Meistens», wich er aus. «Und die Zeiträume ohne Morphin werden immer länger. Aber wenn es beruflich oder privat anstrengend wird und die alten Schmerzen mich nächtelang wach halten, muss es eben doch wieder sein. Ich habe da eine faszinierende Frau kennengelernt, Tänzerin, atemberaubend, wie ich finde. Isabel, so heißt sie, macht mir manchmal ordentlich zu schaffen ...»

«Klingt so, als wäre sie eher keine Mutter für Mia», kommentierte Johanna.

«Natürlich nicht. Denn die bist ja du», erwiderte Christoph. «Ich unterstütze euch gern weiterhin finanziell, so gut es eben geht, und hüte die Kinder alle paar Monate, damit du mal rauskommst und ich Landluft schnuppern kann. Wenn die beiden etwas extra brauchen – lass es mich wissen.»

«Und wann sagen wir Mia die ganze Wahrheit?»

«Wenn sie Fragen stellt, soll sie ehrliche Antworten bekommen», versicherte er. «Ganz so, wie wir es ausgemacht haben.»

*

Der Schwarze Freitag, jener 24. Oktober 1929, an dem durch einen Kurseinbruch an der New Yorker Börse Millionen Menschen ihr Erspartes verloren, traf auch den Kunstmarkt und damit Johanna hart. Geldknappheit und Deflation bewirkten in ganz Europa wie im Deutschen Reich einen Produktionsrückgang, Entlassungen und Massenarbeitslosigkeit waren die Folge; die Zahl der Arbeitslosen stieg wieder massiv an.

Wer wollte beziehungsweise konnte da noch in Kunst investieren?

Lehrer Bernhard Wimscheid hatte anfangs noch gejubelt in der Hoffnung, die von der Politik der bürgerlichen Parteien Enttäuschten würden mit fliegenden Fahnen zur KPD überlaufen. Die verzeichnete zwar tatsächlich Zuwachs, doch Gewinner dieser Weltwirtschaftskrise war die NSDAP, deren Anhängerschaft sprunghaft anwuchs. Alte Männer von gestern hatten das Land wirtschaftlich ruiniert, so die Ansicht vieler. Nun sollte es die junge Garde unter Hitler wieder erblühen lassen.

Der NSDAP gehörte auch der neue Bürgermeister von Altenburg an, der Schmied Johann Breuer, den im Dorf alle Schäng nannten. Bislang hatte er seine Ansichten eher im stillen Kämmerlein gepflegt, doch nun tat er sie im Brustton der Überzeugung der Allgemeinheit kund.

«Gut, dass der Verbrecher hinter Schloss und Riegel sitzt», tönte er nach seiner Wahl im *Eifelglück*. «Ich verbürge mich dafür, dass nun wieder Zucht und Ordnung in unserem schönen Dorf einkehren. Eifler sind wir, und das wollen wir auch bleiben: aufrecht, traditionsbewusst, vaterländisch. Aber wir verschließen den Blick nicht vor der Zukunft, und der Heilsbringer für die Nation kann nur einer sein – unser Führer Adolf Hitler. Das Land braucht eine völkisch-nationale Revolution.»

Seine Ansprache klang wie auswendig gelernt. Wahrscheinlich hatte er sie den Nationalsozialisten abgelauscht, die sich gern in der Trierer *Glocke* trafen und dort große Reden schwangen, aber sie kam bei den Altenburgern an, der Beifall war laut und anhaltend. Johanna, Kätt und Lika klatschten nicht, sondern tauschten vielsagende Blicke, Bernhard hatte sich erst gar nicht an der Wahl beteiligt.

Am Tag darauf war Johanna zum ersten Mal wieder in den Wald gegangen, doch es sollte Winter werden, bis sie sich dort wieder so zu Hause fühlte wie früher. Erst nachdem sie einmal ihre Töchter mitgenommen hatte, die zwischen den Bäumen im Schnee herumtollten, gelang es ihr, an die alten Gefühle von Ruhe und Frieden anzuknüpfen, die sie hier früher stets empfunden hatte. Hier war sie Marc zum ersten Mal begegnet; sie konnte noch immer genau bezeichnen, wo es geschehen war. Felines alter Fuchsbau, zu dem sie die Kinder schließlich führte, war verwaist, womit Johanna gerechnet hatte. Seit Felines Tod war deren Tochter, die junge Fähe, nie wieder in Johannas Garten zurückgekehrt.

War sie in jener Nacht dabei gewesen und hatte schreckerfüllt das Weite gesucht – womöglich für immer?

Ein Gedanke, der Johanna traurig machte.

Erst nach langem Suchen entdeckten sie gar nicht weit vom ehemaligen Bau einen verlassenen Dachsbau, dessen Ausgänge ihr verdächtig groß erschienen.

Das könnte es eventuell sein, das neue Fuchs-Zuhause!

Doch so mucksmäuschenstill sie auch davor hockten, kein Tier wollte sich zeigen.

«Wir müssen wohl bis zum Frühling warten», sagte sie den enttäuschten Mädchen. «Noch hat die Füchsin ja nicht geworfen, und dann dauert es ohnehin einige weitere Wochen, bis die Welpen groß genug sind, um den Bau zu verlassen. Wenn es wieder wärmer ist, kommen wir zurück und sehen nach.»

*

Im März 1930 zerbrach die große Koalition in Berlin wegen eines Streits zwischen SPD und DVP über Finanzierungsbeiträge zur Arbeitslosenversicherung. Hermann Müller trat zurück; der konservative Heinrich Brüning wurde sein Nachfolger als Reichskanzler. Allerdings verfügte seine Regierung nicht über die Mehrheit, sondern wollte, von Reichspräsident Paul von Hindenburg gestützt, mit Notverordnungen notfalls ohne und sogar gegen das Parlament arbeiten.

Sie wollen die Demokratie zerstören, schrieb Christoph verzweifelt aus Berlin, *und mit Füßen treten, was die Väter der Weimarer Verfassung so mühsam geschaffen haben. Das wird unweigerlich die radikalen Kräfte im Land stärken. Was soll aus einem Deutschen Reich werden, dem die politische Mitte fehlt? Ein Land, zerrissen zwischen links und rechts …*

Politische Ereignisse, die die Vorbereitungen von Cousin Jakobs Hochzeit im Mai verdunkelten, weil keiner so recht wusste, wie die Zukunft aussah. Er hatte sich in Lea Alwine Wolff verliebt, die zarte blonde Tochter des angesehenen Schuhhausbesitzers Sigmund Wolff aus Wittlich, der die Verbindung mit dem jungen Arzt begrüßte und auf einer traditionellen jüdischen Hochzeit bestand.

Martha, den Zeitgeist fürchtend, der in der kleinen Stadt zunehmend antisemitisch wurde, hatte dem jungen Paar eine schlichte Zeremonie im Standesamt ans Herz gelegt, um möglichst wenig Aufsehen zu erregen, und die Braut schon fast auf ihrer Seite gehabt, als Jakob sich mit aller Vehemenz dagegen aussprach.

«Ich will endlich zeigen, wohin ich gehöre», sagte er. «Deshalb bin ich auch aus der Katholischen Kirche ausgetreten und ganz offiziell zum Judentum konvertiert, dem Lea angehört. Unsere Kinder sollen sich einmal nicht ständig zwischen den Religionen hin- und hergerissen fühlen. Wir ducken uns nicht. Wir stehen zu dem, was wir sind und woran wir glauben.»

«Mein Bruder war schon immer viel frömmer als ich», kommentierte Sophie lakonisch, die bei Johanna und den Kindern Zwischenstation machte. «Aber auch viel dickköpfiger. Jetzt will er nur noch Jude sein. Dann feiern wir die Vermählung eben nach jüdischem Brauch – wenn es ihn denn glücklicher macht.»

Fritz von Wrede hatte sie dazu allerdings nicht aus Köln mitgebracht, obwohl sie mit ihm seit zwei Jahren verlobt war – bislang allerdings nur heimlich.

«Seine adelige Familie ist da etwas speziell», sagte sie, während sie in Johannas Küche Pfannkuchen für Klara und Mia buk. «Dass ihr Strahlemann sich ausgerechnet in eine halbe Jüdin verguckt hat, muss er ihnen erst noch beibringen. Aber sie werden es schon schlucken, denn das zwischen Fritz und mir ist definitiv für immer und ewig.»

Dafür sind zwei Jahre Versteckspielen ganz schön langwierig, hätte Johanna fast erwidert, ließ es aber lieber bleiben. Denn der bittere, verhärmte Ausdruck im Gesicht ihrer schönen Cousine gefiel ihr ganz und gar nicht.

«Ärger in der Kanzlei?», fragte sie und hoffte, dass es beiläufig genug klang.

«Wie man's nimmt.» Sophie hörte sich kämpferisch an. «Der Alte weiß genau, dass ich sein bestes Fohlen im Stall bin. Aber er fürchtet sich eben vor der jungen Konkurrenz im eigenen Haus. Einige Mandanten wollen bereits nur noch zu mir; so etwas geht gegen seine Juristenehre. Deshalb lässt er nun wohl auch meinen drögen Kollegen Titus Wallmann aufsteigen, der im Stehen fast einschläft, dafür aber tüchtig rechtsnational ist.»

«Und was wird aus dir?», fragte Johanna besorgt.

«Ich mache meine eigene kleine Kanzlei auf. Das wollte ich ohnehin schon immer. Tippen kann ich vorerst selbst. Müsste sowieso erst eine Sekretärin finden, die fixer als ich an der Maschine ist. Und dann werden wir ja sehen, wer die besseren Mandate an Land zieht – Titus-Schnarchnase oder ich!» Sophie schwenkte die Pfanne und warf den Pfannkuchen gekonnt in die Luft.

Klara und Mia kreischten begeistert auf.

«Kommt Cees eigentlich auch zur Hochzeit?», fragte sie, nachdem die Mädchen gegessen hatten und im Bett waren.

«Bloß nicht», sagte Johanna. «Dann hätten Altenburg und Wittlich etwas zum Tratschen, und was unsere Verwandtschaft betrifft: liiert mit einem verheirateten Mann – igitt! Ich musste mir wirklich schon genug Vorhaltungen wegen meiner verlotterten Moral anhören, oder?»

«Da hast du recht», versicherte Sophie. «Ist zwar schade, ihr zwei habt so selten Zeit füreinander, aber dann feiern wir eben ohne Männer. Geht doch auch.»

Die Vorbereitungen zur Hochzeitsfeier waren nicht ohne Konflikte verlaufen. Familie Wolff hatte mit reichlich Tanten, Onkeln, Cousins und Cousinen freudig zugesagt; auf der Seite Fuchs/Nußbaum war es komplizierter. Christoph würde aus Berlin anreisen; ebenso fünf Verwandte aus Traben-Trarbach, denn Léini war inzwischen ebenfalls verlobt. Tante Gertrud ließ sich ohnehin keine Familienfeier entgehen und hatte ihr Kommen avisiert, wie auch Heinrich und Greta. Von Matthias und Dorothea Fuchs kam in letzter Minute eine fadenscheinige Absage, die Johanna allerdings erleichterte, weil sie sich nun keine Gedanken mehr über einen möglichen Eklat auf dem Hochzeitsfest machen musste.

Besonders kompliziert verhielt es sich mit Georg und seiner vielköpfigen Nachkommenschar. Natürlich gehörte er irgendwie auch zur Familie – andererseits hatte er in den vergangenen Jahren immer unmissverständlicher seine Verachtung für alles Jüdische bekundet.

Einladen oder nicht einladen?

Die Meinungen gingen auseinander. Martha war für Einladen, Sophie neutral, Paul ebenso, Jakob war dagegen.

Schließlich setzte sich der Bräutigam durch.

«Ich will keinen Nationalsozialisten auf unserer Hochzeit haben», sagte er. «Und wenn er zehn Mal mein Cousin ist. Dieser Tag gehört Lea und mir – und den Menschen, die sich aufrichtig mit uns an unserem Glück freuen!»

Die standesamtliche Trauung am Vortag hatten sie im kleinen Rahmen begangen: das Brautpaar, die Eltern von Braut und Bräutigam, Sophie als Trauzeugin für Lea, Leas Cousin Max Grünbaum als Jakobs Trauzeuge. Nun aber brach der große zweite Tag an, und festliche Vorfreude hatte alle erfasst.

Klara und Mia hatten vor Aufregung kaum schlafen können. Gestern schon waren sie zu dritt in Wittlich angekommen und hatten die Nacht in Marthas Gästezimmer verbracht. Am Morgen wurden die Mädchen von ihrer Mutter mit Affenschaukeln festlich frisiert und waren in den rosa Kleidern aus dem Mode- und Textilhaus Bender eine Augenweide. Auch Johanna genoss es, sich wieder richtig schön zu machen, legte ihre Perlen an und freute sich über die neuen weißen Pumps, die sie zu einem blau-weißen Tupfenkleid trug.

Heinrich, Christoph, Lénis Verlobter Emil, Jean und dessen Sohn Pit zögerten nur kurz, als sie für die Zeremonie ihre Häupter mit einer Kippa bedecken sollten, wie es die jüdische Tradition verlangte. Bei der Trauung in der Synagoge in der Himmeroder Straße trug die

Braut ein weißes Kleid mit Schleier, und der Bräutigam hatte über seinem dunklen Anzug ein weißes Tuch um die Schultern. Beide standen unter der Chuppa, einem weißen Seidenbaldachin, Symbol für ihr künftiges gemeinsames Heim. Sieben Mal wurde Lea von ihrem Vater um den Bräutigam herumgeführt. Danach sprach der Rabbiner den Segen über einem mit Wein gefüllten Becher, aus dem beide Brautleute tranken.

Anschließend steckte Jakob seiner Lea einen goldenen Ring an den Zeigefinger der rechten Hand.

«Durch diesen Ring seiest du mir angelobt entsprechend dem Gesetz von Moses und Israel.»

Der ausführliche, auf Aramäisch vorgetragene Ehevertrag langweilte die Kinder, die in den Bänken lümmelten, bis Johanna sie dezent anstupste und zum aufrechteren Sitzen ermahnte. Erst bei den folgenden sieben Segenssprüchen durch den Rabbiner, vom Brautpaar abermals durch einen Schluck Wein besiegelt, wurden Klara und Mia wieder munterer. Als Jakob zum Abschluss der Zeremonie schließlich ein leeres Glas zertrat, jubelten sie mit den anderen Hochzeitsgästen laut mit und schrien mit ihnen im Chor: *«Masel tov!»*

Vor der Synagoge gab es Glückwünsche, Umarmungen, Tränen, alles vom Fotografen, den die Brauteltern engagiert hatten, mit der Kamera festgehalten. Er fotografierte auch, wie Paul Nußbaum seine Schwiegertochter liebevoll umarmte.

«Willkommen in unserer Familie, Lea», sagte er. «Heute habe ich eine zweite Tochter geschenkt bekommen.»

«Und ich eine Schwester», schloss sich Sophie mit einer weiteren herzlichen Umarmung an. «Jetzt sind wir Frauen bei den Nußbaums endlich in der Überzahl.»

«Viel zu sagen hatten wir Nußbaum-Frauen aber schon bisher», ergänzte Martha bei der dritten Umarmung. «Trotzdem freue ich mich, dass wir jetzt um deine Stimme reicher geworden sind, liebe Lea.»

Die anfängliche Scheu zwischen christlichen und jüdischen Hochzeitsgästen legte sich bereits bei dem kleinen Fußweg in die Karrstraße zur Feierlokalität, einem lang gestreckten Bau mit gepflegtem Gastgarten, in dem später Kaffee und Kuchen serviert werden sollten. Jakob und Lea hatten im Innenraum die liebevoll gestalteten Platzkarten mit Myrthenrand an den langen Tischen so durchdacht verteilt, dass eine gute Mischung entstand, und als die Eierstich-Suppe aufgetischt wurde, war die Unterhaltung längst in vollem Gange.

Sophie verstand sich bestens mit Leas Cousin Max, der als Betriebswirt bei der Banque de Luxembourg im angrenzenden Großherzogtum arbeitete. Der junge Mann mit den schwarzen Locken hatte offenbar Feuer gefangen. Hingerissen hing er an ihren Lippen und vergaß vor lauter Faszination fast das Essen.

Auch Jean schien bester Laune, lachte und scherzte, erzählte eine Anekdote nach der anderen und bestand schließlich darauf, dass Johanna mit den Kindern im Sommer ein paar Tage Urlaub in Traben-Trarbach machen müsse.

«Dat hues du dir awer lo wierklech verdéngt!», fügte er auf Luxemburgisch aus tiefster Seele hinzu.

«Kommt unbedingt», fiel Léini mit ein. «Emils Eltern

haben so gemütliche Fremdenzimmer mit Blick auf die Mosel, und kein bisschen teuer. Die werdet ihr lieben!»

«Und wenn ich einen guten Freund mitbringen würde?», sagte Johanna leise zu ihrer Cousine. «Mit dem ich gern einmal ganz ungestört wäre?»

«Ich weiß ja sooo gut, wovon du redest», flüsterte Léini und warf ihre blonde Mähne zurück. «Spießer haben wir auch in unserem traditionsreichen Örtchen, und das nicht zu knapp, sonst würden Emil und ich längst zusammenwohnen. Ist aber vor der Hochzeit leider ausgeschlossen, wenn Papa weiterhin gute Geschäfte machen will. Doch für dein Problem weiß ich eine prima Lösung: Deine Töchter übernachten bei uns zu Hause über der Weinhandlung. Und die Mama holt sie dann morgens zu aufregenden Ausflügen ab.»

Was für herrliche Aussichten!

Für ein paar Augenblicke erlaubte Johanna sich zu träumen. Mit Cees tagsüber die Mosel genießen, ganz in Ruhe ausprobieren, wie er mit ihren Kindern zurechtkam, und sich dann abends in seine Arme kuscheln ...

Vor dem Hauptgang erhob sich Paul Nußbaum und klopfte an sein Glas.

«Dass ich kein großer Redner bin, wisst ihr alle», sagte der Vater des Bräutigams. «Und da uns die fangfrischen Forellen gleich auf die Teller springen werden, wie ich soeben aus der Küche gehört habe, fasse ich mich erst recht kurz. Nur so viel: Dass wir heute so zusammensitzen, um die Hochzeit unserer Kinder Lea und Jakob zu feiern, erfüllt mich mit tiefer Freude. Pflegt und bewahrt eure Liebe, ihr beiden, gebt nicht gleich auf, wenn Schwierigkeiten auftreten, sondern stellt euch ihnen gemeinsam, seid euch gegenseitig Schutz und Halt in dieser unsicheren Welt.»

Er erhob sein Glas. «Auf Lea und Jakob – *masel tov*!»

Alle anderen taten es ihm nach.

Er saß kaum wieder, da wurde bereits der zweite Gang serviert: Forelle Müllerin mit Mandeldecke, Weißweinsoße und kleinen Kartoffeln, dazu ein Salatteller. Wer keinen Fisch mochte, bekam stattdessen Geflügelragout.

«Deine Mädchen sind ja so was von bezaubernd», schwärmte Tante Gertrud, nachdem die Teller abgetragen worden waren. «Wie bin ich froh, dass ich sie endlich mal kennenlerne. Und was diese alte Geschichte betrifft ...» Ihr rundes Gesicht verzog sich schmerzlich. «Wir hätten unseren Bruder Matthias dazu bewegen müssen, dir früher die Wahrheit zu sagen. Dann gäbe es jetzt nicht so viel zerschlagenes Porzellan ...»

«Oder ihr hättet Lisbeth nicht verstoßen sollen», erwiderte Johanna. «Was hatte sie denn schon verbrochen? Geliebt hat sie und ein Kind erwartet. Ich wäre auch ohne diese ganzen Lügen groß geworden – an der Seite meiner Mutter.»

«Du musst Dorothea und Matthias verstehen. Sie wollten immer nur dein Bestes ...»

«*Ihr* Bestes, Tante Gertrud», unterbrach Johanna sie. «Um mich ging es dabei doch nur in zweiter Linie.»

«Die Zeiten waren damals noch ganz anders.» So schnell gab Gertrud nicht auf. «Dein Vater ... ich meine, Matthias, hatte Angst vor dem Gerede der Leute. Der Name Fuchs sollte nicht mit Schande befleckt werden.»

«Schande?» Johanna war laut geworden. Sie schaute zu

ihren Mädchen, die inzwischen am Tisch mit Feuereifer das Faltspiel *Himmel und Hölle* spielten. Christoph hatte ihnen Papierbögen, Buntstifte und die Spielidee aus Berlin mitgebracht und war damit auf große Begeisterung gestoßen. «Den Namen beflecken, ach was! Als wäre ein uneheliches Kind ansteckend!», empörte sie sich.

Mia hatte es sich inzwischen auf Christophs Schoß bequem gemacht, der ihr weitere Kniffe für das neue Spiel erklärte. Sie hatten dazu ihre dunklen Köpfe nah zusammengesteckt, als es plötzlich vorn in der Gaststube laut wurde.

«Es tut mir leid, Herr Dr. Nußbaum, aber ...»

Der Wirt, der in die Tür trat und sich für die Störung entschuldigen wollte, wurde von Georg grob zur Seite gedrängt.

Er war nicht allein gekommen. Hinter ihm stand die schwangere Meta mit ihrem eleganten Kinderwagen, in dem die kleine Alma thronte. Drei weitere blonde Kinder drückten sich eng an die Mutter: Arno, der Älteste, mit seinen Schwestern Astrid und Agnes.

«Hierher habt ihr euch also verkrochen!» Georgs Gesicht war rot vor Zorn. «Dachtet wohl, wir würden euch nicht aufspüren, was?» Seine Augen wanderten von Mia zu Christoph und wieder zurück. Für einen Moment zuckte sein Mund, dann brüllte er weiter. «Aber in dieser Stadt bleibt nichts geheim. Uns einfach nicht einzuladen! Sieht so vielleicht Familiensinn aus?»

Christoph war auf die ungebetenen Gäste zugetreten. «Reiß dich gefälligst zusammen, Georg», ermahnte er seinen Zwilling. «So ein Auftritt muss doch wirklich nicht sein. Da schämt man sich ja, dein Bruder zu sein!»

«Ein windelweicher Zeitungsschmierer bist du», zischte Georg zurück. «Ohne Ehre und Anstand. Wenn sich hier einer seines Bruders schämen muss, dann ich. Komm her, du Feigling, wenn du dich traust!»

«Georg, bitte», bat Martha. «Es ist doch eine Hochzeitsfeier. Bleib friedlich, mir zuliebe ...»

«Lass gut sein, Mutter. Das ist heute meine Sache.» Jakob erhob sich von seinem Platz und ging auf den Eindringling zu. «Jemand, der nachts im Braunhemd *Juda verrecke!* in den Straßen grölt, hat nichts bei uns verloren. Raus mit euch, Georg! Ihr stört unsere Feier.»

«Du ahnst gar nicht, was *stören* bedeuten kann, Jakob Nußbaum», gab Georg hasserfüllt zurück. «Aber das werden wir dir schon noch beibringen – dir und deiner Sippschaft.» Er bewegte sich auf den Tisch zu, Sophie fest im Visier. «Um dich könnte es einem fast leidtun», sagte er verächtlich.

«Das reicht!» Max war aufgesprungen, lief zu Jakob und ballte die Fäuste. «Hinaus! Ihr habt den Bräutigam doch gehört ...»

«Georg, wir gehen!» Metas Stimme war schrill. «Anständige Deutsche müssen sich nicht von solchem Pack beschimpfen lassen. Kommt, Kinder – wir verlassen diesen unsäglichen Ort ...»

Sie stolzierte mit dem Kinderwagen hinaus, die Kinder ihr hinterher. Bevor Georg ihnen folgte, warf er Christoph noch einen langen, hasserfüllten Blick zu.

Mia klammerte sich an Christoph und begann zu weinen.

«Wer ist das?», fragte sie unter Tränen.

«Der, mit dem ich mir den Bauch unserer Mutter geteilt habe», erwiderte Christoph traurig. «Mein Zwilling und gleichzeitig mein ärgster Feind.»

Sie hatten sich gefangen und die Hochzeitsfeier doch noch feierlich vollendet, aber die helle Fröhlichkeit der ersten Stunden war nicht mehr zurückgekehrt. Vor allem dem Brautvater Sigmund Wolff schien Georgs Auftritt schwer zugesetzt zu haben; erst Stunden später erfuhr Johanna von dessen Frau Rosa, dass die SA schon mehrfach Kunden gewaltsam am Betreten des Schuhgeschäfts am Marktplatz gehindert oder nach dem Einkauf beschimpft und verhöhnt hatte.

«Was soll nur werden?», fragte sie bedrückt. «Schon seit drei Generationen verkaufen wir erfolgreich Schuhe an Jung und Alt aus der ganzen Region – aber wer weiß, wie lange noch?»

Ihr trauriges Gesicht ging Johanna noch nach, als sie am nächsten Tag wieder zurück in Altenburg waren. Kätt, Gritt und Lika, die einstweilen die Tiere versorgt hatten, wollten alles über die Hochzeit wissen. Sie beschränkte sich auf den feierlichen Teil in der Synagoge und das gute Essen und ließ Georgs unseligen Auftritt einfach weg. Seinen letzten langen Blick jedoch bekam sie nicht mehr aus dem Kopf.

Er mochte fanatisch und politisch verbohrt sein, ein Dummkopf jedoch war Georg niemals gewesen. Mias Ähnlichkeit mit Christoph fiel ins Auge – was, wenn er nun eins und eins zusammenzählte und ihr, allein schon um seinen Bruder zu piesacken, die Schwierigkeiten machte, vor denen sie sich schon lange fürchtete?

In ihrem Kopf drehte sich ein wildes Karussell ...

Ein guter Grund, um vor dem Schlafengehen noch einmal richtig durchzuatmen und im Garten die laue Nachtluft zu genießen. Die Hunde lagen bei den schlafenden Mädchen; ausnahmsweise war Johanna ganz allein unterwegs. In den Zweigen des Apfelbaumes hatte sie eine Schaukel für die Kinder aufgehängt; auf der saß sie nun selbst, stieß sich mit den Beinen vom Boden ab und ließ dabei ihre Gedanken fliegen.

Jean und Ottilie hatten beim Abschied noch einmal die herzliche Einladung nach Traben-Trarbach bekräftigt; Léini und ihr sympathischer Verlobter Emil ihr augenzwinkernd die Fremdenzimmer an der Mosel ans Herz gelegt. Und wenn es nur vier Tage wären – einmal länger aus Altenburg rauszukommen, wäre schon herrlich.

Dass Cees sofort einverstanden wäre, wusste Johanna. Aber wollte sie sich wirklich öffentlich mit ihm zeigen? Allein durch seine Größe fiel er überall auf, dazu kam der charmante niederländische Zungenschlag, der ihn von der Menge abhob. Sie wirkten so ganz und gar nicht verheiratet, sondern wie ein Liebespaar – das könnte den Klatsch hervorrufen, den sie bislang stets vermieden hatten.

Und wie würden ihre Kinder, die ihn bislang nur als Geschäftspartner der Mutter kannten, auf Cees «privat» reagieren?

Während sie noch grübelte, lag plötzlich ein Geruch in der Luft, der sie stutzig machte. So hatte es im Garten lange nicht mehr gerochen.

Jubelnde Freude stieg in ihr auf.

Die Füchsin war zurück!

Die Fähe mit dem goldenen Fell bewegte sich vorsichtiger als ihre tote Mutter einst. Die Nase dicht am Boden, erkundete sie das Terrain.

Johanna wagte sich kaum noch zu rühren, um sie nicht sofort wieder zu vertreiben. Schließlich steuerte das Wildtier den Kirschbaum an und ließ sich darunter nieder.

Schaute die Fähe in ihre Richtung?

Johanna war sich nicht sicher, doch ihre Anwesenheit schien die nächtliche Besucherin nicht weiter zu stören. Aufzustehen und ihr etwas von den jungen Karotten anzubieten, die sie heute geerntet hatte, wagte sie allerdings nicht.

Sie hoffte, sie würde auch so wiederkommen.

«Ich bin so dankbar, dass du dich zeigst», wisperte sie. «Dachte schon, ich würde dich niemals wiedersehen, denn dein neuer Bau ist so gut versteckt, dass wir ihn im Wald kaum gefunden haben. Der Verbrecher, der deine Mutter getötet hat, sitzt längst hinter Gittern. Die Luft ist also rein.»

Die Fähe streckte sich, dann stand sie auf.

«Du willst wieder los? Einen schönen Namen brauchst du noch.»

Wie sollte sie sie nennen?

Rena. Der Name war plötzlich da.

«Rena», sagte Johanna leise. «Jetzt hat das Haus der Füchsin endlich wieder eine Patin.»

*

Die Franzosen waren abgezogen!

Ende Juni 1930 waren sieben Jahre Besetzung des Rheinlands endlich vorbei. In vielen Städten wurden Befreiungsfeiern abgehalten, die größte davon in Koblenz, an der auch Reichspräsident Paul von Hindenburg teilnahm. Der hatte wenige Tage zuvor den Reichstag aufgelöst; Neuwahlen waren für September angesetzt, und im ganzen Land tobte ein erbitterter Wahlkampf.

Bürgermeister Schäng Breuer ging persönlich in Altenburg von Haus zu Haus, um seine Nachbarn auf die einzig richtige Partei einzuschwören. Bernhard hätte ihm wohl die Tür vor der Nase zugeschlagen, wenn Johanna ihn zuvor nicht zur Mäßigung ermahnt hätte.

«Wenn du ihn provozierst, wird er dir das niemals vergessen. Du willst deinen Posten doch behalten, oder nicht? Und selbst wenn dir dein Posten egal ist, denk an die Kinder, die ihren Lehrer brauchen.»

So hörte sich Bernhard notgedrungen mit unbewegter Miene an, was der begeisterte Nationalsozialist über die Wundertaten seiner Partei vorzubringen hatte. Ganz ähnlich verhielt sich Johanna selbst, als er später auch an ihre Tür klopfte. Breuer hatte eine Liste dabei, auf der er die Anzahl der jeweils im Haus lebenden Personen festhielt, angeblich für die Statistik.

Hatte Georg ihn direkt auf sie angesetzt, um Christoph und ihr zu schaden? Zuzutrauen war es ihm.

«Eine Erwachsene, zwei Kinder», gab Johanna mit leisem Magengrimmen Auskunft, obwohl die Frage, ob es leibliche Kinder seien, gar nicht gefallen war.

Trotzdem war sie heilfroh, als sie den Koffer packen konnte, einen für sie alle zusammen für die paar Tage, ergänzt durch die neuen Kinderrucksäcke, die Klara und Mia voller Stolz schulterten. Kätt und Lika würden inzwischen die Tiere versorgen und wünschten beim Verabschieden der kleinen Familie schöne Ferientage. Ein schlechtes Gewissen hatte Johanna dann doch, den Gefährtinnen die Arbeit zu überlassen, während sie sich an der Mosel vergnügten. Doch die beiden hatten versichert, dass sie es gern taten, und freuten sich zudem über die kleinen Geldscheine, die sie ihnen zugesteckt hatte.

Auf dem Fußweg hinunter nach Sehlem sangen sie gemeinsam, auch wenn es nicht besonders melodisch klang. Klara hatte eine ausgesprochen reine Singstimme, während sich bei Johanna und Mia reichlich falsche Töne daruntermischten.

Als ob ich sie höchstpersönlich zur Welt gebracht hätte, dachte Johanna gerührt.

Und in gewisser Weise war es ja auch fast so gewesen ...

Die Kinder genossen die Zugfahrt vom ersten Moment an, klebten mit den Nasen an der Scheibe und kommentierten alles, was draußen an Landschaft, Menschen und Tieren, Häusern und Höfen an ihnen vorbeizog. Andere Mitreisende reagierten freundlich auf die junge Frau im gestreiften Sommerkleid mit ihren beiden Mädchen, die die ihnen angebotenen Bonbons begeistert lutschten.

«Bin jetzt endlich auch ein Schulkind», erklärte Mia der rundlichen Frau im Abteil mit großer Ernsthaftigkeit. «Aber schreiben und lesen konnte ich schon zuvor. Gar nicht so schwer, wenn man eine große Schwester hat ...»

Pit, der sich vom einst pickligen, verschüchterten Jungen zu einem schlanken, selbstbewussten jungen Mann gemausert hatte und seinem Vater Jean Lanners beim Weinhandel inzwischen zur Hand ging, holte sie am Bahnhof von Traben ab.

«Ich bring euch in die Kirchstraße zu den Eltern», sagte er. «Dort könnt ihr euch auch den neuen Laden ansehen.»

«Und was machen Kinder, die keinen Wein trinken dürfen?», löcherte ihn Klara.

«Für die gibt es Traubensaft», erwiderte Pit sehr ernsthaft. «Der schmeckt auch herrlich.»

Ottilie und Jean empfingen die Gäste herzlich.

Die Mädchen bekamen die Stockbetten im zweiten Stock zugewiesen, während Léini ihrer Cousine verstohlen zuzwinkerte.

«Dein Holländer ist schon angereist», sagte sie. «Toller Mann – so freundlich und souverän. Kann dich gut verstehen. Er erwartet euch in der *Goldenen Traube* zu einem kleinen Imbiss. Sind nur ein paar Schritte von hier. Zwei Mal links und dann gleich rechts. Gar nicht zu verfehlen.»

«Du kommst nicht mit?», fragte Johanna.

«Kann leider nicht.» Léini grinste. «Die Nationalsozialisten wollen den lokalen Weinumsatz gewaltig ankurbeln. Ich mag sie zwar nicht, sind mir viel zu extrem – wenn ich nur an Georgs unseligen Auftritt bei der Hochzeit denke!» Sie schüttelte sich. «Aber diese Idee finde ich gut, denn wenn es den Winzern in der Region gut geht, machen auch wir gute Geschäfte. Deshalb soll nun eine Weinkönigin Schwung in Verkauf und

Fremdenverkehr bringen. Und rate mal, wer bei der Wahl als Favoritin gilt?»

Ihr breites Grinsen verriet sie.

«Für Samstag ist die Wahl angesetzt», fuhr sie eifrig fort, «also schon für übermorgen. Muss noch zum Friseur, das Kleid von der Schneiderin abholen, weil es mir zu weit war, und vieles mehr. Es gibt also noch jede Menge zu tun ...»

Das Zusammentreffen mit Cees und den Kindern verlief harmonisch. Er hatte ihnen aus Köln kleine silberne Bettelarmbänder mitgebracht, an denen verschiedene Stadtwappen baumelten, was großen Anklang fand. Auf Anhieb traf er den richtigen Ton, freundlich, aber nicht anbiedernd, und als Klara ihn fragte, warum er so seltsam redete, gab er lachend Auskunft.

«Weil ich aus den Niederlanden komme, das ist ein kleines Land mit großen Zielen. Einst waren wir berühmte Seefahrer, fast in der ganzen Welt unterwegs, und von diesem Händlergeist steckt auch noch etwas in mir. Ich verkaufe die schönen Statuen eurer Mutter – mit dem allergrößten Vergnügen!»

«Hast du kein Heimweh?», wollte Mia wissen.

«Manchmal schon», gab er zu.

«Und was machst du dann?»

«Ich bin ganz kurz traurig. Dann aber schaue ich auf mein neues Zuhause in Köln und freue mich, dass ich es dort so gut getroffen habe.»

Sie stürzten sich auf den Kartoffelkuchen mit Käse und Speck, zu dem sich Johanna und Cees ein Glas Riesling servieren ließen.

«Und – glücklich?», fragte er sie lächelnd.

«Überglücklich», erwiderte Johanna weich und packte das Geschenk aus, das er ihr zugedacht hatte. Auch ein Armband, zart und golden lag es auf ihrer Haut, als er es ihr anlegte. Sie bedankte sich, hätte ihn gern geküsst, und auch er blickte sehnsüchtig. Doch Mia holte sie zurück ins Hier und Jetzt, indem sie ausrief: «Unsere Armbänder sind schöner, bei dir ist ja gar nichts dran.»

Zu viert bummelten sie durch den Ort, bewunderten die imposante Brücke mit dem Tor, die sich über die Mosel spannte und die beiden Orte verband, die schmalen Häuser, deren Mauern mit Efeu oder Wein bewachsen waren, und die schönen Jugendstilbauten am Ufer. Später aßen sie noch ein Eis, für Mia war es das erste ihres Lebens, bis sie schließlich in Jeans Weinhandlung eintrafen.

«Ich nehm dir die beiden ab», sagte Ottilie leise zu Johanna. «Einen gemütlichen Mensch-ärgere-dich-nicht-Abend mit Kindern hat es bei uns schon lange nicht mehr gegeben. Ich sehe doch, dass ihr beide etwas anderes vorhabt.» Sie schien Cees also zu mögen. «Schließlich muss so ein Urlaub sich auch lohnen ...»

So saßen Johanna und Cees Händchen haltend auf einer Bank am Fluss, bis die Sonne unterging, speisten anschließend Kalbsbäckchen und Rahmnudeln im Hotel *Bellevue* und spazierten schließlich Hand in Hand zu dem behaglichen Haus von Emils Eltern, in dem Cees zwei Fremdenzimmer mit Verbindungstür gemietet hatte.

Dort angekommen, konnten sie es kaum erwarten, einander endlich wieder zu spüren. Sie küssten sich leidenschaftlich, zogen sich gegenseitig aus und gaben sich ganz der Liebe hin.

«Ich hab dich so vermisst», sagte er, als sein Atem wieder ruhiger geworden war.

«Und ich dich erst!», erwiderte Johanna. «Wenn ich bei dir sein kann, sind alle Sorgen auf einmal ganz klein. Bin ich jedoch wieder allein, türmen sie sich zu einem Berg auf, dem ich mich nicht gewachsen fühle.»

Sie erzählte ihm von Georgs hässlichem Auftritt bei der Hochzeit und von den neugierigen Fragen des Bürgermeisters Schäng Breuer.

«Du solltest auf der Hut sein», riet er ihr. «Bei mir in der Galerie war auch schon einer von denen, ein sogenannter Ortsgruppenleiter, der missmutig die ausgestellte Kunst inspiziert hat und mich dann fragte, warum ich sie nicht in den Niederlanden verkaufe. Meine Antwort fiel ziemlich patzig aus, wie du dir vorstellen kannst. Am nächsten Tag waren meine Schaufenster von oben bis unten mit Pferdemist vollgeschmiert. Schöne Sauerei, hat ewig gedauert, bis ich die wieder sauber hatte.»

«Und wenn sie am 14. September die Wahl gewinnen, was dann?», fragte Johanna bang.

Er schloss sie fester in die Arme. «‹*Hoge bomen vangen veel wind*›, sagt man bei uns zu Hause. ‹Die hohlsten Fässer machen am meisten Lärm.› Jetzt trommeln sie wie verrückt, aber wer weiß, wie lange sich dieser Spuk hält. Vielleicht lachen wir im nächsten Jahr ja schon gemeinsam darüber!»

Sie hatten zwei herrliche Tage mit einem Ausflug zur Ruine der Grevenburg und einer sonnigen Moselschifffahrt nach Koblenz und retour. Dann brach der Abend an, an dem die Weinkönigin gewählt werden sollte. Natürlich wollten Klara und Mia unbedingt dabei sein, ging es doch um Léini, die Cousine ihrer Mama, die sie in diesen Tagen ins Herz geschlossen hatten.

Austragungsort war der berühmte Felsenkeller in der Moselstraße, ein Teil des riesigen unterirdischen Gewölbes, das wie ein Labyrinth die beiden Orte diesseits und jenseits der Mosel durchzog. Der Felsenkeller war bereits gut mit Einheimischen gefüllt, als Johanna und Cees mit den aufgeregten Kindern dort eintrafen. Ein gewisser Gustav Simon führte durch die Veranstaltung, das NSDAP-Parteiabzeichen unübersehbar am Revers.

In seiner öden Begrüßungsrede leitete er Traubenernte und Weinkelterei umständlich aus der Historie her und erhob den Genuss deutschen Traubensaftes geradezu zur nationalen Großtat. Als er mit «Wein ist Volkskultur» endete, hatten die Mädchen bereits zwei wenig ältere Jungs entdeckt, mit denen sie zwischen den Eichenfässern Verstecken spielten.

«Also saufen für den Führer», flüsterte Cees Johanna ins Ohr. *«Nou dan proost!»*

Außer Léini waren noch drei andere junge Frauen im Rennen, eine blasse Rothaarige, eine mit glatten, braunen Haaren und ein Pummelchen mit dunklen Locken. Alle trugen dieselben faden weißen Kleider mit rosa Schärpen, doch keine sah darin so gut aus wie Léini Lanners mit der weizenblonden Mähne und den langen, braun gebrannten Beinen.

Keine große Überraschung also, dass sie die meisten Stimmen erhielt und zur ersten Weinkönigin von

Traben-Trarbach gewählt wurde. Als Stadtrat Simon ihr das Krönchen aufsetzte, ein windiges Blechdiadem, rannte Mia auf einmal laut weinend zu Johanna und presste sich Schutz suchend an sie.

«Was ist denn passiert?», fragte Johanna besorgt. «Hat dir jemand wehgetan? Oder bist du hingefallen?»

Wildes Kopfschütteln, lautes Schluchzen, aber keine Antwort.

Mia war auch mit gutem Zureden nicht zu beruhigen, also nahm Johanna sie kurzerhand auf den Arm und stieg mit ihr nach oben. Klara kam hinterher.

Auch draußen weinte Mia weiter.

«Kannst du mir sagen, was mit ihr los ist?», fragte Johanna ihre große Tochter.

«Wir haben mit den Jungs gespielt, und irgendwann sollten wir ihnen unsere Namen sagen. Das hab ich getan und Mia auch. Dann hat der eine uns gehänselt: ‹Berg und Fuchs, das passt ja gar nicht zusammen.› Ich hab ihn weiterreden lassen, aber Mia ist immer wütender geworden: ‹Ich heiße Berg, und meine Mama heißt Fuchs, so war das schon immer.›»

Mia erhob ihr tränennasses Gesicht zu Johanna. «Er hat gesagt, dann kannst du gar nicht meine Mama sein. Aber das bist du doch, oder?»

Diese Nacht verbrachte Johanna nicht mit Cees im Gästehaus am Fluss, sondern zwischen ihren Töchtern, die sich von beiden Seiten an sie schmiegten. Sie erzählte von Eva, Kätts Schwester, ihrem Lachen, ihrem großen Wissen, mit dem sie jahrelang Frauen bei der Geburt unterstützt hatte – und wie sie sich schließlich in Christoph Fuchs verliebt hatte und er sich in sie. Dass die beiden versucht hatten, die Unterschiede zu überbrücken, weil ihre Liebe groß war, es aber langfristig zwischen Berlin und der Eifel eben doch nicht geklappt hatte. Dass Eva dann ein Kind erwartet und die Schwangerschaftsmonate bei Johanna verbracht hatte, bis es ihr plötzlich nicht mehr gut ging und sie Hilfe bei Onkel Paul in Wittlich gesucht hatte. Dass es dann auf einmal ganz schnell gehen musste und das Kind im Krankenhaus mit einem Kaiserschnitt auf die Welt geholt wurde.

«Das war ich», flüsterte Mia, die bislang kein Wort gesagt, sondern nur gebannt zugehört hatte.

«Ja, das warst du, und deine Mutter hat dich so lieb gehabt. Aber sie hatte auch Angst, weil sie gespürt hat, dass nach der Geburt mit ihr noch immer etwas nicht in Ordnung war. ‹Wenn mir etwas zustößt, dann bist du ihre Mutter, Johanna, versprich mir das›, hat sie zu mir gesagt. Kätt ist deine Tante, aber Eva wollte, dass du mein Kind bist. Und das habe ich ihr versprochen. Am nächsten Morgen war sie nicht mehr am Leben. Du warst winzig klein, aber vollkommen gesund.»

Mia blieb eine ganze Weile still.

«Dann habe ich zwei Mamas», sagte sie schließlich. «Eine im Himmel und eine im Haus Nummer achtzehn.»

«Und einen Papa in Berlin», ergänzte Johanna. «Der dich ebenfalls sehr, sehr lieb hat.»

«Ich mag meinen Papa Christoph. Er bringt mich zum Lachen, und er weiß so schöne Geschichten. Kannst du ihn nicht heiraten? Dann wäre mein Nachname auch Fuchs so wie eurer.»

«Ja, heirate doch Christoph, bitte!», schloss sich nun auch Klara an. «Dann wird er auch mein Papa, und ich habe einen lebendigen und nicht nur einen, der im Grab liegt.»

Johannas Kehle wurde eng.

Klara hatte ihr bislang noch nie verraten, wie sehr ihr der Vater fehlte. Wahrscheinlich, um sie nicht noch trauriger zu machen.

«Christoph ist mein Cousin», sagte sie. «Wir sind als Bruder und Schwester aufgewachsen, das passt nicht zum Heiraten.»

«Dann eben Cees», schlug Klara vor. «Dann werden wir lauter van Halens ...»

«Das ist nicht so einfach, wie ihr glaubt», sagte Johanna schnell, ohne zu erwähnen, dass Cees nicht frei war. «Bisher ging es doch auch so ganz gut, oder nicht? Was bedeuten schon Nachnamen? Ihr seid meine Kinder. Euch beide trage ich im Herzen. Und daran kann niemand etwas ändern.»

*

Bei der Reichstagswahl am 14. September wurde die NSDAP zweitstärkste Kraft und vermehrte ihre Mandatssitze von 12 auf 107. Auch die KPD konnte zulegen und verfügte nun über 77 Parlamentssitze. Die bürgerlichen Parteien dagegen schrumpften auf breiter Ebene. Reichskanzler blieb Hermann Brüning, der, unterstützt von Paul von Hindenburg, am System der Minderheitsregierung festhielt.

Die SPD zerreibt sich selbst, schrieb Christoph besorgt

aus Berlin. *Bekämpft sie Brünings autoritäre und unsoziale Politik, besteht die Gefahr einer neuerlichen Reichstagsauflösung und -neuwahl, und die NSDAP könnte so stark werden, dass der neue Kanzler Adolf Hitler heißt. So bleibt ihr nichts anderes übrig, als mit Brüning das kleinere Übel zu tolerieren. Mit fatalen Folgen: Die unzufriedenen Wähler rennen ihr in Scharen davon ...*

Léinis Status als erste Weinkönigin von Traben-Trarbach wurde ihr aberkannt. Die Tochter eines Luxemburgers sei angesichts der veränderten politischen Situation «nicht deutsch genug», so die Begründung.

Jetzt trug die blasse Rothaarige die Krone.

In Wittlich hatten 58 Prozent aller Wähler die NSDAP gewählt; in Altenburg 70 Prozent, ein Triumph für Schäng Breuer, der seitdem nur noch mit geschwellter Brust herumlief und sich im Dorf wichtigmachte.

«Sieh dich vor», beschwor Bernhard Johanna. «Der Kerl führt Übles im Schilde. Aus Wittlich hat er sich Abschriften der Geburtsurkunden der letzten dreißig Jahre kommen lassen, das weiß ich von einem Genossen aus der Stadtverwaltung. Die aus Altenburg kann er ja ohnehin einsehen.»

Marie Angelika Margaretha Berg. Mutter: Eva Maria Berg. Vater: unbekannt ...

«Vielleicht weiß Breuer bereits von Georg, dass Christoph Mias Vater ist», sagte Johanna angstvoll. «Georg, der die beiden auf der Hochzeit angestarrt, eigene Schlüsse gezogen hat und seinen Bruder hasst wie der Teufel das Weihwasser. Christoph kann sich nicht um das Kind kümmern, außerdem war er sehr glücklich mit der bisherigen Lösung, aber was wird das nützen? Wenn sie ihm das Kind zusprechen, was geschieht dann? Kommt Mia in ein Berliner Kinderheim? Welch schrecklicher Gedanke! Oder sie nehmen sie mir weg und geben sie gleich zu den Großeltern. Die einzige leibliche Verwandte, die sie sonst noch hat, ist ihre Tante Kätt, doch ob die sich bei den Behörden gegen reiche Tabakfabrikanten durchsetzen kann ...»

Sie schlug die Hände vors Gesicht.

«Sie verschärfen die Gesetze, wo immer sie können. Auf allen Ebenen, und das ist erst der Anfang.» Bernhard klang resigniert. «Wir Homosexuelle kommen garantiert auch noch an die Reihe – es sei denn ...», er sah Johanna an, und seine Augen begannen zu leuchten, «... wir beide schlagen ihnen ein Schnippchen und dabei zwei Fliegen mit einer Klappe.»

«Wie meinst du das?», fragte sie. «Ich verstehe kein Wort.»

«Heirate mich, Johanna. Nur pro forma natürlich, aber das geht ja keinen außer uns etwas an. Dann hört das lästige Getuschel hinter unser beider Rücken für immer auf. Ich behalte meine Stelle, du wirst die Frau eines preußischen Beamten mit Pensionsanspruch und kannst Mia ganz offiziell adoptieren. Niemand darf sie dir dann jemals wieder wegnehmen – auch nicht die reichen Tabakfabrikanten aus Trier. Na, was sagst du?»

Sie blieb eine ganze Weile stumm.

Dann begann Johanna zu lächeln.

11

ALTENBURG/KÖLN/
TRABEN-TRARBACH 1933

Hitler und Konsorten haben keine Zeit verloren.» Nie zuvor hatte Johanna ihre schöne Cousine in solch jämmerlichem Zustand erlebt, die Haare verfilzt, das blasse Gesicht rotfleckig. Sophies rechtes Auge war blau und geschwollen.

Am 30. Januar 1933 war Hitler von Paul von Hindenburg zum Reichskanzler bestellt worden, am 27. Februar folgte der Brand im Reichstag. Nur einen Tag später wurde die Reichstagsbrandverordnung verkündet, die die Pressefreiheit und das Recht auf freie Meinungsäußerung einschränkte, das Versammlungsrecht beschnitt sowie Hausdurchsuchungen und willkürliche Verhaftungen erlaubte. Bei den Neuwahlen am 5. März hatte die NSDAP zwar nicht die erhoffte absolute Mehrheit erreicht, trotzdem wurde am 24. März das Ermächtigungsgesetz verabschiedet, das Hitler erlaubte, vier Jahre lang ohne Einmischung von Reichspräsident und Parlament Gesetze zu erlassen.

Johanna betrachtete ihre Cousine voller Mitgefühl. Die politischen Entwicklungen waren wirklich besorgniserregend, wie Sophie am eigenen Leib hatte erfahren müssen. Sie hatte hier in Altenburg Schutz gesucht, weil sie ihre Eltern und ihren Bruder nicht beunruhigen wollte.

Mit zittrigen Händen griff Sophie nach der Teetasse, die Johanna ihr hingestellt hatte, und trank hastig, bevor sie weitersprach.

«Ende März beschloss die Stadt Köln, dass jüdische Firmen ab sofort keine Aufträge mehr erhalten. Zwei Tage später rief die Parteileitung der NSDAP im *Westdeutschen Beobachter* zum planmäßigen Boykott jüdischer Geschäfte, jüdischer Waren, jüdischer Ärzte und jüdischer Anwälte auf.» Ihre Stimme war auf einmal brüchig. «Noch am selben Vormittag drangen bewaffnete SA- und SS-Leute in das Justizgebäude am Reichenspergerplatz ein und suchten alle Stockwerke nach jüdischen Juristen ab. Ich kam gerade mit einem Mandanten aus dem Sitzungssaal, da wurde ich von zwei SA-Leuten grob gepackt und durch die Gänge geschleift. Als ich mich zu wehren versuchte, hieb einer von ihnen mit der Faust auf mich ein – das Ergebnis siehst du noch immer. Liegt ja erst ein paar Tage zurück.»

«Und dein Fritz? Hat er dir denn nicht geholfen?», wollte Johanna bang wissen.

«Ich hab mir die Seele aus dem Leib geschrien, weil ich wusste, dass er im Gebäude war, aber als er endlich kam, hatten sie mich und sieben andere jüdische Anwälte bereits wie Unrat auf einen Müllwagen geladen. Mit Waffengewalt wurde Fritz daran gehindert, mich herunterzuholen. Unter dem Gespött einer gaffenden und grölenden Menge ging es dann zum Polizeipräsidium am Appellhofplatz. Dort wurden unsere Personalien festgestellt – als ob sie die nicht längst schon gehabt hätten! – und wir durften gehen. Gehen?!» Sie lachte verzweifelt auf. «Mehr oder weniger heimgekrochen bin ich. Meine Beine haben mich kaum noch getragen. Das war, was die Nationalsozialisten erreichen wollten: uns in aller Öffentlichkeit demütigen.»

«Und die Kölner? Es können doch nicht alle gejohlt und applaudiert haben ...»

«Leider viel zu viele. Seitdem Oberbürgermeister Konrad Adenauer sich der Lynchjustiz der SA nur durch Flucht entziehen konnte, hat sich der Wind gedreht. Jetzt regiert der bekennende Antisemit Günter Riesen. Auch die örtliche Presse heult mit den Wölfen. In vielen Kölner Zeitungen wurde der Überfall anschließend so dargestellt, als hätten SA und Polizei die jüdischen Juristen lediglich vor dem Volkszorn retten wollen, aber so war es nicht, Johanna, so war es nicht!»

Sophie barg das Gesicht in den Händen und begann bitterlich zu weinen. Mit dem letzten Zug war sie aus Köln gekommen, den Weg von Sehlem hinauf nach Altenburg im Dunkeln gelaufen, bis sie schließlich mit ihrem Rucksack wie ein Häuflein Elend vor dem Haus Nummer achtzehn gestanden hatte. Johanna nahm sie erst einmal in den Arm, froh, dass die Kinder in der Dachkammer schon schliefen. Bernhard verstand sofort, dass die beiden Frauen erst einmal allein sein wollten, und zog sich in sein Zimmer zurück.

«Zwei Gesetze, die uns Juden das Rückgrat brechen sollen», stieß Sophie hervor. «Das Gesetz zur Wiederherstellung des Berufsbeamtentums und das über die Zulassung zur Rechtsanwaltschaft. Im ganzen Land darf kein jüdischer Richter mehr irgendein Gerichtsgebäude betreten, alle Beamten, die nicht arischer Abstammung sind, werden in den Ruhestand versetzt, die Zulassung jüdischer Notare und Anwälte ist ab sofort hinfällig ...» Sie hob den Kopf, sah Johanna tränenüberströmt an. «Meine kleine Kanzlei begann gerade richtig gut zu laufen, so stolz war ich, es als Anwältin geschafft zu haben, der viele erst einmal weniger zugetraut haben als männlichen Kollegen – und nun das! Mein halbes Leben habe ich darauf hingefiebert, für das Recht zu kämpfen, vor dem alle gleich sind, egal welches Geschlecht, egal welches Alter, egal welche Religion. Und nun nehmen sie mir alles.»

«Und das ist wirklich endgültig?», fragte Johanna beklommen.

«Sie haben es gestern erlassen. Ein paar ehemalige jüdische Frontkämpfer wollen dagegen klagen, weil es für sie angeblich Ausnahmen geben soll, aber ich prophezeie dir, auch die werden scheitern. Das Gesetz trifft übrigens auch Sozialdemokraten und Kommunisten: ‹Beamte, die nach ihrer bisherigen politischen Betätigung nicht die Gewähr bieten, jederzeit rückhaltlos für den nationalen Staat einzutreten, sind zu entlassen›, so perfide ist es formuliert.» Sie legte ihre Hand auf Johannas Arm. «Dein Bernhard muss aufpassen. Sonst werfen sie ihn aus dem Schuldienst oder versetzen ihn strafweise sonst wohin. Auch das dürfen sie jetzt ohne Weiteres.»

Johanna wurde noch banger zumute.

«Die Nationalsozialisten wollen uns fertigmachen», fuhr Sophie fort. «Und es wird ihnen auch gelingen. Am liebsten möchte ich tot sein!»

Trotz ihrer eigenen Ängste drückte Johanna den Rücken durch und bemühte sich um eine feste Stimme.

«So etwas will ich nie mehr von dir hören, Sophie», sagte sie. «Du bleibst erst einmal ein paar Tage bei uns und erholst dich. Und wenn es dir wieder besser geht, fällt uns bestimmt eine Lösung ein. Weiß dein Fritz, dass du hier bist?»

Sophie schüttelte den Kopf. «Er musste überstürzt nach Hause fahren, Familienangelegenheiten ...» Ihr Schluchzen wurde wieder lauter. «Sie kennen mich inzwischen und waren bis auf seinen grässlichen Onkel Eugen sogar ganz freundlich zu mir, das ist jetzt garantiert vorbei. Unsere Hochzeit kann ich vergessen. Wer will schon einen Niemand in die Familie aufnehmen ...»

Worte halfen jetzt nicht mehr weiter, das spürte Johanna. Also brachte sie Sophie mit ihrem spärlichen Gepäck nach oben und packte sie wie ein krankes Kind ins Bett.

«Jetzt wird erst einmal geschlafen», sagte sie resolut. «Alles Weitere dann morgen.»

«Und du?», fragte Sophie. «Wo schläfst du? Ich meine, wo Bernhard und du doch gar keine richtigen Eheleute ...»

Sie brach ab.

Außer ihr waren nur eine Handvoll Menschen in den Pakt eingeweiht, den Johanna mit dem Lehrer geschlossen hatte: Christoph, Cees, Kätt und Lika, ihre engsten Vertrauten, und natürlich Karl, Bernhards große Liebe.

«Nebenan, bei Bernhard», erwiderte Johanna. «Nicht das erste Mal, dass wir uns schwesterlich-brüderlich ein

Bett teilen. Für ein paar Nächte ist das ganz in Ordnung.»

Offiziell schliefen sie nur deshalb getrennt, weil Bernhards verkrüppeltes Bein sich nachts immer wieder mit Schmerzen meldete und ihn zum Aufstehen und Herumlaufen zwang, was dann wiederum ihren Schlaf gestört hätte. So sagten sie es den Nachbarn, und das war auch die Version, die sie an die beiden Mädchen weitergegeben hatten, um diese bei eventuellen Nachfragen nicht unnötig zu verwirren. In der Öffentlichkeit gingen sie herzlich miteinander um, aber sie waren nie ein Paar gewesen und würden auch niemals eins sein. Bernhard liebte nach wie vor seinen Karl, den er zum Hilfspedell ernannt hatte und mit dem er sich gelegentlich zu heimlichen Schäferstündchen drüben im Lehrerhaus traf. Die beiden waren dabei mehr als vorsichtig, sodass bislang niemand Verdacht geschöpft hatte. Auf der Kirmes spendierte Karl hübschen Mädchen großzügig Süßigkeiten, schoss Papierrosen für sie und poussierte öffentlich herum. Der muss sich erst die Hörner abstoßen, so die einhellige Dorfmeinung.

Johanna hatte es nicht bereut, Bernhard vor zweieinhalb Jahren an einem kühlen Spätherbsttag im Standesamt zu Wittlich das Jawort gegeben zu haben. Die schlichteste aller Hochzeitsgesellschaften: Christoph und Kätt als Trauzeugen, dazu die Mädchen, anschließend ein gemeinsames Mittagessen. Es gab ein paar Fotos, von Christoph geschossen, auf denen sie fast glücklich aussahen: Johanna im dunkelblauen Kostüm mit weißer Bluse und einem kleinen Brautstrauß, Bernhard im neuen grauen Anzug mit Hut. Klara und Mia strahlten, beide offenbar überglücklich über den neuen Papa in ihrer kleinen Familie.

Bernhard und Johanna waren gute Gefährten, auch wenn das Körperliche ausgespart blieb. Mit ihm an der Seite hatte sie kurz nach der Hochzeit das Adoptionsverfahren beantragt und es nach einigem Hin und Her schließlich gemeistert. Kätt als leibliche Tante hatte sich ausdrücklich für Johanna und deren Mann als Eltern ausgesprochen. Johannas Beharrlichkeit, die Tatsache, dass sie das Kind seit seiner Geburt versorgt hatte, sowie Bernhards Stellung als preußischer Beamter hatten die Behörden schließlich überzeugt. Nun war Mia ganz offiziell ihre gemeinsame Tochter und konnte mit ihrer Schwester groß werden. Als Elternpaar machten sie ihre Sache gut, das merkten sie an Klara, die mehr Selbstvertrauen gewonnen hatte, seitdem ihr geliebter Lehrer nun an Vaterstelle getreten war. Mia hatte den erfahrenen Pädagogen sogleich ins Herz geschlossen. Anfangs war sie ab und zu noch ein wenig mit Papa Christoph in Berlin durcheinandergekommen, den sie inzwischen zwei Mal für jeweils ein paar Tage besucht hatte, zog schließlich jedoch ihr ganz eigenes Resümee: Wer zwei Mamas hatte wie sie, konnte schließlich auch zwei Papas haben!

Und Cees?

Er war mit dieser Lösung einverstanden gewesen, weil er wusste, wie wichtig Mia für sie war, traurig hatte es ihn trotzdem gemacht. Der Gedanke fühlte sich für Johanna jedes Mal an wie eine kleine Wunde in der Herzgegend.

«Ich kann dir nicht geben, was du gebraucht hättest.

Welcher Mann gesteht sich das schon gern ein bei der Frau, die er liebt? Dein Ritter hätte ich sein wollen, dein strahlender Held – und was bin ich stattdessen? Ein mutloser Niederländer in mittleren Jahren, verstrickt in alten Verpflichtungen, die nicht zu lösen sind, ohne neuen Schmerz zu verursachen. Anouk ist nicht gesund, vielleicht wird sie nicht mehr allzu lange leben, dann wäre ich frei, aber so lange kannst du vermutlich nicht warten ...»

Sie trafen sich weiterhin ab und zu in Köln, stets darauf bedacht, dass es rein geschäftlich wirkte, wenngleich sie noch immer ein Liebespaar waren. Johannas Sehnsucht nach den Zärtlichkeiten des Geliebten war in ihrem keuschen Altenburger Alltag manchmal so groß, dass sie es kaum aushalten konnte, und Cees erging es nicht anders. Wenn sie sich einmal im Monat für drei Tage sahen, Bernhard passte solange auf die Mädchen auf und kümmerte sich um Haus und Hof, herrschte für die ersten Augenblicke stets jubelnde Freude, und sie fielen sich in die Arme, kaum waren sie endlich ungestört. Allerdings drückte die Heimlichtuerei bald wieder auf ihre Stimmung, und es gelang ihnen nur selten, an die frühere Unbeschwertheit ihrer Beziehung anzuknüpfen.

Johanna hatte neue Stelen erschaffen, Tonköpfe mit aufgerissenem Mund, wie im Schrei oder einer verzweifelten Klage eingefangen: Menschen in Ausnahmesituationen, einsam, am Rand ihrer Kräfte. Dass diese Arbeiten nichts mehr mit den einstigen Schutzgeistern zu tun hatten, war ihr sehr wohl bewusst, auch wenn die Symbiose der Materialien Holz und Ton unverändert geblieben war.

«Die stellt sich garantiert niemand als Dekoration ins Haus», hatte sie zu Cees bei ihrem letzten Besuch gesagt. «Aber ich kann nicht anders, es will einfach so aus mir heraus. Unsere Gegenwart ist hart und gnadenlos. Das drücken meine neuen Köpfe aus.»

«Wie kraftvoll sie sind! Und wie ehrlich», kommentierte Cees beeindruckt. «Du hast dich künstlerisch weiterentwickelt, Liebste, und das ganz enorm. Wir heben sie auf, bis dieser ganze braune Wahnsinn vorbei ist. Danach wird man sie uns aus den Händen reißen ...» Er öffnete die Mappe, die sie außerdem mitgebracht hatte. «In der Zwischenzeit verkaufen wir eben deine Szenen aus dem ländlichen Leben: Bäuerinnen und Bauern beim Mähen, beim Melken im Stall, bei der Arbeit auf dem Feld, bei der Tabakernte, so wie deine Frauen- und Kinderporträts, das mögen die Menschen.»

Die Blätter, die Kätt darstellten, gefielen ihm am besten, ausdrucksvolle Kohlezeichnungen, die Johanna mit Aquarellfarben sparsam koloriert hatte.

«Ein ganzes Leben liegt in diesem Gesicht», sagte er. «Mehr davon, Johanna! Wir statten sie mit einfachen Holzrahmen aus, das passt am besten dazu.»

«Leichter gesagt als getan», sagte sie schmunzelnd. «Meine Freundin Kätt ist alles andere als ein geduldiges Modell. Das meiste muss ich ohnehin aus dem Gedächtnis skizzieren, weil sie keine Minute still sitzt.»

«Dann eben stehend, laufend, wie auch immer – zeichne deine Kätt, Johanna. Solche stimmungsvollen Blätter finden in meiner Galerie großen Anklang.»

Sich gerade jetzt an das letzte Treffen mit Cees zu erinnern, gab Johanna neuen Mut. Sophies tränenreicher Bericht hatte sie zutiefst erschüttert; sie brauchte dringend jemanden, um sich auszutauschen. Bernhard schlief noch nicht, als sie sein Zimmer betrat, sondern fläzte auf dem Bett, vertieft in seine aktuelle Lektüre, den Roman *Erfolg* von Lion Feuchtwanger.

«Dafür lasse ich jeden Thomas Mann links liegen», sagte er. «Noch nirgendwo sonst hab ich die bayerische Provinz und den Aufstieg der Nazis so gnadenlos bissig beschrieben gelesen, einfach großartig!» Er legte sein Buch zur Seite, als er ihr bedrücktes Gesicht sah. «So schlimm?», fragte er. «Komm her zu mir.»

«Schlimmer», erwiderte Johanna, legte sich nah neben ihn und begann zu berichten.

Ihre Zusammenfassung von Sophies Erlebnissen machte ihn erst fassungslos, dann sehr wütend.

«Sie wollen uns alle loswerden», sagte er. «Jeden Einzelnen, der ihren braunen Popanz nicht mitmacht. Es gibt bereits Straflager, wohin diese Leute gekarrt und eingesperrt werden, eines davon nahe München. Dort müssen grauenhafte Verhältnisse herrschen, ärger als in jedem Zuchthaus.»

«Aber du wirst nicht dort landen, versprich mir das!» Erregt hatte sich Johanna wieder aufgesetzt. «Das kannst du mir und den Kindern nicht antun. Du reißt dich zusammen und gibst öffentlich keine linken Parolen mehr von dir – und zwar nirgendwo! Sonst verlierst du deinen Posten schneller, als du blinzeln kannst, denn dieses widerliche Gesetz über die Wiederherstellung des Berufsbeamtentums gilt auch für dich. Eventuell machen sie sogar Mias Adoption rückgängig. Dann war alles umsonst, was wir uns aufgebaut haben, Bernhard.»

«Ich soll schweigen und kuschen?»

«Klug sollst du sein, an die Mädchen und mich denken – und an Karl, den du damit ja auch in Gefahr bringst. Du bist nicht Old Shatterhand, der sich den Weg freischießen kann. Bürgermeister Breuer wartet doch nur darauf, uns zu Fall zu bringen, von meinem Cousin Georg ganz zu schweigen. Dass wir geheiratet haben, erbost ihn bis heute. Am 1. April hat er zusammen mit seinen SA-Kumpanen Wittlich terrorisiert. Gritt hat mir erst gestern die ganzen scheußlichen Einzelheiten erzählt. Im ohrenbetäubenden Trommelzug sind sie durch die Stadt gezogen, Georg an der Spitze, haben bewaffnete Boykott-Wachen vor allen jüdischen Geschäften aufgestellt, vom Mode- und Textilhaus Bender bis zum Schuhhaus Wolff, dem Laden von Jakobs Schwiegereltern. Dort haben sie so laut ihre antijüdischen Parolen gebrüllt, dass sich die Belegschaft angstvoll im Lager versteckt hat. Danach ging es weiter in die Neustraße, zur Kanzlei von Dr. Archenhold, vor der sich ebenfalls SA-Leute mit Warnschildern postiert haben. Auch die Arztpraxis von Onkel Paul und Jakob wurde nicht verschont. Dort haben ihnen die widerlichen Schilder offenbar nicht gereicht; der gesamte Eingangsbereich wurde zudem mit Kot beschmiert: *Juden stinken zum Himmel* – wie müssen sich meine armen Verwandten gefühlt haben! Sophie habe ich noch gar nichts davon erzählt, die hat im Moment genug eigene Sorgen, aber natürlich wird sie es erfahren.»

«Und da verlangst du von mir, stillzuhalten? Das kann ich nicht, Johanna!», begehrte er auf.

«Du bist jetzt nicht mehr nur für dich allein verantwortlich. Was, glaubst du, geschieht mit uns, wenn sie dich inhaftieren?»

Bernhard war ganz still geworden. «Aber was soll denn nun bloß werden, Johanna?»

«Leben werden wir, Bernhard», erwiderte sie. «So gut wir es eben können. Und denen helfen, die uns nahestehen – mit all unseren Kräften.»

Ihr nächster Morgen begann lange vor Sonnenaufgang. Wie seit Jahren folgten ihr die Hunde in den Garten, um vieles langsamer allerdings, denn Flitz hatte sich in einen Senior mit grauer Schnauze verwandelt und selbst die früher so grazile, schnelle Fleur war in die Jahre gekommen. Kater Murr hatte Johanna eines Morgens starr unter dem Kirschbaum gefunden, wo er offenbar friedlich eingeschlafen war. Sein Nachfolger hieß Beau, ein getigerter Kater mit ungewöhnlich schöner Zeichnung, der seinem Namen alle Ehre machte. Gänse hielt sie nach dem Ableben ihres betagten Paars nicht mehr, dafür gackerten ihr im Hühnerstall viele neue Hennen entgegen. Johanna hielt nach wie vor an Lisbeths Tradition fest und stattete jedes Küken, das die ersten Wochen überlebte, mit einem eigenen Namen aus. Besonders eindrucksvoll war der neue Gockel, der so stolz auf dem Mist krähte, dass sie ihn spontan auf den Namen Don Juan getauft hatte.

Es gab nur noch vier Kaninchen in den hinteren Ställen, die inzwischen von ihren Töchtern betreut und gefüttert wurden: Hoppel und Moppel, Racker und Rübe. Den Kindern von Anfang an einen respektvollliebevollen Umgang mit allen Tieren beizubringen, war ein großes Anliegen von Johanna; auch darin folgte sie nur zu gern Lisbeths Fußstapfen. Besonders am Herzen aber lagen ihr nach wie vor die Ziegen, von denen einige mittlerweile auch schon eine stattliche Anzahl von Jahren auf dem Buckel hatten.

Purgi, die einstige Chefin im Stall, hatte Marc ja schon vor nunmehr dreizehn Jahren von ihren Qualen erlöst, der wenig romantische Beginn ihrer Liebesgeschichte, die so tragisch geendet hatte. Ihre Nachfolgerin war Purgis Tochter Schneewittchen geworden, ebenso willensstark und starrköpfig wie ihre Geißenmutter. Johanna wollte zu melken beginnen und musste Schneewittchen erst eine ganze Weile gut zureden, bevor diese sie überhaupt an die Zitzen ließ. Schließlich war der Eimer zur Hälfte gefüllt; zusammen mit dem Ertrag von gestern würde sie sich nachmittags an die Käsezubereitung machen, vielleicht eine kleine Ablenkung für Sophie. In der Nacht war Johanna eine Idee gekommen, die sie ihrer Cousine unterbreiten wollte – vorausgesetzt allerdings, sie bekamen Cees mit ins Boot. Nicht ganz ungefährlich war die Sache allerdings.

Aber was war in diesen stürmischen Zeiten schon ungefährlich?

Sie schloss die Stalltür und ging zurück zum Haus. Die Ziegen würde sie auf die Wiese bringen, sobald die Kinder beim Unterricht waren, bei Papa Bernhard gleich gegenüber, in der einzigen Schulklasse für alle Jahrgänge.

Anton hatte die Handelsschule vor Kurzem mit Bravour abgeschlossen. Anfangs hatte er wegen seiner technischen Begabung mit dem Gedanken gespielt, Uhrmacher zu werden, doch diesen Traum hatte der Wittlicher Uhrmachermeister Junker nach einem kritischen Blick zerplatzen lassen.

«Richtige Bauernpratzen hast du, mein Junge. Damit wird das nichts. Schau dir meine Hände an: lang und schlank mit flinken Fingern – so müssen Uhrmacherhände aussehen.»

So hatte er stattdessen nun eine Lehrstelle in der Buchhandlung Fischer in der Burgstraße angetreten und konnte damit seine große Leidenschaft pflegen: Bücher. Aber auch der Umgang mit den Kunden machte ihm Spaß, dazu kam das Kaufmännische, das ebenfalls zum Beruf gehörte – Anton war so glücklich wie seit Jahren nicht mehr.

«Wellem würde toben, wenn er das wüsste», hatte Kätt befriedigt kommentiert, die ihren Schwiegervater im Zuchthaus selten erwähnte. «Aber mein Hans wäre selig, dass sein Sohn diesen Weg geht, weil er selbst niemals Landwirt hatte sein wollen.»

Antons Schwester Gritt, inzwischen ausgelernt, machte sich als junge Verkaufskraft im Mode- und Textilhaus Bender so gut, dass der Inhaber Josef Bender und dessen Sohn Paul ihren Einsatz mit einer Gehaltserhöhung gewürdigt hatten und sie sogar beim Einkauf im Großhandel mit heranzogen. Gritt schätzte ihre Arbeitgeber und deren Familie sehr, und die nationalsozialistischen Schikanen, denen diese ausgesetzt waren, bedrückten sie umso mehr. Eine attraktive junge Frau war aus ihr geworden: Sie war schlank und hatte die gleiche stolze Größe wie ihre Mutter sowie Kätts sprechende dunkle Augen, doch ihre Haare waren blond, wie die ihrer Tante

Eva. Einige der jüngeren SA-Leute schienen es regelrecht auf sie abgesehen zu haben, sie verfolgten Gritt, wenn sie nach Ladenschluss schnell zum Bahnhof lief, um nach Hause zu fahren. Vor einigen Wochen hatten sie ihr unterwegs aufgelauert und sie bedroht.

«Ein deutsches Mädel wie du – angestellt bei einem Juden! Bist du dir dafür nicht zu schade? Wir können dir gern zeigen, was ein echter deutscher Mann alles draufhat ...»

Vollkommen aufgelöst war sie danach in Altenburg angekommen, zuerst zu Kätt und Lika gelaufen, die anschließend Johanna zurate gezogen hatten.

«Natürlich müsste man sich beschweren», hatte die zornig geantwortet. «Aber bei wem? Der Stadtrat ist zu schwach dafür. Und Georg lacht mich aus, wenn ich damit zu ihm komme. Diese braune Prügeltruppe scheint über dem Gesetz zu stehen. Sie *sollen* die Menschen in Angst und Schrecken versetzen, das ist ihre Aufgabe. Du gehst ab jetzt nur noch zusammen mit deinem Bruder zum Bahnhof, Gritt. Dann seid ihr wenigstens zu zweit. Ich hoffe, das wird sie abschrecken ...»

Kätts Kinder gehörten mittlerweile zur Familie, das hatte die enge Nachbarschaft mit sich gebracht und all das Schreckliche und Gute, das sie inzwischen gemeinsam erlebt hatten.

Genauso wie ihre schöne Cousine, die ganz allein war. Dass Fritz von Wrede unter diesen Umständen weiterhin zu ihr hielt, erschien Johanna mehr als unwahrscheinlich.

Dann eben wir, dachte sie. Sophie soll unbedingt wieder Hoffnung schöpfen, das nahm Johanna sich vor.

Am Nachmittag kam Peter Michael mit neuem Holz auf den Hof. Johanna hatte weiterhin an ihren Stelen gearbeitet, auch wenn derzeit keiner sie kaufen wollte. Wie richtig sie damit lag, erkannte sie an Sophies Reaktion, die plötzlich ganz lebendig wurde, als sie die neuesten Arbeiten zu Gesicht bekam. Selbst der sonst eher wortkarge Schreiner äußerte Bewunderung.

«Deine Kunst geht unter die Haut», sagte er anerkennend. «Ich bewundere dich dafür, Johanna.»

Sie lächelte ihn dankbar an. Es war einfacher zwischen ihnen geworden, seitdem er im letzten Jahr Ida geheiratet hatte, eine vierzigjährige Witwe aus Niersbach, deren Mann an Krebs gestorben war. Trotzdem gefiel es ihm noch immer nicht, dass Bernhard nun den Platz an ihrer Seite eingenommen hatte, von dem er wohl selbst geträumt hatte, das verrieten die Spitzen, die er immer wieder gegen ihn austeilte.

«Wenn man keinen Kerl zum Anpacken hat, müssen halt Frauen ran», lästerte er, als Sophie ohne Weiteres mithalf, die bearbeiteten Stämme in die Scheune zu tragen.

«Kein Problem», lautete Sophies prompter Kommentar. «Da habe ich schon ganz anderes stemmen müssen.»

Die körperliche Anstrengung schien ihr ausgesprochen gutzutun; zum ersten Mal seit ihrer Ankunft in Altenburg lag wieder die Spur eines Lächelns auf ihren Lippen.

«Und das hier?» Sein Kinn wies zu ihrem blauen Auge.

«Da war ein Schrank im Weg», erwiderte sie scheinbar leichthin. «Das kommt davon, wenn man nicht richtig hinsieht.»

«Gut pariert», lobte Johanna, als sie danach wieder zusammen ins Haus gingen. «Ich hab dich seit jeher um deine Schlagfertigkeit beneidet, weißt du das?»

«Noch hab ich Spaß daran, Kontra zu geben», antwortete Sophie. «Aber wer weiß, wie lange? Wenn ich Stütze beantragen muss, um nicht zu verhungern, vergeht mir das garantiert.»

«So weit sollten wir es nicht kommen lassen. Du brauchst neue Arbeit – dringend.»

«Und wer in Köln stellt derzeit bitte schön eine Jüdin ein?», lautete Sophies bittere Antwort. «Nach allem, was gerade passiert ist? Das müsste jemand besonders Tollkühnes sein oder ein ausgemachter Dummkopf ...»

«Oder ein Mann mit Weitsicht und internationalen Kontakten. Jemand, der dich seit Jahren kennt und schätzt. Jemand», Johanna begann zu lächeln, «dem ich sehr viel Glück verdanke.»

«Cees van Halen!» Sophie hatte begriffen. «Aber was könnte ich für ihn schon tun?»

«Ganz einfach. Du sprichst fließend Englisch und gut Französisch, bist gebildet, rechtskundig – und ganz nebenbei ein Augenschmaus, sobald deine Blessur wieder verheilt ist. Du wirst seine rechte Hand in der Galerie.»

Sophie hatte die Mädchen den ganzen Nachmittag mit Halma und Mühle müde gespielt; schon beim Abendessen gähnten Klara und Mia herzhaft und verzogen sich dann freiwillig ins Bett. Mamas Cousine, die sie beide so toll fanden, würde noch ein paar Tage bleiben und mit ihnen spielen, da konnten sie ruhig schlafen gehen.

Bernhard hatte sich wieder zurückgezogen und in seine Lektüre vertieft.

«Komm mit!», sagte Johanna zu Sophie. «Heute ist Vollmond, Grasmond, wie die Eifler sagen. Da ist mein Garten am schönsten.»

Sie verließen das Haus, überquerten die menschenleere Dorfstraße, öffneten das Gatter und betraten den Garten. Noch immer lag eine Ahnung von Winter in der Luft, aber die Frühlingsblüher steckten schon ihre bunten Köpfchen aus dem Boden. Aus dem Gartenhäuschen holte Johanna eine Schüssel mit Eiern, die sie unter den Kirschbaum stellte.

«Hab Rena lange nicht mehr gesehen», sagte sie, als Sophie sie fragend ansah. «Aber Vollmond ist ihre Zeit, es sei denn, die Fuchswelpen brauchen sie noch in der Höhle.»

«Rena ist eine Füchsin?», fragte Sophie erstaunt.

«Meine Fähe», erwiderte Johanna. «Ihre Mutter Feline hab ich mir mit meiner Mutter geteilt. Sie ist genau unter deinen Füßen begraben.» Sie zog ihre Cousine mit zur Schaukel. «Von hier aus hast du die beste Sicht. Und jetzt lass uns ganz still sein. Füchse sind scheue Wildtiere.»

Eine ganze Weile geschah nichts. Dunkle Wolken zogen vor dem Mond dahin, der Wind frischte auf. Und dann, als Johanna schon glaubte, Rena würde nicht mehr kommen, stand sie plötzlich im Garten.

So mager war sie noch nie gewesen. Wahrscheinlich saugten die Jungen das letzte bisschen aus ihr heraus. War der Wurf groß und schon ein wenig älter, musste sie zudem für reichlich Nahrung sorgen; dann hatte ihr eigener Hunger zurückzustehen.

Die Eier hatte sie sofort erschnüffelt, hängte ihren Kopf tief in die Schüssel und begann zu fressen.

«Mit Schale?», wisperte Sophie.

«Brauchen sie für die Knochen», flüsterte Johanna zurück. «So steht es in einem von Bernhards schlauen Tierbüchern.»

Es schien Rena zu munden. Sie ließ nur zwei Eier übrig, putzte sich kurz, steckte dann abermals den Kopf in die Schüssel und nahm eines davon behutsam ins Maul.

Mit dieser Beute drehte sie ab, setzte über den Zaun und war verschwunden.

«Proviant für unterwegs», mutmaßte Sophie.

«Ich glaube eher, ein Mitbringsel für ihre Welpen», erwiderte Johanna. «Ich hatte so sehr gehofft, dass sie heute kommt, weil ich unbedingt wollte, dass du sie siehst.»

«Danke, ich hab noch nie so ein Tier aus der Nähe gesehen.»

«Hast du ihre Kraft bemerkt, obwohl sie gerade so mager ist? Die Eleganz in ihren Bewegungen? Sie ist eine Füchsin, Sophie, ein Wildtier, ich weiß, aber schließlich tragen auch wir den Namen Fuchs und können uns in Momenten der Schwäche auf sie besinnen.»

«Na ja, ich heiße Nußbaum nach meinem Vater und du doch jetzt neuerdings Wimscheid nach deinem Mann ...»

«Meine Mutter Lisbeth hieß Fuchs, ebenso wie deine Mutter Martha vor ihrer Heirat. Wir sind Füchsinnen, Sophie! Wir sind schlauer und stärker als andere. Lass den Kopf nicht allzu sehr hängen, besinn dich auf deine Kraft, deine Klugheit, deinen Mut.»

Sie klang so überzeugend, dass Sophies Züge unwillkürlich weich wurden.

«Dann auf die Füchsin, liebe Cousine», sagte sie. «Mögen ihre Kraft und ihre Klugheit uns beschützen.»

*

Seit dem 26. April wurde in ganz Deutschland nach «zersetzendem Schrifttum» gefahndet. *Das Börsenblatt des Deutschen Buchhandels* wirkte mit, indem es Schwarze Listen verbreitete. Anfang Mai schloss sich eine landesweite Plünderung von Leihbibliotheken und Buchhandlungen an. Auch Fischers Buchhandlung in Wittlich wurde von Georgs SA-Männern heimgesucht. Doch der große Triumph blieb ihnen verwehrt, denn Antons Lehrherr hatte in kluger Voraussicht die meisten dieser gefährdeten Bücher zuvor in Sicherheit gebracht. Den Großteil davon hatte er selbst versteckt, einiges davon hatten Anton und Gritt in ihren Rucksäcken nach Altenburg geschleppt. Doch im Haus Nummer achtzehn konnten die gefährdeten Bücher ebenso wenig bleiben wie im Lehrerhaus. Ohnehin fanden sich in Lisbeths Regalen die Werke vieler Autoren, die neuerdings als verboten galten.

Wohin also damit?

Es musste schnell gehen und sicher sein ...

Die rettende Idee kam schließlich von Schreiner Peter Michael, der die Bücher in Jutesäcke packte und diese unter seinem Holz seelenruhig im Fuhrwerk nach Niersbach transportierte. Im Dorf der Töpfer geriet keiner so schnell in Verdacht, verbotenes Schrifttum zu besitzen.

Wie Christoph berichtete, vollzogen sich in den großen Städten bei Einbruch der Dunkelheit gespenstische Rituale. Ein Fackelzug führte zum Verbrennungsort, wo ein Scheiterhaufen aufgerichtet war. Lastwagen voller Bücher standen bereit. Zum größten Missfallen der Veranstalter machte in der Hauptstadt strömender Regen die geplante große Geste zunichte; der Scheiterhaufen konnte erst entzündet werden, nachdem die Feuerwehr kräftig mit Benzinkanistern nachgeholfen hatte. Christoph, Zuschauer mit bangem Herzen, hielt in seinem Brief an Johanna alles Erlebte fest.

94 Autoren ins Feuer geworfen: Karl Marx, Heinrich Heine, Kurt Tucholsky, Sigmund Freud, Erich Maria Remarque, Bert Brecht, Arthur Schnitzler, Franz Werfel, Stefan Zweig, Lion Feuchtwanger, Heinrich Mann, Klaus Mann, Erich Kästner – der stand übrigens selbst mit dabei und sah zu, wie sein Werk ein Raub der Flammen wurde. Nur seine Kinderbücher sind noch erlaubt. Was ist mit Deutschland nur geschehen, Johanna? Wir verbrennen nicht nur unsere heiligsten Bücher, wir verbrennen damit auch uns selbst bei lebendigem Leib ...

Die Feuerspur zog sich durch das ganze Reich.

Berlin, Dresden, Leipzig, München, Speyer, Hamburg und viele Städte mehr – überall Scheiterhaufen, auf denen Bücher loderten. In Wittlich kam es nicht dazu, was Georg Fuchs im Namen der SA über die Maßen bedauerte, doch der erbeutete Bücherstoß war dermaßen mickrig, dass sie sich mit einem öffentlichen

Feuer nur noch mehr blamiert hätten. Natürlich hatte er das sichere Gefühl, getäuscht worden zu sein, aber es fanden sich nirgendwo Beweise.

Blieb ja noch Altenburg, wo seine Lieblingsfeinde wohnten.

Er beauftragte Schäng Breuer, persönlich im Haus Nummer achtzehn sowie gegenüber für «deutsche Ordnung» zu sorgen, was dieser schließlich auch tat und nicht schlecht staunte, als er vor leer geräumten Regalen stand.

Ein paar Liederbücher, eine Bibel, ein Gedichtband von Hans Carossa, eine zerfledderte Goethe-Gesamtausgabe und zwei oder drei Kinderbücher, mehr gab es im Lehrerhaus nicht mehr.

«Wo sind die restlichen Bücher hin?», raunzte er. «Ich weiß ganz genau, dass du mehr Bücher hast. Schließlich bist du hier der Lehrer.»

«Bücher?», wiederholte Bernhard nachdenklich. «Es war ein kaltes Frühjahr, und das Holz war knapp. Sag selbst: Was braucht ein deutsches Kind viel mehr als seine Fibel und das Neue Testament? Wenn es dann größer ist, vielleicht noch *Mein Kampf* als Vorbereitung für das rechte Leben. Mehr ist doch eigentlich gar nicht notwendig ...»

Wutentbrannt stürmte Breuer hinaus, kehrte aber wenig später mit zwei Knechten zurück, die er das Haus von oben bis unten durchkämmen ließ.

Ohne Ergebnis.

Er wiederholte das Vorgehen bei Johanna im Haus Nummer achtzehn. Auch dort waren nur noch vereinzelt Bücher zu finden, davon keines, das indiziert gewesen wäre. Auch im Stall fand sich nichts außer meckernden Ziegen sowie reichlich Mist, und als schließlich die Scheune an der Reihe gewesen wäre, hatten die Männer längst die Lust verloren und murrten, weil sie endlich nach Hause wollten.

«Ich komme wieder», drohte Schäng Breuer, der nun der Gelackmeierte war. «Freut euch bloß nicht zu früh.»

«Du bist uns stets willkommen», erwiderte Johanna übertrieben freundlich. «Noch lieber ist es mir allerdings, wenn sich Gäste vorher ankündigen. Dann kann ich auch für die richtige Bewirtung sorgen.»

Breuer musste unbedingt das letzte Wort haben.

«Du mit deinem Krüppelbein solltest ganz besonders vorsichtig sein, Wimscheid», spie er Bernhard wütend entgegen. «Der neue Staat braucht eine sportliche, gesunde Lehrerschaft, die unsere Kinder zu echten Nationalsozialisten erzieht. Für Krankes und Schwaches ist da kein Platz!»

*

Nicht alle in Altenburg schlossen sich dieser Ansicht an. Viele der Bauern, die mehrere Kinder unterschiedlichen Alters hatten, wussten, wie gut Bernhard als Pädagoge war und wie leidenschaftlich er seine Schüler förderte. Ein paar wenige sagten ihm das leise, wenn sie ihm im Dorf begegneten, worüber er sich freute.

Im Alltag duckten sich die Leute unter den neuen Bestimmungen und versuchten, bloß nicht missliebig aufzufallen. Gewerkschaften, denen sie ohnehin nie angehört hatten, waren bereits verboten. Im Juli folgte das Verbot aller politischen Parteien mit Ausnahme der NSDAP.

Im Klassenzimmer hing nun ein Hitlerporträt. Der Unterricht hatte mit dem Deutschen Gruß zu beginnen. Neue Lehrbücher würden ab Herbst Pflicht werden.

Schäng Breuer wachte mit scharfem Blick über alle und jeden.

So war es eine Erleichterung, als Johanna und Bernhard mit den Mädchen einen Tag vor Mariä Himmelfahrt nach Traben-Trarbach aufbrechen konnten. Die Hochzeit von Léini und Emil hatte lange verschoben werden müssen, weil der Bräutigam überraschend an einer hartnäckigen Herzmuskelentzündung erkrankt war, die ihn über die Maßen geschwächt hatte. Greta hatte vorgeschlagen, selbst mit dem Zug in den schönen Winzerort an der Mosel zu reisen. Heinrich sollte an ihrer statt Johanna und vor allem Bernhard im Auto mitnehmen, für den allein der Fußweg nach Sehlem eine Strapaze darstellte. Nach langem Zögern, schließlich wollte er niemandem zur Last fallen, willigte er schließlich ein, und Klara und Mia, die ebenfalls mitfahren durften, jubelten.

Als die elegante beige-schwarze BMW-Limousine sich in Altenburg zeigte, lief das halbe Dorf zusammen. Kinder aller Altersklassen versammelten sich rund um das Auto, guckten und staunten. Heinrich gab freundlich Auskunft, bis alle Wimscheids mit ihrem Gepäck im Wagen verstaut waren. Beim Losfahren sah Johanna durch die Scheibe Breuers hasserfülltes Gesicht, der von einem eigenen Automobil so weit entfernt war wie von der Milchstraße, und wusste, dass sie dafür büßen würden müssen.

Doch jetzt genossen sie erst einmal die Fahrt in den weichen Ledersitzen.

«Ganz schön nobel», neckte Johanna ihren Cousin. «Früher warst du mit einem kleinen Dixi zufrieden ...»

«Da hatte Vater mir ja auch noch nicht die Leitung der Fuchs-Tabakwerke übertragen», sagte Heinrich mit einem kleinen Grinsen. «Und der Chef eines solchen Unternehmens muss doch repräsentativ auftreten, oder etwa nicht? Solche Faxen wie einen eigenen Chauffeur spare ich mir allerdings, dafür sitze ich selbst viel zu gern am Steuer. Gustav kann die Eltern zur Kur fahren und ansonsten seinen wohlverdienten Ruhestand genießen. Und Herr Direktor soll auch bloß keiner zu mir sagen, Herr Fuchs genügt vollkommen.»

«Wir heißen alle Wimscheid», krähte Mia, während Klara schweigsam geworden war, weil sie das Autofahren nicht so gut vertrug. «Weil Bernhard jetzt ja unser Papa ist.»

«Sehr schön, dass ich dich endlich ein bisschen besser kennenlernen kann, Bernhard», sagte Heinrich. «Dafür sind Familienfeste ja schließlich da. Kommen denn die Nußbaums auch?»

«Sophie auf jeden Fall», erwiderte Johanna. «Ihr neuer Arbeitgeber, mein Galerist, ist zum Glück sehr großzügig, was Urlaubstage betrifft.» Die Sehnsucht nach Cees, die sie bei diesen Worten zu überfallen drohte, schob sie ganz schnell beiseite. «Onkel Paul wollte erst nicht, du weißt ja, was sie ihm und Jakob angetan haben ...»

«Ihnen die Kassenzulassung zu entziehen – diesen beiden Männern, die mit Leib und Seele Ärzte sind, einfach undenkbar!», regte Bernhard sich auf. «Ich weiß von einigen aus dem Landkreis, die Dr. Nußbaum sogar unentgeltlich behandelt hat. Das ist für mich ärztliches Ethos.»

«Jetzt kommt er jedenfalls doch, Martha hat nicht lockergelassen, und es wird ihm bestimmt guttun, wieder einmal im Familienkreis zu sein.» Sie warf einen Blick auf die Mädchen und legte dabei ihren Finger auf den Mund. Kinder plapperten manches unbewusst aus, was ihre Schwierigkeiten vergrößern könnte. «Alles Weitere dann später. Jakob begleitet ihn, allerdings ohne Lea, denn der kleine David ist ja erst vier Wochen alt.»

«Da wäre noch etwas, Johanna. Ich habe es bislang für mich behalten, weil ich dir nicht die Vorfreude verderben wollte.» Heinrich schien erst einmal tief durchzuschnaufen, bevor er weiterredete. «Unsere ... ich meine natürlich meine ... Eltern haben sich ebenfalls angesagt. Als sie hörten, dass Greta den Zug nehmen will, waren sie nicht mehr davon abzubringen. Jetzt fährt sie mit ihnen im Benz.»

Ein Schlag in die Magengrube, so fühlte sich die Neuigkeit für Johanna an. Für einen Moment wurde ihr übel, dann aber fasste sie sich wieder. Einmal musste es ja passieren – warum dann nicht in Traben-Trarbach, wo sie von Menschen umgeben sein würde, die sie und ihre Kinder liebten und die zu ihr standen?

«Mein Christoph-Papa aus Berlin kommt auch», sagte Mia. «Bestimmt bringt er uns wieder etwas Schönes mit. Aber seine Arbeit dort macht ihm keinen richtigen Spaß mehr. Er darf jetzt nämlich nicht mehr alles schreiben, was er will, und das findet er doof.»

«Kindermund tut Wahrheit kund», kommentierte Bernhard. «Ich freu mich auf unseren Journalisten. Bestimmt hat er viel zu erzählen ...»

«Mir ist so schlecht.» Klara war grünlich im Gesicht. «Mama – Hilfe!»

«Halt bitte an, Heinrich», bat Johanna. «Sonst kann ich für nichts garantieren ...»

«Das geht auf der Landstraße nicht so ohne Weiteres. Da sind mehrere Autos hinter mir ...»

Er bremste.

In diesem Moment erbrach Klara sich schwallartig über Johannas Schoß. Der durchdringende Geruch erfüllte den Innenraum.

Heinrich stieg aus, riss die Tür auf. «Raus mit dir», sagte er zu Klara. «Und atmen!»

Auch Johanna war ausgestiegen und streichelte sanft den Rücken ihrer Tochter, die vornübergebeugt am Straßenrand stand.

«Kommt noch was?», fragte sie.

Kopfschütteln.

«Geht es wieder, Schätzchen?», fragte Johanna nach einer Weile. «Autofahren ist eben etwas ganz Neues für dich.»

Klara nickte. «Tut mir ja sooo leid», murmelte sie verlegen. «Dein schönes blaues Kleid ...»

«Besser mein Kleid, das ich waschen kann, als Onkel Heinrichs piekfeine Ledersitze», erwiderte Johanna lakonisch. «Die sind zum Glück verschont geblieben.

Und wenn schon! Dann reise ich eben als kleiner Kotzbrocken bei unseren Verwandten an, was soll's?»

Sie zog eine lustige Grimasse und kramte Taschentücher aus ihrer Handtasche, um sich zu säubern.

Mia lachte laut, und auch Klara konnte schon wieder leise kichern.

«Wollen wir dann weiter?», fragte Heinrich, sichtlich erleichtert, dass sein Auto unversehrt geblieben war. «Wir haben noch einige Kilometer vor uns. Klara, du setzt dich am besten nach vorn.» Bernhard machte ihr Platz und schob sich auf den Rücksitz. «Und immer schön aus dem Fenster schauen, Mädchen! Jetzt siehst du gleich Weinberg nach Weinberg vorbeifliegen ...»

Zum Glück würde die kirchliche Trauung in der Trabener Kirche Peter und Paul erst am nächsten Tag stattfinden. Johanna wollte nur noch raus aus den besudelten Klamotten und sich frisch machen. Sie waren in den Gästezimmern am Moselufer untergebracht, die nun Emil und Léini betreiben; Emils Eltern hatten sich auf ihr Altenteil zurückgezogen und das aufstrebende Geschäft den jungen Leuten überlassen.

Ein seltsames Gefühl für Johanna, dass sie heute Abend neben Bernhard in dem Bett liegen würde, in dem sie und Cees sich vor drei Jahren so zärtlich geliebt hatten. Im Zimmer nebenan waren die Mädchen untergebracht. Die Verbindungstür war schon eifrig genutzt worden, als die zwei quer durch beide Zimmer Fangen gespielt hatten.

Léini wartete ab, bis Bernhard sich mit den Kindern zum Kuchenessen auf die Terrasse verzogen hatte, dann erst sprach sie ihre Cousine an, die sich inzwischen gesäubert und umgezogen hatte.

«Und Cees?», fragte sie. «Ich war ganz schön überrascht, als ich von eurer Blitzhochzeit erfahren habe. Bernhard ist ein sehr sympathischer Mann, das kann ich auf die Schnelle schon sagen, aber Cees und du, ihr beide ...»

«... sind nun Galerist und Künstlerin», erwiderte Johanna rasch. «Man kann nicht alle Träume leben. Manchmal funkt die Realität ganz gehörig dazwischen.»

«Wem sagst du das. Vor drei Jahren hätte ich gewettet, dass wir ganz bald zwei Kinder haben, aber dann kam diese verdammte Herzkrankheit dazwischen. Emil muss jede Anstrengung vermeiden. Ich hoffe, die Hochzeitsfeier ist nicht zu viel für ihn.» Sie stieß einen tiefen Seufzer aus. «Aber ich hatte es so satt, noch länger ledig zu sein. Alte Jungfer nennen sie mich schon hinter meinem Rücken. Nächsten Monat werde ich dreißig – jetzt wird es wirklich allerhöchste Zeit!»

Sie warf einen kritischen Blick auf Johanna, die ganz still auf der Bettkante saß.

«Aber glücklich bist du mit deinem Bernhard?»

«Ich habe die richtige Wahl getroffen, und die Kinder lieben ihn», erwiderte Johanna. «Klara und Mia dürfen als Schwestern aufwachsen. Damit habe ich Evas letzten Wunsch erfüllt. Das ist schon sehr viel, finde ich.»

«Wie tapfer du bist, Johanna», sagte Léini. «Du warst schon mein Vorbild, als wir noch klein waren, und bist es jetzt erst recht. Aber denk auch mal an dich und nicht nur immer an ...»

Die Tür flog auf. Sophie kam hereingewirbelt.

Im ersten Moment hätte Johanna sie kaum erkannt. Ihre Haare waren nur noch schulterlang, in weichen Wellen onduliert und weizenblond. Mit den Ponyfransen, die in ihre Stirn fielen und der noch schmaler gewordenen Silhouette sah sie aus wie ein Fotomodell oder ein Filmstar.

«Johanna!» Sie umarmte sie stürmisch. «Du hast mein Leben gerettet, du und dieser wunderbare Mijnheer van Halen!» Sophie trat einen Schritt zurück und kräuselte lasziv die Lippen. Das dunkelblaue Etuikleid, das sie trug, umschmeichelte ihren Körper wie eine zweite Haut. «Wen seht ihr hier vor euch?»

«Unsere Cousine Sophie Nußbaum», versuchte Léini ihr Glück.

«Weit gefehlt! Ich bin Tilly Fuchs, rechte Hand in der Galerie van Halen – und äußerst extravagant! Hätte niemals gedacht, dass mein altmodischer zweiter Name Ottilie, den ich deiner Mutter, meiner lieben Patentante, verdanke, sich je als nützlich erweisen würde ...»

Sophie begann zu grinsen und sah auf einmal wieder ganz aus wie Sophie, nur eben in Blond.

«Ich wusste gar nicht, dass es so viel Spaß machen kann, Kunst zu verkaufen», sagte sie. «Auch wenn der Geschmack der Kunden immer mehr zu wünschen übrig lässt. Blut-und-Boden-Bilder wollen sie jetzt haben. Gut, dann verkaufen wir sie ihnen eben.»

Sie erschrak, als sie Johannas betretene Miene sah.

«Damit meine ich nicht deine ländlichen Impressionen. Die sind stark und berührend in ihrer Schlichtheit ...»

«Schon gut, Sophie.» Johanna fühlte sich plötzlich

sehr erschöpft. Denn jetzt war sie wieder da, die Sehnsucht nach dem fernen Geliebten. Sie war es, die ihm Sophie ans Herz gelegt hatte. Und Sophie war nun jeden Tag um Cees herum, diese schöne, kluge Frau, die selbst sehr einsam war, denn Fritz von Wrede hatte, wie von Johanna befürchtet, schleunigst das Weite gesucht.

«Lässt du uns einen Moment allein, Léini?», bat Sophie.

«Gern. Ich verzieh mich dann mal in die Küche. Abendessen ist um sieben. Ich hoffe, deine Eltern und Jakob werden bis dahin eingetroffen sein, Sophie. Christoph steht auch noch aus, den haben wir im Dachstübchen einquartiert. Die noble Fuchs-Abteilung ist natürlich standesgemäß im Hotel *Bellevue* untergebracht. Dort werden wir dann morgen im Speisesaal tafeln, fürstlich, wie ich hoffe. Mein Vater will dem ganzen Ort beweisen, was so ein Luxemburger sich alles leisten kann ...» Sie hielt inne. «Du weißt, dass Tante Dorothea und Onkel Matthias auch unter den Gästen sind?»

Johanna nickte. «Heinrich hat's mir erzählt», sagte sie. «Ich hoffe, ich werde es überleben.»

«Mach dir keine Sorgen», sagte Sophie, kaum hatte Léini sie allein gelassen. «Cees sieht mich nicht einmal. Dich liebt er, dich allein.»

«Ich hab doch gar nichts gesagt ...»

«Aber dein Gesicht hat Bände gesprochen. Ich bin ein Geschäftsmodell, nichts weiter. Interessanterweise wirkt es besonders gut, je brauner die Kunden sind. Nach außen hin verbreiten sie so dämliche Parolen wie: *Die deutsche Frau schminkt sich nicht* oder *Die deutsche*

Frau raucht nicht. Aber wenn ich ihnen in einer engen Klamotte, aufgeputzt mit Mascara und Rouge, mit meinen ägyptischen Zigaretten auf die Pelle rücke, kommen fast alle ein zweites Mal wieder. Dann allerdings meist ohne Mutti. Und dann kaufen sie – und das nicht zu knapp ...»

Sophie ließ sich auf das Bett fallen.

«Keine Ahnung, wie lange das noch gut geht. Aber ich kann davon leben, habe richtig Spaß, und alles, was ich über Jura gelernt habe, ist noch immer in meinem Kopf, nur eben jetzt weiter hinten. Papa bereitet mir da viel größere Sorgen. Er ist mit Leib und Seele Arzt. Punkt. Geld oder nicht Geld, das hat ihn niemals interessiert. Heilen will er, den Menschen helfen. Gerüchteweise ist mir zu Ohren gekommen, dass die Nazis jüdischen Ärzten bald auch noch verbieten wollen, Privatpatienten zu behandeln. Daran könnte er zerbrechen ...»

«Dein Vater ist so ein begnadeter Arzt», bekräftigte Johanna. «Wie kann man ihm nur helfen?»

«Er müsste Deutschland verlassen, das wäre die beste Lösung, aber er kann kein Englisch, sondern nur Latein und Altgriechisch, und er ist achtundsechzig Jahre alt. Papa topft niemand mehr um.»

«Und Jakob?», fragte Johanna.

«Dann ist der Familienfunk noch nicht bis zu dir vorgedrungen? Jakob macht jetzt groß in Zionismus. Palästina ist das Land seiner Träume. Dorthin will er mit Lea und David auswandern, sobald der etwas größer ist.»

Großer Gott, wir loben Dich.
Herr, wir preisen Deine Stärke
Vor Dir neigt die Erde sich
Und bewundert Deine Werke.
Wie Du warst vor aller Zeit,
So bleibst Du in Ewigkeit ...

Die Orgel brauste beim Schlusslied des Trauungsgottesdienstes in der neoromanischen Kirche St. Peter und Paul. Ein schlichtes Gotteshaus, einziger Schmuck die rötlichen Streifen an Torbögen und Säulen. Hatte Johanna dieses Lied, das Gottes Ruhm verkündete, früher geliebt, empfand sie heute nichts dabei. Bernhard stand neben ihr wie versteinert; er war nur in die Kirche mitgekommen, um die Brautleute nicht zu brüskieren. Dass Paul und Jakob draußen warteten, störte niemanden, höchstens fanden einige es befremdlich, dass Christoph sich schon vor der Messe zu ihnen gesellt hatte.

Nach dem Schlusssegen des Pfarrers atmete Johanna auf. Jetzt kam die große Stunde ihrer Mädchen, die Rosenblüten vor dem hinausschreitenden Brautpaar streuen durften.

Léini war eine strahlende Braut ganz in Weiß, mit einem langen Spitzenschleier, den schon ihre Mutter Ottilie zur Hochzeit getragen hatte; Emil wirkte zerbrechlich in seinem Cut, der ihm viel zu weit war. Auf dem Kirchenvorplatz stand die Hochzeitsgesellschaft in Grüppchen beisammen. Noch hatte Johanna kein einziges Wort mit ihren einstigen Eltern gesprochen, aber sie spürte, wie deren Blicke immer wieder zu ihr und den Mädchen glitten.

«Und jetzt haben wir Hunger!», rief sie übertrieben fröhlich in die Runde. «Ihr auch?»

Alle lachten und klatschten.

«Dann nichts wie los zum *Bellevue*», sagte Bräutigam Emil. «Ich glaube, die warten dort schon auf uns. Es geht immer leicht bergab, dem Wasser zu, ist also sogar etwas für Kurzatmige wie mich.»

Johanna hakte sich bei Bernhard unter, um ihn ein wenig zu stützen, und sie kamen trotz holprigem Kopfsteinpflaster gut voran. Klara und Mia rannten übermütig zwischen den Hochzeitsgästen hin und her, beide in wadenlangen hellblauen Kleidern, die Gritt für sie ausgesucht hatte. Ihre Blütenkränzchen, die sie beim Einzug in die Kirche noch voller Stolz getragen hatten, waren längst zerzaust und hingen schief auf den Köpfen.

Ungefähr auf halber Strecke musste Bernhard doch stehen bleiben.

«Dein Mann, Johanna?», hörte sie die Stimme ihres einstigen Vaters neben sich sagen. «Willst du uns nicht endlich miteinander bekannt machen?»

«Bernhard Wimscheid, mein Mann», sagte sie förmlich. «Mein Onkel Matthias Fuchs und seine Frau Dorothea.»

«Sehr erfreut.» Matthias Fuchs zog seinen Hut und verneigte sich leicht.

«Ebenso.» Bernhard war barhäuptig und blieb stocksteif stehen.

«Sie sind Lehrer, wie ich gehört habe ...»

«Das sparen wir uns jetzt, Onkel Matthias», fiel Johanna ihm ins Wort. «Weder Bernhard noch ich verspüren Lust auf Oberflächlichkeiten. Solange ihr mir nichts

zu sagen habt, lassen wir es gut sein, schlage ich vor.»
Sie reichte Bernhard wieder ihren Arm. «Komm, gehen wir weiter. Sonst wird noch die Suppe kalt.»

Obwohl sie ein wenig zittrig war, fand sie, dass sie sich gut geschlagen hatte und die Begegnung weniger schmerzhaft gewesen war, als sie es sich vorher ausgemalt hatte.

An der Festtafel saß sie zwischen Christoph und Sophie. Léini hätte ihr keinen besseren Platz aussuchen können.

«Es ist schrecklich geworden in der Redaktion», erzählte ihr Cousin. «Bis zu diesem Jahr war *die Berliner Morgenpost* bekannt für Neutralität und interpretativen Journalismus. Und jetzt?» Er leerte sein Weinglas in einem Zug. «Keine Spur mehr von freier Presse. Jedes Wort wird überprüft und zensiert. Unser Chefredakteur kuscht vor den Nazis, und die Ullstein-Bosse befehlen. Aber etwas Positives hat das Ganze. Sie wollen mein Eifel-Buch rausbringen: Wo gerade noch Vicki Baum verlegt wurde, soll nun *Eifelfrauen – Leben und Legenden* erscheinen. Ich geb natürlich Bescheid, sobald ich Termine weiß. Und die erste Lesung muss in Altenburg stattfinden.»

«Das ist ja großartig», rief Sophie aus. «Dann habe ich einen berühmten Vetter, mit dem ich angeben kann.»

«Eva wäre glücklich», sagte Johanna. «Sie hat es so geliebt, wenn du daran gearbeitet hast. Und ich auch.»

«Eva – ach.» Sein Gesicht verdüsterte sich. «Es tut immer noch weh, an sie zu denken. Aber ob wir jemals glücklich geworden wären? Ich bin einfach kein Mann fürs Private. Mit Isabel ist es längst aus, danach kam noch eine Olga, dann eine Christina – alles nur flüchtige Falter, die kurz meine Seele gestreift haben.»

«Spritzt du wieder?» Johanna fragte so leise, dass wirklich nur er sie hörte.

«Wenn es sein muss – ja. Auch das gehört inzwischen irgendwie zu mir. Tut mir leid, Johanna. Ich bin alles andere als perfekt ...»

Jean hatte sich erhoben und nach einer launigen Zweiminutenrede den Trinkspruch auf das Brautpaar vorgebracht. Emils Vater Günter, offensichtlich auch kein Freund vieler Worte, tat es ihm nach.

Die Tafelrunde erhob die Gläser.

Aus der Küche kam eine Entschuldigung, dass der erste Gang noch auf sich warten lasse, weil leider etwas beim Überbacken der Zwiebelsuppe schiefgegangen sei.

Dorothea Fuchs nutzte die Gelegenheit, um Klara festzuhalten, die aufgestanden war und zwischen den Hochzeitsgästen herumlief.

«Ich bin deine Großmutter», sagte Dorothea mit süßlichem Lächeln. «Hat dir das noch niemand erzählt? Als deine Mutter klein war, war sie nämlich meine Tochter.»

«Du lügst!» Klaras Stimme war hell und laut. «Mama war ein Waisenkind. Meine Großmutter heißt Lisbeth, und die ist tot. Wir besuchen sie immer auf dem Friedhof in Heckenmünster, dort, wo auch mein Papa liegt.» Sie riss sich los.

Mia war ihr zu Hilfe geeilt, stellte sich neben die große Schwester und betrachtete mit vorgerecktem Kinn die Frau in dem glänzenden weinroten Kleid.

Dorothea versuchte zum zweiten Mal ihr Glück. «Aber *deine* Großmutter bin ich, kleine ...»

«Brauch ich nicht», unterbrach Mia sie. «Ich hab schon zwei Mamas, eine davon im Himmel, und zwei Papas, einer in Altenburg, der andere in Berlin. Und natürlich meine große Schwester Klara.» Wie ein Zauberer drehte sie beide Handflächen nach oben, was ebenso komisch wie rührend aussah. «Ich bin doch erst neun. Noch mehr Platz ist gar nicht in meinem Leben.»

12
ALTENBURG/KÖLN/TRIER
1936

Letztes Jahr hatten sie Flitz begraben müssen, der seitdem unter dem Apfelbaum ruhte. Nun war am Vorabend auch Fleur gestorben, und die Trauer um die geliebte Hündin zerriss Klara fast das Herz. Schluchzend stand sie neben ihrer Mutter und der ebenfalls in Tränen aufgelösten Mia, nachdem Karl ein Grab neben dem von Flitz ausgehoben hatte und nun behutsam die tote Hündin hineinlegte, die sie in ein altes weißes Laken gewickelt hatten.

Johanna und ihre Töchter ließen noch ein paar zarte Pfingstrosenblätter hinterhersegeln, dann schaufelte Karl das Grab zu und trat die Erde darüber glatt. Bernhard stand mit seinem Stock, den er neuerdings immer brauchte, leise hüstelnd daneben. Auch ihm fiel der Abschied von der Hündin schwer.

Gefolgt von ihm, der langsamer gehen musste, liefen die Mädchen zurück ins Haus, um dort ihre Handarbeiten fertig zu machen. Der neue Lehrplan sah Stricken, Häkeln und Nähen für sie vor, während die Knaben lernen sollten, mit Hammer, Stichel und Säge zu hantieren.

Johanna und Karl blieben noch am frischen Grab stehen.

«Danke, dass du uns wieder geholfen hast», sagte sie. «Ich hoffe allerdings, wir brauchen dich jetzt eine ganze Weile nicht mehr für diese Arbeit.»

«Ich helfe immer gern, wenn ich kann, das weißt du doch», erwiderte er. «Es macht mich auch traurig, wenn deine Töchter traurig sind.»

Sie mochte diesen muskulösen Mann mit dem breiten Kreuz und den dunklen Augen, der beinahe vierschrötig wirkte und doch so feinfühlig war. Johanna revanchierte sich für seine Hilfe, indem sie ihn jeden Sonntag zum Abendessen einlud, vorher baute er mit den Mädchen ein Vogelhaus oder sie machten mit dem Lötkolben Muster in Frühstücksbrettchen, die Mädchen liebten ihn heiß und innig. Später am Abend ließ Johanna die beiden Männer allein, machte sich auf zu einem großen Spaziergang ums Dorf und über den Münsterpfad, damit Karl und Bernhard Raum für ein wenig Zweisamkeit hatten. Aber es war riskant.

Das Heer der Denunzianten wuchs; immer wieder fanden sich im *Trierischen Volksfreund* Artikel über Männer, die ertappt und zu strengen Strafen verurteilt worden waren. Bernhard verhielt sich notgedrungen noch zurückhaltender als bisher, was ihn unleidlich und gereizt machte, manchmal sogar den Kindern gegenüber. Seit ein paar Monaten ging es ihm zudem gesundheitlich nicht gut; er klagte über Müdigkeit, diffuse Schmerzen im ganzen Körper und Muskelschwäche, musste sich öfter hinsetzen und brauchte mehr Schlaf. Einmal hatte ihn Johanna sogar ohnmächtig in der Stube vorgefunden. Er konnte sich an nichts erinnern, nachdem er wieder zu sich gekommen war, lebte seitdem jedoch in ständiger Angst. Was, wenn sich so eine Ohnmacht im Unterricht wiederholte? Auch die jährliche Untersuchung beim Amtsarzt in Wittlich, die die Nationalsozialisten angeordnet hatten, bereitete Bernhard schon jetzt größtes Kopfzerbrechen.

Karl gab sein Bestes, ihn aufzumuntern, aber der zehn Jahre Jüngere war überfordert vom Leiden seines Geliebten und hatte mittlerweile den einen oder anderen Sonntag ausgelassen, was Bernhards Stimmung auch nicht unbedingt verbesserte.

Karl Auler hatte keine Familie, für die er sich verantwortlich fühlen musste, war ledig und ungebunden, ein Bild von einem Mann, auf den schon so manche junge Frau aus Altenburg und den umliegenden Dörfern ein Auge geworfen hatte. Doch auf eine vorgetäuschte Ehe wie Bernhard mochte er sich nicht einlassen. Seit einigen Wochen verbrachte er öfter Zeit in Trier und kehrte erst am Tag darauf wieder nach Altenburg zurück. Von Albrecht Schlötter, seinem Dienstherrn, hatte er bereits mehr als einen Anranzer kassiert, weil er zu spät zur Arbeit erschienen war. Karls Teilzeittätigkeit als Pedell hatte den Forstaufseher ohnehin von Anfang an gestört, doch er konnte dagegen nichts ausrichten, weil der Graf sie ausdrücklich erlaubt hatte.

Was hatte ein Waldarbeiter wie Karl in der Stadt zu suchen? Gab es dort vielleicht einen anderen Mann, mit dem er heimlich seine Bedürfnisse stillte?

Karl blieb Bernhard die Antwort schuldig und lachte alle Nachfragen einfach unbekümmert weg.

Ein netter Kerl war er allemal, freundlich und hilfsbereit. Den schwarz-weiß gefleckten Mischlingswelpen, der gerade um Johannas Beine wuselte, hatte Karl bei einem Bauern im Nachbardorf aufgelesen. Mit seinen Schlappohren und dem possierlichen Schwanzwedeln, bei dem sein ganzer Körper in Schwingung geriet, würde der kleine Fido sicherlich dafür sorgen, dass die Tränen der Mädchen bald wieder trockneten.

Angesicht der leicht gereizten Stimmung im Haus fiel es Johanna nicht leicht, ihre nächste Reise nach Köln anzusprechen, aber sie musste unbedingt fahren. Die Galerie van Halen, seit mehr als zwei Jahrzehnten erfolgreich, war inzwischen einigen einflussreichen Nationalsozialisten ein Dorn im Auge.

Sie überzogen Cees mit zahlreichen Schikanen. Ständig verlangte das Finanzamt Einsicht in seine Bücher; die Räumlichkeiten wurden immer wieder kontrolliert, angeblich wegen feuerpolizeilicher Maßnahmen. Sophie hatte er bislang aus allem heraushalten können, ihren Lohn erhielt sie bar ausbezahlt, und da Cees einen guten Bekannten im Ordnungsamt hatte, der ihn warnte, verschwand sie jedes Mal rechtzeitig, bevor die Beamten anrückten. In Wahrheit wollten sie doch nur in der Galerie herumschnüffeln, in der Hoffnung, etwas zu finden, mit dem sie ihn hinhängen konnten. Seitdem das Berliner Reichstagsgebäude vor drei Jahren angeblich von einem Niederländer in Brand gesetzt worden war, den man dafür im Schnellverfahren hingerichtet hatte, standen Niederländer schnell unter Verdacht.

Cees trug es mit Fassung; Sophie jedoch, die ihren neuen Arbeitsplatz so geliebt hatte, wurde immer unruhiger.

Ich kann hier nicht länger bleiben, hatte sie Johanna

geschrieben. *Denn ich möchte weder, dass ich auffliege, noch, dass Cees meinetwegen in Schwierigkeiten gerät. Aber wohin soll ich gehen? Meine juristischen Examina sind in den meisten europäischen Ländern keinen Pfifferling wert. Etwas besser sähe es allein schon wegen der Sprache vermutlich in der Schweiz aus, die allerdings nur wohlhabende Juden aufnimmt, und in Österreich. Kannst Du nicht herkommen, liebste Cousine, und zusammen mit mir beratschlagen? Zu Dir nach Altenburg wage ich mich derzeit nicht, ist mir zu nah an Wittlich und zu nah an Georg Fuchs. Unser Cousin hat meine armen Eltern fest im Klammergriff. Er lässt Papa überwachen, schikaniert ihn, wo er kann, und leider tragen Papas einstige Patienten, wenn auch unwillentlich, auch noch dazu bei. Jude hin oder her, er ist ihr Doktor, der Helfer in der Not, zu dem sie seit Jahrzehnten gekommen sind, wenn sie selbst krank waren oder wenn einem Familienmitglied etwas fehlte, und so hat es gefälligst auch zu bleiben. Sie klingeln nachts, reißen die Eltern aus dem Schlaf oder bieten ihnen Schwarzgeld für eine verbotene Behandlung an, was diese natürlich ablehnen müssen, um nicht erst recht in Teufels Küche zu kommen. Neulich hat einer seinen kranken kleinen Sohn in eine Decke gewickelt und mit einem Zettel versehen einfach vor der Praxis abgelegt. Alles bleibt an Mama hängen, denn Fräulein Gradl hat längst gekündigt, wenngleich unter Tränen. Jakob ist keine große Hilfe. Er, Lea und der kleine David wohnen jetzt bei unseren Eltern; eine eigene Wohnung können sie sich nicht mehr leisten, denn auch beim Schuhhaus Wolff bricht der Umsatz ein, und Salomon kann seine Tochter nicht mehr großzügig unterstützen wie bisher. Mein Bruder verbringt viel Zeit beim Beten in der Synagoge, als müsse er nachholen, was er früher versäumt hat. Oder er brütet nächtelang über Landkarten, um das beste Schlupfloch ins Gelobte Land zu finden. Die anfallenden Arbeiten im Haushalt erledigen einstweilen die Frauen, eigentlich genauso wie eh und je ...*

Sophie hatte ihren Humor trotz aller widrigen Umstände noch nicht ganz verloren, das beruhigte Johanna. Aber zwischen den Zeilen spürte sie die Angst ihrer Cousine.

Sie musste nach Köln ...

«Und wie soll das hier gehen, tagelang ohne dich?», raunzte Bernhard ungehalten, als sie ihm ihren Entschluss mitteilte. «Die Tiere, die Kinder, das Haus ...»

Auch wenn sie kein Paar waren, waren sie mittlerweile doch Gefährten, und nun, wo es ihm schlecht ging, meinte er ein Anrecht auf ihre Fürsorge zu haben, was sie verstehen konnte. Doch diese kurzen Momente des Glücks würde sie sich nicht verbieten lassen – von niemandem.

«Klara ist vierzehn und kann inzwischen melken wie eine alte Bäuerin», entgegnete Johanna ruhig. «Das mit dem Füttern schaffen unsere Mädchen gemeinsam. Ich habe einen Gemüseeintopf vorgekocht, den braucht ihr euch nur aufzuwärmen. Und ein paar Spiegeleier werdet ihr zusammen ja wohl in die Pfanne hauen können, oder? Und wenn alle Stricke reißen, gibt es ja immer noch Lika und Kätt. Aber wirklich nur im Notfall. Sonst lasst ihr Kätt bitte in Ruhe. Die hat gerade genug eigene Sorgen ...»

In Sehlem waren ein paar junge Burschen mit Johanna eingestiegen, gekleidet in die erdbraunen Uniformen des Reichsarbeitsdienstes mit der Hakenkreuzbinde am linken Ärmel, und dem gewölbten Käppi auf den kurz geschorenen Haaren. Kätts Sohn Anton hatte diese Kopfbedeckung abfällig als «Arsch mit Griff» bezeichnet.

Wie sehr hatte er den öden Arbeitsdienst gehasst!

Anstatt seine geliebten Bücher zu verkaufen, wenngleich das Sortiment seit dem Verbot vieler erstklassiger Autoren schmaler und damit auch langweiliger geworden war, hatte er ein halbes Jahr beim Straßenbau malochen müssen, kaserniert mit hundert anderen seines Jahrgangs, die nur jeden Monat einmal nach Hause durften, entlohnt mit einem Minimum, von dem ihnen auch noch die Hälfte für Logis und Essen abgezogen wurde.

Mittlerweile war Anton zurück in der Buchhandlung Fischer und konnte aufatmen, aber es war nur ein kurzer Aufschub. Im März vor einem Jahr war das Saargebiet ins Deutsche Reich eingegliedert worden. Wenige Tage später hatte Hitler die Wiedereinführung der allgemeinen Wehrpflicht verkündet, die jeder junge Mann mit der Vollendung seines zwanzigsten Lebensjahres abzuleisten hatte. Ein klarer Verstoß gegen die Bestimmungen des Versailler Vertrags, der nur ein Berufsheer von 100 000 Mann erlaubt und eine entmilitarisierte Zone auf beiden Seiten der Grenze angeordnet hatte. Wie um den Vertrag für null und nichtig zu erklären, marschierten am 7. März 1936 drei Bataillone der Wehrmacht, wie das frühere Reichsheer nun hieß, ins Rheinland ein und errichteten unter dem Jubel der Bevölkerung Garnisonen in Aachen, Saarbrücken und Trier, ohne dass das Ausland nennenswerten Protest dagegen erhoben hätte.

Bei den sich direkt anschließenden Reichstagswahlen vom 29. März 1936 fand zugleich die nachträgliche Volksabstimmung über die Ermächtigung zur Rheinlandbesetzung statt. Eine Scheinwahl, da die NSDAP als einzige Partei antreten durfte und somit das Ergebnis von vornherein feststand. Zudem waren Juden erstmals vom Gang zur Wahlurne ausgeschlossen. Im Kreis Wittlich erreichte die NSDAP bei fast hundertprozentiger Wahlbeteiligung 99,74 Prozent. In Altenburg waren es nur sechs Wähler, die ihre Stimmzettel ungültig gemacht hatten.

Kätt, die ihren Mann im Großen Krieg verloren hatte, konnte nicht fassen, dass ihr Sohn bald Dienst an der Waffe zu leisten haben würde. Doch das waren nicht ihre einzigen Sorgen. Mehrmals hatten Gritts jüdische Arbeitgeber ihr nahegelegt, die Stellung zu wechseln, um sie nicht in Schwierigkeiten zu bringen, doch sie lehnte jedes Mal entschieden ab. Die Kinder waren erwachsen, sie konnte sie nicht mehr vor den Unwägbarkeiten des Lebens beschützen, und vor dem, was sich da gerade über ihnen zusammenbraute, gab es sowieso keine Rettung, da war Kätt, eigentlich nicht grüblerisch veranlagt, sich sicher. Waffen auf Menschen zu richten, war nicht richtig, dabei blieb sie. Am liebsten hätte sie Johanna gar nicht abreisen lassen, die Zeiten schienen ihr zu unsicher. Aber dann brachte sie ihr doch ein Stück Kuchen für die Fahrt.

Sehr nachdenklich erreichte Johanna den Kölner Hauptbahnhof und konnte sich nicht wie sonst daran erfreuen, dass der Zug direkt vor dem berühmten Dom hielt. Mit ihrem Koffer stieg sie aus und ging zur Haltestelle der Trambahnlinie Fünf, die sie binnen weniger Minuten ins Belgische Viertel brachte. Was für ein Unterschied zu jenem Maitag vor acht Jahren vor ihrer großen Vernissage, als ihr die Stadt so sommerlich-heiter erschienen war. Heute hingen Gewitterwolken über Köln, die sich bald entladen würden, und es war, obwohl erst Juni, stickig wie im Hochsommer. Zahlreiche Fenster waren mit der Hakenkreuzfahne beflaggt, die Johanna nur ansehen musste, um schon Brechreiz zu verspüren. Auch die zur Schau gestellten Parteiabzeichen an den Revers diverser Passanten fand sie furchtbar.

Überlebensgroße Plakate an allen Litfaßsäulen. Abgebildet war ein nordischer Hüne mit Siegerkranz, über seinem Haupt die fünf olympischen Ringe, unter ihm als Schattenriss die Quadriga vom Brandenburger Tor. Darunter die Inschrift

OLYMPIA 1936
1.–16. AUGUST, BERLIN

Deutschland über alles – Johanna war es so leid, dieses größenwahnsinnige Nazideutschland. Inzwischen bereute sie bisweilen sogar, einen dieser Volksempfänger angeschafft zu haben. *Goebbelsschnauze* sagten die Berliner dazu, wie sie von Christoph wusste, weil im Radio nicht nur die wichtigsten Führerreden ausgestrahlt wurden, sondern dort auch dessen Propagandaminister Dr. Joseph Goebbels mit Vorliebe ausgedehnte Ansprachen hielt. Andererseits konnte man ja abschalten, sobald die schnarrende Stimme durch die Stube hallte, die Mädchen hörten gern Schlagermusik, und man hatte trotz allem das Gefühl, über den Äther mit anderen Hörern verbunden zu sein.

Cees begrüßte sie freudestrahlend, machte ihr ein Kompliment für ihr blaues Kostüm, das wie eigentlich ihre gesamte Garderobe immer noch aus Lisbeths Beständen stammte, und zog sie sofort nach hinten in die kleine Teeküche, wo sie sich gierig küssten und umarmten.

«Unsere Trennung kommt mir jedes Mal immer noch länger vor», sagte er, nachdem Johanna ihre Frisur wieder in Ordnung gebracht hatte, um sich auch in den vorderen Galerieräumen zeigen zu können. Sie trug ihre Naturlocken jetzt wieder schulterlang; die Epoche der frechen Bubiköpfe war unwiederbringlich vorbei. Neulich hatte sie inmitten des rötlichen Blonds das erste graue Haar entdeckt, was sie kurz irritiert hatte – siebenunddreißig! Das war noch lange nicht alt, aber eben auch nicht mehr ganz jung ...

«Es *war* eine lange Zeit», bekräftigte Johanna. «Aber Bernhard ging es gesundheitlich nicht gut. Da wollte ich Rücksicht auf ihn nehmen. Onkel Paul meint, es könnten Spätfolgen der Kinderlähmung sein, die er als kleiner Junge hatte. Gar nicht so selten, dass solche Beschwerden nach Jahren wieder auftreten. Der Körper merkt sich eben alles ...» Sie griff nach dem Limonadenglas, das Cees ihr reichte, und leerte es durstig. «Außerdem argwöhnt er, dass sein Karl sich auf Abwegen befindet, und das macht ihn noch griesgrämiger. Er wollte mich kaum fahren lassen. Aber jetzt bin ich ja hier.»

«Zum Glück!» Cees' Augen leuchteten. «So eine große Freude, dich endlich wieder bei mir zu haben. Und du hast mir hoffentlich auch schöne neue Arbeiten mitgebracht ...»

«Schön? Ich weiß nicht», sagte Johanna, die ihren Koffer öffnete und die Bildermappe herauszog. «Meine Gesichter werden immer abstrakter. Aber ich kann nicht anders. So und nicht anders wollen sie aus mir heraus.»

Sie legte das erste halbe Dutzend auf dem neuen Verkaufstresen aus, den Cees angeschafft hatte. Unsichtbar in das Mauerwerk dahinter eingelassen befand sich ein großer Tresor, in dem die wertvollsten Stücke verwahrt wurden. Zwei Mal schon war die Galerie nachts überfallen worden. Bis auf wenige Geldscheine, extra in der Registrierkasse zurückgelassen, um frustriertem Vandalismus vorzubeugen, war jedoch nichts gestohlen worden. Cees hatte die Eisengitter vor den Schaufenstern verstärken und nun auch die rückwärtige Tür mit schweren Riegeln ausstatten lassen. Seitdem war es zu keinen unliebsamen Zwischenfällen mehr gekommen.

«Ist Sophie heute gar nicht da?», fragte Johanna, während Cees sich über ihre Arbeiten beugte.

«Aber ja!» Mit dem melodischen Klang der Ladenglocke, ebenfalls eine Neuanschaffung zur Verstärkung der Sicherheit, betrat ihre Cousine die Galerie. «Der Chef hatte mich nur schnell zum Kuchenholen geschickt, damit seine Liebste nach der Reise nicht verhungert.»

Sophie stellte ihr Päckchen beiseite, umarmte Johanna und beugte sich dann neugierig über deren neueste Werke. Sie war dünner denn je, schien nur noch aus Knochen und Sehnen zu bestehen und hatte dunkle Augenschatten. Die durchwachten Nächte voller Sorge um die Familie und sich selbst waren ihr deutlich anzusehen. Das gefärbte Blond machte ihre Haut blass; sie sah mitgenommen aus, wirkte aber trotzdem aktiv und energiegeladen wie eh und je.

«Fabelhaft», sagte sie schließlich, während Cees nachdenklich nickte. «Das sind ja keine Gesichter mehr, sondern ganze Landschaften! Erinnert mich in den starken Linien fast an Linolschnitte. Und die Kolorierung hast du auch verändert, die ist erdiger und dunkler. Alles in allem vielleicht ein bisschen abstrakt für unsere Nazi-Kundschaft, die es gern so gegenständlich wie möglich mag, damit sie auch ja erkennt, was das Bild darstellen soll, aber Cees wird sie ihnen mit seinem geballten holländischen Charme schon andrehen ...»

«Wieso Cees?», frage Johanna irritiert. «Verkaufst du denn nicht mehr?»

Mit einem Glitzern in den Augen schüttelte Sophie den Kopf. «*Nee, well ech an zwee deeg op Lëtzebuerg plënneren!*», erwiderte sie grinsend. «Ich wandere in zwei Tagen nach Luxemburg aus. Leider so ziemlich das Einzige, was ich bislang auf Luxemburgisch sagen kann ...»

«Nach Luxemburg?», wiederholte Johanna verblüfft.

«Ganz genau. Du erinnerst dich doch an Max Grünbaum, den Cousin meiner Schwägerin Lea? Sie hat ihm wohl geschrieben, dass ich dringend einen Ortswechsel brauche. Gestern ist er hier aufgetaucht – mit einem Angebot, das ich nicht ablehnen konnte. Ich bekomme eine Stelle bei der Banque de Luxembourg!»

«Als Juristin?»

«Ganz so glorreich ist es leider nicht, vorerst bin ich dort nur eine einfache Bürohilfskraft, aber dabei muss es ja nicht bleiben. Max wird mir helfen, die Sprache zu lernen, und will mich auch sonst unter seine Fittiche nehmen. Ein Zimmer hat er mir schon besorgt, als Untermieterin bei der Schwester eines seiner Kollegen. Na, was sagst du nun? Ich kann es kaum erwarten, Deutschland hinter mir zu lassen.»

«Ich freue mich so sehr mit dir», erwiderte Johanna bewegt. Allein, um solche hoffnungsfrohen Worte aus Sophies Mund zu hören, war sie gern in Köln. «Auch wenn wir uns dann seltener sehen können. Jeder aus deiner Familie, der in Sicherheit ist, macht mein Herz froh. Jakob und Lea wollen mit ihrem Söhnchen ja nach Palästina. Ich hoffe so sehr, dass sich für eure Eltern auch noch eine Lösung findet.»

«Die kleben leider an ihrem ollen Wittlich.» Sophies Miene hatte sich verfinstert. «Was müssen ihnen die Nazis dort eigentlich noch alles antun, damit auch sie endlich ans Weggehen denken? Mama und Papa hoffen immer noch, der braune Spuk löst sich in Wohlgefallen auf, und alles wird wieder gut.» Sie hatte sich in Rage geredet. «Aber das wird nicht passieren, jedenfalls nicht in absehbarer Zeit! Mit diesem verdammten Olympia wollten sie der Welt nur Sand in die Augen streuen. In Köln und Berlin haben sie sogar die Schilder JUDEN UNERWÜNSCHT abmontiert. Kaum sind die internationalen Sportler und Journalisten abgereist, kommen sie überall wieder dran, wetten, dass?»

Schon eine ganze Weile stand ein Paar vor den beiden Schaufenstern, offensichtlich unschlüssig, ob sie hereinkommen sollten, er stattlich, groß und hellblond, in grauer Ausgehuniform, sie zierlich und unter dem leuchtend blauen Jackenkleid unübersehbar schwanger. Sie unterhielten sich angeregt, schließlich betraten sie die Galerie.

Sophie war noch blasser geworden, aber auch der Kunde war bei ihrem Anblick sichtlich irritiert.

«Sophie?», sagte er schließlich. «Du hier? Und du siehst so anders aus! Beinahe hätte ich dich gar nicht erkannt. Ich dachte, du bist schon lange nicht mehr in Köln ...»

«Willst du mir die Dame nicht vorstellen, Fritz?», sagte die Frau an seiner Seite nicht ohne spitzen Unterton.

«Natürlich. Verzeih, Amelie. Das ist Sophie Nußbaum, eine ... Kommilitonin und frühere gute Freundin. Sophie, meine Frau: Freifrau Amelie von Wrede.»

Was bist du nur für ein erbärmlicher Feigling!, dachte Johanna. Meine Verlobte, die ich im Stich gelassen habe, als es brenzlig wurde, wäre die ehrlichere Antwort gewesen.

Sophie presste die Lippen fest zusammen und schwieg.

Fritz begann nervös an seinem Uniformkragen zu nesteln, der ihm auf einmal zu eng geworden schien.

Eine peinliche Pause entstand.

«Sie interessieren sich für moderne Kunst?», übernahm Cees das Gespräch. «Da haben Sie großes Glück!

Johanna Fuchs ist gerade im Haus, die Künstlerin, die diese bemerkenswerten Arbeiten erschaffen hat.»

«Sie haben das gemacht?» Kühle blaue Augen richteten sich auf Johanna. «Interessant! In den Bildern liegt viel Kraft, das gefällt mir. Unser Bauernstand hat eben echte, gewachsene Wurzeln ... ein wenig trüb allerdings für meinen Geschmack. Wir hatten eher an etwas Heiteres gedacht, für unser neues Kinderzimmer. Den zweijährigen Stammhalter haben wir bereits. Nun hoffen wir auf eine kleine Prinzessin. Ich nehme an, Sie sind auch Mutter, Frau Fuchs?»

Sophie machte ein Gesicht, als würde sie ihr am liebsten auf der Stelle den Hals umdrehen.

«Ja, das bin ich», erwiderte Johanna. «Die Mutter zweier wunderbarer Töchter.»

«Dann wissen Sie ja wahrscheinlich, was wir suchen: lebendige Kinderporträts ...»

«Dann nehmen Sie doch eines dieser Werke hier.» Cees öffnete eine seiner flachen Schubladen. «Die Blätter stammen aus einem früheren Zyklus, haben aber nichts von ihrer Frische verloren.»

Mia mit ungefähr sieben beim Malen, die Brauen zusammengezogen, Konzentration und Anstrengung im kleinen Gesicht, festgehalten von Johanna in knappen Strichen, sparsam hell koloriert.

«Ja, das gefällt mir», sagte Amelie von Wrede nachdenklich. «Ich mag es, wenn Kinder so ganz in ihrer Welt versunken sind. Was meinst du dazu, Fritz?»

«Ich weiß nicht», erwiderte er unbehaglich, ihm war anzusehen, dass er mit jeder Faser wegwollte. «Was, wenn es nun wieder ein Junge wird?»

Ihr Lachen klang spröde. «Dann üben wir ebenso so lange, bis wir auch noch ein Mädchen bekommen. Du kannst die Jungs später gern mit in deine Ordensburg nehmen, damit sie auch so tollkühne Flieger werden wie du, aber die Mädchen gehören mir.» Ihr Tonfall wurde geschäftsmäßig. «Wie viel wollen Sie dafür haben?»

«Fünfzehnhundert Reichsmark», sagte Sophie, bevor Cees antworten konnte.

«Puh! Ganz schön üppig. Das ist ja mehr, als unsere Arbeiter im ganzen Jahr verdienen!», stieß Amelie von Wrede hervor.

«Sehen Sie hier irgendwo einen Arbeiter?» Sophies Stimme war blankes Eis. «Frau Fuchs ist national bereits eine Größe. Nach der nächsten Ausstellung wird man sie sicherlich ...»

«Und wenn wir zwei nehmen? Das Blatt mit den beiden Mädchen und der Katze mag ich auch.» Amelie schaute hoffnungsfroh in die Runde.

«In diesem Fall könnten wir Ihnen selbstredend entgegenkommen, gnädige Frau», übernahm Cees nun wieder das Ruder. «Sagen wir zweitausendzweihundert für beide. In wenigen Jahren werden Sie sich zu dieser Entscheidung noch mehr als heute beglückwünschen, da bin ich ganz sicher.»

Fritz von Wrede zog seine Brieftasche heraus und zählte die Hunderter auf die Theke, während Cees das Verpacken der Zeichnungen übernahm, weil Sophies Hände dafür zu sehr zitterten.

«*Het Allerbeste* sagt man bei uns in den Niederlanden, alles Gute für Sie und den Nachwuchs», verabschiedete Cees die Kunden. «Und beehren Sie uns bald wieder.»

«Wie konntest du so freundlich zu ihnen sein», ging Sophie ihn wütend an, kaum waren die beiden draußen. «Er, dieser Feigling, der mich schnöde hat fallenlassen – und sie, diese aufgeblasene Adelspute von und zu mit ihrem dicken Bauch ...»

Sophie hat sich bestimmt auch Kinder gewünscht, dachte Johanna. Und jetzt läuft ihr die Zeit davon ...

«Der Kunde ist König.» Cees' Stimme war sehr ruhig. «So läuft nun einmal das Geschäft. Wenn ich jeden auf seinen Charakter hin examinieren wollte, der Kunst bei mir kauft, wäre ich schon längst verhungert – und du mit dazu. Von Johanna ganz zu schweigen. Wenn ein Künstler sein Werk in die Welt entlässt, gibt er es in gewisser Weise frei. Auf wen es dann trifft, ist eine ganz andere Geschichte ...»

«Mir reicht es auf jeden Fall für heute», schnaubte Sophie. «Ich gehe jetzt nach Hause und packe meine Sachen. Aber zuvor rege ich mich noch ein paar Stunden auf. Was ist aus Fritz nur geworden? Früher ein lupenreiner Demokrat und Spitzenjurist – heute Nazi durch und durch! ‹Du kannst die Jungs später gern mit in deine Ordensburg nehmen, damit sie so tollkühne Flieger werden wie du›», imitierte sie im Falsett Amelie von Wrede. «Wisst ihr, wovon sie da redet? Von Nazi-Kaderschulen, wo sie das Ausgrenzen und Niedermachen sogenannter Staatsfeinde perfektionieren. In Vogelsang in der Nordeifel haben sie so ein Schulungslager errichtet, eine gewaltige Anlage, deren Bau vielen aus der Region Arbeit verschafft hat, wie Mama mir schrieb. Unser Cousin Georg träumt Tag und Nacht davon, dass sein ältester Sohn Arno dort möglichst bald einrücken kann. Das hat er stolz von sich gegeben, als er die Eltern beim letzten Mal schikaniert hat. Irgendwie steckt noch immer der kleine Junge in ihm, der nach Lob und Anerkennung giert, egal wo und von wem. Wäre Georg nicht so hundsgemein, könnte man fast Mitleid mit ihm haben ...»

Sophies ausgezehrtes, verbittertes Gesicht konnte Johanna auch dann nicht vergessen, als sie später mit Cees in seinem Wohnzimmer unter dem Dach saß. Er hatte Wein besorgt, dazu Käse und frisches Weißbrot, *à la française*, so wie sie beide es liebten.

«Eines Tages machen wir unser Picknick an den Ufern der Dordogne», sagte er schwärmerisch nach dem ersten Schluck und schwenkte den Wein in seinem Glas. «Das Périgord ist ein Traum. Verschlafene Orte, Cafés, in denen man den ganzen Tag verbringen könnte, lichte, hohe Pappelalleen, die von einem Ort in den nächsten führen – ich war als ganz junger Mann dort und habe jeden Augenblick geliebt. Das möchte ich zusammen mit dir noch einmal erleben, Johanna!»

«Mhm», machte sie geistesabwesend.

Als er ihren Arm streichelte, fuhr sie zusammen.

«Verzeih», sagte Johanna. «Aber in meinem Kopf ist gerade die Hölle los. Diese seltsame Begegnung vorhin – arme Sophie! Das war kein schöner Abschied von Köln für sie ...»

«Aber vielleicht ein heilsamer. Jetzt kann sie diesen unseligen von Wrede für immer aus ihrem Herzen verbannen. Sophie ist klug und schön, sie wird einen Neuanfang schaffen.»

«Luxemburg», sagte Johanna zweifelnd. «Ein sehr kleines Land ...»

«Ein Großherzogtum mit großem Selbstbewusstsein und viel Kapital. Ich denke, dort ist deine Cousine gut aufgehoben.»

«Ich hatte eigentlich eher an Holland gedacht, Cees. Ihr seid uns von der Mentalität her nicht ganz unähnlich, und die Sprache ist für Deutsche auch nicht so schwer zu erlernen. Meinst du, Sophies Eltern hätten dort eine Chance?»

«Willst du eine ehrliche Antwort?»

Johanna nickte.

«Eher nein. Wäre dein Onkel zwanzig Jahre jünger, sähe es anders aus, denn gute Ärzte werden überall gebraucht. Aber er ist ja praktisch im Rentenalter, so jemand ist auch für die Niederlande nicht sonderlich attraktiv. Viele Juden und Kommunisten wollen jetzt unbedingt Niederländer werden. Noch sind die Grenzen offen, noch lassen sie deutsche Flüchtlinge herein. Ich fürchte jedoch, das wird nicht lange so bleiben.»

«Die beiden sind nicht ganz unvermögend, wenn sie ihre Wohnungen verkaufen ...»

«Geld verbrennt schnell im Exil, das ist leider eine bittere Gewissheit.»

«Aber wir können doch nicht einfach tatenlos dasitzen und dabei zusehen, wie sie hier vor die Hunde gehen. Wittlich vergiftet sie. Sie müssen da dringend raus ...»

Sie begann zu weinen.

«Es tut mir weh, wenn du so traurig bist.» Cees nahm sie in den Arm und streichelte sanft ihren Rücken.

«Dann tu etwas dagegen», schluchzte Johanna. «Du hast doch sicherlich noch Freunde in deiner alten Wahlheimat. Frag sie, ob meine Verwandten nicht bei ihnen unterkommen könnten. Sie sind so liebenswerte, angenehme Menschen, alle beide.»

Er löste sich von ihr. «Nicht alle in Antwerpen haben mir verziehen, dass ich damals weggegangen bin», sagte er. «Aber ursprünglich stammt meine Familie aus Amsterdam, auch wenn sie jetzt weit verstreut lebt. Ich habe noch einen Cousin dort, Luuk van Halen, ein Antiquitätenhändler, der schon die halbe Welt gesehen hat. Auf eine Art ist er ein Kauz, das, was ihr Deutschen Hagestolz nennt, ein Mann, der nie verheiratet war, aber mit dem Herzen am rechten Fleck. Den könnte ich fragen.»

«Bitte!» Johanna umarmte ihn stürmisch. «Wenn du das für sie tust, dann ...»

«Was dann?», fragte er lächelnd zurück.

«Dann liebe ich dich drei Mal rund um den Erdball, aber das tue ich ja ohnehin längst!»

*

Jene leidenschaftliche Nacht, die auf Cees' Versprechen gefolgt war, behielt Johanna lange im Gedächtnis: seinen Duft in der Nase, das Gefühl von Haut auf Haut, was sie so inständig vermisste, wenn sie wieder getrennt waren, das letzte tiefe Brummen, das er jedes Mal von sich gab, bevor er einschlief. Ihre Liebe hatte sich verändert im Lauf der Jahre, war noch tiefer, noch unbedingter geworden, noch befreiter von allen Konventionen.

Sie gehörten zusammen, unverbrüchlich, das wussten sie beide. Und doch würde es auch diesmal dauern, bis sie sich wiedersehen konnten.

Fast ebenso oft dachte sie über die folgenden Wochen hinweg an den bewegenden Abschied von Sophie am Kölner Hauptbahnhof.

Geweint hatte keine von ihnen, doch ihrer beider Augen hatten verräterisch geglänzt. Neben Sophie standen zwei große Koffer.

«Du schaffst das», hatte Johanna gemurmelt und den schmalen Rücken ihrer Cousine gestreichelt.

«Wurde Zeit, dass ich hier wegkomme. Blond steht mir einfach nicht und das ständige Färben greift die Haare an», flüsterte Sophie zurück.

«Ich liebe deinen schwarzen Humor – und außerdem: Du bist eine Füchsin, vergiss das nie! Alle Nußbaums werden es schaffen: Jakob und seine Familie gehen ins Gelobte Land, und um eure Eltern kümmern sich Cees und ich.»

«Danke für alles, geliebte Schwester», erwiderte Sophie mit vor Rührung brüchiger Stimme. «Denn das bist du für mich, Johanna.»

«Steig jetzt bitte sofort ein – sonst löse ich mich doch noch in Tränen auf ...»

Jetzt, im Sommer, drehte sich in Altenburg alles um die landwirtschaftlichen Arbeiten, die geleistet werden mussten, um auch im Winter gut über die Runden zu kommen; Zeichnen und Malen in der Werkstatt mussten zurückstehen. In den letzten Jahren hatte Bernhards Karl stets den Löwenanteil bei der Heumahd übernommen, unterstützt von zwei Knechten, die Bauer Lengwies an

Johanna gegen Entgelt für die schweren Arbeiten ausgeliehen hatte. Karls Elan hatte immer alle mitgerissen; mit ihm an der Spitze konnte an zwei Tagen geschafft werden, was sonst drei Tage und länger dauerte.

Dieses Jahr jedoch war es anders.

Karl wirkte müde, musste die Sense immer wieder absetzen, klagte über Kopfschmerzen. Johanna fiel der fleckige Ausschlag an seinen Unterarmen auf, der an manchen Stellen kleine Knötchen gebildet hatte.

«Das solltest du in Wittlich vom Arzt anschauen lassen, sobald wir mit der Heuernte fertig sind», sagte sie, als sie gemeinsam mit Kätt und Lika Mittagspause im Schatten einer Buche machten. Auch die Mädchen waren dabei, die beim Heuwenden halfen. «Sieht nach einer Allergie aus. Nicht, dass es noch chronisch wird.»

Wie immer gab es deftiges Essen, Döppekooche mit Speck und Eiern, Käse, Schmalz, Likas frisch gebackenes Brot, dazu für die Männer Viez, während die Frauen sich an Wasser hielten.

«Ach, das geht schon von selbst weg», murmelte Karl ungewohnt mürrisch, und Johanna vergaß die Angelegenheit über die nächsten Tage wieder. Zu sehr beschäftigte sie die Abreise von Martha und Paul, die sich unter allergrößter Diskretion abspielen musste. Nach der Rückkehr aus Köln hatte Johanna sie für drei Tage besucht und ihnen unmissverständlich vor Augen geführt, dass sie das Land verlassen mussten, wenn sie nicht in Wittlich zugrunde gehen wollten. Dass ihre Tochter nun in Luxemburg lebte, schien die beiden aufgerüttelt zu haben, und sie hörten sich Johannas Vorschläge interessiert an.

Nach zwei Tagen Bedenkzeit waren sie einverstanden und wirkten plötzlich wieder viel agiler. Sie übergaben Johanna sogleich zwei Fotoalben, die sie für sie aufbewahren sollte, sowie die Patientenkartei, damit diese nicht in falsche Hände geriete.

Luuk van Halen war tatsächlich bereit, sie in Amsterdam aufzunehmen. Zu seinem Haus gehörte ein Warenlager, über dem ein Stockwerk frei war, das bot er ihnen als Unterkunft an. Wasser und Elektrik waren gelegt worden, luxuriös würde es dennoch nicht sein, aber die Nußbaums versicherten, das mache ihnen nichts aus. Ihre beiden Immobilien hatte ihr Neffe Heinrich Fuchs gekauft, der bereit gewesen war, für sie den Strohmann zu spielen. Die Praxis würde er zum Verkauf anbieten, sobald die beiden sicher in Amsterdam angekommen waren; die andere Wohnung vermieten und ihnen das Geld via Cees van Halen in den Niederlanden zukommen lassen. War der Verkauf vollzogen, sollte Jakob die Hälfte der Summe für seine Ausreise erhalten, die andere Hälfte sollte zu ihnen transferiert werden; wie das zu bewerkstelligen war, wussten sie zum jetzigen Zeitpunkt noch nicht. Heinrich Fuchs als Chef der Zigarettenwerke galt als respektabler Bürger; zudem verfügte das Unternehmen über mehrere Immobilien, sodass dieser Vorgang einer unter vielen sein und nicht auffallen würde.

Heinrich hatte sich angeboten, die beiden im Auto nach Amsterdam zu bringen, und Greta bestand darauf, ebenfalls mitzufahren. Eine Zugfahrt mit den entsprechenden Grenzkontrollen hätten Martha und Paul nervlich womöglich nicht durchgestanden. Unauffällig wurde das, was sie mitnehmen wollten, in Kisten verpackt, die Heinrich von der Fabrik aus nach Amsterdam versenden ließ. Die Fahrt in die Niederlande sollte wie ein Familienurlaub wirken: Ein jüngeres Paar und die älteren Verwandten, jeder von ihnen nur mit dem Gepäck für ein paar entspannte Tage. Luuk van Halen hatte ihnen den Grenzübergang Gronau in Westfalen empfohlen; von dort aus waren es nur noch zweieinhalb Autostunden bis nach Amsterdam.

Was für eine Zitterpartie!

Zweimal schon hatte der Termin um ein paar Tage verschoben werden müssen, einmal weil Martha sich so elend fühlte, dass sie nicht aufbrechen konnten, das andere Mal war ein Brand in einem der Schuppen der Zigarettenfabrik ausgebrochen, und die Lösch- und Bergungsarbeiten hatten Heinrichs Anwesenheit erfordert. Keiner aus der Familie hatte ein Ohr für die Olympiaberichterstattung im Radio, die am ersten August einsetzte und sich wegen des deutschen Medaillenregens vor Begeisterung fast überschlug. Lediglich Klara und Mia führten Buch darüber, welche Sportlerinnen und Sportler welche Medaillen gewonnen hatten. Am meisten begeisterten sie sich für den schwarzen Sprinter Jesse Owens, zum Leidwesen Hitlers mit vier Mal Gold der erfolgreichste Athlet von allen. Anton dagegen ließ den Kopf hängen, weil kurz nach den Olympischen Spielen verkündet wurde, dass die Wehrpflicht nun auf zwei Jahre verlängert worden sei. Im kommenden April würde er einrücken müssen.

Endlich stand der Termin für die Fahrt nach Amsterdam fest: Am 11. September ganz früh am Morgen würden Heinrich und Greta mit dem großen Auto nach Wittlich kommen und dort Martha und Paul einladen. Martha hatte Sohn und Schwiegertochter beschworen, sich ihnen anzuschließen, doch für Jakob gab es nur noch ein Ziel: Palästina.

«Sobald wir durch den Wohnungsverkauf die tausend Pfund beisammenhaben, die die Briten für das Einwanderungszertifikat verlangen, brechen wir auf», sagte er bewegt. «Ich bin zwar kein Bauer oder Handwerker und kann für die Neubesiedlung keinen großen Beitrag leisten, aber Ärzte sind schließlich überall vonnöten. Außerdem sind Lea und ich bereit, jede Art von Arbeit zu übernehmen – wenn wir nur dort mit unserem Kind leben und einen jüdischen Staat aufbauen können.»

Anfang September kehrte Bernhard aus Wittlich zurück und verzog sich sofort wortlos in sein Zimmer. Johanna wusste, wie viel Angst er vor der amtsärztlichen Untersuchung gehabt hatte, und ließ ihn erst einmal in Frieden.

Als er nicht zum Abendbrot erschien, trug sie einen Teller mit zwei Käsebroten und eine Tasse Tee in sein Zimmer hinauf.

«Du musst doch Hunger haben ...», sagte sie freundlich.

«Lass mich.» Er wandte sich ab.

«So schlimm?», fragte Johanna. «Was hat der Arzt denn gesagt? Kommen deine Beschwerden von der alten Kinderlähmung?»

«Geh weg!», fuhr er sie an. «Ich muss allein sein ...»

Düpiert von seiner heftigen Reaktion, verließ sie das Zimmer und setzte sich wieder zu den Kindern.

Klara berichtete aufgeregt von ihren ersten Erfahrungen in der Wittlicher Handelsschule, die sie nun besuchte. Neue Lehrer, neue Klassenkameraden, ein neuer, sehr viel weiterer Schulweg – aber ihre Augen glänzten, und sie war voller Elan.

«Morgens kann ich mit dem Milchkannenwagen mitfahren, und den Nachhauseweg nachmittags schaffe ich zu Fuß. Ich muss noch sehen, wie ich das mit dem BDM zeitlich hinbekomme. In Altenburg gab es ja keine Gruppe, weil wir zu wenige waren und alle in der Landwirtschaft mithelfen mussten, aber heute in der Schule, da habe ich gleich unterschreiben müssen. Die Mitgliedschaft im Bund Deutscher Mädel ist Pflicht, hat der Direktor ...»

Sie hielt erschrocken inne, weil Bernhard stumm die Treppe herunterhinkte, zur Haustür ging und sie mit Getöse hinter sich zukrachen ließ.

Fido begann zu kläffen. Die Mädchen schauten Johanna erschrocken an.

«Was hat der Papa denn?», fragte Mia.

«Wahrscheinlich hat er sich über irgendwas geärgert», erwiderte Johanna. «Das muss man manchmal leider. Kennt ihr ja auch.»

Er kam nicht zurück, auch nicht, als die Mädchen schon ins Bett gegangen war, also verließ sie das Haus und ging ihn suchen. Im Garten war er nicht, doch nebenan im Schulhaus brannte Licht, dort fand sie ihn in einer der Bänke sitzend, den Kopf in den Armen vergraben.

Als er zu ihr aufsah, sah sie, dass er heftig geweint haben musste. Seine Augen waren rot und geschwollen.

«Was ist los, Bernhard?», fragte sie. «Ich bin deine Frau – rede mit mir.»

«Ich will das alles nicht mehr», brach es aus ihm heraus. «Dieses ganze Schmierentheater, das doch nichts als Leid bringt, weil wir uns immer verstecken müssen. Ich dachte, Karl liebt mich – aber was macht er? Treibt sich mit anderen Kerlen in Trier herum. Und das ist nun das Resultat ...»

«Ich verstehe nicht ganz ...»

«Syphilis hat er sich anhängen lassen, mein feiner Karl, und mir natürlich kein Wort davon gesagt. Und ich hab es jetzt auch. Zum Glück musste ich mich heute nur oben herum ausziehen, sonst hätte der Amtsarzt seine wahre Freude gehabt. Aber was mache ich, wenn die Male überall zu sehen sind?»

Syphilis – das Wort traf Johanna wie ein Keulenschlag.

«Und dagegen gibt es kein Mittel?», fragte sie beklommen.

«Doch, das heißt Salvarsan, aber es ist pures Gift mit vielen Nebenwirkungen, und wenn du es dir verschreiben lässt, muss der Arzt dich der Gesundheitsbehörde melden ... dann verlieren wir alles, Johanna, *alles*!»

«Aber wenn du es nicht nimmst, dann stirbst du – und dein Karl dazu», sagte sie. «Oder ihr werdet beide wahnsinnig. Nein, das ist keine Alternative. Wir müssen dieses Salvarsan beschaffen, egal wie ...»

«Hier in Altenburg vielleicht?», spottete er.

«Red keinen Unsinn! Natürlich nicht. Wo ist Karl jetzt?»

«Ich glaube, wieder nach Trier gefahren.»

«Ich werde Christoph schreiben. Der kennt tausend Leute und weiß sicherlich auch, wie man an dieses Mittel kommt, ohne offiziell gemeldet zu werden. In einer Stadt wie Berlin gibt es Schwarze Märkte für alles und jedes ...»

«Nicht deinem klugen Journalisten-Cousin – ich schäme mich so!», jaulte er auf.

«Hast du eine andere Idee?»

Kopfschütteln.

«Na also. Dann lass mich machen. Der Brief an Christoph geht morgen raus.»

*

Eine Woche später war Karl noch immer nicht in Altenburg zurück. Bernhards Zorn hatte sich mittlerweile in ängstliche Sorge verwandelt.

«Das passt gar nicht zu ihm. Karl würde niemals einfach so weglaufen, ohne ein Wort zu sagen. Ihm muss etwas zugestoßen sein ...»

Bernhard schlief nicht mehr, konnte schlechter gehen denn je und war kaum noch in der Lage, Unterricht zu halten. Seine brennende Unruhe griff auch auf Johanna über, die inzwischen das ersehnte Päckchen von Christoph aus Berlin erhalten hatte.

Heiße Schwarzmarktware, schrieb er. *Hat mich ein kleines Vermögen gekostet, aber für den zweiten Papa meiner Mia ist mir nichts zu teuer. Ihr müsst es bald verbrauchen, und ihr braucht dazu einen Arzt, der die Spritze setzt. Sollte ja eigentlich bei unserer Verwandtschaft kein allzu großes Problem sein ...*

Sollte sie Onkel Paul bitten?

Nein, das konnte sie nicht von ihm verlangen, nicht so kurz vor seiner Flucht nach Holland.

Blieb nur Jakob. Jakob, der Bedenkenträger. Jakob, schon halb auf dem Sprung ins Gelobte Land ...

Es half nichts. Sie wusste niemand anderen.

Bernhard in seinem aufgelösten Zustand nach Wittlich zu schleifen, wagte Johanna nicht, also schrieb sie einen kleinen Brief und gab ihn Klara mit.

«Geh damit nach der Schule zu Jakob in die Schlossstraße, sag ihm, er soll ihn sofort lesen und dann gleich mit dir nach Altenburg kommen.»

«Etwa heute noch, Mama?»

«Heute noch!»

Was sie von ihrem Cousin erbat, war verboten und gefährlich, aber es gab keine andere Lösung. Um Karl würden sie sich kümmern, sobald der wieder aufgetaucht war.

Tatsächlich erschien Jakob mit Klara am späten Nachmittag im Haus Nummer achtzehn. Sie bat ihn gleich nach oben in ihr Zimmer. Bernhard wartete angstvoll nebenan.

«Wo hat er sich das eingefangen?», fragte Jakob, während er das Fläschchen köpfte und die Spritze aufzog.

«Spielt keine Rolle. Ich möchte, dass mein Mann wieder gesund wird.»

«Und du, Johanna? Du weißt, wie ansteckend es ist ...»

«Weiß ich. Ich bin gesund.»

«Wo ihr das Salvarsan herhabt, frage ich jetzt nicht ...», sagte Jakob.

«Sehr anständig von dir», erwiderte sie. «Und noch anständiger, dass du gekommen bist. Ich weiß, was du damit riskierst.»

«Dann ruf deinen Mann jetzt herein. Ich möchte nicht, dass die Substanz umkippt. Mein Vater weiß übrigens nichts davon, und ich möchte, dass das auch so bleibt.»

Bernhard kam ins Zimmer geschlichen, den Kopf gesenkt.

«Hose runter», befahl Jakob. «Und versuch möglichst locker zu stehen, sonst kann es wehtun.»

Bernhard hielt ganz still.

«Fertig», sagte Jakob. «Die Spritze kommt am besten gleich in den Ofen, denn wenn man mich mit ihr erwischt, sieht es duster für mich aus.»

«Wird sofort erledigt.» Johanna wickelte sie in ein Tuch.

«Kann sein, dass du Fieber bekommst», wandte er sich an Bernhard. «Oder gar Schüttelfrost. Vielleicht wird dir auch übel, aber das geht vorüber. Ist ein starkes Mittel mit starker Wirkung.»

«Und der Albtraum ist damit vorbei?», flüsterte Bernhard.

«Hoffen wir. Sie haben die Rezeptur jüngst verbessert, früher brauchte man mehrere Injektionen. Mal sehen, wie es bei dir anschlägt.»

«Danke, Jakob.» Bernhard streckte ihm die Hand entgegen, die Jakob ignorierte. «Das werden wir dir niemals vergessen.»

«Ja, tausend Dank», sagte auch Johanna. «Du warst unser Retter in der Not, Jakob!»

«Hab ich für dich und die Mädchen gemacht. Von Ehemännern, die sich in fremden Betten herumtreiben, halte ich persönlich gar nichts. Für mich ist die Ehe heilig. Denk daran, wenn du das nächste Mal in Versuchung gerätst, Bernhard.»

Jakob hatte nicht einmal den Hut abgelegt, so schnell war er wieder draußen.

«Onkel Jakob wollte gar nicht zum Essen bleiben», beschwerte sich Klara. «Ich muss zu Lea und unserem Söhnchen, hat er gesagt. Und weg war er.»

Wir besuchen die drei bald wieder in Wittlich, hätte Johanna jetzt normalerweise geantwortet, waren sie doch alle paar Wochen dort zu Kaffee und Kuchen, ein Ausflug, den die Mädchen liebten, zumal seit es ein Kleinkind gab, mit dem sie spielen konnten. Ihre größte Freude war es, den kleinen David im Kinderwagen zur Eisdiele zu schieben, sich jeweils ein Eis zu holen, dann ging es wieder zurück.

Heute aber sagte Johanna nichts. Sicherer war es, die Mädchen bekamen so wenig wie möglich von der fiebrigen Aufregung im Hause Nußbaum mit. Ohnehin musste Jakob wahrscheinlich mit neuerlichen Schikanen von Georg rechnen, sobald bekannt wurde, dass Martha und Paul geflohen waren ...

Sie warf die Spritze ins Feuer. Danach deckte sie den Tisch für das Abendbrot, eine willkommene Unterbrechung ihrer endlosen Gedankenschleifen.

Bernhard fühlte sich tatsächlich nicht gut, aber er war so erleichtert, dass er unbedingt bei der Familie sitzen wollte. Johanna hatte frischen Ziegenkäse gemacht, zu dem es Pellkartoffeln und Butter gab. Klara erzählte von der Schule, Mia lauschte andächtig, weil sie bald in die Fußstapfen der großen Schwester treten würde und alles aufsog, was diese erzählte. Da klopfte es energisch an der Haustür.

Johanna ging aufmachen. Vor ihr stand Forstaufseher Albrecht Schlötter.

«Ich störe nur ungern», sagte er und stapfte breitbeinig in die Stube. «Aber Sie werden sich wohl nach einem neuen Pedell umsehen müssen, Wimscheid. Den Auler haben sie nämlich einkassiert. Unzucht im Trierer Palastgarten, da kennen die jetzt kein Pardon mehr. Unter Umständen stecken sie ihn gleich in Schutzhaft ins KZ. Und das ist ja eigentlich auch ganz in Ordnung, wenn solche Perverse aus dem Verkehr gezogen werden.» Er warf Bernhard einen seltsamen Blick zu und tippte an seine Schirmmütze. «Guten Abend dann noch.»

*

Ein dumpfer Knall, der Johanna aufschreckte. Es kam ihr so vor, als hätte sie nur ein paar Minuten geschlafen, doch der kleine Zeiger ihrer Uhr stand auf drei.

Wolfsstunde.

Was war passiert?

Sie stand auf, lief aus dem Zimmer, die steile Treppe nach oben zu den Mädchen.

Friedlich schlummernd lagen sie in ihren Betten, neben Klara Fido, Beau zu Mias Füßen, eingekringelt zu einer getigerten Brezel.

Die Treppe wieder runter, sie öffnete die Tür zu Bernhards Zimmer. Das Bett war unberührt.

Eine schreckliche Ahnung überkam Johanna. Sie hätte ihn nicht allein lassen dürfen, Jakob hatte vor den Nebenwirkungen des Medikaments gewarnt, und dann noch Schlötters niederschmetternde Nachrichten ...

Sie machte sich Vorwürfe, dass sie sich nicht um ihn gekümmert hatte. Aber er hatte jeden Zuspruch abgewehrt, hatte sich nicht zu ihr setzen wollen, damit sie darüber reden konnten.

«Bernhard», rief sie ihn, leise nur, damit die Mädchen nicht wach wurden. «Bernhard, bist du in der Stube?»

Alles blieb still. Unter der Küchentür drang ein zarter Lichtschein hindurch, von einer einzelnen Kerze vielleicht. Das sah ihm gar nicht ähnlich: bei Kerzenschein am Tisch sitzen.

Mittlerweile schlug Johanna das Herz bis zum Hals.

Die Küchentür klemmte. Sie musste sich dagegenstemmen, damit sie aufging.

Bernhards Stock flog zur Seite – da sah sie ihn.

Er lag auf dem Rücken, die Augen weit geöffnet.

Mit zittrigen Fingern machte Johanna Licht. Dann kniete sie sich neben ihn. Blut und helles Sekret waren aus Nase und Ohren gelaufen. Sein Gesicht erschien ihr merkwürdig verrutscht. Um seinen Kopf hatte sich eine Blutlache gebildet.

«Bernhard», sagte sie weinend. «Bernhard, kannst du mich hören?»

Keine Antwort, aber so wie er aussah, rechnete sie auch mit keiner.

Ein Schlaganfall, der ihn wegen der ganzen Aufregung niedergestreckt hatte? Oder er war wieder ohnmächtig geworden und mit dem Hinterkopf ungebremst auf dem harten Steinboden aufgeschlagen.

Johanna legte die Hand an seinen Hals.

Da war nichts mehr, kein Puls, kein Atem. Er war schon weit weg.

«Bernhard», sagte sie leise. «Gute Reise, mein lieber Gefährte. Jetzt reitest du endlich wieder als Old Shatterhand ...»

13
ALTENBURG/KÖLN/WITTLICH
1937–1938

Fotografien von Bernhard waren eine Rarität, weil er wegen seines verhassten Hinkebeins, wie er es genannt hatte, Kameras nach Möglichkeit gemieden hatte. Die wenigen, die es gab, hatte Christoph vor sieben Jahren nach der Trauung auf dem Standesamt geschossen: Da stand der frischgebackene Ehemann in seinem neuen grauen Anzug zwischen Klara und Mia, die sich von beiden Seiten mit strahlenden Gesichtern an ihn schmiegten. Entspannt und glücklich sah er aus, besonders auf jenem Foto, wo er seinen Hut abgenommen hatte und ihn fast schon übermütig schwenkte. Johanna hatte den Abzug mit einem Bilderrahmen versehen und in der Stube aufgehängt, so konnte Bernhard immer bei ihnen sein, auch wenn er nun schon seit einem guten halben Jahr nicht mehr am Leben war.

Sein Grab lag auf dem Friedhof von Heckenmünster, neben den Grabstätten von Lisbeth und Marc, und sie besuchten es oft. Bernhards Tod hatte ein tiefes Loch gerissen; Klara und Mia vermissten ihren Papa schmerzlich. Besonders die Jüngere, die noch ein Jahr lang die Schule in Altenburg besuchte, bevor sie wie ihre Schwester zur Handelsschule nach Wittlich wechseln sollte, beschwor nahezu täglich Erinnerungen an ihn herauf, indem sie sagte: Weißt du noch, wie der Papa ... Und dann berichtete sie, dass er ihr bis in die Nacht hinein Gruselgeschichten erzählt hatte, als Johanna einmal in Köln war, oder dass er ihr mit Eselsbrücken beim Geschichte-Büffeln geholfen hatte. Neun, sechs, zwo, der Kaiser hieß Otto. Vier, sieben, sechs, Rom war ex. Auch Johanna, die ihr Trauerschwarz erst vor wenigen Wochen abgelegt hatte, fehlte er. Seinen Groll der letzten Zeit hatte sie ihm längst vergeben, weil sie wusste, wie hart Bernhard mit seinem nicht gelebten Leben gehadert hatte. Er war an einem Herzinfarkt gestorben, an gebrochenem Herzen nannte sie es bei sich. Erst war Karl ihm entglitten, dann erkrankt und schließlich verhaftet worden. Das hatte Bernhard nicht ertragen. Über Schlötter hatte Johanna inzwischen erfahren, dass Karl tatsächlich in jenem neuen KZ bei Berlin interniert war.

Es tat ihr gut, zu sehen, dass Altenburg um ihren Gefährten trauerte. Spätestens jetzt merkten die Dorfbewohner, was sie an diesem bescheidenen Mann gehabt hatten, der ganze Jahrgänge ihrer Kinder gewissenhaft und vielseitig unterwiesen hatte. Ernst Hornberg, Bernhards Nachfolger im Lehrerhaus, war Ende vierzig, untersetzt und zumeist kurz angebunden, ganz offensichtlich aufgebracht, dass man ihn in dieses abgelegene Dorf verbannt hatte. Seinen Unmut ließ er bevorzugt an den Schülern aus. Wer nicht spurte oder etwas nicht auf Anhieb verstand, wurde angeranzt und bekam im Wiederholungsfall die harte Kante des Lineals auf die Finger gedroschen. Die Kleinen hatten richtig Angst vor ihm, aber auch die Größeren mussten nun erst einmal lernen, dass statt Fragen und Erklären Gehorsam angesagt war. Es verging kein Tag, an dem nicht ein Kind in der Ecke gestanden hätte, weil es seiner Ansicht nach den Unterricht gestört hatte; Nachsitzen gehörte ebenfalls zu Hornbergs bevorzugten Strafen, äußerst hinderlich für Landkinder, die nach der Schule auf dem Hof mithelfen mussten. Sein Parteiabzeichen trug er am Revers, war ein großer Bewunderer von Dr. Joseph Goebbels. Die nationalsozialistische Rassenlehre nahm er bis aufs Komma genau: Blonde Kinder hatten es bei ihm leichter. Mia, die Christophs dicke, braune Haare geerbt hatte, war ihm trotz ihres Fleißes ein Dorn im Auge.

«Du bist undeutsch, Maria», hatte er sie schon mehrmals streng gerügt. «Nicht nur vom Aussehen her, sondern auch, was deinen Charakter betrifft. Dieses Laute, Exaltierte, das du häufig an den Tag legst, passt nicht zu echten Ariern. Wir sind ruhig, stark und treu – das ist der wahre deutsche Wesenskern.»

Wesentlich besser schien ihm ihre Schwester Klara zu gefallen, die langbeinige Fünfzehnjährige mit dem blonden Pferdeschwanz, vor allem, wenn sie in der BDM-Kluft mit weißer Bluse, blauem Rock, brauner Jacke und Lederkrawatte nachmittags von einer BDM-Versammlung nach Hause kam. Manchmal stierte er sie dann derart an, dass Klara so schnell wie möglich ins Haus lief. Im Garten entspannt zu lesen, wie sie es früher gern an warmen Tagen getan hatte, ließ sie nun bleiben, weil Hornberg ständig über den Zaun glotzte. Klara wartete eine Weile, ehe sie sich ihrer Mutter anvertraute, weil sie wusste, dass diese andere Sorgen hatte, tat es schließlich aber doch.

«Du sagst mir sofort, wenn er dich bedrängen sollte», sagte Johanna, der das gierige Gaffen des neuen Lehrers schon aufgefallen war. «Dann knöpfe ich ihn mir persönlich vor.»

Bernhards Tod im vergangenen Herbst hatte die Freude über die geglückte Flucht von Martha und Paul nach Amsterdam überschattet. Das Ehepaar Nußbaum war nach einem tränenreichen Abschied von Lea, Jakob und dem kleinen David frühmorgens aus dem Haus gegangen. Paul als Erster, in Anzug und Trenchcoat, Martha im Kostüm und mit Handtasche, eine halbe Stunde später, weil sie sich kaum von dem vierjährigen Enkel trennen konnte, den sie möglicherweise niemals wiedersehen würden. Beide nahmen den ersten Zug nach Trier, wo Heinrich sie in Bahnhofsnähe einlud, Greta auf dem Beifahrersitz. Er fuhr nicht seinen auffälligen beige-schwarzen BMW, sondern einen schlichteren dunkelgrünen Dixi aus dem Fuhrpark der Fuchs-Fabrik.

Die fast sechsstündige Fahrt nach Westfalen verlief ohne Zwischenfälle; Greta hatte Reiseproviant eingepackt, von dem aber kaum jemand etwas aß, so aufgeregt waren sie alle. Im Kofferraum befanden sich zwei Reisetaschen, eben das, was man für ein paar Tage Urlaub brauchte.

Und vier Stangen Ponte-Zigaretten.

Als sie den Grenzübergang Gronau erreicht hatten, war Martha so nervös, dass sie sich übergeben musste. Der Wageninnenraum bekam nicht viel ab, aber es stank dennoch penetrant nach Erbrochenem, was die Zollbeamten zurückweichen ließ. Greta, die Johanna die Szene später bei einem Kurzbesuch in Altenburg anschaulich schilderte, konnte sich ein Grinsen nicht verkneifen.

«Der Zeitpunkt war perfekt. Das mit der älteren Tante, die das Autofahren nicht verträgt, haben sie uns sofort abgekauft», sagte sie. «Die Pässe wurden kurz kontrolliert und wieder zurückgegeben, den Kofferraum mussten wir öffnen – dann kam mein Part. Mit Unschuldsmiene hab ich ihnen die Zigarettenstangen übergeben, angeblich, um auf der holländischen Seite bloß keinen Ärger zu bekommen. Du hättest sehen sollen, wie schnell die damit verschwunden waren.»

«Und die Holländer?»

«Da gab's auch keine Schwierigkeiten. Was war ich froh, als wir die Grenze passiert hatten! Henry ist gleich bis Amsterdam durchgefahren, dort hat Luuk van Halen die beiden im Empfang genommen, und wir haben am nächsten Morgen wieder den Heimweg nach Trier angetreten.»

Die Probleme begannen erst danach.

Die niederländischen Behörden, keineswegs erpicht auf jüdische Flüchtlinge aus Deutschland, die von Monat zu Monat immer zahlreicher kamen, verlangten für den Aufenthalt im Land Unterlagen wie ein polizeiliches Führungszeugnis und Vermögensnachweise, damit kein Ausländer dem niederländischen Staat auf der Tasche lag. Ersteres hatte Paul beizeiten besorgt, Letzteres konnte er so schnell nicht beibringen, denn offiziell gehörte ihm in Deutschland nichts mehr. Erst nach und nach würden die Mieteinnahmen über Cees van Halen unter der Hand ins Land kommen, ebenso wie der Ertrag aus dem Wohnungsverkauf.

Nach reichlich amtlichem Hin und Her ließ man das ältere Ehepaar aus Deutschland von niederländischer Seite aus in Ruhe – vorerst. Sie schienen zurechtzukommen, fielen nicht weiter auf und beanspruchten keinerlei Unterstützung.

Wie lange das allerdings so bleiben würde, wusste keiner.

Härter traf es ihren Sohn Jakob.

Georg, inzwischen Beamter bei der Sicherheitspolizei, Abteilung Gestapo, ließ seinen Cousin verhaften, nachdem dessen Eltern aus Wittlich verschwunden waren. Trotz endloser Verhöre weigerte sich Jakob, deren aktuellen Aufenthaltsort preiszugeben. Georg drohte, auch Lea einzusperren und ihnen David wegzunehmen, Jakob jedoch blieb standhaft. Er wusste, dass sein Einreiseantrag nach Palästina kurz vor der Bewilligung stand, weil Heinrich die von den Briten dafür geforderten tausend Pfund bezahlt hatte.

Georg schäumte vor Wut, fuhr mit zwei weiteren Sicherheitspolizisten nach Trier zu Heinrich in die Fabrik und stürmte dort in das ehemalige Büro ihres Vaters.

Heinrich schilderte die Szene Johanna ein paar Wochen später.

«Ich habe mich meinem lieben Bruder als überzeugter Nationalsozialist präsentiert, den die Schande dieses jüdischen Familienzweigs seit Langem bedrückt hat. Nur durch die finanziellen Mittel unserer Familien, beziehungsweise Marthas stattlicher Mitgift, sei Paul

Nußbaum überhaupt in der Lage gewesen, die beiden Wohnungen zu erwerben, so mein Argument. Angesichts der politischen Lage jedoch hätte ich mich entschlossen, sie durch Kauf zu arisieren. Dann habe ich Georg direkt ins Gewissen geredet: ‹Wollen wir diesen Jakob nicht aus unserem Fleisch schneiden, der durch die Heirat mit einer Jüdin bewiesen hat, wie unbelehrbar er ist? In jenem staubigen Nirgendwo am Mittelmeer sind sie doch unter ihresgleichen besser aufgehoben als in unserem starken, neuen Deutschland ...›»

«Und er hat dir geglaubt?», fragte Johanna.

«Nein, aber ins Grübeln ist er vielleicht doch gekommen. ‹Zahlen werden sie›, hat er gebrüllt. ‹Die Reichsfluchtsteuer, und zwar bis zum allerletzten Pfennig. Und dir schauen wir auf die Finger – *Bruder*! Verlass dich drauf!›»

Georg und seine Kollegen waren also wieder abgezogen.

Jakob jedoch blieb weiterhin in Untersuchungshaft. Zwischendrin war Lea so verzweifelt, dass sie aufgeben und alles abblasen wollte, doch Johanna, zu der sie sich für ein paar Tage mit dem kleinen David geflüchtet hatte, richtete sie wieder auf.

«Deine Eltern haben doch ebenfalls Visumsanträge gestellt und beste Aussichten, angenommen zu werden, weil dein Vater gelernter Schuhmacher ist. Denk daran, wie ihr bald alle in Palästina zusammen sein könnt! Du musst jetzt die Ruhe bewahren und durchhalten, Lea.»

«Durchhalten? Leichter gesagt als getan.» Leas dunkle Augen standen voller Tränen. «Ich bin wieder schwanger, Johanna. All die Jahre haben wir aufgepasst, weil die Familie erst größer werden sollte, nachdem wir in Sicherheit sind, nun aber ist es doch passiert. Wenn wir nicht bald ausreisen können, wird unser Kind womöglich auf einem überfüllten Schiff geboren – oder im Gefängnis ...»

«Die Kinder bestimmen, wann sie kommen, so war es bei meiner Mutter, bei mir, bei Eva, bei so vielen Frauen. Aber sie sind es auch, die uns dann die Kraft zum Weiterleben geben.»

Gestärkt durch ihre Unterstützung, kehrte Lea mit dem Kleinen nach Wittlich zurück, obwohl Klara und Mia zu gern gehabt hätten, dass sie bei ihnen wohnen blieben, und sogar anboten, ihr Kinderzimmer mit dem kleinen David zu teilen.

Johanna, die sich nach diesen schwierigen Gesprächen wie ausgewrungen fühlte, suchte Erholung bei langen Waldspaziergängen. Niemals war das Grün um sie herum so licht und duftig wie im Frühsommer, und während sie jenseits des Münsterpfads über den dicken, federnden Moosteppich ging, fühlte sie sich eins mit allem um sich herum. Sonnenlicht flutete durch die Baumkronen, umspann sie wie mit goldenen Fäden.

Waldwesen.

Der Titel war plötzlich da, als hätte er schon lange in ihr geschlummert. Sie würde wieder mit Holz und Ton arbeiten wie bisher, aber weitere Materialien integrieren: Blätter, Moos, Wurzeln, Farne. Keine Schmerzensgesichter mehr, eingefangen in Schrei oder Klage, sondern magische Gestalten, angesiedelt in der Zwischenwelt von Fantasie und Traum ...

Cees reagierte begeistert, als sie ihm bei ihrem nächsten Köln-Besuch davon berichtete, und vertiefte sich in Johannas erste Skizzen, auch wenn er wusste, dass solche Arbeiten derzeit wohl kaum Abnehmer finden würden. Er wirkte aufgekratzt und übermüdet zugleich; bekam seit Längerem viel zu wenig Schlaf, wie er fiebrig berichtete, weil momentan im Geheimen der größte Coup aller Zeiten geplant werde.

«Ich bin erst zwei Tage aus München zurück. *Entartete Kunst*, so heißt die Propaganda-Ausstellung, die die Nationalsozialisten dort in den Hofgartenarkaden eröffnet haben. Erdacht zur Schmähung der Moderne, deshalb auch durchsetzt von Fotografien schwachsinniger Patienten, die Ekel und Abscheu erregen sollen, und von diffamierenden Sprüchen und bösartigen Karikaturen. Viel zu eng gehängt sind die Werke, etliche aus den Rahmen gerissen, samt und sonders gestohlen aus deutschen Museen und Galerien – doch welch unglaubliche Schätze präsentieren sich da: Max Beckmann, Ernst Ludwig Kirchner, Max Ernst, Otto Dix, Wassily Kandinsky, Oskar Kokoschka, George Grosz!»

Er hatte sich in Rage geredet. Sein Gesicht glühte, die Augen funkelten.

«Und nur ein paar Meter weiter im neu erbauten Haus der Kunst *Die Erste Große Kunstausstellung*: tumbe, glanzlose Barbarenmalerei im Geist des Nationalsozialismus, ohne Tiefe und Esprit, dafür aber Schamhaar für Schamhaar penibel abgepinselt – ein Brechmittel!»

«Wie aufregend», sagte Johanna. «Auch wenn der Anlass furchtbar ist. So viele berühmte Namen, vereint in einer einzigen Ausstellung. Das hätte ich gern mit eigenen Augen gesehen.»

«Kannst du vielleicht sogar. Sie wollen die Ausstellung in mehreren Städten zeigen, möglicherweise auch in Köln. Und danach? In die einstigen Museen kehren diese Werke nicht zurück, das ist gewiss. Sie kommen auf den Markt, werden gehandelt, ja geradezu gejagt, allen voran von Hermann Göring, der seine Häscher auf sie angesetzt hat.»

«Weil er sie verbrennen lassen will wie 1933 die verbotenen Bücher?», fragte Johanna erschrocken.

«Keineswegs! Die kommen wahrscheinlich in Safes und Verstecke. Ich bin mir sicher, der dicke Göring ergötzt sich heimlich daran, während er öffentlich dagegen vorgeht. Aber er wird nicht alles kriegen! Ein paar clevere Kollegen und ich bieten nämlich dagegen. Diese Kunstschätze müssen unbedingt vor den Nazis gerettet und ins Ausland gebracht werden. Ich bin glücklich über diese neue Aufgabe, auch wenn sie mich an meine Grenzen bringt ...»

«Der größte Coup aller Zeiten! Und du bist daran beteiligt. Ich bin stolz auf meinen Galeristen», sagte sie. «Und ich liebe dich für deine Leidenschaft.»

Sein Blick umfasste sie liebevoll.

«Was bin ich froh, dass du kein Schwarz mehr trägst, Liebste! War nicht ganz einfach für mich, dich als Bernhards Witwe zu sehen.»

«Aber das bin ich in gewisser Weise, Cees! Für die Mädchen, die sehr an ihrem Papa gehangen haben. Und für das Dorf ohnehin. Schlimm genug, dass sich der Grund für Karls Festnahme in ganz Altenburg herumgesprochen hat, wofür Forstaufseher Schlötter gesorgt hat: Ein widerlicher Sodomit – so hat es der Pfarrer in Heckenmünster mit Donnerstimme von der Kanzel verkündet. Karls Namen brauchte er dabei gar nicht zu nennen, ohnehin wusste jeder, wer gemeint war. Armer Karl – in einem dieser Schreckenslager interniert! Ich darf ihm nicht einmal schreiben, weil ich ja keine Angehörige bin. Vor unserer Haustür hat der Klatsch bisher zum Glück haltgemacht, dafür bin ich um der Kinder willen sehr dankbar. In einem kleinen Dorf ist man schnell unten durch. Früher war mir das gleichgültig, aber meine Töchter sollen in Altenburg nicht zu Aussätzigen werden ...»

«Und du willst trotzdem weiterhin dort leben?», fragte Cees. «Beäugt bei jedem Schritt, den du tust?»

«Ich liebe mein Haus, meine Tiere, den Wald. Ich liebe die Herbstnebel und das winterliche Eis auf dem kleinen Weiher. Ich liebe die ersten Frühlingsblüher und das Aufplatzen der Knospen an den Obstbäumen. Ich liebe den frischen Heuduft in der Scheune und die magischen Nächte, wenn meine Fähe zu Besuch kommt ...»

«Stopp!», sagte er lachend und zog sie in die Arme. «Du musst gar nicht weiterreden, ich habe verstanden: Meine Johanna und ihr Altenburg sind unzertrennlich.»

«Ja», sagte sie und schmiegte sich in seine warme Nähe. «Und trotzdem gehe ich dort manchmal vor Sehnsucht nach dir fast zugrunde ...»

«Mir geht es ganz genauso. Deswegen habe ich Anouk nun doch um die Scheidung gebeten. Wenn sie mich je geliebt hat, habe ich sie beschworen, kann sie doch nicht wollen, dass ich ihretwegen leide.»

«Das hast du für mich getan?»

«Viel Hoffnung hab ich nicht, aber ich musste es versuchen. Ich liebe dich nämlich, Johanna.»

Seine Lippen fanden ihren Mund. Sie küssten sich lange, dann schloss er die Galerie ab, und sie gingen umschlungen nach oben in die Wohnung.

«Siesta nennen das die Spanier», sagte er, während er Johanna von den störenden Kleidungsschichten befreite. «Nichts geht über Liebe am Nachmittag.»

*

Als es Herbst wurde, hatten Jakob, inzwischen nicht mehr inhaftiert, Lea und David es geschafft, Deutschland zu verlassen. Von Leas Eltern, Salomon und Rosa Wolff, die einige Wochen vor ihnen aufgebrochen waren, kam die Nachricht, dass sie Jaffa sicher erreicht hatten. In Marseille bestieg die kleine Familie nach einer schier endlosen Zugfahrt das Schiff, das sie nach Palästina bringen sollte, einen recht betagten griechischen Dampfer, heillos überfüllt. Allerdings waren sie wegen der sogenannten Reichsfluchtsteuer inzwischen beinahe mittellos und froh, überhaupt an Bord zu sein.

Wenn alle Stricke reißen, muss mein Schwiegervater mich in Eretz Israel eben als Schuster anlernen, hatte Jakob Johanna kurz vor der Einschiffung geschrieben. Es schien ihm trotz allem gut zu gehen, denn sein lakonischer Tonfall erinnerte fast an seine Schwester Sophie. *Und wenn sich dann einer aus Versehen auf die Finger klopft und blutet, kehre ich blitzschnell den Arzt heraus. Dann merken sie, was ich wirklich auf dem Kasten habe.*

Danke noch einmal für alles, auch für das, was ihr für die Eltern tut. Ihr seid eine wunderbare Familie!

Auch von Sophie aus Luxemburg kamen gute Nachrichten.

Hab mich hier inzwischen eingelebt, schrieb sie. *Französisch kann ich plappern wie geschmiert, mit Luxemburgisch tue ich mich noch schwer, aber Max lässt nicht locker. Gestern musste ich die ganze Seite eins der Zeitung für ihn übersetzen. Nur schlimme Nachrichten aus Deutschland, die Todesanzeigen wären erfreulicher gewesen. Wir verbringen viel Zeit miteinander, so viel Zeit, dass die Leute zu reden beginnen. Aber tun sie das nicht immer – irgendwie? Ich hab keine Lust, Hals über Kopf in die nächste Liebesgeschichte zu stolpern. Dieses Mal lasse ich mir Zeit, das hab ich mir geschworen. Ein bisschen viel Zeit vielleicht für Max' Geschmack. Er scheint mich wirklich sehr zu mögen. Und deshalb wird er warten, da bin ich mir sicher ...*

Verhaltener klangen die Briefe aus Amsterdam.

Dass unsere Kinder raus aus Deutschland sind, macht uns glücklich, schrieb Martha. *Ich mag diese schöne Stadt mit ihren vielen Grachten und komme auch mit den Leuten hier gut zurecht. Niederländisch ist gar nicht so schwer, wenn man sich ein bisschen Mühe gibt, und wenn ich beim Einkaufen ein Wort nicht weiß, dann zeige ich eben mit dem Finger darauf. Wir müssen sehr sparen, weil das mit dem Geldtransferieren komplizierter ist als gedacht. Aber jetzt will ja Dein Cees bald nach Amsterdam kommen, danach wird es vielleicht einfacher ... Mir ist gar nicht recht, dass er so viel wegen uns riskiert, aber er ließ sich einfach nicht davon abhalten, nachdem er uns gestanden hatte, dass ihr ein Paar seid. Johannas Familie ist auch meine Familie, hat er geschrieben, da musste ich erst einmal weinen. Du hast einen echten Goldschatz an Deiner Seite, Johanna! Nur mein Paul macht mir Sorgen, er ist bedrückt und in sich gekehrt, will manchmal morgens kaum aus dem Bett und nicht unter die Leute, aus Angst, als Deutscher aufzufallen und neue Schwierigkeiten mit den Behörden zu bekommen. Dabei wimmelt es hier nur so von Nationalitäten, auch zahlreiche Asiaten leben in Amsterdam, und ich habe so viele unterschiedliche Hautfarben noch nie zuvor gesehen. Alle sind sie schön, jede auf ganz eigene Art, das wäre mal die richtige Lektion für solch verbohrte Nazis wie unseren Georg! Neulich hab ich schlecht von ihm geträumt, da stand er vor dem Warenlager, in dem wir jetzt untergebracht sind, und hat einen brennenden Ast hineingeworfen – alles ging in Flammen auf! Ein wildes Feuermeer … Ich hoffe, der Traum war weder Warnung noch Prophezeiung, sondern einfach nur das Resultat der üppigen indonesischen Reistafel, zu der Luuk uns eingeladen hatte, weil wir in seinen Augen viel zu dünn geworden sind. Grotjes, wie man hier sagt, Grüße von Tante Martha und Onkel Paul …*

Johanna kannte ihre Tante und wusste, dass Martha nie klagen würde, auch wenn die Dinge noch so schlecht standen. Viel zu dünn konnte heißen, sie mussten hungern, weil sie nicht genügend Geld für Lebensmittel hatten. Auch die Nachricht, dass Menschenfreund Paul sich beobachtet und überwacht fühlte und sich in sich zurückzog, gefiel Johanna gar nicht.

Wie sie wohl selbst in einem neuen Land mit einer fremden Sprache zurechtkommen würde? Cees hatte bislang noch nie davon gesprochen, in seine Heimat zurückzukehren – was aber, wenn das eines Tages doch anstand?

Was würde sie dann tun?

Die Vorstellung, ihn zu verlieren, trieb Johanna Tränen in die Augen. Mit Leib und Seele hing sie an ihrem Haus Nummer achtzehn und allem, was dazugehörte, aber an Cees hing sie auch. Seine Liebe versah ihr Leben mit einem Glanz, den sie nicht missen wollte. Was würde im Ernstfall mehr wiegen: ihr Eifelglück oder Cees?

Johanna konnte nur hoffen, niemals eine solche Entscheidung treffen zu müssen ...

*

Der Wind hat mir ein Lied erzählt, raunte Zarah Leanders dramatischer Alt aus dem Volksempfänger.

«Hoffentlich bringen sie bald was Flotteres», maulte Klara. «Ist ja schließlich Silvester und keine Begräbnisfeier! Ich mag die Lilian Harvey und den Willy Fritsch viel lieber, die sind so ein schönes Liebespaar ...»

«Du immer mit deiner blöden Liebe!», gab Mia zurück, die die schwedische Schauspielerin liebte. «Dabei sind die in echt gar nicht zusammen ...»

«Weiß ich doch ... und jetzt Ruhe! Den Albers mag ich auch ... *Auf der Reeperbahn nachts um halb eins* – da möchte ich auch mal hin, Mama!»

«Und ich wär gern die Kaiserin von China! Habt ihr mal auf die Uhr geschaut? Mitternacht ist längst vorbei. Wir schreiben seit über einer Stunde das Jahr 1938, und ihr gehört langsam ins Bett. Wir gehen jetzt rüber zu uns – und dann wird geschlafen!»

«Lass sie doch noch ein Weilchen auf sein», bat Kätt, die zusammen mit Gritt und Lika Schnittchen hergerichtet und eine Bowle angesetzt hatte, von der die Mädchen zum ersten Mal hatten nippen dürfen. Dazu hatte es zuckerbestreute und glasierte süße Brezeln gegeben, von denen allerdings nicht mehr viel übrig war. «Ich denke gerade an Anton. Nicht einmal zum Jahreswechsel hat er Ausgang bekommen. Jetzt hockt er mit seinen Kameraden in der Trierer Hornkaserne und bläst bestimmt Trübsal.»

Den fröhlichen jungen Buchhändler von früher erkannte man kaum wieder, wenn er ab und zu in Uniform nach Hause durfte: Blass und traurig saß er dann herum, gab nur knappe Antworten, schien mit sich und dem Leben zu hadern. Er hasste den Drill, das Marschieren, den Fraß, vor allem aber hasste er das Schießen. Längst hatte ihn der Spieß auf dem Kieker, schikanierte Anton nach Kräften und machte ihn vor den Kameraden herunter.

«Und wenn er mich noch zehn Mal mit der Zahnbürste die Latrine putzen lässt – ein guter Soldat wird aus mir trotzdem nicht», hatte Anton verbissen gemurmelt, als er wieder zurück in die Kaserne musste.

Bald würden die neuen großen Kasernenbauten in Wittlich fertig sein, wohin sein Bataillon anschließend verlegt würde, dann war er wenigstens für den Rest seines Wehrdienstes näher an zu Hause.

Auch Antons Schwester Gritt war schon den ganzen Abend über melancholisch. Josef Bender, sein Sohn

Paul und dessen Frau standen kurz vor der Ausreise nach Palästina und hatten ihr Kaufhaus inklusive aller Stoffe und Textilien verkauft, glücklicherweise an einen rechtschaffenen Mann, der ihnen das Geld direkt gegeben und nicht wie bei einer Arisierung üblich auf ein von den Nationalsozialisten kontrolliertes Sperrkonto überwiesen hatte. Er hieß Johannes Freckmann, war selbstredend kein Jude, wollte das Geschäft renovieren und danach neu eröffnen. Sie könne bleiben, das hatte er ihr und einer anderen Verkäuferin angeboten, aber wollte Gritt das wirklich?

«Das käme mir vor wie Verrat», sagte sie unglücklich. «Als ob ich meine Benders im Stich lassen beziehungsweise einfach auswechseln wollte. Andererseits kenne ich in diesem Kaufhaus jede Ecke und jeden Knopf. Dort bin ich jemand. Anderswo müsste ich wieder ganz von vorn anfangen.»

«Niemand nimmt es dir übel, wenn du bleibst», sagte Johanna. «Deine Lehrfamilie am allerwenigsten.»

«Aber wir können doch nicht die Augen verschließen und einfach so weitermachen wie bisher, als sei nichts geschehen, wenn jüdische Verwandte und Freunde weggehen», begehrte Gritt auf. «Denn freiwillig verlässt doch keiner sein Zuhause, weder deine Verwandten, die Nußbaums, noch Familie Wolff oder die Benders. Sie gehen, weil sie *müssen*, weil man sie diffamiert und bedroht hat – und kein Mensch weit und breit rebelliert dagegen. Dabei haben sie sich nichts zuschulden kommen lassen ...»

Sie wandte sich direkt an Johanna.

«Du hast mir beigebracht, dass man zu sich stehen

und seine Meinung sagen soll. Gilt das denn auf einmal nicht mehr?»

Jetzt kam es auf jedes Wort an, denn nicht nur Gritt erwartete eine ehrliche Antwort, sondern auch Klara und Mia sahen ihre Mutter erwartungsvoll an.

«Natürlich gilt das noch», erwiderte Johanna bedächtig. «Allerdings kommt es sehr darauf an, wo man das tut. Und bei wem. Sich offen gegen die Willkür des Staates zu äußern, in dem wir gegenwärtig leben, kann sehr gefährlich sein, Gritt, und weitreichende Konsequenzen haben. Inzwischen gibt es sogar eine eigene Polizeiabteilung, die Gestapo, die nach solchen ‹Abweichlern› fahndet. Mein Cousin Georg arbeitet dort, und ich kann euch nur vor ihm warnen. Sie fackeln nicht lange, sondern sperren Menschen, die aufbegehren, einfach weg – oder stellen noch Schlimmeres mit ihnen an. Für mich bist du wie meine dritte große Tochter, die ich sehr lieb habe. Bitte sei klug und begib dich nicht in Gefahr.»

Es wurde still im Zimmer. Alle schauten sich betroffen an.

«Irgendwann hört das auch wieder auf», sagte Lika leise, die den Abend über sehr ruhig gewesen war. «Irgendwann *muss* das wieder aufhören ...»

Noch immer sehr nachdenklich verabschiedeten sich Johanna und die Mädchen von ihren Gastgeberinnen, zogen die Mäntel an und gingen nach nebenan. Kein Mond stand am Himmel, aber es hatte kräftig geschneit, und das Weiß um sie herum erhellte die Dunkelheit. Unwillkürlich glitt Johannas Blick zum Garten – und da entdeckte sie sie im Schnee: frische Spuren, die sie eine ganze Weile nicht mehr gesehen hatte.

«Die Füchsin ist zurück», flüsterte sie. «Kommt mit – aber ganz leise sein!»

Auf Zehenspitzen gingen sie zum Gartentor, das sie behutsam öffnete.

Rena war gekommen, und sie war nicht allein. Bei ihr war eine zweite Füchsin, kleiner und dunkler, die wie sie aus der Blechschüssel mit Nüssen fraß, die Johanna unter den Kirschbaum gestellt hatte. Sie blickten kurz auf, als das menschliche Trio den Garten betrat, senkten dann aber sofort wieder die Köpfe und setzten ihr Mahl fort.

«Wie schön sie sind», flüsterte Klara.

«Und sie haben gar keine Angst vor uns», wisperte Mia atemlos.

«Weil sie spüren, dass sie hier sicher sind.» Das unangenehme Bild von Wellem, das kurz ihre Erinnerung streifte, verscheuchte Johanna rasch wieder. «Schaut sie euch ganz genau an: ihre Anmut, ihre Kraft, ihre Klugheit, das tragt auch ihr alles in euch. Ihr seid die Mädchen aus dem Haus der Füchsin, vergesst das niemals!»

Die Schüssel war leer.

Johanna streckte die Hand aus, und für einen Augenblick sah es aus, als wolle Rena auf sie zukommen, dann aber drehte sie sich um und lief davon.

Das Jungtier folgte ihr.

*

Im letzten Drittel des Schuljahres 1938 sanken Mias Noten plötzlich ab. Sie, die stets eine gute Schülerin gewesen war und vielen aus ihrem Jahrgang voraus, bekam plötzlich Vierer auf ihre Aufsätze, verpatzte mündliche Prüfungen und schnitt sogar in Lernfächern wie Erdkunde und Geschichte schlecht ab. Wie sollte sie sich mit diesem Zeugnis für die Handelsschule bewerben?

«Hochmut kommt vor dem Fall.» Hornbergs feistes Gesicht glänzte vor Selbstzufriedenheit. «Höhere Schulbildung ist eben nicht jedermanns Sache. Außerdem ist der Platz der nationalsozialistischen Frau ohnehin bei ihrer Familie. Die Ära dieser aufgedonnerten Bürofräulein ist vorbei. Du beendest die Schule nach der achten Klasse, Maria Wimscheid, und dann wartet das Pflichtjahr auf dich, so schickt sich das für Mädchen.»

Spätestens jetzt bereute sie, auf die Frage, welchen Beruf sie später ergreifen wolle, eine ehrliche Antwort gegeben zu haben. Anwaltsgehilfin wollte Mia werden, weil sie Tante Sophie, die Anwältin, zutiefst bewunderte. Aber Mia wäre nicht Mia, wenn sie sich mit Hornbergs Antwort zufriedengegeben hätte. Sie verstärkte ihre Anstrengungen, kam noch besser vorbereitet in die Schule, bemüht, keine Schnitzer zu machen – und dennoch blieben die Noten mau.

Irgendwann nahm sie ihren Mut zusammen und sprach Hornberg direkt an.

«Was muss ich tun, um mich zu verbessern?», fragte sie. «Ich will auf die Handelsschule – unbedingt! Meine große Schwester hat sie beinahe abgeschlossen ...»

«Klara, richtig?», unterbrach er sie. «Sechzehn muss sie inzwischen sein. Das beste Alter für ein junges Weib. Allerdings ist sie leider sehr unfreundlich.»

Weib? Wie redete er denn über Klara?

Mia wurde hellhörig.

«Wie meinen Sie das?», fragte sie.

«Nun, sie sieht weg, wenn man sie anredet, vollzieht den Deutschen Gruß oftmals schlampig, wirkt immer wie auf der Flucht. Ein bisschen mehr Entgegenkommen von ihrer Seite – und ich könnte bei deinen Leistungen unter Umständen ein Auge zudrücken ...»

Johanna, der Mia alles erzählte, ging noch am selben Abend zu Hornberg. Sie las Erstaunen in seinen Augen, als er ihr öffnete und sie, als sie sich nicht abwimmeln ließ, widerstrebend hereinbat.

Er führte sie in die Stube.

Das Lehrerhaus neben der Schule, zu Bernhards Zeiten mit den deckenhohen, prall gefüllten Bücherregalen trotz seiner Schlichtheit stets anheimelnd, wirkte nun kahl und heruntergekommen. Schmutziges Geschirr stand herum, halb volle Gläser, leere Konservendosen. Der Aschenbecher quoll über. Es stank nach Rauch, gelüftet worden war hier schon lange nicht mehr.

Eine weibliche Hand mochte hier durchaus fehlen. Aber es würde nicht die ihrer Tochter sein. Sollte er Magda Schneider aus Sehlem engagieren, die für den Grafen Kuchen buk, sie wäre sicherlich froh über ein Zubrot.

«Sie haben sich bei Mia nach Klara erkundigt», sagte sie ohne Umschweife, nachdem sie sich unaufgefordert an den Tisch gesetzt hatte. Ihr etwas anzubieten, hielt Hornberg offenbar nicht für nötig, und angesichts der trostlosen Unordnung ringsumher war sie sogar froh darüber. «Meine Tochter ist sechzehn und beendet gerade die Handelsschule. Ein Mädchen übrigens – bei Weitem noch kein *Weib*.»

Er erstarrte, wusste nicht gleich etwas zu erwidern, was sie freute.

«Gibt es sonst noch etwas, was Sie über Klara wissen wollen?», fuhr Johanna fort. «Dann heraus damit! Als ihre Mutter kenne ich mein Kind natürlich am allerbesten.»

Auf seiner hohen Stirn hatten sich winzige Schweißperlen gesammelt. «Maria muss da etwas missverstanden haben», sagte er belegt. «Ich wollte doch niemals ...» Er brach ab.

«Mia war von klein auf klug und besonders schnell im Begreifen», erwiderte Johanna eisig. «Umso verwunderlicher nun ihr aktueller Notenabfall. Liegt das vielleicht an Ihrem Unterricht? Fördern Sie die älteren Schülerinnen und Schüler zu wenig?»

«Ich muss doch sehr bitten!» Erregt stand er auf. «Mein Unterricht war und ist ohne Fehl und Tadel.»

«Möglicherweise gehen Ihnen während der Schulstunden andere Gedanken durch den Kopf?» Johanna ignorierte sein empörtes Kopfschütteln. «Klara ist übrigens eine geborene Fuchs, mein lieber verstorbener Mann Bernhard Wimscheid hat sie an Kindes statt angenommen.»

Sollte sie den Joker ausspielen? Das war nicht ungefährlich, aber wenn es um ihre Mädchen ging ...

Sie wagte es.

«Übrigens kein ganz unbekannter Name hier in der Region. Da wären zum einen die Tabakwerke Fuchs in Trier, die inzwischen mein Vetter» – sie hatte absichtlich das deutsche Wort benutzt – «Heinrich Fuchs erfolgreich leitet. Sein Bruder Georg Fuchs, mein anderer

Vetter, steht der Wittlicher Gestapo vor. Was für ein Mann! Ich kenne weit und breit keinen anderen, der das nationalsozialistische Gedankengut so fühlt und lebt wie er.»

«Georg Fuchs, natürlich ist mir der ein Begriff», murmelte er. «Ein äußerst geschätzter Parteifreund. Und ein Mann mit Einfluss. Ich wusste ja gar nicht, dass Sie beide ...»

«Jetzt wissen Sie es», sagte Johanna mit Nachdruck. «Ich gehe davon aus, dass Mias Notenkurve nun wieder eine erfreulichere Richtung nehmen wird. Sie strengt sich sehr an, das hat sie mir versprochen, jetzt, wo es ums Ganze geht. Sagt nicht auch unser Führer, dass Fleiß und Disziplin der deutschen Jugend belohnt gehören?»

*

Ein Volk – ein Reich – ein Führer: Am 12. März 1938 marschierte Hitler mit der Wehrmacht in Österreich ein. In Linz, seiner ersten Station, gab es keinerlei Widerstand, ebenso wenig in Wien, wo sich auf den Straßen spontane Jubelspaliere bildeten. Der Anschluss, wie man diese Operation später nannte, hatte sich reibungslos und ohne einen einzigen Schuss vollzogen. Am 15. März hielt er vom Balkon der Hofburg aus eine Rede, die nicht nur vom deutschen Rundfunk, sondern von vielen internationalen Sendern direkt übertragen wurde:

«Ich kann somit in dieser Stunde dem deutschen Volk die größte Vollzugsmeldung meines Lebens abstatten. Als Führer und Kanzler der deutschen Nation und des Reiches melde ich vor der deutschen Geschichte nunmehr den Eintritt meiner Heimat in das Deutsche Reich.»

Jubelnder Beifall auf dem Heldenplatz, wo über 200 000 begeisterte Zuhörer den Arm zum Hitlergruß reckten.

In Altenburg hatte Hornberg vor der Schule einen Mast aufstellen lassen und die Hakenkreuzfahne gehisst. In Wittlich waren alle offiziellen Gebäude beflaggt; es kam zu neuerlichen Ausschreitungen gegen jüdische Geschäfte. Gritt, heilfroh, dass Familie Bender inzwischen außer Landes war, hatte vorübergehend eine Stelle in einem Haushaltswarengeschäft angetreten, wenngleich ihr der Verkauf von handkurbelbetriebenen Waschmaschinen, mechanischen Butterfässern und Weck-Einmachgläsern viel weniger Spaß machte, als Damen und Herrn modisch einzukleiden. Klara, die die BDM-Nachmittage inzwischen als geistlosen Zwang empfand, berichtete zu Hause, dass einige ihrer Kameradinnen angesichts der bahnbrechenden Nachrichten vor Freude geweint hätten.

«‹Die Ostmark gehört nun endlich zum Altreich›», haben sie gesagt. «‹Bald ist Deutschland so stark, dass uns keiner mehr etwas anhaben kann.›»

Ganz andere Töne kamen aus Luxemburg, von wo aus Sophie einen flammenden Brief an Johanna geschickt hatte. Glücklicherweise war die Poststelle im Dorf nach wie vor in Likas Händen, die keine dummen Fragen stellte, warum auf einmal so viele Briefe aus dem Ausland kamen.

Die Schikanen gegen Juden gingen bereits los, bevor die deutschen Nationalsozialisten in Wien waren: Wohnungen wurden geplündert, Menschen verprügelt und eingesperrt, Juden zum Säubern der Bürgersteige mit bloßen Händen gezwungen. Erste Züge Richtung KZ Dachau rollen. Nazifizierung im Schnelldurchlauf: Wozu das Regime in Berlin fünf Jahre gebraucht hat, das haben sie in Wien binnen fünf Tagen erledigt. Max' Wiener Freund Fredi Silbermann hat sich als blinder Passagier bis zu uns nach Luxemburg durchgeschlagen. Sein Bericht hat uns fassungslos gemacht. Und noch fassungsloser macht uns, dass das Ausland dazu schweigt: England, Frankreich, USA – wo seid ihr? Ein Verstoß gegen den Versailler Vertrag, der zum Himmel stinkt – und ganz Europa sieht tatenlos zu! Was soll aus Luxemburg werden, Johanna, wenn Hitlers Appetit so weiterwächst, was aus den Niederlanden? Alles kleine Länder wie Österreich! Die Eltern habe ich mit einem Brief zu beruhigen versucht, so gut ich eben konnte, besonders überzeugend aber war ich wohl leider nicht. Jetzt beneide ich meinen Bruder Jakob, der mit Lea, David und der kleinen Lilly in Eretz Israel ein neues Leben begonnen hat, auch wenn er derzeit in Jaffa Orangenkisten schleppen muss. Noch etwas Wichtiges: Max will mich unbedingt heiraten, weil ich seiner Ansicht nach die luxemburgische Staatsangehörigkeit brauche. Und weil er mich liebt. Soll ich Ja sagen?

In der Palmwoche kam Cees nach Altenburg. Dem Dorf gegenüber zeigten Johanna und er sich noch immer als Galerist und Künstlerin. Demzufolge wohnte er auch nicht im Haus Nummer achtzehn, sondern hatte eines von Kätts neu renovierten Fremdenzimmern über dem *Eifelglück* bezogen. Dieses Mal blieb er jedoch länger als die üblichen zwei Tage und verbrachte viel Zeit mit Johanna und ihren Töchtern. Natürlich sprachen sie oft über Hitlers Annexion seines Heimatlandes. Auch die vierzehnjährige Mia war inzwischen groß genug, um mitzudiskutieren und gleichzeitig zu wissen, dass nichts davon nach außen dringen durfte. Ihre Noten hatten sich verbessert; einem Übertritt auf die Handelsschule in Wittlich nach Beendigung dieses Schuljahres stand nun nichts mehr im Wege.

Allerdings hatte Johannas abendlicher Auftritt bei Hornberg eine Wendung herbeigeführt, die nun Klara hart traf. Vor wenigen Wochen war das Pflichtjahr für Mädchen eingeführt worden, das sie zu einem Jahr Arbeit in Land- oder Hauswirtschaft zwang. Erst nach dieser Ableistung durften sie eine Lehrstelle antreten oder eingestellt werden. Aber das war nicht das Schlimmste.

«Ich darf erst eine Lehre antreten, nachdem ich für ein symbolisches Gehalt von zehn Reichsmark im Monat ein ganzes Jahr lang Kinder versorgt habe», sagte Klara, nachdem sie tränenüberströmt heimgekommen war. «Und weißt du auch, wessen Kinder? Georgs und Metas Sprösslinge: Arno, Astrid, Agnes, Alma, Adelheid und Axel. Das hat doch garantiert Hornberg eingefädelt, da könnte ich wetten. Er wollte dir etwas Gutes tun, Mama. Oder sich bei Georg einschmeicheln. Und ich muss das jetzt ausbaden ...»

Sie stapfte weinend in ihr Zimmer und ließ sich den

restlichen Abend über nicht blicken. Als Johanna ihr ein Käsebrot bringen wollte, schrie sie, sie solle weggehen.

Johanna verstand ihre Tochter nur zu gut. Die Vorstellung, Klara als billige Dienstmagd Tag für Tag ausgerechnet zu Georg und seiner Frau schicken zu müssen, war ihr zutiefst zuwider.

Doch was sollte sie dagegen machen?

Das Pflichtjahr war nun Gesetz, und es bei Verwandten abzuleisten, lag nahe. Mit sechs Kindern gehörte Meta zu jenen Müttern, die öffentlich zu loben der Führer nicht müde wurde. Es gab sogar Gerüchte, ein spezieller Orden sei in Vorbereitung für diese gebärfreudigen Frauen.

Johanna versuchte es trotzdem mit einem Einspruch, damit Klara in eine andere Familie kam – doch er wurde abgelehnt.

Wie wir von unseren Soldaten erwarten, dass sie sich nicht vor Aufgaben drücken und fürchten, so können wir auch von jedem anständigen Pflichtjahrmädel erwarten, dass es sich nicht vor der Arbeit drückt, die das Vaterland von ihm fordert, lautete die Antwort der Reichsarbeitskammer. *Im Kleinen für das Große – das gilt auch für Dich, Klara Wimscheid ...*

«Du gehst hin und stellst dich einfach so tollpatschig an, dass Meta bald genug von dir hat», riet Cees.

«Dann bekomme ich negative Einträge in mein Arbeitsbuch und kann vielleicht gar keine Lehre mehr antreten», erwiderte Klara unglücklich.

«Also eher die Politik der kleinen Schritte. Du gehst

hin, erledigst deine Arbeit, aber schaust genau, wo es im Haushalt hapert. Und genau da hakst du ein», schlug Johanna vor. «Meta ist garantiert mit allem rettungslos überfordert. Das war sie schon, als sie nur zwei Kinder hatte. Jetzt mit sechs – die Zustände werden katastrophal sein. Das schreibst du dann alles ausführlich in dein Arbeitsbuch. Sie will immer gut dastehen. Vor allen. Wenn du sie damit konfrontierst, lässt sie dich vielleicht gehen ...»

«Die Kinder sind schon ganz schön groß», sagte Klara. «Arno ist älter als ich, Astrid fast sechzehn, Agnes vierzehn, Alma zwölf, Adelheid acht und der kleine Axel zwei.»

«Alle mit A», sagte Mia. «Wie affig.»

Alle mussten lachen. Für einen Moment war die kleine Tischrunde wieder ganz vergnügt.

«Übermorgen ist Karsamstag», sagte Johanna. «Lasst uns erst einmal gemeinsam das Osterfeuer anzünden. Es heißt doch, es vertreibe das Dunkel und bringe das Licht zurück in die Welt. Vielleicht bekommen wir auch ein wenig Erleuchtung davon ab.»

Zum ersten Mal ging Cees mit ihr den Weg nach Heckenmünster, vor ihnen die anderen Dorfbewohner, hinter die sie sich absichtlich ein wenig zurückfallen ließen, um ungestört zu sein. Selbst die Mädchen waren mit Gritt, Lika und Kätt vorausgelaufen. Zum ersten Mal gingen sie öffentlich Hand in Hand. In dieser gemeinsam verbrachten Woche hatten sie gelernt, zu ihrer Liebe zu stehen.

«Ich hab dir dieser Tage ganz genau zugesehen», sagte

er. «Bei allem, was du getan hast. Als du mir im letzten Jahr deine Liebeserklärung an die Eifel unterbreitet hast, hast du mir nicht alles gesagt, Johanna.»

«Was meinst du damit?», fragte sie.

«Da war nicht die Rede davon, dass Ausmisten ganz schön stinken kann. Nicht davon, wie störrisch Ziegen sein können und wie sehr der Rücken wehtut, wenn man den ganzen Tag im Garten gearbeitet hat. Auch davon, dass man erst mühsam den Ofen anzünden muss, um warmes Wasser zu haben, war nicht die Rede, an ein Vollbad ist gar nicht zu denken ...»

«Das ist doch Alltagskram, nicht weiter wichtig.» Johanna blieb mitten auf dem Weg stehen.

«Alltagskram? Ganz und gar nicht. Erst das Schwere *und* das Leichte machen das Dasein doch rund. Jetzt, wo ich dich tagtäglich erlebt habe, begreife ich, wie tief deine Liebe zu diesem Fleckchen Erde ist – trotz allem.» Er hob beide Hände und zeigte lachend die Schwielen vor, die er sich beim Holzhacken zugezogen hatte.

«Man muss dieses Fleckchen Erde einfach lieben.» Sie waren wieder weitergegangen. «Meine Mutter hat es geliebt, und ich folge ihr darin. Diese Region war lange sehr arm. Preußisch-Sibirien, so wurde sie genannt, und das war alles andere als freundlich gemeint. Aber sie birgt viele Schätze, und der größte sind ihre Menschen: auf den ersten Blick wortkarg und eigen, doch wenn du genauer hinsiehst, entdeckst du Wahrhaftigkeit und eine Originalität, die ihresgleichen sucht.»

«So wie bei deiner Freundin Kätt?» Cees stolperte auf dem mondbeschienenen Weg über einen Stein und hatte Mühe sich zu fangen. «Ganz schön uneben.»

«So wie die Menschen hier, Kätt, aber auch die bescheidene Lika und die Hebamme Eva, Mias Mutter, die so früh sterben musste. Alle im Dorf haben das Eifler Naturell, jeder auf seine Weise. Nenn sie meinethalben spießig und engstirnig, doch sie sind mir tausendmal lieber als viele Städter, die nur schmeicheln und lügen. Hier packt das Leben dich am Schopf, und wenn du nicht mitgehst, dann überrollt es dich – so einfach ist das.»

«Viele Städter sehnen sich genau danach», sagte er. «Nach dem echten, einfachen Leben. Nicht umsonst hat das Buch deines Cousins so viele Auflagen.»

«*Eifelfrauen – Leben und Legenden*», sagte Johanna voller Stolz. «Siebte Auflage, in meinem Haus erdacht und begonnen, und sie drucken es schon wieder nach, wie er jüngst geschrieben hat. Ein Bestseller ohne einen Funken Nazi-Ideologie, das muss Christoph erst einmal jemand nachmachen!» Sie hielt kurz inne. «Du weißt, dass wir als Bruder und Schwester aufgewachsen sind?»

Cees nickte.

«Im Grunde empfinde ich noch immer so für ihn. Christoph ist und bleibt mein Bruder, und mit Heinrich ist es ganz ähnlich. Nur mit Georg war es immer schon anders. Manchmal glaube ich, weil ihm das Gutsein so schwerfiel, hat er sich eines Tages für das Böse entschieden ...»

Er zog sie in die Arme, umarmte sie fest. «Ich liebe dich, Johanna», sagte Cees. «Mit all deinen Schrunden und Blessuren, all deinen Macken und Eigenheiten. Du bist die Frau meines Lebens. Und wenn ich so könnte, wie ich wollte ...»

Sie befreite sich sanft. «Nicht wieder das», sagte sie. «Sonst werde ich nur traurig. Schau lieber, wie hell das Osterfeuer neben der Kirche schon lodert. Bald sind alle dunklen Dämonen vertrieben.»

Ein paar junge Burschen warfen gerade abgestorbene Stämme, Äste und trockene Kiefernzapfen hinein, die sie aus dem gräflichen Wald hatten holen dürfen. Pfarrer Staudt, der jetzt der doppelten Kirchengemeinde vorstand, entzündete daran die Osterkerze und trug sie in die dunkle Kirche.

«Das habt ihr Katholiken uns voraus», flüsterte Cees, während sie sich einen Platz in den Kirchenbänken suchten. «Der niederländische Protestantismus ist im Vergleich dazu dann doch ziemlich karg.»

«Warte nur, bis die Ministranten den Weihrauchkessel schwingen», flüsterte Johanna zurück. «Du wärst nicht der Erste, der dabei ohnmächtig wird.»

Noch schwieg die Orgel, doch aus der andächtigen Stille erhob sich eine einzelne Mädchenstimme. Klaras Stimme.

> *Christ ist erstanden!*
> *Halleluja!*
> *Tod ward zuschanden,*
> *Leben ist da.*
> *Der es ans Licht gebracht,*
> *drang aus des Grabes Nacht.*
> *Höret sein Name ist*
> *Jesus der Christ ...*

Es ging gar nicht so sehr um die Worte, die sie sang, es war die Art, *wie* sie sang – rein und voller Gefühl, stimmlich so sicher, dass sie das ganze Kirchenschiff erfüllte.

«Claire, mein Kind», flüsterte Johanna bewegt und blickte mit Tränen in den Augen nach vorn, wo ihre Tochter im weißen Kleid neben der Kanzel stand. «Ich hab dich damals hier in dieser Kirche auf den richtigen Namen taufen lassen ...»

*

Meta verlangte ihrer neuen Hilfskraft viel ab, und oft war Klara abends so müde, dass sie kaum noch den Weg von Sehlem hinauf nach Altenburg schaffte.

«Großzügigerweise hat sie mir die Besenkammer als Schlafplatz angeboten», beklagte sie sich bei ihrer Mutter. «Damit ich ihr schon frühmorgens zur Hand gehen kann. Der Haushalt ist, wie du vermutet hast, ein einziges Chaos, und die Kinder sind frech und faul. ‹Du musst uns jetzt bedienen›, hat die kleine Alma neulich zu mir gesagt. ‹Dafür bezahlt mein Papi dich schließlich. Und wenn du nicht spurst, dann sperrt er dich ein.›»

Was Georg allerdings nicht ahnte: dass seine Frau in Mengen Pervitin konsumierte, Tabletten, die es früher rezeptfrei in der Apotheke gegeben hatte, die inzwischen jedoch verschreibungspflichtig waren. Manchmal war sie deswegen stundenlang in Wittlich unterwegs, und wenn sie dann mit leeren Händen nach Hause kam, war ihre Laune dementsprechend schlecht. Das Mittel dämpfte Metas Appetit, die unbedingt ein paar Pfund loswerden wollte, damit ihr Mann sie wieder attraktiv fand, machte sie wach, ließ sie allerdings auch rasch aggressiv werden, wenn etwas nicht so lief, wie sie sich das vorgestellt hatte.

Klara fischte die leeren Packungen aus dem Mülleimer, wo Meta sie entsorgt hatte, und bewahrte sie sorgfältig auf. Inzwischen hatte sie schon zwei Mal im St.-Elisabeth-Krankenhaus vorgesprochen und wusste, dass die Schwestern eine engagierte Hilfskraft mit Kusshand nehmen würden.

«Und du hast dir das wirklich gründlich überlegt?», beschwor Johanna ihre große Tochter. «Zwei Jahre sind eine lange Zeit, Klara!»

«Ich weiß, aber es ist sinnvoll verbrachte Zeit. Ich helfe kranken Menschen. Das ist etwas anderes, als verwöhnten Blagen den Teller hinterherzutragen!» Sie zögerte. «Kannst du nicht mitgehen», flehte sie dann. «Vor Meta habe ich keine Angst, aber Georg ist mir alles andere als geheuer.»

«Natürlich begleite ich dich», sagte Johanna. «Zu zweit sind wir unschlagbar.»

Meta staunte nicht schlecht, als sie Tochter und Mutter vor der Türe stehen sah.

«Ich bin heute zum letzten Mal hier», sagte Klara und räusperte sich. «Ich habe eine Stelle gefunden, die mir mehr zusagt.»

«So seid ihr alle aus der Familie Fuchs. Immer nur auf den eigenen Vorteil bedacht. Aber du wirst deine Zeit hier ableisten, Fräuleinchen, und zwar bis zum allerletzten Tag!»

«Das glaube ich kaum.» Johanna legte fünf leere Pervitinpackungen auf den Tisch.

Meta erblasste.

«Weiß Georg davon?», übernahm Johanna das Ruder. «Oder sollen wir es ihm gleich sagen?»

«Woher habt ihr die? Die gehören mir nicht.»

«Und ob die dir gehören. Die stammen aus deinem eigenen Müll», sagte Klara. «An der einen Dose ist ja noch ein Rest Lippenstift, so gierig hast du dir die Pillen einverleibt.»

«Du Luder! Du Natter ...» Meta wollte sich auf das Mädchen stürzen, doch Johanna hielt sie fest.

«Lass die Faxen», sagte sie streng. «Du unterschreibst jetzt hier, dass du das Dienstverhältnis mit Klara beendest, und wir vernichten diese Schachteln.»

«Und wenn nicht?», begehrte Meta noch einmal auf.

«Dann gehe ich damit auf der Stelle in Georgs Büro», sagte Johanna. «Oder gleich zu dessen Vorgesetztem. Den müsste das doch auch interessieren, Stichwort gesunder Volkskörper.»

«Also gut – ihr widerlichen Erpresserinnen!» Meta griff nach dem Füller, den Johanna ihr hinhielt, und unterzeichnete das vorbereitete Dokument fahrig. «Deine neue Dienstherrin beneide ich nicht. So ein verschlagenes Subjekt wie dich im Haus zu haben, Klara – pfui!»

«Och, die Schwestern vom St.-Elisabeth-Krankenhaus sind eigentlich sehr glücklich über ihre neue engagierte Helferin», sagte Johanna. «Komm, Klara. Wir haben hier nichts mehr verloren.»

*

Als der Heumond nahte, wuchs in Johanna eine innere Unruhe.

Woher rührte sie wohl?

Aus Amsterdam war in letzter Zeit kein Brief eingetroffen, der ihr Sorgen bereitet hätte, daran konnte es nicht liegen. Onkel Paul schien seine Krise überwunden zu haben, lernte inzwischen fleißig Niederländisch und hatte, handwerklich geschickt, wie er immer schon war, damit angefangen, Luuk bei der Restaurierung einiger Antiquitäten zur Hand zu gehen. Tante Martha verwaltete das Geld, das Cees bereits zwei Mal heimlich ins Land gebracht hatte, keine allzu großen Summen, aber doch immerhin ausreichend, um eine Weile damit auszukommen.

Sophie und Max waren auf dem Standesamt gewesen. Sie trug das Haar jetzt wieder dunkel, auf dem mitgesandten Hochzeitsfoto eine anmutige Braut, wenngleich man ihrem schönen Gesicht die Strapazen der vergangenen Jahre ansah.

Ob sich ihr Kinderwunsch doch noch erfüllen würde?

Sie hoffte es so sehr für ihre Cousine!

Gute Neuigkeiten kamen auch aus Palästina: Jakob und seine Familie lebten inzwischen nicht mehr in Jaffa, sondern teilten sich mit Leas Eltern eine bescheidene Wohnung im benachbarten Tel Aviv, die allerdings bald schon zu klein sein würde, denn Lea und er wünschten sich weitere Kinder.

Noch besohle ich Schuhe, endete Jakobs Brief. *Was übrigens keinem Mediziner schadet, denn präzise muss man dabei ebenfalls vorgehen. Aber wir haben uns für die Aufnahme in das Kibbuz Giv'at Brenner südlich von Tel Aviv beworben, dort wohnen und arbeiten Menschen im Kollektiv und teilen alles. Ich hoffe natürlich, als Arzt arbeiten zu können, aber zur Not werde ich eben Bauer. Hauptsache, ich kann mit Lea und unseren Kindern in Frieden leben ...*

Johanna streckte sich und ging aus dem Haus, Fido wie immer an ihrer Seite. Seitdem Mia auf der Handelsschule war und Klara lange Schichten im Krankenhaus abzuleisten hatte, war der Hund wieder viel anhänglicher geworden.

Sie setzte sich auf die Schaukel, ließ den Blick über Garten und Haus schweifen. Vor achtzehn Jahren war sie zum ersten Mal hier aufgetaucht, ein ahnungsloses Stadtmädchen – und was war mittlerweile aus ihr geworden?

Eine Eiflerin durch und durch, kein Mädchen mehr, sondern eine reife Frau mit zwei bald erwachsenen Töchtern. Im nächsten Jahr wurde sie vierzig.

Wie das Leben im Haus der Füchsin sich dann wohl gestalten würde?

Johanna begann zu schaukeln und schloss dabei die Augen, genoss den Wind, der ihr sanft über Gesicht und Nacken strich, bis eine vertraute Männerstimme sie aus ihren Träumereien riss.

«Johanna!»

Aber das war ja Cees ...

«Was machst du denn hier?» Sie stand auf und lief ihm entgegen. «Ich hab gar keinen Brief erhalten ...»

Er nahm sie bei den Hüften und wirbelte sie übermütig herum.

«Ich wollte dich überraschen», sagte er strahlend.

«Was ich dir zu sagen habe, ist wahrlich keine Neuigkeit, die man einem langweiligen Brief anvertraut.»

«Was ist denn passiert?» Ihr Herz begann wie wild zu klopfen. «So freudig hab ich dich ja noch nie gesehen.»

«Kein Wunder! Oder doch ein kleines Wunder: Anouk hat endlich zugestimmt», sagte Cees und zog sie an sich, als wollte er sie nie wieder loslassen. «Wir sind rechtskräftig geschieden. Ich bin frei, Johanna, endlich frei für dich! Willst du mich noch immer haben?»

NACHWORT
ODER
DIE EIFEL UND ICH

Ich war dreiundzwanzig Jahre alt, und es war Sommer, als ich 1976 zum ersten Mal in die Südeifel kam – in ein winziges Dorf, von dem ich zuvor noch niemals etwas gehört hatte. Gewöhnt an die touristische Schönheit Oberbayerns, waren meine Erwartungen nicht allzu hoch, was sich jedoch sehr rasch als fundamentale Fehleinschätzung herausstellen sollte. Denn der Kosmos, der mich hier erwartete, hat mich bis heute nicht mehr losgelassen, und ich bin in diesen nahezu fünfzig Jahren viele Male zu verschiedenen Jahreszeiten wieder hierher zurückgekehrt.

Ich liebe alles, was ich hier erleben durfte, ausgehend von dem verwunschenen Haus meiner Freundin aus dem 18. Jahrhundert, das mein Vorbild für Johannas «Haus der Füchsin» im Roman ist. Die Wiesen voller Orchideen, die im Frühling ihr buntes Kleid zeigen. Die Heuernten im Sommer und der lebendige Duft, den ich sofort wieder in der Nase habe. Die Herbstnebel, die alles grau einhüllen, die weißen Winterwochen, die hier manchmal bitterkalt und lang werden können, und das wohltuende Aufwärmen am Kachelofen.

Meine Freundin, die als bildende Künstlerin arbeitet, hat mir in abwechslungsreichen Überlandfahrten die Schönheit ihrer Heimat gezeigt, und ich konnte bei jedem meiner Besuche immer wieder Neues entdecken. Als neugierige Historikerin habe ich schon damals begonnen, mich mit der wechselvollen Geschichte dieser Region zu beschäftigen.

Doch wo beginnen?

Beim Ursprung des Namens?

Sprachforscher haben die Bezeichnung *Eifel* von dem keltischen Wortstamm *apa* (Wasser, Bach) und dem lateinischen Wort *aqua* (Wasser) abgeleitet, womit Eifel so viel wie Wasserland bedeutet ...

Bei den Matronenstatuen aus der römischen Provinz Germania inferior, Votivsteinen aus dem 2. bis 3. Jahrhundert nach Chr.?

Sie wurden von einer germanisch-keltischen Mischbevölkerung aus den Nachkommen der von den Römern angesiedelten Ubiern verehrt und gelten als Göttinnen des befruchtenden Wassers, der Schifffahrt und damit auch des Reichtums und Handels. Oft sind es drei Frauenfiguren, die nebeneinandersitzen, Jugend, Reife und Alter symbolisierend, den ganzen Lebenskreis weiblichen Lebens.

Johanna Fuchs, die Protagonistin meines Romans, greift dieses uralte Motiv auf und variiert es in ihren Kunstwerken ...

Bei meinen Recherchen habe ich festgestellt: Richtig spannend wird es in der Region im 19. Jahrhundert.

Nach langen Verhandlungen auf dem Wiener Kongress (September 1814–Juni 1815) über die Neuordnung Europas nach der napoleonischen Herrschaft ging das komplette Rheinland – und damit auch die Eifel – an Preußen. Als unterentwickelte Region im preußischen Staatsverband erhielt die Eifel Unterstützung und Zuschüsse; die Landwirtschaft wurde gefördert, die preußische Regierung ließ große Ödlandflächen aufforsten. Die Bauern waren jedoch dagegen, weil dadurch viel Weidefläche für die Schafzucht verloren ging, nannten die Fichte «preußisches Holz» und versuchten, diese Aufforstungen zu sabotieren – was nicht gelang.

Die preußische Staatsregierung sorgte für den Ausbau des Straßennetzes in der Rheinprovinz; die Verbindungen Trier–Köln, Aachen–Trier, Bonn–Trier und Koblenz–Aachen entstanden. Erst spät allerdings kam die Eisenbahn in die Eifel; die Strecke Köln–Trier wurde 1871 fertig. Viele Schwerindustriebetriebe wanderten damals ab, und auch für die Tuch- und Lederindustrie wirkte sich die Verkehrsferne negativ aus. Die Landwirtschaft allein konnte die Menschen der Region nur noch unzureichend ernähren. Als Saisonarbeiter oder für immer wanderten sie ins Ruhrgebiet oder nach Übersee aus. Ganze Dörfer sind damals nach Amerika emigriert. Die Eifel wurde nun abschätzig als «Armenhaus Preußens» bezeichnet.

1870, im Deutsch-Französischen Krieg, wurde die Eifel Aufmarschgebiet. Aber die deutschen Truppen respektierten die Neutralität Belgiens und Luxemburgs und marschierten weiter südlich über die Grenze. Frankreich wurde besiegt; Otto von Bismarck nutzte die Euphorie zur Gründung des Zweiten Deutschen Kaiserreichs.

1914 zogen die deutschen Soldaten unter dem Jubel

der Bevölkerung erneut in den Krieg. Von der Eifel aus ging es unter Bruch der Neutralität durch Belgien und Luxemburg gegen Frankreich, das man in wenigen Tagen zu besiegen glaubte. Doch der «Erbfeind» wehrte sich und stoppte bereits 1914 mit englischer Unterstützung den deutschen Vormarsch. An der Westfront entfaltete sich ein jahrelanger gnadenloser Stellungskrieg, in dem die Jugend Deutschlands, Englands und Frankreichs ihr Leben ließ. Über 8,5 Millionen Soldaten starben an allen Fronten; die physischen und psychischen Wunden der Überlebenden sollten die kommenden Jahre entscheidend beeinflussen ...

In meinem Roman trifft es Severin, den strahlenden Ältesten der Fuchs-Dynastie, auf dem alle Hoffnungen lagen, sowie Evas Verlobten Bert, der sie mit einem Ungeborenen zurücklässt, das sie wegen ihrer Trauer verliert. Und schließlich Hans, Kätts Mann, der seinen Sohn Anton, gezeugt im Heimaturlaub, niemals sehen wird.

1918 kapitulierte Deutschland.

Im Friedensvertrag von Versailles 1919 wurden allein Deutschland und seine Verbündeten für den Ersten Weltkrieg und die daraus hervorgegangenen Verluste und Schäden verantwortlich gemacht. Deutschland verlor ein Siebtel seiner bisherigen Staatsfläche, unter anderem wurden im Westen Elsass und Lothringen wieder Frankreich zugeschlagen, und die vorwiegend deutschsprachigen Kantone Eupen-Malmedy fielen nach einer umstrittenen Volksbefragung an Belgien, das auch das bislang neutrale Moresnet erhielt.

Die linksrheinischen Gebiete sowie Brückenköpfe

bei Köln, Koblenz und Mainz blieben von alliierten Truppen für bis zu fünfzehn Jahre besetzt. Ein fünfzig Kilometer breiter Streifen rechts des Rheins wurde zur entmilitarisierten Zone. Alle Festungen und Verteidigungsanlagen in diesem Gebiet wurden zerstört. Zudem galt ein Verbot der Wehrpflicht; die Heeresstärke war auf eine maximal 100 000 Mann umfassende Berufsarmee festgelegt.

Die amerikanischen Besatzungstruppen, bald schon abgelöst durch französische Einheiten, wurden von der Bevölkerung im Rheinland einhellig abgelehnt. Noch mehr verschärfte sich der Konflikt zwischen Siegern und Besiegten 1923: Da das Deutsche Reich keine Reparationszahlungen in befriedigender Höhe leistete, besetzten französische und belgische Truppen im Januar 1923 zusätzlich noch das Ruhrgebiet sowie im Februar rechtsrheinische Gebiete zwischen und um die Brückenköpfe von Köln, Koblenz und Mainz.

Während dieser Zeit unterstützte die französische Besatzungsmacht separatistische Bestrebungen. Dies stieß nicht nur bei den alliierten Verbündeten auf erheblichen Widerstand. Im Herbst 1923, dem Höhepunkt der Hyperinflation, versuchten diese Separatisten die Etablierung einer Rheinischen Republik in Aachen und einer Pfälzischen Republik im Süden des besetzten Gebietes.

In meinem Roman schließt sich Heinrich Fuchs, neuer Chef der Fuchs-Tabakwerke in Trier, diesen Bestrebungen an, die in Trier allerdings bald wieder niedergeschlagen werden, ebenso wie im Eifelstädtchen Wittlich.

Erst 1930 ziehen die Franzosen wieder ab.

Drei Jahre später kommt Adolf Hitler an die Macht, und das perfide Gift des nationalsozialistischen Wahns mit allen Konsequenzen macht auch vor Altenburg nicht halt ...

Die großen Ereignisse der Geschichte haben also schon immer die vergleichsweise kleine Eifelregion bewegt. Das Dorf Altenburg, in dem Johannas «Haus der Füchsin» steht, entspringt meiner Fantasie, aber natürlich ist viel von den realen Dörfern der Region darin eingeflossen: das harte Leben, der Wandel der Jahreszeiten mit den jeweils anfallenden Arbeiten in Feld und Wald, die Enge im Dorf, verbunden mit starker sozialer Kontrolle, aber auch das herzliche Miteinander und Füreinander. Die Menschen, die hier leben, wirken nur auf den ersten Blick wortkarg, manchmal vielleicht sogar mürrisch, aber wenn sie erst einmal ihr Herz öffnen, ist alles unverstellt ehrlich und warm. Die Eifel ist stets das grüne Herz Deutschlands geblieben, untrennbar verbunden mit den Nachbarn Frankreich und Luxemburg, die einst als Feinde galten, heute jedoch zu Freunden geworden sind.

Das Dorf Altenburg hat in meinem Roman spannende Handlungsausläufer nach Trier, Köln, Traben-Trarbach, Luxemburg und vor allem Wittlich, das Tabakland, denn die Familie Fuchs, der Johanna entstammt, ist eine Tabak-Dynastie. Aus dem verwöhnten Nesthäkchen Johanna Fuchs wird eine hart arbeitende Landfrau, die in schweren Zeiten Mut beweist, eigenständig Verantwortung übernimmt und schließlich über die Kunst ganz zu sich selbst findet ...

Ich danke Ihnen dafür, dass Sie mich auf diese Reise durch zwei aufregende Jahrzehnte einer spannenden Region begleiten, die näher kennenzulernen mehr als lohnend ist!

Und keine Angst, wenn der Roman zu schnell zu Ende ist: Fortsetzung folgt …

Brigitte Riebe, im Frühjahr 2023

DANKSAGUNG

Mein herzlicher Dank geht an die Historikerin Lilly Maier, die mich auf wunderbare Weise bei diesem Projekt mit klugem Wissen und scharfer Korrekturfeder unterstützt hat – Lilly, du bist einfach wunderbar!

Danke an Nora Johanna (!) Eder, die liebenswürdig und heiter bei der Materialbeschaffung geholfen hat. Macht viel Spaß, mit dir zu arbeiten, liebe Nora!

Ich bedanke mich bei meiner Freundin Marie Senftleben-Gudrich, Besitzerin des magischen Eifelhauses Nr. 18, dass ich all die Jahre Gast bei dir sein durfte. Ohne dich hätte sich diese Idee niemals in meinem Kopf eingenistet – danke für die vielen Jahre treuer Freundschaft, liebe Marie! Dir ist dieser Roman gewidmet ...

Mein Dank geht an die Künstlerin Lea Gudrich, deren Masterarbeit ich lesen dufte. Die magische Beschreibung deiner Kindheitsjahre in der Eifel ließ meine Fantasie fliegen. Ich bin eine große Bewunderin deiner Kunst, liebe Lea!

Danke an meine überaus geschätzte Lektorin Friederike Ney, mit der das Arbeiten so viel Freude macht. Bin sehr glücklich, dass ich bei dir gelandet bin, liebe Friederike! Mit uns haut das einfach prima hin ...

Danke an meine tollen, geduldigen und inspirierenden Erstleserinnen Margaretha, Monica, Babsi, Nora, Blanka und Hermine – eure Stimmen sind mir so wichtig!

Und danke last, not least an meinen geliebten Mann Reinhard, der meine tatsächliche wie auch gedankliche Abwesenheit in der Eifel so liebevoll-geduldig unterstützt hat.

Weitere Titel

Weihnachten am Ku'damm

Die 50er-Jahre-Reihe
Die Schwestern vom Ku'damm: Jahre des Aufbaus
Die Schwestern vom Ku'damm: Wunderbare Zeiten
Die Schwestern vom Ku'damm: Tage der Hoffnung
Die Schwestern vom Ku'damm: Ein neuer Morgen

Eifelfrauen
Eifelfrauen: Das Haus der Füchsin
Eifelfrauen: Der Ruf der Nachtigall